결혼 사전 부검

결혼 사전 부검

이아소 장편소설

이 결혼 안 하기로 했어….

11년간의 모든 기억의 무게가 더해져 더 무겁게,
준비를 서둘렀던 만큼 더 높은 가속도로 나를 들이받았다.

당신의 파혼 방지
가이드가 되어줄
단 한 권의 책

바른북스

사전 부검:

의사 결정 전에 일의 실패를 가정하고, 그 원인을 미리 분석해 보는 것

사랑하는 TK, JK 그리고 이 글을 읽는 모든 분들이

각자의 인생의 주인공으로

이 글을 통해 내일을 살아갈 수 있는 힘과 용기를

충전해 가실 수 있기를.

프롤로그
위안

긴긴 대화를 끝냈던 그날 밤, 주차장에서 멀어지던 파란색 스포츠카의 빨간 불빛은 점이 되어 사라졌다. 그 뒤로도 한참을 나는 그 자리에 멈춰서 단 한 발짝도 움직일 수 없었다. 나는 그렇게 다시는 찾지 못할 아주 깊숙한 곳에 너를 묻으려 아래로, 아래로 더 깊은 어둠 속으로 흙을 파헤치며 내려간다.

우리 11년간 긴 여정의 마지막이라며 건네는 네 손을 차마 잡지 못했다. 서로 마주 보며 눈물만 뚝뚝 흘리면서도 더 이상의 재결합은 서로에게 상처만 될 것임을 너무나도 잘 알기에, 조수석 손잡이를 당겨야만 했던 그날을 나는 언제쯤 잊을 수 있을까. 신혼여행을 불과 일주일 앞두고, 결혼식을 겨우 한 달 남짓 남겨놓고 우리는 그렇게 돌아섰다. 어디서부터 잘못된 것인지 시간의 태엽을 감아 돌아갈 수만 있다면 어느 시점으로 돌아가야 하는지, 의미 없는 생각인 줄 알면서도 끝없이 되뇔 수밖에 없는 나를 탓해본다. 지금쯤 제주도 어느 바닷가에서 아이스 라테 한 잔에 환하게 웃고 있었어야 할 네가 이 긴긴 연휴기간 동안 아파하지 않기를 바라며, 미숙하고 쓰리고 아팠지만, 아름답고 풋풋하고 순수했던 그리고 무엇보다 반짝였던 나의, 너의 그리고 우리의 지난 11년을 흘려보내 본다.

지금 이별에 아파하고 있을, 언젠가 한 번쯤 이별에 아파했던 모든 이들에게 위안이 되기를 바라며.

어느 가을
하기쁨

목차

프롤로그　위안

오본휘 ··· 10

군인과 고무신 ··· 17

이름 없는 원더우먼 평강공주 ··· 25

쑥갓과 마늘로 버텨보자 백일당직 ··· 32

첫인사: "좋겠다. 우리 본휘 같은 애를 잡아서." ··· 44

회사 근처로 가면 볼 수 있을까요?(Feat. 헬리콥터 맘) ··· 53

튤립아파트 ··· 60

브리즈 바 그리고 철쭉 ··· 68

30대 중반 싱글 여자 사람으로 일한다는 건 ··· 79

락다운 ··· 91

재회: 다시 안 만나주면 죽어버릴 거야 ··· 98

리뷰 조작단 ··· 111

독박 가사와 다이아몬드 빛 황혼 이혼 ··· 120

0.7 ··· 129

된장찌개와 감자전 ··· 142

결혼공장 ··· 155

결혼준비 I: 우리 한 팀 아냐? ··· 170

결혼준비 II: 코르티솔 ··· 176

구세주, 살살 좀 해요 ··· 187

마"찮"가지 ··· 212

58년생 개띠(Feat. 보상심리) ··· 225

그녀의 한복 사랑 ··· 239

통조림 복숭아 ··· 255

남편보다 더 남편 같은 아들(Feat. 상견례) ··· 266

귀인: 조상님이 보우하사 ··· 292

역치 ··· 303

두 번의 파혼과 그 공통분모 ··· 318

다시 이별 ··· 331

결혼 사전 부검 ··· 343

인생의 키 ··· 356

에필로그 중심

오본휘

"10초 뒤에 4명씩 짝지어 소그룹 토론 창으로 전환됩니다."
"안녕하세요, 조이입니다."
"안녕하세요, 마야입니다. 저는 비디오를 켜면 소리가 자꾸 끊겨 들려서 비디오를 끈 채 이야기할게요. 양해해 주세요."
"안녕하세요, 아드리안입니다."
"안녕하세요, 카이입니다. 혹시 본인이 말 안 할 땐 마이크 꺼주실 수 있을까요? 소리가 울려요."

2021년 봄, 코로나바이러스가 창궐한 지 1년 남짓 되었을까. 강의와 세미나는 모두 비대면 줌(Zoom)으로 전환되었다. 1년 학비만 8만 달러인데, 이게 말이 되냐며 WhatsApp 단카방에서는 원성이 들끓었다. '단체행동을 해야 한다.', '학비를 납입하지 말자. 주 정부의 지침이 나올 수 있도록 다른 대학들과 연맹을 맺어 단체 대응을 하자.' 학생 입장에서 보면 틀린 말은 아니었다. 나는 온라인 강의를 들으려고 학위과정에 지원한 것이 아니었다. 클래스메이트와 교수님들과의 대면 교류, 캠퍼스 내에서 생활, 클럽 등 교내활동 참가, 등록금에는 그 모든 시간과 경험에 대한 가치가 포함되어 있는 것이다. 학교 입장에서는 학비를 환불해 주는 경우 갑자기 수입이 줄어 당황스러울 수 있겠지만, 학생들이 시설을 이용하지 않는 만큼 시설관리비도 줄고, 교수들이 실강을 하지 않으니 부대 비용도 아끼고 있을 텐데. 이 혜성처럼 등장한* 비대면 회의 프로그램에 드는 사용료가 제반 비용에 상응한다고 주장할 수는 없을 것이다.

학비가 아까운 것과는 별개로, 줌 강의나마 열심히 듣는 것밖에는 다른 선택지도 없었다. 그날도 그렇게 여느 날처럼 무미건조하고 딱히 슬플 것도 기쁠 것도 없이 노트북 앞에 앉아 세미나를 하고 있는데, 핸드폰 진동이 울렸다.

하기쁨.

----

* 사실 Zoom 베타 버전은 2012년에 출시되었기에 갑자기 등장한 것은 아니다. 많은 이들이 몰랐을 뿐이지 Zoom은 꽤 오랫동안 서비스를 제공하고 있었다. 코로나 시즌에 빛을 보게 된 것일 뿐. 그런 측면에서 보자면, 팬데믹이 호재로 작용했던 몇 가지 사업군 중에 대표적인 예로 꼽을 수 있겠다.

너무도 화창해 창문으로 드는 빛에 액정이 잘 보이지도 않았는데, 핸드폰 화면에 뜬 내 이름 세 글자에, 아니 정확히 말하면 그 메시지 옆에 찍힌 네 이름 세 글자에 가슴이 철렁 내려앉았다.

"조이? 그래서 넌 어떻게 생각해?"
"…."
"조이?? 나만 조이 목소리가 안 들리는 거니?"
"아 카이, 미안해. 뭐라고 했지?"

작년 여름, 그 이후로 몇 개월 만인지 쉽게 가늠조차 되지도 않았다. 메시지 옆에 찍힌 발신인 '오본휘' 세 글자를 함께 보는 순간 그나마 잊어가고 있었던, 묻어두었던 모든 기억이 다시 살아나는 것 같았다. 그 뒤로 세미나는 어떻게 때웠는지, 내가 무슨 말을 했는지 아무런 기억이 없다.

줌 세미나가 끝나고 나서도 한 시간 넘게 그 메시지를 누를 수가 없었다. '제법 괜찮아졌는데, 미친놈. 유부남이 미쳤나. 이런 문자를 지금 왜 보내지? 불륜이라도 해보겠다는 건가? 내가 9년을 알았던 그 남자가 그런 놈은 아니었는데 이 남자도 결국 그저 그런 놈인가? 내가 만만해 보이나? 내가 분명히 이 사람 차단했던 것 같은데, 핸드폰을 바꾸며 카톡을 다시 깔아서 그런 건가? 카카오톡 차단 리스트를 신경 안 썼구나….' 만감이 교차했다.

오본휘, 스물여섯부터 서른셋까지 한국 사회에서 말하는 소위 여자 나이 황금기(그 표현에 대한 나의 동의 여부는 별론으로 하더라도)에 나에게 유일한 남자였다. 아니 어찌 보면 그 전엔 대학 때 가볍게 만났던 친구들뿐이었고, 대학 졸업 후 몇 년간, 그리고 그와 헤어진 이후에도 남자친구가 없었으니 남자로서는 내 세상 전부였던 사람이었다. 온앤오프는 있었지만, 군인과 고시생으로 만나 여덟 번의 생일과 여덟 번의 크리스마스를 함께 보냈던 그는, 아홉 번째 크리스마스가 다가오던 초겨울부터 내 카톡에 대답이 늦고 급속도로 말이 없어졌다. 뭔가 달라진 낌새를 눈치챈 나는 여자가 생겼는지 물었고 그는 그렇다고 했다.

갑작스러운 전개였다. 그렇지만 그때까지만 해드 "결혼하면 너랑 할 거야.", "사람은 적어도 사계절은 겪어봐야 파악이라도 하지."라는 그의 입버릇 같은 말에 세뇌되었던 것인지, 이 남자는 나 아닌 다른 누군가와는 쉽게 결혼 결심을 하기에는 어려울 거라는 확신에 가득 차 있었다. '그래 오본휘 네가 다른 여자도 만나봐야 내가 얼마나 고마운 줄 알지.', '잘 만나봐.' 같은 묘한 자신감도 없지 않았다. 그 후 6개월도 채 지나지 않아, 내 생일 정확히 일주일 전 오본휘로부터 "나 결혼해, 그냥 알려주려고. 답장 안 해도 돼."라는 문자를 받기 전까지는.

2020년 어느 여름날, 해가 조금씩 길어져 아직은 밝은 18시 50분쯤, 필라테스 수업을 마치고, 탈의실에서 그의 결혼 통보 문자를 확인했다. 갑자기 눈앞이 뿌옇게 변하고 다리에 힘이 풀려 그대로 주저 앉는데 주변의 웅성거림이 느껴졌다. '기쁨아 괜찮아, 괜찮아. 사회생활이 몇 년인데 겨우 이 정도로 이렇게…. 별일 아니야.' 아무리 되뇌어 봐도 19시 타임 클래스에 들고나는 사람들 사이에서 누가 날 쳐다 보든 말든 아무것도 할 수가 없었다. 코로나 방역지침 때문에, 실내운동을 위해 당겨 쓴 마스크가 그 순간만큼은 그렇게 답답할 수 없었다. 후배와 저녁 약속이 있어 나가야 했는데, 그대로 시간이 멈춘 것 같았다. 결혼을 할 거면 그냥 하면 되지 굳이 구여친에게 연락해서 알려주는 심리는 도대체 뭔지.

그렇게 그가 결혼한 줄로만 알았다. 너무 지질하게도 '오본휘' 세 글자와 결혼을 함께 구글링해 가며 어떤 여자일까 궁금한 마음을 달래보기도 했지만 아무것도 나오지 않자 부질없음을 깨달았고, 정상적인 생활이 어려울 만큼 무너져 가는 나를 버티기 어려웠다. 한강에서 운동하다가도 그와 비슷한 실루엣의 남자와 젊은 여자만 보면 혹시 신혼이 된 그가 이 동네에 자리 잡지는 않았을까 싶어 모자를 눌러썼다. 백화점 식품코너에서 장을 보는 30대 커플을 지나칠 때면 혹시 오본휘는 아니겠지 싶은 마음에 멀리 떨어져 그들을 피해 걷고 있었다. 제대로 된 클로저 없이 그의 통보와 결혼으로 10년의 세월이 영원히 통째로 빠져나간 것 같은 기분에, 10년 동안 가장 가까웠던 절친을 잃은 것 같은 허망함에 자다가도 일어나 한참을 멍하니 앉아 있다가 새벽녘이 되어서야 다시 잠이 들곤 했다.

너의 결혼 소식에 내가 이렇게까지 영향을 받을 줄은 꿈에도 몰랐다. 서울 하늘 아래, 오본휘와 같은 하늘 아래 살고 싶지 않았다. 다행히 그해 가을 미국 유학이 확정되어 있었고, 코로나로 부모님, 친구들, 회사 동료들을 포함한 모든 내 지인들이 출국을 만류했지만, 미국행 비행기에 몸을 실어야 했다. 망각은 신의 축복이라고 했다. 제발 부디 내게 축복이 있기를. 그가 없는 곳에서 새로운 시작을 해야, 그래야만 살 수 있을 것 같았다.

그런 오본휘가 결혼 통보 이후 수개월 만에 연락을 한 것이다. 무시하려고 했다. 모르는 척했어야 했다. 핸드폰에 자꾸 눈길이 가 괜스레 지인들에 안부 카톡을 보내며 생각을 분산시키려고 했지만, '오본휘'이지 않은가, 나는 그렇게 딱 부러지지 못했다. 유부남인 그에게 대답을 하고 싶지는 않았고, 나의 대학교 선배이자 오본휘의 초등학교 고등학교 동창으로 우리의 주선자였던 원준 오빠에게 먼저 카톡을 보냈다.

> 오빠, 오본휘 결혼한 거 맞죠?

> 기쁨아, 본휘 결혼 안 했어. 집안 간의 충돌로 결혼 깨졌대. 너한테 알려줄까 했었는데, 너 미국에서 자리 잡고 잘 지내고 있는 것 같은데 괜히 심란하게 하고 싶지 않아서 말 안 했어.

> 아….

어떤 여자랑 결혼한다고 한 건지, 나와는 그 오랜 기간을 만나면서도 결혼이 쉽게 되지 않더니 대체 어떤 여자이기에 혹 몇 개월 만에 집을 계약하고, 상견례도 하고, 식장도 예약한 건지 궁금했다. 다시 돌아오더라도 받아줄 마음은 없었다. 내가 생각했던 것보다 훨씬 가벼운 놈이었고 의리도 없는 놈이었다. 그렇지만 그 여자가 누군지, 몇 살인지, 뭐 하는 여자인지, 전혀 중요치도 않은 그런 정보가 너무 궁금했다. 너와 같은 시간을 보냈는데 나는 이렇게 새 사람 만나기가 더욱 힘들어지고, 너는 새로운 사람을 만나 그렇게 쉽게 결혼하려고 했다니. 도대체 누구인지 상대를 알고 싶었다.

너의 핸드폰 번호라면 연락처 목록에 없어도 잊히지 않을 번호였다. 씹었어야 했는데 적어도 그렇게 유부남은 아니라는 사실을 확인한 후 물음표를 보냈다. 그는 내 물음표를 보고, 혹시라도 내 번호가 바뀌었을지도 모른다는 생각이 사라지며 나라는 것을 알아챘다고 하였다. 그 메시지를 보자 '아 그냥 씹었어야 했는데.'라는 후회가 몰려왔다.

"왜, 이젠 아이 생겼다는 업데이트를 해주려고? 소식 알고 싶지 않으니 이렇게 불쑥 연락하지 않았음 좋겠어."
"기쁨아…. 나 결혼 안 했어…."
"오빠가 결혼을 했든 안 했든 상관없으니 연락하지 마. 오빠 마음대로 아무 때나 연락할 수 있는 사람 아니야."

군인과 고무신

유난히 비가 많이 오던 어느 여름날 토요일 저녁, 코엑스에서 그를 처음 만났다. 흰 셔츠와 청바지 차림에 검은색 우산을 든 채 외환은행 ATM 앞에서 15분 넘게 늦은 나를 기다리고 있던 훤칠한 20대 중후반의 남자. 전형적인 미남은 아니었지만, 쌍꺼풀 없는 눈에 웃을 때 보조개가 들어가는, 한눈에 봐도 내가 좋아하는 스타일이었다. 훈훈한 마스크에 185센티미터는 족히 될법한 큰 키와 넓은 어깨, 셔츠 핏에서 살짝씩 드러나는 팔과 가슴의 단단함까지 나쁘지 않았다. 본인이 나이가 많다며 말을 놓아도 되겠냐고 묻던 그에게 "그럴까."라며 처음 본 그날 내가 먼저 말을 놓았다. 원준 오빠의 고등학교 동창이며, 고등학교 시절 상당히 인기가 많았던 사람이란 것 외에는 들은 정보가 없었지만, 어떤 대학을 졸업했는지, 다른 신상은 어떠한지 서로 아무 것도 묻지 않았고, 그저 시답지 않은 농담을 주고받으며 우리는 삼성

역에서 그렇게 서로 반대편 지하철을 타고 헤어졌다.

그날 밤, 너무 마음에 드는 남자가 나왔다며 민정이와 한참 수다를 떨다 잘 들어갔냐는 그의 문자에 대답할 타이밍을 놓쳤다. 시간이 너무 늦어 갑자기 답장하기도 모호해 미처 답문을 보내지 못하고 밤을 지났다. 이러지도 저러지도 못하고 있던 그다음 날, 그에게서 전화가 왔다. 무슨 이야기를 했는지 전혀 기억나지는 않지만, 핸드폰이 뜨거워 들고 있을 수 없게 될 때까지 통화를 했고, 그렇게 우리는 연애를 시작했다.

경기도 모처의 군의관이었던 그는 왕복 100킬로미터가 넘는 거리를 감수하고 일주일에 네다섯 번씩은 점프를 뛰며 픽업을 왔고, 무거운 책을 들고 다녀야 하는 나를 위해 도서관 앞에서 긴 시간을 기다려 주는 건 그의 평범한 일과가 되어갔다. 공부할 거리도 없으면서 공부하는 나를 따라와 도서관이나 카페에서 혼자 졸기 일쑤였는데, 그렇게 흑역사로 남을 사진을 수백 장은 남겼다. 시간을 낼 수 없는 나를 배려해 도서관 근처에서만 잠깐 밥을 먹이고 들여보내는 일상에도 군말 한번 없었다. 가끔은 맛집 초밥을 포장해 오기도 했는데, 내가 맛있게 먹어주면 마냥 기뻐하던, 그는 그런 남자였다. 시험준비에 힘들어할 때면 내 기분 전환을 시켜주겠다며 한강이 내려다보이는 레스토랑에 들르곤 했는데, 음식을 기다리는 시간에는 눈이라도 붙이라며 기꺼이 어깨를 내어주던, 내겐 세상에서 제일 멋있는 군인이었다.

내가 끊임없는 시험을 준비하던 그 치열한 기간 동안 나를 챙겨주던 그의 마음을 기억하며, 나는 나를 필요로 하게 될 오본휘 인생의 힘든 순간에 그의 버팀목이 되겠노라 결심했다. 그리고, 나는 그 후로 6년 동안 남은 군 생활, 그리고 인턴 레지던트 기간까지 그 다짐을 지키기 위해 노력했다.

경상도의 부대로 내려가면서부터 오본휘는 짜증이 늘었다. 그는 김치를 못 먹었는데, 어느 날은 의무병이 오본휘의 식성을 모른 채 식판에 깍두기를 떠 왔다며 짜증을 냈고, 모바일 게임을 하는 중에 전화가 왔다고 짜증을 내는가 하면, 새 부대에서 서울 오는 길이 전보다 막힌다며, 올라올 때마다 교통체증으로 짜증을 내기도 했다. 급기야 내 생일에는 차가 너무 막혔다며 늦은 저녁에 올라와 우리의 단골집 나폴피자에서 말 한마디 하지 않았다.

그 당시 나 역시 처음 시작한 사회생활과 공부가 너무 힘들어 자주 찡찡댔는데, 돌이켜 보면 누구 하나 서로를 넓은 마음으로 받아줄 여유 따위는 없었다. 그래도 중간의 어느 지점에서는 너도 많이 피곤했겠지 싶은 생각에 곧장 서로 풀어주려 노력했고 그렇게 우리는 함께 하루하루를 넘겼다.

언제부턴가 우리는 서로에게 생활 속에 젖어든 당연한 존재가 되어갔다. 당연한 존재가 되기까지 오랜 시간 옆자리를 지켜준 상대에 대한 고마운 마음을 잊지 말았어야 했는데. 삶의 고단함 속에 특별히 설렐 것도, 두근거릴 것도 없는 상태로 그렇게 우리는 서로 다른 도시에서 각자의 24시간을 이겨내고 있었다. 기차역에서 손 흔들며 아쉬워하던 모습, 명동의 크리스마스 인파 속에 기차놀이 하며 웃어대던 순간, 밤늦게 찾아간 여의도의 벚꽃길, 남산의 한 루프톱 카페에서 유난히 맛있었던 크레페, 필리치즈 스테이크에 맥앤치즈까지 잔뜩 먹고 '배땅땅' 하며 걷던 장미 공원, 그렇게 과거의 몇몇 장면이 주는 기억의 힘으로만 버텨가는 시간이 늘어갔다.

우리에겐 데이트랄 것이 없는 보통날이 대부분이었다. 그나마 한 달에 한두 번 정도는 얼굴을 볼 수 있었는데, 오본휘가 서울에 오면 시간이 늦어 주로 늦게 만나다 보니, 24시간 곰탕집이나 삼계탕집에서 그 혼자 밥을 먹는 일이 많았다. 아들을 키우면 이런 기분일지, 특별한 이벤트가 없어도 쌀알이 그의 입으로 들어가는 걸 보고 있는 것만으로 뿌듯했던 하루하루가 느리게 쌓여가고 있었다.

그렇게 기다리던 제대 후 오본휘는 인턴을 다시 해야 했다. 그는 입대 전 인턴을 하다 그만둔 전력이 있었는데, 중간 이탈자 같은 오명이 남아, 인턴 자리를 다시 잡는 것조차 그에게는 쉬워 보이지 않았다. 그가 괴로워하는 것을 보고 있노라니 안타까웠고, 그가 자리를 잡을 수 있게 뭐라도 돕고 싶었다. 그렇게 나는 몇 날 며칠 썼다 지우기를 반복한 끝에 그의 자소서를 대신 준비했고, 그는 그렇게 간신히 인턴

자리 하나를 얻을 수 있었다.

인턴 기간에는 그가 서울에 있다는 사실만으로도 만족하며 시연병원에 들락날락하였다. 일 끝나는 시간에 맞춰 병원 근처 이자카야에서 식사를 하거나, 그마저도 여유가 없으면, 그가 필요하다고 했던 슬리퍼 같은 물건만 사다 주고 자판기 커피를 같이 마시다 돌아오기도 했다. 가끔 시간이 나면 백화점에 들러 그가 좋아하는 멜론을 사다 의국 냉장고를 채워놓았고, 또 어떤 날은 그가 동료들이랑 더 잘 지냈으면 하는 마음을 담아, 그가 좋아하는 햄버거를 나눠 먹을 수 있도록 전해주고 돌아오기도 했다. 누가 열녀비를 세워주는 것도 아닌데 왜 그리 열심이었냐고 묻는다면, 내가 힘들었던 그 시간에 그가 기쁨이 되어주었던 것처럼, 나도 그의 팍팍한 시간에 햇살이 되어주고 싶었다. 제 몸을 던져 은혜를 갚은 까치만큼은 아니더라도 2년 전 내가 했던 결심을 나는 지키고 있었다.

그즈음에는 회사 동기들 학교 친구들 할 것 없이 유난히 친한 친구들 결혼이 많았다. 다들 아홉수 전에 식을 올리려고 했고, 20대의 끝자락을 넘기기 싫어하는 듯했다.

"오 정아야 오늘 왜 이리 예뻐!"
"오늘 소개팅남 세 번째 만나는 날이잖아, 미용실 다녀왔어."
"오오 세 번째면 오늘 고백받는 거야? 분위기 좋은데?"

"어, 이번엔 진짜 잘 만나서 결혼할 거야. 너넨 나보다 어리니까 아직 여유 있잖니, 이 언니는 급해. 이제 스물아홉이야."

"헉 진짜 발등 불이네."

"맞아. 이제 곧 서른이라니, 원래 제일 괜찮은 남자가 제일 먼저 사라지는 거래잖아, 언니들이 얼마나 똑똑한 줄 알아? 멀쩡한 애들은 다 채갔어. 서른 지나면 이제 괜찮은 남자가 없다구, 해가 지날수록 망하는 거야."

"그런 게 어딨어. 우리 안 망해. 천천히 가자."

"하기쁨. 너 정신 차려야 해. 오본휘 오래 만나지 않았어? 결혼할 거냐고 물어보고 아니면 당장 차버려. 햇수로 3년인데 결혼 이야기 아직 없는 거, 그거 경고등 들어온 거야."

"오빠 인턴인데 뭘, 처음부터 결혼을 생각하고 만난 것도 아니어서 잘 모르겠어."

"기쁨이한테 왜 그래. 본휘 오빠처럼 잘생긴 의사가 어딨어. 내 친구들이 페북에 본휘 오빠 사진 보고 다들 누구냐고 물어볼 정돈데. 내가 초미녀 여친 있으니 신경 끄라고 단도리 시켜놨다고."

"잘생긴 거 인정. 근데 냉정하게 생각할 시점이야. 우리 공부 빡세게 해서 명문대 왔지, 학점 관리 열심히 하고 미친 듯 준비해서 그 경쟁률 뚫고 직장 잘 잡았잖아, 이젠 결혼이야. 그다음은 아이 낳아야 하고. 이러니저러니 해도 우리 모범생이야. 그다음 임무는 결혼이라고. 그동안 주어진 미션은 다 성공적으로 클리어해 온 우등생이었잖아. 테트리스처럼 그다음 임무가 내려오는데 해야 할 걸 안 하고 있으면 스트레스받아서 못 살아."

"그치, 갑자기 뒤처질 수 없지. 나 엊그제 홍석 선배랑 영준 선배 만났는데, 괜찮은 오빠들은 다 여친 있거나 벌써 결혼하고 있대. 이젠 소개팅시켜 줄 사람이 없다더라고. 결혼할 거면 지금 빨리 정신 차리라는데, 맞는 말 같아."

대학 시절 늘 뭉쳐 다니던 재희, 정아, 혜정이, 그리고 나. 우리 넷 중 재희와 정아는 서른쯤에 먼저 결혼식을 올렸고, 나와 혜정이는 결혼 계획은 없었지만 베프를 축하하는 마음으로 재희와 정아의 부케를 각각 하나씩 받았다. 당시 남자친구가 없던 혜정이는 압구정 칵테일바에 마주 앉아 나에게 신신당부를 했다.

"기쁨아, 너 남자친구 있다고 나 놔두고 먼저 가면 절대 안 돼! 우리는 합동결혼식 해야 하는 거 알지? 꼭이야! 약속해."

그러나, 나는 그로부터 10개월 뒤 혜정이의 부케를 받게 되었다.

오본휘와 나도 지난 3년간 데이트 삼아 웨딩박람회에 가보기도 했으니, 결혼 언급이 전혀 없었던 것은 아니었다. 그러나, 뭘 진전시키에는 상태가 애매했다.

"기쁨이, 무슨 생각 하노."

"오빠, 내 친구들 다 결혼했는데 우리도 할까? 우리가 재희, 정아, 혜정이네보다 더 먼저 만난 거 알지. 젤 오래됐어."

"기쁨아 사실 이렇게 인턴을 하고 있는 내가 노무노무 창피해. '신랑은 시연병원 인턴으로 근무하고 있고…'라는 주례사가 너무 싫을 것 같아."

"알겠어…. 그나저나 그거, '노무' 그거 쓰지 마. 이상해."

"내 동기들 그냥 다 쓴단 말이야. 기쁨아, 결혼은 나중에 하자."

그는 시연병원을 싫어했다. 시연병원이 서울에서 인턴을 받는 병원 중에 제일 인기가 없어 싫어하기도 했고, 병원이 소재한 동네 또한 안 좋다며 그 소속 자체를 부끄러워했다. '가난한 동네라 칼침 맞은 환자가 와서 스트레스다. 환자 수준이 어쩐다.' 등 동네에 대한 푸념이 끊임없어, 그를 지적하고 다퉜던 게 셀 수 없었으니, 시연병원에서 일한다는 것을 밝히기 싫다는 말에 더 토를 달지 않았다.

"그래 그럼, 나 아직 20댄데 뭐, 그러자."

이름 없는
원더우먼 평강공주

〈온달전〉의 온달이 주인공의 이름이라면, 평강공주의 이름은 평강이 아니다. 그저 평강상호왕의 딸이라 하여 평강공주라 불렸을 뿐, 그녀의 이름은 기록에 남지 않았다. 주체적이고 현명한 공주가 모든 것을 버리고 바보 온달에게 시집가 남편을 훌륭한 고구려 장군으로 키웠다는 〈온달전〉에는 평강공주가 주인공임에도 그 내용 어디에도 그녀의 마음을 살피지 않는다. 〈온달전〉 편찬 목적과 당시 시대상이 어느 정도 반영된 탓이겠지만, 멋지게 성장한 온달에 대한 포장 외에, 한 여성이 남편의 성공을 위해 묵묵히 뒷바라지하는 동안 얼마나 마음고생을 했을지, 남편이라는 인생의 반려자에게 정서적인 안정이나, 어떠한 서포트를 받았는지에 대해서는 일언반구 없다. 누군가의 아내로만 기록된 이름 없는 원더우먼, 그녀는 진정 행복했을까?

그리 싫어하던 인턴이 끝나고, 오본휘는 그나마 레지던트를 상당히 많이 뽑는 편이었던 대형병원 레지던트 면접에서조차 떨어졌다. 대학 시절 학점이 좋지 않았을뿐더러, 병원에서 도망쳤던 경력 때문에 인터뷰도 잘 보지 못했다고 했다. 회전초밥집에 가면 자기가 먹고 싶은 스시도 외치지 못해서 나에게 주문해 달라고 속삭이는 내성적인 사람인 데다, 어릴 적 엄격한 아버지에게 자주 맞거나 혼나 아버지와 대화가 거의 끊긴 상태라, 어른들 특히 남자 어른들 앞에서는 얼음이 되어 버리는 그였다. 당황스러운 질문이 주어졌다면 더더욱 면접을 잘 볼 리 없었을 것이다.

내가 뭐라고 그의 인생에 그렇게 열심이었을까. 레지던트는 시켜야 하니 1년 전에 썼던 자기소개서, 아니 남친 소개서를 다시 수정해서 버전 업을 시켜두고, 면접 트레이닝을 위해 예상 질문지를 만들어, 수십 번 모의 인터뷰를 시켰다. 오본휘를 만나고 나서 나도 첫 취업을 했으니 적어도 세 번 이상은 면접을 봤던 것 같은데, 오본휘도 나를 위해 그렇게 해주었냐고 묻는다면, 단 한 번도 없었다.

"오본휘 씨, 왜 인턴을 그만뒀나요?"
"어…. 아…. 그게 그때는… 어쩌다 보니."
"누구라도 궁금해할 사항이잖아. 이건 미리 답을 준비해 놔야지. 모기처럼 작은 소리 말고 좀 큰 소리로, 문장의 마무리는 해야 똘똘해 보이지 않을까? 과거에 그만둔 건 기록이 있으니 숨기려고 하지 말고, 솔직하게 대답하는 편이 덜 떨릴 것 같아. 대신, 기회가 생긴다면 열심히 하겠다. 의지를 보여줘야지."

"응…. 아죠."

"자 다시 해보자. 면접관 시선 피하지 말고, 힘들면 요기 눈 사이 미간을 봐. 면접관 한 명을 계속 보는 것보다는 여러 명을 잠깐씩 둘러 보면서. 워딩은 내가 말한 걸 외우는 것보다, 오빠의 언어로 말하면 내가 다듬어 줄게. 그게 편할 거야."

그 와중에도 그는 우리나라의 최고 부자의 아들이 되고 싶다며 모 회장님에게 보낼 동영상을 찍어달라고 떼를 썼다. 어쩔 수 없이 회장님에게 보내지 못할, 수신인이 회장님인 '픽 미 픽 미 업' 영상을 찍어 줬으며, 그만하고 싶다던 그를 타이르느라 그의 취향인 초코 음료 한 잔을 더 테이블 위에 올려주어야 했다.

과일 간식은 바로 포크로 찍어 먹을 수 있게 예쁘게 깎아주어야만 먹을 테니, 결혼하면 꼭 그렇게 해달라고 여러 번 강조하던 오본휘였다. 그런 말들에 세뇌된 탓이었을까? 무섭게도 언제부턴가 나는 그를 아들 키우듯 대하고 있었다. 분명 처음에 애교를 부리던 건 나였고, 그는 뭐든 다 해줄 것 같은 오빠였는데…. 언제부턴가 오본휘는 그 큰 덩치에 혀가 절반쯤 없는 채로 대화했고, 즐겁다는 듯이 매번 귀여운 표정을 지어 보였다. 그렇게 몇 년을 지내다 보니 나는 그를 늘 우쭈쭈해 주는 어린 엄마가 되어갔다.

"오빠, 오늘은 '지글지글'이 먹고 싶은데, 야외에서 구워 먹는 돼지고기 먹고 싶어."

"그런 건 냄새가 너무 심해서 옷에 다 배잖아. 피자 먹자."

"맨날 오빠 좋아하는 피자 파스타 먹잖아. 나 고기 좋아하는데!"

"고깃집 가면 김치도 나오고, 나 김치 못 먹는 거 알면서. 파스타 아기도 좋아하잖아."

"오늘 밀가루 별론데… 알았어. 고기는 친구들이랑 먹지 뭐."

"히힛. 밥 먹고 나 요즘 하는 게임 깔아줄게. 아기뽕도 해봐."

"나 한강 가서 자전거 타고 싶다니까? 몇 번을 말해."

"아 그건 위험해. 다음에 하자. 오늘은 오빠가 게임 깔고 아이템도 보내줄게. 난 아기가 좋아하는 거면 다 좋은데, 그거 진짜 재밌어서 아기가 정말 좋아할 거야."

"핸드폰 게임 좀 그만해, 눈 나빠지잖아. 혹시 오빠 자전거 못 타는 거 아냐?"

"아냐 나 진짜 잘 타. 오늘만 게임하고 자전거는 다음에 가자."

그땐 몰랐다. 그렇게 미루다 우리가 헤어질 때까지 단 한 번도 자전거를 타본 적도, 야외 바비큐 따위도 해본 적 없이 끝나리라는 것을. 관계가 유지되는 데에는 양보가 필수불가결하다. 하지만, 일방이 일방적으로 양보하는 관계가 굳어지면 받는 사람은 고마움을 모른 채, 한쪽의 희생은 당연한 것이 되고, 그 관계는 그렇게 계속되기 십상이다. 한쪽이 아낌없이 주는 나무가 되는 걸 즐기는 경우도 있을 테지만, 그는 건강하게 지속될 수 없다. 그렇게 늘 그를 받아준 내 잘못도 있다는 것을 그때는 몰랐다. 매번 파스타를 먹어도 그와 함께면 맛있었고, 그와 같이하는 게임엔 또 열심히 빠져들어, 결국 게임 아이템 모은 걸 그에게 자랑하던 게 그 당시의 나였으니.

"헌신하면 헌신짝 된다." 사회적 공감을 받아 널리 통용되는 표현에는 다 이유가 있는 법이다. '일반적으로 그러하나, 나는, 내 남자는 달라.'라는 것도 없다. 결국 그 사람도 수백만 명 중 한 명일 테니. 보통 부부, 연인, 가족, 진정한 친구라면, 우리는 상대를 위해 기꺼이 양보하려고 한다. 희생이라 생각하지 않고 마음으로 상대를 위해 행동한다. 하지만 어느 관계나 사람과의 관계는 만들어 가는 것이다. 상대가 나에게 맞추려는 노력을 보여준다면, 그것을 기억하고 반대로도 상대를 위해 내 욕심을 내려놓을 줄 알아야 제대로 된 사람이다. 문제는 모두가 그렇지만은 않다는 것인데, 상대가 인격적으로 성숙하지 못한 욕심쟁이라는 걸 알았다면 멈춰야 한다.

내 시간과 정성에 대한 예를 갖추자. 외로움이라는 감정에 휩쓸려 헛되이 쓰레기에 쏟을 시간이 있다면, 나를 위해, 그리고 나를 사랑해 주는 이들을 위해 한 번이라도 더 감사하는 마음을 표현해 보자. 머지않아 좋은 사람과 함께하기에도 내게 주어진 시간과 에너지가 충분치 않다는 것을 깨닫게 될 것이다. 가치가 없는 이에게 계속 마음이 기울어 시간과 돈, 에너지를 쏟고 그를 멈추지 못하는 사람, 우리는 그런 사람을 호구라고 부른다. 살아가다 나의 진심에 진심으로 감사하고 화답할 줄 아는 사람을 만난다면, 놓치지 말자. 그런 이에게만 깊은 마음을 내어주고 그런 이를 평생 곁에 둘 수 있는 안목을 길러야 한다.

당시 나는 유난히 보수적이고 꼰대 문화가 만연한 회사에 다니고 있었다. 한여름에도 정장 재킷은 꼭 입어야 하고, 겨울에 코트 아닌 패딩은 상상할 수도 없었던 모든 게 통제되어 있던 그런 회사. 엘리베이터를 타거나 내릴 때면 기수 순으로 줄지어 움직였으며, 막내는 끝까지 버튼을 누르고 있어야 했다. 군대도 아니면서 군대 문화가 만연했던 경직된 회사에서, 사무실 옆방 담배 냄새가 넘어와 머리가 아팠음에도 선배에게 컴플레인하는 건 상상하기 어려웠고, 점심 식사 후 선배들은 담배를 피우러 가는데, 막내는 혼자 커피를 픽업해서 선배들에게 커피 배달을 가야 했다. 도제식으로 트레이닝받는 업계에서 사수 혹은 선배들에게 책잡히지 않아야 하나라도 더 배울 수 있었으니 그런 문화가 어쩌면 당연했는지도 모른다.

여하튼 반차나 연차가 자유로운 삶은 상상할 수도 없던 시절이었는데, 법적으로 주어진 내 연차를 사용하기 위해서는 연차신청서를 작성하여 팀장님 방에 들어가야 했다. 당시 팀장으로 말할 것 같으면, 휴가를 내려고 하면 "네 바로 위 선배는 작년에 울산 본가에 간다고 연차 이틀 쓴 게 다였어. 근데 넌 여름휴가를 가겠다는 거지?"라며 제대로 된 휴가를 못 쓰게 했을 뿐만 아니라, 선배 중 하나가 이사를 하기 위해 고작 하루 연차를 쓴다고 했을 때도(그 선배는 그해 연차 중 하루도 쓰지 않은 상황이었다) "이사는 이삿짐센터가 하잖니."라며 연차를 반려했던 사람이었다.

그런 회사에서 휴가 한번 없이 눈치를 보며 지내고 있었는데, 너무 떨려서 면접을 못 볼 것 같다는 그의 말에 나는 억지로 오후 반차를 내고야 말았다. 오본휘의 마지막 레지던트 기회를 위한 면접 날, 그를 응원하러 가야 했으니.

"잘하고 와, 떨지 말고. 우리 연습 많이 했잖아. 그렇게 준비했는데 우리 오빠가 안 되면 누가 붙겠어. 편하게 하고 와. 잘될 거야."

쑥갓과 마늘로 버텨보자 백일당직

그는 레지던트를 시작하게 되었다. 레지던트 1년 차에겐 '백일당직'이라는 것이 있다. 쑥갓과 마늘로 백 일을 버텨야 사람이 된다던 곰과 호랑이처럼, 백 일간 병원 숙소에서 생활하며 버티는 것이다. 고된 병원생활에 인이 박여 적응하고 살아남을 수 있게 하기 위함이라지만, 근로기준법*에 어긋나는 말도 안 되는 구시대적 유물 아닐까. 하여간 백일당직을 시작했다면 백 일을 버텨낸 곰처럼 웅녀가 되어야 하는데 오본휘는 자꾸 그만두고 싶어 했다. 뛰쳐나와 전문의가 아닌 일반의가 된다고 해도, 그의 선택이니 그 역시 지지해 줬을 테지만 그가 진정 원하는 것을 아는 이상 길을 잡아줘야 할 것 같았다. 딱 봐도 그는 그렇게 조직생활에 적합하지도, 단단하지도 않은 사람이었으니.

....

* 그 후 전공의의 수련환경 개선 및 지위 향상을 위한 법률이 시행되었다.

"나 진짜 그만두려고. 도저히 안 될 것 같아. 이 거지 같은 짓을 더는 못할 것 같아. 치프 년도 병신이고, 다 나보고 하래. 치프 년 의사 면허도 나보다 한참 뒤면서. 아 짜증 나."

"힘들지. 이런 시간이 있어야 전문의가 되지. 원래 막내는 그래, 버텨보자. 버텨야 하는 시간인 거 알잖아."

"의전세 주제에 아 의전 때문에 병신 같은 놈들이 다 의사 돼서 어찌나 뻐꾸 같은지 몰라. 선배랍시고 거들먹대는데, 김승만도 얼마나 얌체 같은지, 아씨."

"그동안 잘해왔으면서 오늘 왜 이럴까. 저녁이라도 제대로 먹고 와."

"그 새끼 거의 한의사 사기꾼 수준이라고. 아니지 한의사는 의사라는 호칭을 붙이는 것도 아깝지. 여튼 사기꾼 수준이야. 아는 것도 없으면서 학번도 후배 새끼가 위 연차라고 존나 짜증 나게."

한 20년 되었을까. 언제부턴가 한국에서 공부 잘하는 친구들의 1지망은 의대가 되었다. 그 전엔 컴퓨터 공학 전기공학 뭐 희망에 따라 진로가 나뉘었던 것 같은데. 물론 지금도 본인의 의지에 따라 의대 아닌 이공계를 주체적으로 선택하는 학생들이 없는 것은 아니다. 그러나 언젠가부터 전문직 선호현상이 생기며, 공부깨나 한다는 대부분의 10대 학생들은 과학 분야 발전이 아닌 의대를 꿈꾸었고, 학부모들 또한 의대 보내기에 혈안이었다.

일반적으로 이 시대를 살고 있는 한국인에게 인생에서 가장 치열한 시기가 언제였냐 묻는다면 고3을 꼽지 않을까. 체력이나 성숙도, 어느 면에서 보더라도 무언가에 열중할 시기는 20대, 30대 그 이후 어느 날이어야 더 멀리 나아가고, 시련이 오더라도 더 잘 이겨낼 수 있을 텐데. 한국의 10대는 아직 성인도 아닌 질풍노도의 시기에 가장 치열한 경쟁의 장을 거쳐야 한다. 부모들은 겨우 걸음마를 뗀 아주 어린 나이부터 아이가 청소년기의 그 치열한 경쟁에서 살아남기를, 그리고 이기기를 바라며, 국어가 아닌 영어에 먼저 노출시키고, 영어유치원에 보내기 위해 한 달에 수백만 원씩 쓰기를 주저하지 않는다. 초등학교에 가면 중학교 수학쯤은 미리 끝내야 뒤떨어지지 않는다고들 하고, 소위 1타강사라 불리는 입시 강사들은 연봉 100억 원이 넘는다는 것이 공지의 사실이 될 만큼 사교육 시장은 활성화되어 있다. 그렇게 학교 외에 사교육 커리큘럼을 따라가느라, 중·고등학생들은 삼각김밥으로 끼니를 때우고 하루 평균 12시간의 수업과 더불어 독서실에서 잠을 줄여가며 공부한다. 예전엔 4당 5락이라 하여 4시간 자면 대학에 붙고 5시간 자면 대학에 떨어진다고들 하였으니, 개별 체력 차이와 컨디션을 불문하고 얼마나 몰아붙여 가며 그 시기를 이겨내야 했는지 짐작하고도 남음이다. 인생은 100미터 달리기가 아닌데, 마치 대입 시험 결승선만 통과하면 인생의 모든 고난이 끝나는 것처럼 시야를 가리고 모두를 전력으로 달리게 한다. 그러니 공부만 잘하고 인성인 엉망진창인 괴물들이 인류애를 바탕으로 하여야 할 직업을 꿰차는 일이 비일비재했다.

매일 그를 달래는 것도 하루 이틀이지 나도 힘들었다. 말 많은 고객 탓에 점심시간까지 길어져 버린 회의를 마치고 방에 들어서자마자 담배 냄새가 코를 찌른다. 옆방 선배의 담배 냄새가 난방기를 타고 온 건지 내 방에 뿌옇게 진동했다. 몇 달 전부터 실내 금연하라는 법이 시행되었는데, 밥벌이로 어떻게 해야 법을 비켜날 수 있는지를 늘 고민하는 이 아저씨들은 대놓고 법을 무시하고 있었다. 안 걸리면 그만일 테니. 빵이라도 하나 사 와야 하나 잠시 머뭇거리는데 바닥을 향해 달려가고 있는 가습기 물통이 눈에 들어온다. 주인이 자리를 비우는 동안에도 가습기만큼은 묵묵히 쉬지 않고 가열하게 일하고 있었다. 기특한 놈. 아침에 비서님이 가득 채워다 주었던 것 같은데 5시간만에 벌써 또 바닥이다. 시간이 없으니 물통을 채우고 커피 한 잔으로 점심을 때워야겠다 생각하며 자리에서 일어나 본다. 그나마 선배들 시중들어야 하는 막내가 아닌 게 어디냐 생각하니 그런대로 나쁘지 않았다.

그날도 또 책상 위에 커피잔만 서너 잔씩 쌓일 만큼 정신이 없었고, 빨라야 자정 무렵에야 퇴근할 수 있을 것 같은 날이었다. 자정퇴근이 이상하지 않았던 시대를 살았던 내가 몇 년생이냐 묻는다면 나는 딱 밀레니얼세대이지만, 점심도 저녁도 막내가 팀에서 '밥돌이*' 하는 게

....

*   이 글이 언제까지 읽힐지 모르겠으나 단어의 감도 모를 누군가를 위해 해석하자면 다음과 같은 의미이다: 매끼 회사 사람들과 밥을 같이 먹는 회사문화에서, 선배들 방을 돌며 식사 의향을 묻는 저연차 팀원을 의미한다.

너무도 자연스러울 만큼 야근이 당연시되었던 공간에서 일하고 있었다. 일이 많다는 것이 곧 인정받는다는 것을 의미하여, 일이 적으면 스스로 불안해하는 직종에 몸담고 있었기에 야근과 주말근무는 일상이었다.

　오본휘가 근로기준법을 모른 채 그 사각지대에서 일하고 있었다면, 나는 근로기준법을 알면서도 전혀 그 보호를 받지 못하는 또 다른 집단에서 구르고 있었다. 중이 제 머리 못 깎는다는 표현이 이보다 더 딱 들어맞는 상황이 있을까? 업계가 좁아 레퓨테이션이 한번 망가지면 소문은 일파만파 번지기에 십상이었고, 경쟁심 강하고 인정욕구가 강한 범생이들이 대부분이라, 일을 던져주면 잘해내고 싶어 제 권리조차 지키지 못하며 제3자의 권리를 지켜주겠다고 아등대는 변호사들만 모여 있는 로펌의 근무환경은 혹독했다. 기본적으로 법조인이라면 자기관리 전문가들이다. 먹고 자는 시간을 줄여가며 하루에 순수 공부 시간만 열서너 시간은 확보해야 그 어렵다는 시험을 좋은 성적으로 통과할 수 있었으니. 목표를 찍고 본능을 거슬러 달리는 데에 익숙한 이들만이 살아남아 모여 있는 곳이었으니 무한경쟁의 혹독함은 어쩌면 당연한 결과였는지도 모른다. 잠은 사무실 리클라이너에서 쪽잠으로 때우는 것이 당연시되어 입사 직후 신입들의 방에 리클라이너는 연달아 배달되었고, 불규칙한 식사습관으로 위장장애 한번 겪지 않은 동료가 없었다. 위장장애나 목디스크 정도면 양반이지, 과로로 인한 과로사 기사는 가끔 업계 사람들을 숙연하게 했다. 그러나 그

뿐일까. 당시 업계 상황을 돌아보면, 갑자기 임금을 깎거나, 퇴직금을 제대로 정산해 주지 않는 일은 흔했고, 초과 근무에 대한 보상, 미사용 연차에 대한 보상 따위는 기대할 수조차 없었다.

출산, 육아라는 특성이 추가되는 경우 회사는 더더욱 매정해졌는데, 여성 변호사가 임신을 알리자 다른 이유 없이 소속 로펌이 계약 갱신을 하지 않았고, 워킹맘에겐 면접에서 대놓고 차별적 발언을 했다는 이야기 정도는 너무 만연하여 새롭지도 않았다. 새천년이 시작되고도 10년이나 더 되었는데 달라진 것은 없었다. 대기업이면 모를까 노동 집약적 서비스로 돌아가는 로펌과 같은 곳에서, 아이를 기르며 쓰라고 법이 보장해 준 육아휴직을 쓸 수 있는 용자는 없었다. 오직 출산을 위한 3개월짜리 출산 휴가 정도를 보장받았는데, 대부분의 여변들은 그마저도 예정일 전 언젠가에 맞추지 않고 마지막 순간까지 버티다, 퇴근길 혹은 어느 날 밤 진통이 시작되어 아이를 낳고 나서야 출산 휴가를 시작했다. 그즈음 모 로펌의 여변호사가 임신을 이유로 무급휴직명령을 내린 것은 부당하다는 취지로 소송을 했는데, 그 기사가 법률신문에 날 만큼 업계에는 충격이었고, 변호사사회의 표준상이라 일컬어지는 대다수의 40대·50대 기혼 남자 사람들은 "이래서 여변을 쓰면 안 된다."라는 이야기를 대수롭지 않게 해댔다.

당시 신입을 여러 명 뽑아 서바이벌식으로 절반 이상 내보내는 기이하고도 멍청한 제도는 누구의 머리에서 나왔는지 여러 로펌 사이에서 유행처럼 번졌고, 우리 회사도 예외는 아니었다. 열심히 트레이닝 시켜서 그 자원을 쓰지도 못하고 그렇게 내보내면 회사 측에서도 손해라는 것을 몰랐을까. 법을 하는 사람들일 뿐 경영을 잘하는 사람은 아니라는 점은 그렇게 티가 났다. 한 해 한 해 살아남는 과정에서, 함께 일하던 후배가 재계약 갱신이 되지 않아 나가는 모습을 지켜봐야 했던 그 시절 나의 지위는 한없이 보잘것없었다. 더욱이 나는 우리 팀의 유일한 여자였고, 내가 그들과 성이 다름을 인지하지 못하는 1960~1970년대생 아저씨들과의 회사생활은 뭐라 형언하기 어려울 정도였다. 게다가 우리 팀은 모두 유부남이었는데, 어찌나 나의 연애사에 관심이 많은지.

"하변, 요새 연애사업은 어때? 주말에 여행이라도 다녀?"
"선배님, 왜 그런 걸 물어보세요." 무슨 거지 같은 질문이란 말인가, 톡 쏘아주고 싶었지만, 꾸욱 참았다.

"하변 입술이 부르텄길래 요새 남자친구랑 완전 좋은가 보다 했지."
"며칠간 선배님이 시키신 일로 계속 날 새는 거 모르세요? 어제도 3시간 잤거든요? 선배님이 어제 술자리 가신 동안 일하느라."
"하 변호사님, 괜찮으십니까?" 옆 테이블에 앉은 후배가 조심스럽게 물었고, 나는 대답 대신 웃으며 고개를 끄덕였다.

"딱 봐도 강변이 하변 젊음이 부러워서 그런 것 같은데, 나도 하변

만큼 젊었으면…. 하아, 나는 언제든 흔들릴 준비가 되어 있는데, 바람이 불질 않네. 하하하." 의도를 알 수 없었지만 정 변호사가 말을 더 했다. 회사생활은 인고의 연속인가. 아재들의 지랄도 풍년이다.

"야야 하변아, 미혼인데 남친이랑 여행도 다니고 그러는 거지. 선배님들이 물어보시는데 왜 이렇게 까칠하냐, 남친이랑 많이 놀러 다녀."
"선배님, 지금 유나 몇 살이죠? 7살인가? 20년 뒤에 선배님 딸한테 말해주세요. 남친이랑 여행 많이 다니라고. 저한테는 관심 끄시고요."
"하변, 못 들은 걸로 해, 다들 왜 저러는지." 애처가로 유명할 뿐만 아니라 내가 존경해 마지않는 박 변호사님이 슬쩍 속삭였다.

"아, 근데 원 변호사 이혼한 거 들었어? 그 친구 우리 회사에 있을 때부터 쪼끄마한 여변이 우리랑 맞담배 피우고 다니더니 이혼했대. 내 그럴 줄 알았어, 내 연수원 동기가 걔 남편이었거든."

귀를 씻고 싶었다. 남자들의 수다는 어마어마했다. 그 속에서, 약해 보여서는 안 됐고, 일을 대충 하거나 한 발 뒤로 물러서는 태도는 더더욱 용납될 수 없었다.

나 또한 "우리 기쁨이 힘내자!"라며 늘 응원해 주는 사람이 남자친구였으면 했으나, 그때의 그는 그의 용어에 따르면 '의전세'에 대한 반감과 수련 코스를 다시 밟아야 하는 자신의 상황에 대한 불만에 판단력을 상실한 채 살고 있었다. 스트레스를 받다 못해 신체 증상으로도 나타날 정도였으니.

"배가 너무 아파. 장이 꼬이는 것 같아."
"오빠, 차에 약 있어? 우선 차를 좀 세우자. 어떡해. 운전하면 안 될 것 같아. 근처에 약국도 안 보이는데, 119 불러야 할 정도야?"
"차에 약 없어…. 아 미치겠네. 119까진 아닌데, 너무 힘들어." 그가 식은땀을 흘리며 말했다.

"뭐야, 오빠 이런 적 없잖아. 오빠 이럴 때 무슨 약 먹어야 해? 내가 찾아볼게."

운전대를 바꿔 잡고 문 연 약국을 찾아볼까 싶었지만, 전방 몇 킬로미터 안에 무엇이 있을지 알 수 없는 상황이었다. 그나마 가까운 곳에 가게와 집이 붙어 있는 잡화점이 한 군데 눈에 들어왔다. 뛰어가 유리창 너머로 안을 들여다보니 약처럼 생긴 것이 보였으나, 이미 문이 잠긴 것이 영업시간이 끝난듯했다.

'쿵쿵쿵쿵쿵'

"저기요. 저기요, 사장님, 문 좀 열어주세요."

한참을 두드린 끝에 주인집에서 사장님이 나오셨다.

"사장님, 정말 죄송합니다. 제 친구가 지금 배가 너무 아파서요. 타이레놀이랑 부스코판… 뭐 진통제라도 구할 수 있을까요? 부탁드려요."

사장님은 여기저기 찾아보시더니 진통제를 건네주셨고, 나는 물 한 병을 함께 사며 만 원짜리 한 장을 건넸다. 그래도 다시 한참을 뛰어와 오본휘에게 약을 먹이고 가라앉길 기다리는데 그때야 알았다. 문 두드리다 어딘가에 부딪혔는지, 손날이 긁혀 피가 나고 있다는걸.

"기쁨아, 좀 나아지는 것 같아."
"다행이다. 오빠 운전하지 말고 사람 부르자. 안 되겠어."
"알게써, 기쁨아 고마워."

그 후로도 한동안 오본휘가 뱉는 말의 절반 이상은 자기 이야기였고, 나에 대한 걱정이나 관심은 없었다. 그 때문에 나는 이별을 생각했지만, 나에게도 이별을 진지하게 고민할 여유가 없었다. 우리는 각자가 속한 집단에서 엔트리 단계에 머물러 있는 주니어였다. 점점 얼굴 보기도 어려워졌고, 그렇게 시간만 계속 흘렀다. 그는 가끔 이야기했다. 인턴과 레지던트 1년 차를 거치면서 주변의 많은 친구들이 여자친구와 헤어지는데 우리는 내가 자기만큼 바빠서 관계가 유지되는 것 같다고. 틀린 말은 아니었다.

다시 오빠가 당장 그만두겠다고 했던 그날로 돌아가, 당시 내 남친은 벼랑 끝에 서 있는 것 같아, 당장 뭐라도 해서 붙잡아 주어야 할 것 같았다. 동기들과의 저녁 약속을 취소하고, 그 시간에 근처 마카롱 맛집을 찾아 그가 좋아하는 마카롱 한 상자를 사 들고 들어왔다. 마카롱 하나하나에 꾹꾹 눌러쓴 손글씨를 담은 포스트잇을 하나씩 붙였다. 너무 화가 나서 그만두고 싶은 날 하나씩 꺼내 먹으면서 그가 힘낼 수 있게.

"오늘도 수고했어요, 토닥토닥", "세상에서 제일 멋있는 우리 오뿌리 이거 먹고 오늘 화나는 일은 다 잊자.", "오늘도 너무 잘했어.", "오본휘 대단해. 벌써 한 발자국만큼 더 성장한 거야.", "아기의 사랑을 담아 응원합니다.", "우리 오빠는 다 이겨낼 수 있어." ….

자정을 넘어선 시각, 심야 택시를 타고 달렸다. 의국 회식 날인데 그만두겠다며 혼자 숨어 있는 그를 불러내 마카롱 상자를 내밀었다.

"정 싫으면 그만둬도 괜찮아. 오빠가 진짜 원하는 거면 그래도 돼. 전문의? 안 따도 그만이야. 근데 이렇게 한 번 포기해서 후회 많이 했잖아. 이번에 또다시 접으면 후회하지 않을까?"
"…모르겠어."
"오빠가 무슨 선택을 하든 난 오빠 편이고 끝까지 응원할 거야. 근데 오빠가 '아 그때 좀 참을걸.'이라고 나중에 후회하는 선택은 하지 않았으면 좋겠어. 할 수 있는 데까지는 해보는 게 맞지 않을까? 순간적으로 화가 나서 그런 걸 수 있잖아. 멀리 보면 또 다를 수도 있어. 지금 힘든 거 차곡차곡 쌓아가면 다 자산이 될 거야. 오빠도 모르게 계속 커가고 있는 거라고. 좀 식히고 찬찬히 생각해 보자. 그 정도는 할 수 있지?"

"응…."

"회식 들어가자. 막내니까 싹싹하게 웃으면서 더 잘하겠다고 하자! 얼른 교수님들이랑 선배들 있는 데 확인해. 오본휘 뭐든 잘할 수 있잖아. 그치?"

"힝, 아죠 아기야."

"아이구 이쁘지, 우리 오뽀리가 최고야!"

첫인사: "좋겠다.
우리 본휘 같은 애를 잡아서."

서른이 되었다. 서른, 참 좋은 나이다. 많은 사람들이 서른에 의미를 부여하고, 이제 이리저리 치이고 실패해도 괜찮을 20대가, 젊고 반짝반짝한 20대가 끝났다는 데에 슬퍼했지만, 내게 서른은 그렇게 큰 의미가 없었다. 왠지 모든 것이 리셋되어 다시 시작하는 느낌이랄까. 그래서인지 친구들과는 다르게, 나는 막상 서른을 찍으니 놀랍게도 결혼 생각이 사라졌다. 그즈음 우리 집에서는 결혼의 'ㄱ' 자도 언급이 없었는데, 오본휘는 갑자기 결혼을 하자고 했다.

"우리 엄마가 너도 이제 서른 됐는데 오래 만났으니 책임져야 하지 않겠냐고, 인사 오라고 하시는데?"
"응?"
"여자 나이 서른인데 엄마가 결혼 이제 준비해야 하지 않겠냐고, 얼른 하라는데? 우리 이제 결혼 준비해 볼까?"

"오빠 나 잘 모르겠는데, 결혼은…."

"아빠 내년에 퇴임하실 수도 있거든. 근데 왜? 결혼하기 싫어?"

"흠…. 오라고 하셨으면 인사는 가자. 오래 만났으니 오빠 부모님께 인사는 한번 드려야지."

'엄마가 결혼하라는데?'가 아니라 '기쁨아 결혼하자. 너랑 결혼하고 싶어.'라고 했다면 다른 결말이었을까?

모든 것은 타이밍이다. 분명히 나도 그와 결혼하고 싶었던 적이 있었던 것 같은데, 그가 하자고 하니 선뜻 마음이 내키지 않았다. 몇 년간 수없이 다퉈온 탓도 있었고, 마음에 안 드는 면들이 보이기 시작해 걸리는 것들이 많아졌다. 무엇보다 "결혼하면 집안일과 육아는 여자 몫이다. 우리 엄마도 다 혼자 하셨다."라는 레퍼토리를 귀에 못이 박이도록 외쳐오던 그와 결혼하면 힘들 게 눈에 보였다. 이래서 오래 사귀면 결혼이 어렵다고 하는 건가, 친구들처럼 결혼을 하려면 만난 지 1년 안에 해야 적당히 모른 채 그렇게 식장에 들어갈 수 있는 걸까? 싶었다.

그의 친구들의 모습도 상당히 거슬렸다. 커플 모임인데도 마치 남자들끼리만 있는 것마냥 기세가 등등해져 여자친구들 앞에서 "여자가 말이야~"를 외치며 웃어대던 모습이 꼴 보기 싫었다. 그 무리는 친구들이 결혼할 때마다 '키 맞추기 이론'을 내세우곤 했는데, 그 역시도 보기 힘들었다. 당시 그의 친구 중에 회계사인 장일 오빠는 승무원이던 연지 언니와 오래 만나고 있었는데, 다들 연지 언니와 친했음에도 막상 그 둘이 결혼할 때에는 그동안 친분은 다 허울뿐이라는 듯 말했다. "결혼하면 전업주부를 할 연지가 집을 해 오는 게 키를 맞추기 위해선 당연하다."고.

여하튼 그렇게 어느 여름날, 보라색 원피스에 회색 볼레로 차림으로 그의 부모님을 처음 뵙게 되었다.

"어, 반가워요. 생각보다 예쁘네." 오빠 어머니의 첫인사였다.

"(지금까지 이런 멘트는 없었다. 이것은 디스인가 칭찬인가) 아, 안녕하세요." 허리를 숙여 첫인사를 드렸다.

"아, 본휘가 되게 못생긴 사진만 보여줘서 내심 실망했는데 그래도 사진보다는 예쁘네. 애가 어렸을 때부터 그러더니, 이렇게 기대치를 낮추려고 미리 좀 그른다니까."
"감사합니다. 칭찬해 주시는 거죠?" 조금 당황스럽긴 했지만 좋은 게 좋은 거지 싶어 반달눈으로 한껏 싱긋 웃으며 대답했다.

"아… 뭐, 꼭…." 어머님은 한쪽 입꼬리를 올리며 갸우뚱하셨다.

그 뒤로도 어찌나 "못생긴"에 방점이 찍힌 "못생긴 사진"이라는 말을 여러 번 하시던지, 아버님이 "거 그만 좀 하지."라고 핀잔을 줬음에도 "아니, 나는 사진이 너무 별로여서."라는 말만 반복하셨다.

처음에는 웃으며 넘기려 했지만 왜 자꾸 못생겼다고 하시는 건지. 조금은 불편했던 나는 그 상황에서 꿀 먹은 벙어리마냥 가만히 있는 오본휘에게 넌지시 말을 건넸다.

"오빠, 대체 무슨 사진을 보여드렸길래."
"…."

미리 말하자면 그날 저녁 내내 오본휘는 마치 말을 못 하는 생명체가 된 것마냥 "아", "어" 정도의 의성어 몇 마디 의에는 아무 말도 하지 않았고, 모든 대화는 나와 그의 부모님 간에만 이루어지고 있었다.

메뉴를 골라야 했는데, 고기와 평양냉면이 주메뉴인 식당이었다.

"그래 뭐 먹을까? 고기 먹을까?" 아버님이 말씀하셨고,

"무슨 더운데 고기예요, 애들 평소에 먹건 식으로 먹으라고 해요. 너희 평소에 뭐 먹니?" 어머님이 커트하셨다.

우리는 쭈뼛쭈뼛하며 그날 식사로 평양냉면과 된장찌개를 시켰다. 평소에 우리 집은 고깃집에 가면 고기로만 식사하고, 밥 메뉴는 시키지 않는데, 그의 가족과의 식사는 조심스럽고 또 낯설었다.

잠깐의 정적이 흘렀을까, 어머님은 음식을 기다리는 동안 오빠가 얼마나 사랑스러운 아들인지 자랑을 시작하셨다.

"아들이 둘이지만, 사실 둘째랑은 그렇게 끈끈하지가 않아. 유대감이 큰애랑은 다르다고나 할까? 우리 큰아들은 저엉말 내가 생각만 해도 든든해지고 가슴이 뜨거워지는 그런 특별한 아들이에요."

고개를 두어 번 끄덕이자, 어머님이 말씀을 이어가셨다.

"우리 본휘가 여자를 데리고 온 건 오늘이 처음이야. 기쁨 씨는 정말 좋겠다."
"왜요?" 왠지 좋은 말씀을 해주실 것 같아 얼굴에 미소를 가득 담아 어머님께 되물었다.

"우리 본휘 같은 애를 잡아서."
"아…."

대답을 해야 했는데 그저 몇 년간의 사회생활로 터득한, 회식용 미소가 내가 할 수 있는 전부였다. 그가 어머니와 단둘이 파스타 데이트를 하는 살뜰한 아들이라는 것 정도는 알고 있었지만, 그저 착한 장남인 줄로만 알았지 그게 곧 이렇게 돌아올 줄은 몰랐다. 내가 그를 잡았다니⋯. 오본휘가 로또 당첨된 게 아니고? 어더님이 내가 오빠 같은 남자를 잡아 좋겠다고 하시니, 굳이 내 절친들의 배우자 평균값을 떠올려 보건대 나는 남자를 잘 만난 축은 전혀 아니었다. 나처럼 실속 못 차리고, 남자친구에게 잘하는 캐릭터도 없었는데, 내가 오빠를 "잡았다."는 표현은 너무⋯. 뭐라고 말하기 어려운 진회색 빛 그림자가 내 얼굴에 드리우는 걸 오빠 어머님은 아셨을까.

그렇게 아주머니와 대화를 나누는 동안, 그는 본인 냉면을 다 먹고 내 음식까지 가져다 먹고 있었다. 긴장한 나는 제대로 먹지도 못하고 있는데, 야무지게 챙겨 먹는 그를 보며 어머님께 말했다.

"어머님, 오빠는 늘 이렇게 다 빼앗아 먹어요."

그러자 그의 어머니는 "기쁨 씨, 완두콩 좀 먹어봐. 맛있어."라며 밑반찬으로 나온 완두콩 콩깍지를 내 앞 접시에 툭 놓으셨다. 기대했던 건 "기쁨이 음식을 빼앗아 먹지 말아라."라는 한마디였지만, 그런 훈훈한 장면은 없었다. 드라마로 학습된 탓인지, 그의 부모님이 내 편을 들어주시는 화기애애한 장면이 펼쳐지리라는 망상에 사로잡혀 있었던 것 같다.

그날 식사 후 그의 부모님은 나를 집에 초대해 주셨다. 들어가자마자 아버님은 소파에 앉았지만, 어머님은 바로 부엌에서 무언가를 준비하시는 듯했다.

"어머니, 제가 뭐라도 도울게요."
"아니야, 오늘은 손님이니까. 오늘은 그냥 앉아 있어요."

잠시 안절부절못했지만, 어머님이 음료를 준비하는 동안 아버님과 담소를 나누기 시작했다. 끊임없이 이어지는 그 대화에 오본휘는 없었다, 단 한마디도. 평소에 그는 아버지를 싫어한다고 말했었는데, 내가 본 아버님은 그가 말했던 것처럼 그렇게 무섭고 고집 센 아저씨는 아닌 것 같았다.

어머님은 내가 손님이라며, 나만 우유에 인삼을 갈아주셨다. 하나, 선뜻 그 유리컵을 잡지 못했던 건, 유리컵에 1/4 정도밖에 되지 않는 양 때문이었다. '우유가 부족하셨으면 차를 주셨어도 됐을 텐데. 보통 음료를 내갈 땐 잔의 2/3 정도는 채우는 것 아닌가?' 먼저 다 마셔버릴 순 없으니, 오빠와 아버님이 차를 마시는 동안 그저 손을 가지런히 모으고 유리컵에서 시선을 거뒀다.

"기쁨 씨는 우리 본휘랑 결혼할 때 제일 마음에 걸리는 게 뭐야?"
"음…. 오빠가 집안일은 다 여자가 하는 거래요, 어머님도 다 그러셨다면서. 다 제가 하면 오빠가 가끔 쓰레기 정도는 버려줄 수 있대요."

어머님은 피식 새어 나오는 웃음을 숨기지 않으며,

"본휘 아빠가 집에서 뭘 안 해서 그래. 요새는 맞벌이하니까 조금은 도와야지. 본휘가 실제로 하면 잘 거면서 말은 최대한 안 좋게 해두는 버릇이 있어서, 집안일 조금은 하겠지."라고 하셨다.

그리고 그녀는 이어서 말했다. "우리는 너희 둘이 시작하는 데 해줄 수 있는 게 없어서, 본휘랑 기쁨이랑 둘 다 전문직이니까 잘 모으고 살면 괜찮을 것 같은데."

"네, 어머님 근데 오빠가 사치가 심해요. 명품 너무 좋아하고, 여자인 저보다 훨씬 쇼핑도 많이 하고, 빚내서라도 좋은 차 타고 싶다구 하고." 오본휘의 쇼핑 습관을 고쳐야 할 것 같아 말을 꺼냈다.

"우리 본휘가 워낙 보는 눈이 높아서, 옷도 센스 있게 잘 입고."
"아… 네…." 어머니 표정을 보니 너무 솔직하게 그의 부모님 앞에서 그의 단점을 말했나 싶어 급히 입을 다물었다.

그날 집에서 나오려는 그때, 어머니는 어디선가 양손 가득 쇼핑백을 들고 오셨다.

"기쁨 씨 이거 우리 집에 선물로 들어온 파운데이션인데, 난 이런 걸 잘 안 써서 한번 가져가서 써봐요. 이건 원두인데 맛있는 거래."
"감사합니다."

오본휘는 나를 집에 바래다주며, 부모님께 처음으로 여자친구 소개해 준 건데 어머니가 나를 예뻐하는 것 같다고 싱글벙글이었다. 그러나 그의 말은 웅얼거림 그 이상으론 아무것도 들리지 않았다. 단지 "기쁨이는 좋겠다, 우리 아들 잡아서."라는 말만 반복재생 되고 있었다.

회사 근처로 가면
볼 수 있을까요?(Feat. 헬리콥터 맘)

우리 관계의 수명이 다해서였는지, 서로 마주 앉아서도 아무 말 없이 각자의 핸드폰만 들여다보는 날이 잦아졌고, 과거와는 비교도 되지 않을 만큼 자주 다퉜다. 특별하게 무슨 문제가 해결된 것도 아니었고, 어느 누가 사과의 말을 꺼내지도 않았지만, 어찌 보면 서로라는 타성에 젖어 있었던 우리는, 그럼에도 자연스럽게 현상유지 편향을 드러내며 그렇게 서로의 옆자리로 돌아가길 반복했다. 하지만, 그 후엔 매번 조금씩 더 멀어지는 게 느껴졌기에 그 과정 역시 쉽지 않았다. 그의 부모님을 만났을 때 느꼈던 알 수 없는 싸한 기분 때문이었는지, 아님 오본휘가 수술 중이라며 당당히 그의 핸드폰을 받아 내게 누구냐고 되물었던 그 간호사 때문이었는지, 정확히 뭐라고 할 순 없지만 예전 같지 않았던 우리는 결국 헤어졌다.

엄밀히 말하면 사실 그간 우린 여러 차례 남이 된 적이 있었고, 제법 심각하게 몇 개월씩의 공백이 있었던 적도 꽤 있었다. 다만 그간의 헤어짐은 두세 개를 제외하면 왜 헤어졌는지 이유조차 생각나지 않을 만큼 흐려진 사건이었다면, 17년의 그날은 정말 끝이었다.

그즈음 나는 유수의 매체에서 선정한 업계의 Rising Star에 이름을 올렸고, 모든 동료들이 다 맡고 싶어 하던 주요 프로젝트의 실무총괄 책임자로 선정되어 고객사에 파견을 가게 되었다. 모두가 원했지만 그만큼 많은 이들이 주목하고 있기에 조금이라도 실수를 해서는 안 되는, 독이든 성배와 같은 자리였다. 고객사와 회사의 전폭적인 지원을 받고 있었기에 나는 빠른 시일 내에 이슈를 먼저 짚어내 성과를 내야만 했다. 잘하고 싶었다.

장시간 회의에 화장실도 참았다 뛰어가야 할 만큼, 바쁘고 힘든 시간이었다. 감기에 걸려서 목소리가 나오지 않는데, 병원에 갈 여유조차 없었고, 오본휘는 강북에서 강남까지 약을 지어 달려왔다. 그도 힘들게 시간을 낸 걸 알고 있었음에도, 곧 있을 컨퍼런스 콜 때문에 저녁을 같이 먹을 수는 없었던 어느 날, 그가 가져온 약 봉투만 받아 들고 사무실로 다시 올라가는데 그의 문자를 받았다.

> 하기쁨, 난 조금 더 나은 대접을 받을만한 가치가 있는 것 같아.

내가 매번 그를 기다리고 그냥 돌아왔던 그 많은 날들은 잊은 건가. 그렇게 또 한 번 다툼이 되었고, 나는 오빠까지 다독일 여력이 없었다. 결국 쌓여가던 불만은 터지고야 말았다.

"나 지금 이렇게 실랑이하고 싶지 않아. 또 다른 스트레스야. 더는 못 하겠어. 나 요새 진짜 힘든데 오빠까지 더하지 마."
"…네가 진정으로 미안하다고 사과하면 받아주는 줄게."
"아니 그동안 다투면 오빠는 숨어버리니까, 내가 항상 굽혀왔잖아. 내가 지금 이렇게 여유가 없는데, 이번 한 번은 오빠가 좀 굽혀주면 안 돼?"
"하기쁨, 내가 너 생각해서 너 지금 파견 간 그 회사에 다니는 내 동창들한테 다 너 힘들어하니까 너 좀 챙겨달라고 말해두고 그랬는데, 나한테 뭘 굽히래."
"뭐? 새로운 사람들 사이에서 일하는 게 얼마나 힘든 줄 알아? 더군다나 여기 완전 남초 회사야. 이 아저씨들 남자 후배들한텐 걔네가 시니언 줄 알고 걔네한테 먼저 인사는 해도, 나한테는 처음 본 자리에서 명함도 안 내민다고. 아저씨들만 열대여섯씩 들어오는 회의에서 컨트롤하려고 안 보이는 데서 검토 한 번 할 걸 두 번씩 하고 있는 거 안 보여? 근데 내가 힘들어한다는 그런 이야기를 왜 해. 내 입장은 생각 안 해? 왜 시키지도 않은 쓸데없는 짓을 해!"
"야, 난 너 생각해서 그런 거지. 하기쁨, 난 좀 더 나은 대우를 받을 필요가 있어. 아씨, 진짜 기쁨이 너는 나를 너무 하찮게 생각해, 내가 우리 병원에서 인기가 얼마나 많은 줄 알아?"

"제발 좀 날 내버려 줘. 부탁이야. 인기가 그렇게 많으면 병원에서 새 여자 만나. 오빠가 날 더 힘들게 하고 있어. 지친다."

그리고 며칠 뒤 오빠 어머니로부터 문자를 받았다.

> 기쁨 씨, 나는 기쁨 씨가 정말 마음에 들었어요. 본휘랑 잘되었으면 했는데, 우리 본휘와 헤어졌다는 소식을 들었네요. 혹시 무슨 일인지 기쁨 씨 회사 근처로 갈 테니, 이야기 좀 할 수 있을까요?

그의 어머니는 대치동* 학원가의 고급 입시 정보의 중심에서 과외 팀을 짜고, 가장 좋은 자료를 입수해 나르던 슈퍼 헬리콥터 맘이라 들었다. 그렇지만 서른다섯 살 아들 연애에도 이렇게까지 적극적으로 나서실 줄은 꿈에도 생각하지 못했다.

심하게 다퉜고 헤어지자는 말이 나오기는 했지만, 우리는 그대로 연락을 하고 있었다.

"오빠, 어머님이 나 보자고 하시는데?"
"아, 진짜? 그래, 그럼 얼른 만나봐."

....

* 　대한민국의 사교육 1번지로 불리는 서울 강남구의 동. 전국의 맹모들이 자녀를 명문대에 보내고픈 열의로 몰려들어, 대치동 집값은 학원가가 다 올려놓았다.

"응? 만나보라고?…."

"어, 편하게 만나봐. 엄마가 보자고 하잖아."

"흠…. …어머님이랑 둘만? …알겠어. 뭐 사 가지고 가야 하나? 어머님 뭐 좋아하셔? 향 좋은 차 어때?"

"어, 그거 괜찮은 것 같아."

묘한 기분은 있었으나, 그와 완전히 끝난 관계가 아니었기에 거절할 수 없었다. 바빠서 바로 약속은 못 잡았지만, 어머님께 좋은 모습 보여드리지 못해 죄송하다는 말과 함께, 지금 하고 있는 프로젝트가 끝나면 다시 연락드리고 찾아뵙겠다고 했다. 그날 저녁 식사를 사러 나가는 길에 오본휘와 이야기한 대로 근처 백화점에서 괜찮은 차 선물도 같이 사두고.

그리고 얼마 후 토요일, 주말근무를 하고 있는데 사무실에서 문자 하나를 더 받았다.

> **나는 우리 아들의 의사를 존중합니다. 정리하세요.**

순간 내 눈을 의심했다. 30대 중반인 아들 연애사에 문자를 보내는 엄마까지는 이해해 보려고 했는데, 정리? 내가 먼저 연락해서 매달린 적이 있었나? "무슨 말씀이시죠? 제 부모님도 저의 의사를 존중해 주시는데요?"라고 문자창에 쓰다가 창을 닫았다.

그 길로 바로 그에게 전화를 했다.

"나 어머님한테 차였어? 어머님이 이상한 문자 보내셨는데 이해가 안 돼."
"우리 엄마가 뭐라는데?" 잠결에 받았는지, 그가 웅얼거렸다.

"구구절절 전달하고 싶진 않고, 어머님 이러시는 배경이 뭔지 궁금해. 무슨 일 있었어?"
"뭔데? 오늘 토요일이라 모처럼 잠 좀 자고 있는데 엄마가 자꾸 왜 헤어졌냐 캐묻잖아. 그래서 짜증 좀 냈어, 그게 왜."
"그래서 어머님이 화나신 거라고? 그래서 나한테 연락하신 거고?"
"몰라 엄마 나한테는 암말도 안 했는데? 신경 쓰지 말라니까 바로 방에서 나갔어."
"그냥 나가서 나한테 갑자기 문자를 보내신 거라고?"
"내가 짜증 냈더니 나한테는 뭐라고 못 하고 너한테만 연락했나? 울 엄마가 뭐랬는데?"
"괜히 가만히 있는 나한테 화풀이하신 거라는 거지? 종로에서 빰 맞고 한강에서 눈 흘기는 그런 거?"

이거 무슨 재벌 아줌마가 나타나 돈봉투를 들고 아들의 여자친구에게 떨어져 달라고 하는 그런 드라마 한 장면과 비스름한 무엇인가? 세상 살다 보니 별일을 다 겪는다.

그렇지 않아도 일도 힘든데 남자친구와도 투닥거려 힘들어하던 시기였다. 그 문자 이후 오본휘가 더 싫어졌고, 그와 끝인데 괜히 어른과 싸우고 싶지는 않았다. 이제 끝낸다는 마음으로 뭐라도 보내야 할 것 같아 마음을 꾹꾹 눌러 답장했다.

> 네 알겠습니다.

다시는 오본휘와 엮이지 않으리라. 그리고 오본휘에게도 통보했다.

"다시는 연락하지 마, 오본휘."

그게 우리의 끝이었다. 오본휘 어머니의 그 문자는, 그 후로 2년간 정말 친구 같은 존재가 된 오본휘가 "결혼은 너랑 할 거다."라는 드립을 칠 때마다, '너랑 결혼만은 못하겠다, 도저히 그런 시어머니는 감당이 안 될 것 같아.'라는 생각을 하게 만든 장본인이었고, 우리의 결말을 결정짓는 계기가 되었다.

튤립아파트

2017년 봄은 그렇게 폭풍 같은 시기였다. 단 한 번 만났던 아주머니로부터 이상한 문자를 받고 오래 사귄 남자친구와 헤어진 내 속만 그랬는가 하면, 대한민국 전체가 전대미문의 정치스캔들에 휩싸여 술렁이는 시간이었다. 광화문 일대는 촛불 집회로 들끓었으며 온 국민이 헌법재판소 재판문이 낭독되는 모습을 숨죽이고 지켜보아야 했다. 헌정사상 최초로 대통령이 탄핵되던 그해 그 봄, 앞으로 대한민국에 다가올 진정한 지옥을 어느 누구도 예상하지 못했다.

파견에 나가 새로운 사람들과 생활해서인지, 남자친구와 헤어졌다고 하자 그해 소개팅이 끊임없이 쏟아졌다. 너무 바빠서 절반 이상은 거절하고 또 받고 나서도 절반 이상은 약속을 잡다가 깨지고, 소개팅 열 개 들어오면 그중 한두 개 정도 나간 것 같았는데 아직 서른둘의 소개팅 시장엔 좋은 분들이 많구나 싶었다. 그중 한 분과 너무 이야기가 잘 통해 그저 같이 있는 시간이 너무 편안해서 '결혼은 이런 분과 하면 좋지 않을까.'라는 생각을 하며 서너 번 더 만남을 이어가고 있었다.

그러던 중 연락이 끊겼던 오본휘로부터 문자를 받았다.

> 나 내년에 시험 보는데 네가 다른 남자 생기면 무너져서 공부 못할 것 같아. 올해는 아무도 만나지 말아 줘.

받자마자 한숨이 새어 나와 아무 대답도 하지 않았다. 그러나 퇴근길에 또 그 문자를 다시 열어 읽고 또 읽고 있었다. '하아…. 헤어졌으면 헤어진 거지! …아닌가? 오본휘가 나 시험 볼 때 뒷바라지했었는데, 내가 전문의 시험 보는데 멘털 흔들어 놓으면 의리가 없는 건가? 내가 이분이랑 연락하는 걸 어떻게 알지? 그냥 촉일까?' 무슨 감정인지 정확히 모르겠지만, 5년 넘게 남자친구 자리에 있었던 오본휘에게 의리를 지키고 싶었다. 다만 "구 남친이 시험을 봐서 그러는데 반년만 기다려 주시겠어요?"라고 썸남에게 요구하는 건 말이 안 되는 노릇이었다.

그렇게 마음으로는 정말 좋은 분 같았지만 이런 분 만나기 어려울 거라는 것도 알면서, 멍청하게도 새롭게 연락하던 그분을 정리했다.

그처럼 좋은 분을 다른 여자들이 못 알아볼 리 없을 터, 그다음 해 바로 그분이 미모의 여의사와 결혼하셨다는 이야기를 소개팅 주선자를 통해 전해 들었다. 그로부터 몇 년 뒤의 내가 이런 모습일 줄 알았다면 그때 그냥 오본휘를 모르는 척했어야 했는데.

오본휘는 내가 일하는 곳에서 택시비 기본료 거리에 레지던스를 잡고 그해 가을부터 시험준비를 했고, 나는 가끔 저녁 시간에 짬을 내 그와 식사를 하곤 했다. 그렇게 그해 크리스마스는 그 레지던스 근처에 있는 피자집에서 맞았는데, 우리는 그 피자집 압구정점에 제법 자주 갔었던 터라 여느 해와 비슷한 크리스마스를 보내는 것 같았다. 그가 어떻게 기억하고 있을지 모르겠지만, 나로서는 공부하는 오본휘가 춥지 않고 외롭지 않은 겨울을 날 수 있게 그저 사람 친구로서 내가 할 수 있는 최대한의 노력을 다하고 있었다.

코인 붐으로 기억되는 어느 겨울, 그는 시험에 합격했다. 97%에 달하는 합격률이니 그렇게 대단하달 것도 없어 보이지만, 그는 늘 물가에 내놓은 아이 같았고, 그가 시험을 준비하면서 마음 졸이는 모습을 봤던 터라 걱정이 됐다. 수험번호를 외워서 내가 그보다 먼저 합격 소식을 확인했을 정도로.

2017년 증시는 그에 앞선 몇 년간에 비해 유난히 좋았고, 코인 장의 급등세와 맞물려 시장에 돈이 많이 흘러들었는지 2017년까지 지속되어 오던 강남 집값 상승세는 서울 전역으로 무섭게 뻗어갔다. 2017년 코스피는 전에 없던 랠리를 보여주어 2,500 시대를 열었고, 코스닥은 금융위기 이후 800선을 돌파했다. 시총 1·2위였던 종목이 40% 이상 올랐으니 더 말할 나위가 있을까. 코인은 하루가 다르게 신고가를 갱신하고 집값까지 무섭게 뛰니, 직장인들은 점심시간이면 모여 회사 일을 할 시간에 더 공격적으로 투자해야 한다며 푸념을 늘어놓기 일쑤였다. 그즈음 새로 들어선 정권은 집값을 잡겠다며 큰소리를 쳤지만, 새 정책이 나올 때마다 집값은 매번 올랐다. 실효성 없는 규제 헛발질은 어떤 규제에도 부동산 불패라는 믿음을 시장에 심어줬고, 공급 부족과 낮은 금리가 맞물려 역대급 집값 상승을 불러왔다. 전 정부 때와 비교하면 웬만한 아파트 가격은 두세 배씩 뛰어, 일간지에 "치솟은 집값 탓 부부싸움", "그때 집 샀어야 했는데, 상대적 박탈감에 가족 간 불화와 우울증 증가"와 같은 헤드라인이 쏟아지는 시대가 되었다.

생각해 보면 2014년에서 2015년으로 넘어가던 겨울, 오본휘는 집을 사자고 했었다.

"기쁨아, 우리 잠실 튤립아파트 사둘까? 내가 2억 할 테니까 너도 2억 해서, 어때? 2억 해 올 수 있겠어?"
"갑자기 2억? 나 없어, 대출을 받아본 적도 없는데. 오빠 가능해?"
"나는 마통 풀이라, 부모님께 물어봐야 할 것 같은데 아기도 부모님께 말씀드려 봐."

놀랍게도 그 시절엔 잠실 구축을 그 정도 실탄이면 살 수 있던 시기였다. 결혼을 할지 안 할지도 모르는 상황에서 집을 먼저 사는 것이 썩 내키지 않아, 우린 그 집을 사지 않았다. 그와의 관계는 그렇다 치고 그 아파트는 샀어야 했는데, 집에 절박하지 않았던 내 잘못이다.

나와 달리 그는 유난히 부동산 욕심이 많았다. 집을 사줄 수 없는 그의 부모님께도 컴플레인이 잦았던 것 같았다. 한번은 아들이 집을 가지고 뭐라고 하자 그의 어머니가 "집 해 오겠다는 여자 많은데 왜 기쁨이를 만나면서 그러냐."라며 받아치셨다고 했다. 오본휘는 그 말을 토씨 하나 빠짐없이 나에게 전했는데, 그런 말을 나에게 그대로 전하는 그가 미친 건가 싶었다. 난 내가 결혼할 남자와 같이 이뤄갈 공동체이니 반반씩 하려고 생각했지, 남자 집에서 집을 받아 시댁 눈치를 보고 싶은 생각도, 굳이 내가 집까지 해가며 시집갈 생각도 없었다. 그랬으니 오빠 어머니의 저 멘트를 들었을 때 내 마음속엔 그저 '저런 시어머니는 감당할 수도, 견뎌내고 싶지도 않다.'라는 생각뿐이었다.

그즈음이었을까? 얼마 후 오본휘의 어머니는 그의 집에서 5분 거리에 들어설 아파트의 모델하우스를 보고 오라고 하셨고, 그날 근처에서 식사를 하고 있던 우리는 별생각 없이 모델하우스란 곳을 처음으로 둘러보았다. 얼마 뒤 오본휘는 그 아파트 청약에 떨어졌었는데, 그 집이 어머님 마음에 쏘옥 들었던 것인지, 그의 어머니는 프리미엄을 주고 분양권을 손에 넣고야 말았다.

"기쁨아 이거 봐, 테라스도 있는 집이야. 몇 세대 없는 건데 너무 예뻐서 엄마가 테라스 세대로 사신 거래."

"응…. 예쁘다."

"그치, 어차피 입주까지는 몇 년 남았고, 나중에 결혼하면 여기서 살아야지, 너랑 나랑 차곡차곡 갚으면 돼."

"내가 정해서 산 거 아닌데…. 오빠 근데 지도에서 보니까 우리 회사에서 가려면 한 시간 이상이야…."

"그래도 예쁘잖아, 기쁨이 너 꽃 좋아하니까 화단도 꾸밀 수 있고."

"근데… 우리가 살 집이면 우리가 골라야 하는 거 아니야?"

"너 바빠서 신경 쓸 겨를도 없잖아. 왜, 우리 엄마가 발품 팔아서 계약해 주셨는데 싫어?"

"아… 뭐, 싫다는 건 아니지만…."

그와 정해진 게 아무것도 없으니 결혼을 안 할 수도 있다는 생각에 '굳이 지금 싸울 필요가 없지.'라는 생각에 대화를 멈췄다. 그렇지만 그와 사귀고 있는 한, 그 집은 나에게 갑자기 얹어진 갚아야 할 현실이었다. 결국 그즈음 내 집 사겠다는 생각을 멈췄다. 2015년 그때가 적기였는데. 그대로 우리는 헤어졌으니 2018년의 오늘 오본휘는 혼자 대출금을 갚고 있었다.

"기쁨아, 그때 튤립아파트를 샀으면 지금쯤 이미 결혼해서 자리 잡았을 텐데, 네가 안 산다고 해서…. 같은 평수 아파트가 몇 년 사이에 두 배는 더 뛰었어."

"…."

한참 이야기하다 갑자기 그가 불쑥 내뱉은 그 말이 가슴에 박혔다. 오본휘 본인도 페닥 생활이 답답해서, 그냥 꺼낸 말이겠지만, 갑자기 아무 말도 하고 싶지 않았다. 아마 당시 나도 집을 미리 사지 않았던 과거에 대한 후회와 더불어, 현재 집이 없음에 스트레스를 받고 있었기 때문이었을 것이다. 몇 년간 7~8억 대이던 아파트가 20억대 중반을 찍었다. 직장생활 2~3년 차에 대출을 끼고서라도, 아니 대출까지 갈 것도 없이 세입자를 끼고 갭투자로 집을 샀어야 했을까.

업무를 시작하던 첫해, 다른 회사와 로펌은 연봉 테이블 자체가 달랐으니 20대가 낙낙히 남아 있던 그해부터 내 급여는 결코 낮지 않았다. 근로 시간 자체가 일반 직장인의 갑절이 넘고도 더했으니, 그렇게 열심히 일해서 버는 게 전부인 줄 알고 내 커리어에만 집중하며 몇 년을 달렸다. 세금을 웬만한 직장인 연봉 정도로 내면서도, 많이 버니까 괜찮다고 생각했는데, 뭔가 잘못된 것 같았다. 갑자기 오른 집값에 모두 부어야 한다면, 일개미처럼 일해 자본 상승분에 그대로 상납하는 꼴이다. 잘 번다는 전문직 둘이 모여도 감당이 안 돼 푸념해야 할 정도의 집값이라면, 부모님의 지원이 없이 내 또래에 대체 누가 집을 준비하고 새 가정을 꾸린단 말인가.

'나도 오빠가, 아니 오빠 어머니가 갑자기 계약해서 갚으라고 얹어 주셨던 그 집에 같이 돈 넣으려고 다른 집을 안 샀는데? 오빤 그 집이라도 가지고 있지만, 지금 헤어져서 아무것도 쥐고 있지 않은 건 나야. 지금이라도 집을 사야 하나, 예전 가격을 아는데 너무 올랐잖아. 지금이라도 호랑이 등에 올라타야 하나?' 생각이 많아졌다.

"왜 자꾸 돌이킬 수 없는 과거를 후회하는 말을 해? 우리가 인연이 아니어서 결혼을 안 했나 보지."
"아니야, 아기뽕. 나는 어렸을 때부터 부동산을 쭉 봐왔는데 그때가 타이밍이었다고, 이 오빠 말을 들었어야지. 이제라도 하나 더 사거나 기쁨이 네 청약 통장으로 분양을 받아, 그래서 그걸 팔아서 압구정에 메인을 사자."
"내 자산은 내가 알아서 할게."
"화내지 마. 그래도 결혼은 무조건 기쁨이 너랑 할 거야, 오빠는 언제나 매수 가능이라구~ 언제든 말만 해."
"…싫은데? 누가 오빠 매수한대? 나 오빠랑 결혼은 절대 안 해."

돌이켜 보면 그는 못났고, 튤립아파트 멘트를 듣고 멍해졌던 나는 더 못났다. 집값이 이렇게까지 오르지 않았으면 조금 더 쉬웠을까? 그때 그와 집을 질렀다면 조금은 쉬웠을 수는 있었겠지만, 우리가 이렇게 된 게 집값 탓만은 아니었겠지. 그저 인연이 여기까지였을 테다.

브리즈 바
그리고 철쭉

강릉을 떠나 블라디보스토크로 향하면서 줄곧 다짐했지. 장철호와는 완전히 끝난 거다. 그는 딴 여자와 평생 살겠다고 나를 버렸다. 다음에 혹시 재회하더라도 싸늘하게 무시하자. 지난 3년 동안 나 좋다고 달려든 남자가 다섯 명이나 됐어. 같이 밥도 먹고 술도 마시고 춤도 췄지만, 난 안되더라. 손핻 줄 알지만 자꾸 내가 사랑하는 그 남자 생각이 나서……. 너한테 어떻게 해달라는 건 아냐. 하지만 내 감정을 존중해 줬음 좋겠어. 내가 널 사랑할 때 너도 날 사랑한 때가 있었으니까. 변한 건 내가 아니라 장철호 바로 너니까.*

쓸쓸한 마음에 한 줄도 더는 읽을 수 없어 읽던 소설책의 책장을 덮

....

* 《뱅크》, 김탁환, 2013, 살림출판사.

었다.

오본휘로부터 결혼한다는 문자를 받은 지 며칠이 지났다. 책이라도 읽어볼까 싶어 집어 든 소설책 한 구절에 또 가슴이 먹먹해졌다.

그가 새 여친이 생겼으니 연락하지 말라고 했던 6개월 전 그날이 또 선명히 떠오른다. 나는 그때 어쩌다 그렇게 추해졌을까? 사실 그것은 이별 같은 느낌보다는 십년지기 베프가 갑자기 사라져 버린 것 같은 이상한 상실감을 가져다주었다. 그의 문자에 내가 할 수 있는 건 "축하해." 세 글자뿐이었지만, 그 순간 나는 깨달았다. 그와 헤어지고 나서도 외롭지 않았던 것은 누군가 옆에 있어야 할 꼭 필요한 날 그가 항상 옆에 있었다는 것과, 이렇게 싱글로 지내도 친구 오본휘가 계속 함께 있어 줄 것이라는 믿음으로 이런 상황에 대한 가드를 내려놓고 지내왔다는 것을.

그에게 새 여친이 생겼다는 것을 알기 불과 10여 일 전까지, 나는 내 유학 준비상황을, 그는 병원 개업 준비 소식을 공유하며 연락을 이어가고 있었다.

> 유학준비 잘돼가?

> 이 나이에 학교 원서 쓰려니 힘들어.

> 하기쁨 넌 글 잘 쓰잖아. 내년 여름은 미국으로 휴가 가야겠다. 하기쁨 미국에 있는 동안 배대지로 써야징.

> 으이그, 쇼핑 좀 줄여. 제발 철 좀 들라구.

> 알아쏘. 근데 기쁨아, 나 요새 개원 자리 알아보고 다니는데, 상가 임대차할 때 말야….

그러던 나의 친구가 갑자기 전에 없이 조금씩 대답이 뜸해졌고, 알 수 없는 촉으로 처음으로 그에게 새 여자가 생겼는지 물었다.

> 뭐야 오본휘 갑자기 왜 이렇게 답이 없어?

> 어? 뭐.

> 뭐야 여자라도 생겼어? 우리 누구 생기면 먼저 말해주기로 했잖아. 그런 거야?

> 아, 어….

> 아…. 축하해.

'내가 물어보지 않았으면 말을 하지 않을 작정이었나.', '원래 연락하던 여자가 있었던 건가.' 전혀 생각지 못한 전개였다. 그는 어차피 새 여자친구가 생긴 오본휘라면 연락할 생각도 없던 나에게 한마디를 더 덧붙였다.

> 기쁨아, 이제 연락 안 했으면 좋겠어.

그 뒤로 나는 단 한 글자도 그에게 더 보내지 않았다.

쿨하게 대응하려고 했지만, 그렇지 못했다. 그는 몰랐겠지만. 그리고 오늘 이날까지 아무도 모르겠지만,

나는 안다. 그날을.

그 문자를 받고서 이틀쯤 지났을까. 이미 자정이 넘은 시각의 퇴근길. 저녁에 살짝 날린 눈에 아스팔트 길이 미끄러웠다. 속도를 잔뜩 낮춰 신호등에 멈춰 서는데 라디오에서 노래가 흘러나왔다. 조금이라도 그가 서운할 때면 항상 나를 옆에 앉혀두고 너무도 진지하게, 그래서 더 우스꽝스러워 보이게 불러대던 김광진의 '편지'가.

여기까지가 끝인가 보오 이제 나는 돌아서겠소
억지 노력으로 인연을 거슬러 괴롭히지는 않겠소
하고 싶은 말 하려 했던 말 이대로 다 남겨두고서
혹시나 기대도 포기하려 하오 그대 부디 잘 지내시오

오오 사랑한 사람이여 더 이상 못 보아도
사실 그대 있음으로 힘겨운 날들을 견뎌왔음에 감사하오
좋은 사람 만나오 사는 동안 날 잊고 사시오
진정 행복하길 바라겠소 이 맘만 가져가오

괜찮을 거라고 생각했는데, 눈물이 하염없이 흘러 신호등이 바뀌었는데도 액셀을 밟을 수가 없었다. 당장이라도 오본휘 집 앞으로 찾아가 매달려야 하나. 그가 발이 묶여 있던 인턴, 레지 1년 차를 제외하면, 그 긴 시간 동안 제3의 약속 장소에서 만나본 적이 언제인지 떠오르지 않을 만큼 그는 매번 나를 픽업 오고 데려다줬는데, 난 한 번도 그를 픽업 간 적이 없었다는 것이 아프게 맺혔다. 내가 그를 데려다주었던 건 딱 한 번, 그가 운전을 가르쳐 주던 날이었다. 내가 잘 갈 수 있도록 그의 집 앞이 아닌 큰 대로변에서 내려달라더니, 내가 그다음 신호에 서 있는 동안에도 꿈쩍하지 않고 그 자리에서 손을 흔들어 주던 그가 갑자기 떠올랐다. 기회가 있을 때 좀 데려다줄걸. 지금이라도 찾아갈까 싶은 순간적인 충동이 일었지만, 새 여자친구가 생겼다는데 추해지고 싶진 않았다. 그날 결국 아무런 돌발 행동도 하지 않았지만, 나는 주차장에 차를 세워놓고 한밤중에 아무도 모르게 한참을 울었다.

헤어지고 나서도 바빠서 식사를 거른다는 말에 사무실에서 쓰라고 내가 좋아하는 스타일의 소형냉장고를 사무실로 보냈던 친구였다. 어느 날은 발신인 없는 수국 바구니가 사무실에 도착했고, 나는 그라는 걸 단박에 알 수 있었다. 내가 수국을 좋아한다는 것을 너무 잘 알아서 수국 화분이며 꽃바구니에 "남자친구가."라고 크게 써서 회사로 보냈던 과거의 그가 뇌리에 박혀 있었으니. 그렇게 마음 써주던 오본휘였는데.

친구 관계라고는 했지만 내가 일하다 병원에 실려 갔다는 소식을 듣고 응급실로 달려오고, 입원해 있는 기간에도 빨간 화분을 들고 찾아와 몇 시간씩 앉아 있던 오본휘가. 회사로 짐을 옮겨야 한다는 말에 주말에 짐을 옮겨다 주며 장난치던 오본휘가. 그와 마주쳤던 내 동료만도 여럿이었는데…. 그렇게 갑자기 깜빡이도 없이.

그저 호의에 대한 상호 호의 정도였는데, 내가 너무 그를 철석같이 믿고 그냥 친구 모드로 계속 그 자리에 있을 거라 착각했다는 사실을 받아들이기 쉽지 않았다. 그렇게 해가 바뀌었고 조금은 덤덤하게 그리고 한편으로는 '네가 그래 봤자 어디 가겠어.'라는 삐뚤어진 요상하게 생긴 마음을 다 저버리지는 못한 채 살아가고 있던 터였다.

그러던 내게 그의 결혼 통보는 '내가 잘못 살아왔다.'라는 생각을 주기에 충분했다. 조금 더 일찍 정신 차리고 내 개인 생활을 챙겼어야 했는데, 결혼 생각도 하면서 새 남자를 만났어야 했는데. 그와 헤어지고 지난 4년간 연애는커녕 누군가와 설레는 데이트도 제대로 해본 적이 없었다. 회사가 뭐라고 미친 듯 몸 바쳐 늘 새벽까지 일하고 그렇다고 해서 세상을 바꿀 엄청난 무언가를 이룬 것도 아닌데. 바보같이 내가 쓴 계약서로 거래된 건물을 보면 내 건물인 것마냥 뿌듯해했고, 내가 협상한 조건으로 주인이 바뀐 회사를 보면 한국 경제에 일조라도 한 듯 자랑스러워했다.

 적당히 어렸을 때 아이도 낳고 그렇게 내 가정을 꾸리고 정착했어야 했나. 이제 뭘 어떻게 해야 하지? 폭풍우가 휘몰아쳐 나답지 않게 휘청거리고 있었다. 친구들과의 여러 단카방에서 나를 빼곤 대부분 아이 엄마가 되었다. 언제부턴가 단카방 주제가 육아가 되었음에도 그저 아이들이 귀엽다는 생각 외에 초조함 같은 건 전혀 없었는데, 그의 결혼 통보에 전에 없던 불안감이 엄습했다. 잘 잊어버리고 살고 있는데 굳이 굳이 연락해서 본인이 결혼한다고 알리는 오본휘 심리는 뭐지? 왜 그런 건지, 그런 문자에 뒤집어지는 나는 또 얼마나 하찮은지 중심을 잡을 수가 없었다.

 그가 내게 본인의 결혼을 카톡으로 알려온 그날. 직접 누르지 못한 그의 결혼 통보 카톡에 1이 붙은 채로 캡처해서 내가 사랑해 마지않는 친구들 모임인 밤피장 단카방에 올렸다. 굳이 길게 말할 필요도 없었다. 아무 설명을 하지 않았는데도 나의 밤피장은 모든 저녁일정을 취소한 채 우리의 아지트 '브리즈 바'로 집합했다.

 와인을 마시다 말고, 가연이가 배달시킨 초코케이크에 나의 진정한 홀로서기를 축하하며 촛불을 껐고, 우리의 산들 사장님은 넋이 나가 있는 나를 위해 디저트 와인을 기꺼이 내어주셨다. 얼굴 사진을 프사로 했던 기억이 없는 나인데, 그날 찍은 사진은 어찌나 유난히 환하게 웃고 있던지. 나는 괜찮다는 걸 보여줘야 했다. 인스타도, 페북 아이디도 없던 내가, SNS라고는 전혀 신경도 쓰지 않던 내가, 보란 듯이 카톡 프사를 바꿨다. 세상에서 가장 행복한 척.

자타공인 '알쓰'인 나는 만취했다. 그 와중에도, 내일 날이 밝았는데도 누르지 못한 그의 통보를 봐야 한다면 너무 힘들 것 같았다. 뭐라고 써야 할지 문자를 썼다 지웠다 그냥 씹을까 스백 번을 망설였다. 결국 내가 할 수 있는 말은 겨우 똑같은 한마디뿐이었다.

> 축하해.

그렇게 무슨 정신으로 버텼는지 기억도 나지 않는 기간 동안 나는 매일 저녁 약속을 잡았다. 그중 어느 하루는 위스키 바에서 흘러나오는 노래 'How am I supposed to live without you'에 그대로 무너져, 별로 친하지 않은 지인들 앞에서 술에 취한 채 펑펑 우는 주사 빵점의 만신창이 사람이 되어가고 있었다.

그리고 얼마쯤 지나 10년 만에 처음으로 그가 없이 홀로 보내는 나의 첫 생일, 나는 오본휘가 아닌 그의 결혼 소식과 함께해야 했다. 뭔가 의미 있는 일을 해야 할 것 같아. 지난 몇 년간 매해 To-Do 리스트였던 한라산 철쭉을 보러 제주도로 향했다. '나는 자연을 좋아하고 너는 도시를 좋아했지. 교외 나가고 싶다고 하면 내비에 아웃렛을 찍는 남자였고, 내가 매번 캠핑 가고 싶다고 노래를 불렀지만 캠핑 한 번, 아니 그 흔한 바비큐 한번도 가본 적이 없었어. 그런 너를 내가 왜 그렇게 오래 붙잡고 있었던 걸까.'

사실 그 느낌이 제일 컸다. 그렇게 오래 만났는데도 그와의 결혼에 대한 확신이 선 적이 단 한 번도 없었다. 남들이 다 하니까 해야 하는 건가? 싶었을 때가 없었던 건 아니지만 그건 20대라 뭘 몰랐을 때고. 시간이 지날수록 그와 결혼하면 내가 숨이 막혀 죽을 것 같았다. 싸우면 갑자기 잠수를 타거나, 가끔 돈 많고 잘나가는 사람들이라고 하면 잠깐 관심을 보이다가, 그렇게 사회적으로 성공했다는 이가 내 친구 남편 혹은 내 주위의 남자 사람처럼 그와 조금이라도 비교군이 될 것 같으면 무조건 깔보기 일쑤였으니까.

그뿐이랴. 깊은 잠을 못 자는 나와 달리 한번 잠들면 몇 시간이고 일어나지 못하는 잠꾸러기라 나뿐만 아니라 친구들과의 약속을 펑크 내는 일도 잦았던 오본휘다. 아직도 출근을 위해 60대 어머니가 장성한 아들을 아침마다 깨워주고 있으니. 아이를 낳아 돌봐야 한대도 한밤중에 한 번도 일어나 보지 않을 것임이 안 봐도 비디오였다. 그와 결혼하면 안 될 이유가 리스트업도 할 수 없을 만큼 너무 많은 반면,

그가 좋은 이유는 아무리 고민해 봐도 찾기가 어려웠다. 오본휘를 가르치는 것도 하루 이틀이지, 그를 만나며 pros and cons를 한두 번 해본 게 아니었다. 그런데 우습게도 결론은 늘 같았다. 싫은 건 A4에 가득 차는데, 좋은 건 '그냥' 한 단어뿐이라는 것.

인성이나 습관 면에선 존경하거나 배우고 싶은 점이 단 하나도 없는 남자를 언제까지 키운다는 생각으로 잘 살 자신이 없었다. 그래서 그가 결혼하자고 할 땐 밀어내 놓고, 막상 먼저 간다고 하니 이렇게 충격을 받는다는 게 너무 바보 같았다. 이성적으로는 아니었는데, 내 머리는 분명히 판단을 했는데, 내 마음은 멍청하게도 그에게 늘 진심이었다. 부인하고 싶었지만, 그의 단점은 수만 개였는데 그럼에도 불구하고 그가 이유 없이 좋았으니 그 비이성적인 감정을 뭐라고 표현할 수가 없었다.

고맙게도 직장 동기인 혜진 언니가 제주도행에 동행이 되어주었다. 철이 조금 지났음에도 끝없는 계단을 지나 윗세오름 대피소 근처에 다다르자 햇볕을 받아 반짝이는 선분홍빛 철쭉이 눈에 가득 들어왔다. 그를 보고 있노라니 '여길 왜 지금에서야 왔지. 그래도 다행이다. 오늘이라도 이 광경을 볼 수 있어서.' 싶은 마음이 가득해졌다.

그날 밤, 코로나 시국인지라 따로 펍을 찾지 못하고, 제주 술 한 병을 사 와 숙소에서 한잔을 기울이고 있었다. 늘 걷고 마음 한편에 자리해 오던 그가 결혼한다고 한 이후로 삶의 방향계가 고장 난 것 같다는 내게 언니가 물었다.

"기쁨아, 넌 언제 가장 행복해?"
"음…. 여행할 때요?"
"그래? 그럼 어디가 가장 좋았어?"
"음…. 사실 언니… 장소는 잘 모르겠어요. 그저 제가 좋아하는 사람이랑 예쁜 곳에서 커피를 마시던 순간, 새로운 식당에 도전해 보던 순간, 헤매면서도 낯선 곳을 같이 걷던 순간, 그냥 그런 장면 장면에서 제가 행복했던 것 같아요. 그게 어디냐가 중요했던 게 아니라."

그렇게 그로부터 멀어졌다가 다시 가득해졌다가 또 멀어지기를 반복하는 하루가 또 지나고 있었다.

30대 중반 싱글
여자 사람으로 일한다는 건

그런 날이 있다. 제법 여유 있게 출근길에 나섰는데 플랫폼에 내려가 보니 지하철 문이 열려 있는 날. 바로 타도 될 것 같은데 지하철 안에 제법 사람이 차 있고, 되도록이면 다음 열차를 타라는 안내가 플랫폼에 쩌렁쩌렁 울린다. 언제 닫힐지 모르면서 위험하게 뛰어들어 가는 건 좀 아닌 것 같아, 출근시간대 짧은 배차 간격을 믿고 하나를 그냥 보냈더니 그다음 기차는 무슨 일인지 전전 역에도 보이지 않는 날.

오랜 시간 기다려 열차를 탔으나 당역 통과 열차를 먼저 보내야 한다며 몇 분씩 기다리게 하고, 몇 정거장 지나 환승을 하려는데, 환승 플랫폼 도착 직전에 코앞에서 환승 열차의 문이 닫히는 날. 일찍 나왔으니 모닝커피 한 잔 들고 가자 싶었는데, 카페어 들어가니 오늘따라 유난히 줄이 길어 포기하고 돌아 나올 수밖에 없는 날. 사무실 엘리베이터조차 내가 도착하기 직전에 문이 닫혀 27층까지 올라가더니 다시 내려올 땐 지하까지 내려가고, 결국엔 그렇게 여유 있던 회의에 늦어 상사로부터 한 소리 듣게 되는 그런 날.

　30대 중반의 삶은 그런 날의 연속이었다. 오늘 이렇게 싱글 여자 사람이라는 것은 그런 순간의 작은 선택이 빚어낸 결과이다. 적어도 나의 경우는 그러했다. 내가 이 나이가 될 때까지 결혼을 하지 않았을 것이라고는 생각해 본 적이 없었다. 언제나 여유 있을 줄 알았는데, 그저 순간의 그 머뭇거림이 이처럼 예상치 못한 곳에 나를 데려다 놓았다. 의도한 상황이 아니었기에 제대로 방어막을 갖추지도 못하고, 레프트 훅 라이트 훅을 다 받아내야 하는 그런 날과 같은 삶.

　각계에서 어느새 경력 10년씩은 족히 쌓은 능력 있고 너무나도 멋진 친구들끼리 모여 이야기하다 보면, 모두 다른 직역에 있음에도 놀라운 공통점을 찾을 수 있었다. 많이 변해가고 있다지만, 나이를 너무 중요하게 인식하는 한국 사회에서 특히 전 세대의 상사뻘 되는 선배들은 결혼적령기를 넘겨 결혼하지 않음을 '능력 없음, 짝짓기 시장에서의 실패 혹은 문제 있음'과 동일시하는 경향이 있고, 결혼하지 않은 자는 불편한 시선 아래에 놓여야 한다는 것이었다. 직접적인 피해를 주지 않았음에도 남의 사생활에 대해 지대한 관심을 갖고, 거기에 코멘트를 얹는 데에 주저하지 않는 몰지각한 자들은 결례인 줄 모르고 생각하는 대로 말하는 경우가 적지 않았다. 사회에서 만난 몇몇은 그저 일만으로 평가해도 될 것을 '아직 시집을 못 간'이라는 미사여구를 붙이곤 했는데, 무언가 결함이 있다는 뉘앙스를 은연중에 깔아 사회가 정한, 소위 말하는 '혼기'를 놓친 사람, 특히 그중에서 여자를 평가 절하 하는 것을 우리는 보고 느껴왔다. 뭔가 반드시 결혼 자체가 목적이 될 필요가 없었고, 꼭 같이 살아보고 싶은 사람이 없으니 그저 일하다 시간이 흘러 이 나이가 된 것뿐인데.

하루는 대학 친구들인 30대 중반 싱글 6명이 와인 바에 둘러앉아 끝없는 답답함을 토로하였다.

"우리가 뭘 그렇게 잘못했니. 신혼여행 휴가 안 써, 결혼축의금, 회사 결혼축하금도 안 받아, 연수 갈 때 비행기 티켓 한 장만 지원받아, 기혼자는 배우자에 아이들 것까지 다 챙겨주잖아, 왜 미혼자를 못 긁어서 안달이니. 받은 건 없으면서 동료들 결혼하고, 또 애 낳았다고 하면 또 가서 축하해 주고. 사회생활 잘만 하고 있구만. 이거 특집기사로 내볼까 봐."

"어, 써봐. 데스크에서 바로 오케이 날 것 같은데? 진짜 선영이 말 뭔지 알아. 무슨 출산 휴가를 써, 육아휴직을 해. 조용히 일하고 있는데, 왜 결혼하고 애 있는 게 계급이 되어서 미혼을 은근히 깔고 가는지. 우리 실장님 20대 땐 결혼한다고 할까 봐 면접 때부터 결혼 계획 있냐, 그런 것부터 물었단 말야. 입사하고 나선 소개팅이라도 했다고 하면 '최 대리 결혼 생각 없다며!'라고 미운 소리 했고."

"어우, 뭐야."

"그런데 저번 주에 거래처 저녁 끝나고, 실장님 빼고 실무진들끼리만 2차 다녀왔거든? 근데 실장이 그걸 안 거야. 삐쳐 있는 거 같아서 커피 한 잔 사다가 말 걸었더니, 뜬금없이 '최 차장, 그렇게 사람 따돌리고, 어? 승진만 빠르면 뭐 하나, 그렇게 배려가 없으니까 시집을 못 가지.' 하더라니까."

"그게 왜 그렇게 흘러? 윗사람 있으면 불편한 거 모르는 거야? 그 실장 EQ 부족이네. EQ도 지능이야. 우리 선배들도 나 사회초년생 때 그런 말 많이 했어. 여자가 에이스 되려면 결혼·출산은 절대 안 된다고. 육아는 민폐, 출산은 곧 퇴사로 가는 지름길이라고."

"맞아, 내 동기 진짜 고과 멀쩡했는데 임신해서 병원 좀 다니니 바로 후려쳐지더라. 결국 나갔어. 뭐 사회생활 안 해도 전업으로 잘 살고 있는 것 같긴 하지만. 회사의 기준에 맞춰서 에이스가 되었는데 왜 이제 와선 노처녀 타령인지."

"근데 회사 안에서만 그러는 것도 아니야. 사회가 그래. 포털 댓글만 봐도 왜 그리 싱글 여자한테 막말하니. 30대 중반만 돼도 노처녀네, 하자 있네, 아주 난리야. 그런 건 대체 누가 쓰는 거야? 같은 연령대 남자한텐 그런 말 안 하잖아."

"자기들 인생이 너무 우울해서 우리를 통해 상대적 자위, 뭐 간접적 위안이라도 얻지 않으면 너무 힘든 거야? 대체 왜 그래?"

"생각해 보면 의료보험료도 그렇게 많이 내지만 나 외에 의료보험에 올릴 부양가족은 0명이야. 1년에 병원 가는 건 감기 걸렸을 때 고작 한두 번인데. 그뿐이야? 세금 많이 내, 연말정산 하면 또 왕창 토해내. 성실히 국가 재정에 기여하고 있는데 다들 왜 그래?"

"그냥 싱글세야. 1인 가구 싱글을 타겟팅한 정책도 없어. 아이라도 있어야 무슨 혜택이 있고. 그럼 남자 없이 초이스 맘이라도 하거나, 아님 나중에라도 낳게 난자라도 얼릴 수 있게 지원을 해주든지. 이 최세현이 더 늦기 전에 난자 냉동 한번 해보려는데 그건 왜 그리 비싸냐. 기본 500만 원이야. 난임 지원도 결혼해야만 가능하잖아."

"저출산이라며 돈을 그렇게 쓰는데 효과가 없으면 방향이 맞는지 생각을 좀 해야 하는 거 아니야? 아이 낳을 의향이 있고, 키울 능력 되니 내 배에 주사까지 직접 찔러가며 노력한다는데 그걸 돈 때문에 망설이게 한다는 게 말이 되니?"

"강유라 너 똑똑한 애가 알면서 왜 그래. 이번에 한국은행 보고서 쓰는 데에 너도 참여한 거 아니었어? 대한민국에서 미혼 출산은 곧 사회적 낙인이야. 싱글맘이라고하면 색안경 끼고 보잖아. 남들한테 폐 끼치는 것도 없는데 뒷말이나 해대고. 미혼도 정자 기증받을 수 있는 미국·스웨덴 같은 곳도 있는데, 우리는 멀쩡한 커플도 결혼 전에 임신되었을까 봐 전전긍긍하잖아."

"와 한보라 열린 사고, 역시 박사님이야. 나도 세현이랑 같은 고민했었어. 우린 다른 복지를 받는 것도 없잖아. 무슨 청년 지원이니 이런 거 한 번도 못 받았고. 솔직히 우리 자산도 없고, 그냥 열심히 노력해서 유리지갑에 현금만 조금 더 들어오는 귀족노예가 되었을 뿐인데, 우리를 위한 정책은 없다구. 열심히 세금 내는 일꾼들이 저출산

해결에까지 기여하겠다는데, 이런 거라도 도와줘야 하는 거 아니야?"

회사에서도 미혼 사람에 대해서는, 결혼해서 아이가 있는 사람보다 더 많은 시간을 투입하는 것이 당연시되었다. 즉 미혼자의 야근과 주말근무는 가정과 아이가 있는 자의 야근보다 더 적은 희생을 요하는 것으로 간주되곤 한다. 미혼자의 한 시간은 10만 원, 기혼자의 한 시간은 40만 원인 것도 아닌데.

명절을 앞두고 명절 연휴가 없는 해외 고객의 급한 프로젝트가 들어온 적이 있었다. 팀을 꾸려야 한다는 팀장님 전화를 받았다.

"서변이랑 송변, 다들 시댁 가서 일하고 지방 본가에 내려가야 한다는데 좀 그렇잖니. 하변이 이거 끌고 가자. 공휴일이 16일까지니까, 17일 오전까지만 리포트 하면 되겠다 그치?"

공휴일은 누구에게나 똑같은 가치를 가진다. 그 순간은 누가 똥 덩어리를 짊어지고 갔는지 몇몇은 알겠지만, 1년이 지나면, 아니 한 달만 지나도, 누구의 공휴일을 반납하고 프로젝트를 끝냈는지 아무도 기억하지 못한다. 해외여행에 간다고, 아님 인터넷이 안 되는 절에 템플 스테이를 예약했다고 둘러대는 것도 생각으로만 맴돌 뿐, 거짓말도 쉽게 입에서 떨어지지 않았다.

"네 제가 할게요."라고 회신하는 편이 더 편해진 지 오래다. 몸이 아파도 마찬가지다. 직원 본인이 아프면 상사는 묻는다. "일을 못 할 정도야? 그 정도는 아니잖아?" 그치만 누군가의 아이가 열이 난다고 하면 이구동성 입을 모은다. "어서 가봐. 괜찮아야 할 텐데."라며. 아이가 아파 이해받는 것만큼 본인이 아픈 것도 보호받아야 하는 것 아닐까? 특히 보호자도 없이 혼자 그 아픔을 견뎌야 하는 사람들에게는 더더욱.

하물며 같은 회사에서도 비슷한 나이의 미혼 남자들은 성별을 제외한 같은 사회적 지위에도 불구하고 끊임없이 소개팅과 썸이 끊이지 않는다면, 30대 중반 미혼 여성의 소개팅이라 함은 많은 경우 회식자리에서 뭔가 마땅한 이야기 소재가 없을 때 "우리 누구누구 아직 미혼인데 중신 좀 서주시죠.", "누구누구 씨는 어떤 스타일 좋아하나.", "(유부남들밖에 없는 회식자리에서) 이 중에서는 누가 제일 이상형에 가까운데?"와 같이 심심풀이 땅콩이나, 어찌 보면 희롱으로 쓰일 수 있는 토픽일 뿐이었다.

그러한 가해자가 남자 어른뿐이었냐 하면 꼭 그런 것만은 아니다. 재작년 겨울 어느 날은 굳이 소개팅을 시켜달라고 말한 적도 없는 기혼 여자 후배가 갑자기 40대 아저씨들밖에 없는 술자리에서 정말 나를 생각하는 양 갑자기 운을 띄웠다.

"다들 우리 기쁨 언니 소개팅 좀 시켜줘요."

"아유, 하리야. 됐어, 무슨 소개팅이야. 여기서 무슨."

"아니야, 언니. 더 늦으면 안 돼. 내가 남편한테 남편 회사에 언니 소개시켜 줄 만한 남자 없냐고 물어봤거든? 근데 남편이, 왜 언니랑 동갑이잖아. 요새 자기 또래 남자들은 다 20대를 만나는데 누가 서른 셋 만나겠냐고 하더라고. 요새 어린 애들은 남자 능력만 있으면 나이 차이도 마다하지 않나 봐."

'내가 너한테 소개팅의 'ㅅ' 자도 꺼낸 적이 없는데 갑자기 이건 뭐 하자는 거냐.' 싶었지만 분위기상 정색 한번 제대로 할 수도 없는 기가 차는 순간도 마주하게 된다. 원하지도 않았는데 여기저기서 내 소개팅 이야기를 꺼내던 그 후배는 정말 나를 치워버리고 싶었는지 몇 주 뒤에 소개팅할 생각이 있냐며 방에 찾아왔다. 지방에서 개업한 의사인데 만나보라고, 지방 내려가서 살면 어떻겠냐며.

그뿐이랴, 사회생활을 하다 보면 혐오스럽게도 나이 많은 유부남 아재들이 업무상 만난 여자 사람들에게 결혼 여부를 불문하고 들이댔다는 에피소드쯤은 빈번하게 접하게 된다. 물론 반대의 경우, 즉 유부녀가 지위가 낮은 어린 남성에게 찝쩍대는 경우도 찾기 어렵지 않다.

사회적으로 성추행 가해자의 나이 등을 고려하면, 대부분의 가해자는 넘쳐나는 성욕을 주체하지 못하여 그런 행동을 저지르는 것이 아니다. 권력 혹은 그 지위를 기해 자제하지 않음을 스스로 선택하고 타인에게 함부로 행동하는 것일 뿐. 본인이 가진 지위와 권력에 도취되어 미련하게도 인간이기를 포기한 자들은, 얼마나 역겹고 추한 모습인지도 모른 채 본인들은 그래도 괜찮다는 면죄부를 받은 양 미친 착각 속에 살고 있었다.

슬프게도 어느 직급이나 특정 레벨 이상에 다다르면 여성을 찾아보기 힘든 현시대의 사회구조하에서 마주쳐야 하는 상대방은 대부분 남자들이었다. 대부분의 피해자는 부당한 상황에 맞닥뜨렸을 때 분개하면서도, 공론화하였을 때의 역풍과 족히 짐작되는 2차 가해가 두려워 침묵하는 쪽을 택한다. 몇 년 전, 굴지의 대기업에 다녔던 한 언니는 회식자리에서의 성추행 피해 사실을 고충처리위원회에 보고했다. 바로 해당 가해자가 퇴사처리가 될 정도의 사안이었고, 거기까지는 정의가 구현되는 듯하였다. 그러나, 어디에도 언니의 이름이 공표된 바가 없었음에도, 그 언니의 이름은 암암리에, 아니 공공연히 사내에 알려졌고, 그녀는 예민해서 한 집안의 가장을 쳐내버린 융통성 없는 사람이라는 낙인을 피할 수 없었다. 얼마간 괴로워하던 언니는, 피해자인데도 결국 한국을 떠나 해외 이직을 택했다.

회사생활을 하는 여성 지인들과의 모임에서는 그 수위의 정도를 달리할 뿐 비슷한 사건들이 종종 언급되었는데, 40대 후반 고객사 전무가 다른 고객 선을 소개해 준대서 나갔더니, 아저씨 혼자 나와 단둘이

가라오케에 가자고 했다는 둥, 50대 유수의 기업 대표가 자전거를 사 줄 테니 주말에 같이 자전거를 타러 다니자고 했다는 둥, 유부남들의 신박하고도 격 떨어지는 행동은 끝이 없었다. "어느 회사에 어떤 새끼가 정신 나간 거지더라."라는 경험담을 공유하고 있노라면, 서로 험한 생활 잘 버텼다고 위로하지 않을 수 없었다.

그렇게 열심히 견뎌내고 있음에도 불구하고, 구시대적인 마인드가 지배하고 있는 내가 속한 이 집단에서는, 아직도 결혼하지 않음을 들어 '꼭 해야 하는 것을 하지 않은' 혹은 '주류에서 벗어난' 사람인 것으로 보는 시선이 만연했다. 얼마 전 발표된 통계치에 따르면 30대 미혼율은 40%에 달한다고 했다. 그럼에도 동조압력(Peer Pressure)과 고지식한 사회가 주는 보이지 않는 부담은 제법 무거웠다.

그러나, 그러한 불편이 있다는 이유로 적당한 이와 결혼을 강행하기에는, 제3자의 시선 등을 제외하면 나의 싱글로서의 삶 자체는 그다지 나쁘지 않았다. 무엇인가 다음 단계를 위해 결정을 하고 움직인다는 것은 더 행복하거나 더 나은 삶을 위해서일 것이다. 혼자 벌어 여유롭게 지내고 있는 현 상황이 그런대로 괜찮은 편이었으니, 결혼을 잘못하였을 때 최악의 나락으로 떨어질 수도 있음을 고려하면 이성적인 사고로는 그다음 단계를 밟기 어려웠다.

한 사람의 장래 행태를 보장하기도 어려운데, 한국에서의 결혼은 상대방 그 한 사람뿐만이 아니라 내가 평생 모르고 살아왔던 그의 가족, 과거, 그의 사회와의 결합이다. 통제 불가능한 위험요소가 득실거리는데, 비이성적 판단을 내려도 다 안고 갈 수 있을 정도로 사랑하는 이가 없다면 굳이 쓸데없는 리스크를 부담할 이유는 없었다. 나와 맞는 정말 좋은 사람과의 결혼이 베스트인 줄은 알지만, 맞지 않는 사람과의 지옥 같은 결혼보다야 싱글로서의 자유로운 삶이 훨씬 나을 테니. 굳이 꼭 같이 살아보고 싶은 사람이 나타나지 않는 한, 현재의 삶을 유지하는 것은 꽤나 합리적인 선택지이다.

20년 전과 비교하면, 평균수명은 10세 이상 늘었고, 지금 누군가와 결혼을 한다면 사고사하지 않는 한 적어도 50년은 같이 살아야 한다. 다른 집에 떨어져 살며 한 사람과 사귀기만 한 시간도 최대 5년 정도이고, 세상 그 누구보다 나를 조건 없이 사랑해 주는 부모님과 살았던 시간도 50년에는 턱없이 미치지 못한다. 50년을 한집에서 살아야 하는, 전혀 다른 환경에서 살아온 인생 파트너를 만나는 일이라면 신중해야 한다.

10년 전, 20년 전 기준에서 사람들이 말하는 결혼적령기라는 용어가 의미하는 바가 현재에도 동일하다는 것 자체가 어불성설이니 굳이 적령기라는 단어에 집착해서 결정을 서두르고 싶지도 않았다. 얼마 전 한 건강업체 대표가 예능 프로에 나와 "서른이라는 나이가 노처녀라고 생각되어, 밀려오는 우울함에 급히 결혼을 했다."는 이야기를 풀어놓는 것을 보았다. 고객사의 50대 여성 상무님 한 분도 본인은 또래에 비해 결혼이 너무 늦어 스물여덟에 선을 봐서 허겁지겁 결혼했다는 이야기를 해주신 적이 있었는데. 20년쯤 지나면 서른다섯이라 결혼이 늦어 급히 결혼했다는 말이 같은 뉘앙스로 들리지 않을까.

락다운

러시아의 대문호 톨스토이는 안드레이의 입을 빌려 말했다.

> 네가 할 수 있는 모든 것을 다 해보기 전까지는 절대 결혼하지 마. 네가 선택한 그 사람을 더 이상 사랑하지 않게 되어서 그 사람의 있는 그대로를 제대로 볼 수 있게 되기 전에는 절대 결혼해서는 안 돼. 그 전에 식장에 걸어 들어간다면 넌 치명적이고 돌이킬 수 없는 실수를 저지르게 될 거야. 결혼은 네가 늙고 병들어 아무 데도 쓸모없어질 때 하도록 해, 결혼을 하게 된다면 네가 가진 고귀한 가치와 너 빛이 바래는 걸 보게 될 거야.*

....

* 《전쟁과 평화》 1권. 톨스토이도 행복하지 않은 결혼생활을 하였던 것으로 알려져 있기는 하나, 그런 것 치고는 끝까지 결혼생활을 유지하였고, 그녀의 아내 소냐와의 사이에 13명의 아이를 두었다.

하고 싶은 일들이 많았다. 언제부턴가 번아웃이 왔음을 알고 있었고, 이쯤 했으면 새로운 직역에서 일해보고 싶다는 욕망이 스멀스멀 피어나 제법 그 형태가 또렷해져 세차게 꿈틀댄 지도 꽤 되었다. 이루고 싶은 일들이 많은데 사람에 감정소모 하며 시간을 보내고 싶지 않았으니, 연애 따위 1순위가 될 리가 없었던 지난 4년이었다. 회사와 병행하며 원하는 걸 만들어 나가기에도 벅찬 시간이었으니.

오본휘가 내 삶에서 차지하는 비중이 작아지던 그즈음이었다. 연차란 연차는 모두 모아 회사엔 비밀로 하고 스타트업 공모전 준비를 하는 데에 썼고, 지난 20년간 손을 놓았던 코딩을 다시 배웠으며, 가끔 같은 꿈을 꾸는 사람들을 만나 정보 공유를 했다. 그 와중에 회사 일 이외에 마케팅도 해야 해 주말에는 골프 접대를 다녀야 했고, 친구들과 공동투자를 해보겠다고 땅이랑 건물도 보러 다녔으니 내 체력으로는 몸이 남아나지 않았다. 그중에서도 사업은 더 늦기 전에 꼭 해보고 싶었는데, 그도 그럴 것이 세계적인 스타트업 액셀러레이터들도 만 34세가 넘으면 창업가의 창의력과 추진력이 떨어져 지원을 꺼린다는 것이 공공연한 사실이었다.* 나도 실패를 할 것이라면 한 살이라도 어린 나이에 실패하는 것이 낫다고 생각되었기에 조금이라도 빠르게

....

* 실제로는 성공 가능성이 높은 창업자의 평균나이가 40대라는 수치가 있다지만, Y combinator의 폴그레이엄(Paul Graham)이 "38세가 넘으면 창업할 에너지가 없다"라고 했던 것을 비롯하여 스타트업 업계에서는 젊은 나이 그 자체가 열정과 도전정신을 보장하는 것처럼 받아들여지곤 한다.

시작하고 싶었다.

   회사의 기본 업무량 자체가 살인적이었기에, 나의 삶은 늘 바빴고, 나의 작은 사부작거림은 매번 실패로 돌아갔다. 2020년은 그러다 맞은 안식년이 시작되는 해였다. 오본휘의 새 여자친구 소식과 함께 2019년의 문을 닫았던 터라, 더 아무 생각 하지 않고 일 중독자처럼 살았던 데에 대한 보상이었을까? 그즈음 감사하게도 신문지상에 내 이름이 들어간 타이틀이 높게 걸려 퍼덕이고 있었다.

   "6대 로펌 전수조사 리포트, 올해 최연소 파트너는 하기쁨"

   로펌생활 동안 목표점으로 여겼던 파트너라는 타이틀까지 달게 되자, 아이러니하게도 '로펌에서 해보고 싶었던 건 이만하면 됐다.' 싶은 생각이 더더욱 강해졌다. 내 커리어에 한 챕터를 닫고 새로운 시작을 맞이할 생각에 마음이 몽글몽글했다. 인정하고 싶지는 않지만, 사람의 열정에는 총량이 있다. 내가 모든 열정을 로펌에서 더 쏟다가는 새롭게 무언가를 시작할 만한 남은 힘이 없을 것 같았다. 과중한 업무로 점철된 수년간의 회사생활을 견디고 얻은 안식년이니 유학 기간은 나에게 큰 기회였다. 나는 한국보다는 더 시장이 큰 미국에서, 그리고 우리보다 더 발전이 있는 분야라면 새로운 기회를 잡을 수 있지 않을까 싶어 가기 전부터 학생비자로 창업 도전이 가능한지부터 확인했던 터였다.

다시 학생으로 돌아가 대학에서 지원하는 스타트업 경진대회에 도전하기 위해서 교내 코딩팀에 들어가 까마득하게 어린 20대 초반 친구들과 팀을 꾸렸다. 경영대에서 일부러 창업 시뮬레이션 수업을 들으며, 미국은 물론 터키, 프랑스, 인도 등 국적은 달랐지만 같은 꿈을 꾸는 석사생들과 고민을 나눴고 해법을 찾으려 노력했다. 최소 기능만을 탑재한 제품을 돌려보기 위해 잠을 줄여가며 콘텐츠를 준비하고, 피치덱을 만들어 한 단계 한 단계 스텝을 밟아갔다. 교내 대회 말고도 VC들에 따로 컨택해서 Zoom으로 피치를 했다.

"저희는 이 문제를 해결하는 데 저희 플랫폼이 솔루션이 될 수 있으리라 자신합니다.
마켓의 니즈와 소비자의 니즈가 공존함에도 아직 해결되지 못하고 있습니다. 지금 필요한 것은 이들을 연결해 줄 수 있는 저희 아이템이고, 이를 통해 저희는 사회적 문제 해결은 물론 지속 가능한 성장을 일구어 내고자 합니다.
동 수치는 다음과 같은 프로젝션에 기반합니다."

그렇게 잠재 투자처, 그리고 스타트업을 육성해 주는 여러 프로그램에 도전하던 중 런던의 한 인큐베이터 프로그램에 초대를 받았다. 기회만 있다면 몇 시간 비행기를 타고 겨울 방학 시즌에 섬나라로 옮겨 가는 것쯤은 기꺼이 감수할 수 있었다. 얼마 지나지 않아 빅 벤(Big Ben)의 도시에 폭풍 같은 겨울이 찾아오리라는 것을 그때는 몰랐으니.

2020년 초겨울, 전문가들의 도움을 받아 초기 모델을 돌리려 런던의 자영업자들에게 마케팅을 하고, 웹페이지도 만들며 마켓 테스트를 시작하려던 찰나였다. 당시 런던은 매일 코로나 확진자 수를 갱신하고 있었다. 재난영화 실사판을 보는듯한 긴장감으로, 매일 밤 BBC를 숨죽여 보며, 간절히 역병이 잡히기를 기도했다. 그러나 나의 바람과는 정반대로, 치솟는 사망률까지 겹쳐 강도 높은 락다운이 시작되었다. 내가 준비하던 모델은 기본적으로 사람 간의 교류를 촉진시켜 줄 플랫폼 아이템이었기에, 락다운은 모든 것을 스탑시키기에 충분했다.

마트에 생필품이나 식량을 사러 나가는 것, 그리고 집 근처에 생존을 위한 산책 정도를 허락하는 것 외에는 타인과의 접촉 자체가 모두 차단되었다. 헬스장 등 생활 시설은 물론이고, 식당들도 테이크아웃과 배달을 제외하고는 운영을 중단하였다. 한국에서는 기사로만 접했던, 대형마트에 물이 떨어져 매대가 텅 비어 있는 모습을 직접 목격했고, 진짜 혼자인 삶을 버텨야 했다. 10년을 기다려 얻은 안식년이었는데, 고난의 행군이 따로 없었다.

처음 몇 주는 넷플릭스와 함께 그럭저럭 버틸 수 있을 것만 같았다. 그러나, 우울한 겨울 날씨에 고립된 삶을 지속하려니 잠이 안 오기 시작했고, 급기야 타국에서 난생처음으로 불면증약 처방을 받고 있었다. 같은 프로그램에서 수학하던 친구들이나 스타트업을 같이하던 팀원들과 Zoom으로 만나고, 전화는 수시로 했지만 사람 간의 직접 교류에 비할 바가 못 되었다. 그 프로그램에는 일하다 온 친구들이 대부분이라 결혼한 친구들이 제법 많았는데, 같은 락다운 기간이었지만 나와 다른 삶을 살고 있었다. 커플 요가를 하며 사이가 더 좋아졌다고 하는 친구, 본국에서는 맞벌이하느라 요리를 해본 적이 없었지만 여기서는 밀가루로 면까지 직접 만들어 국수 요리를 완성했다며 사진을 공유하는 커플, 락다운 기간 동안 여러 와인을 섭렵해 보겠다며 포도 품종별로 테이스팅 노트를 작성한다는 부부, 집에 크리스마스 장식을 하며 뿌듯해하는 커플 등 둘이 보내는 락다운은 그렇게 나빠 보이지 않았다.

그에 반해, 나는 혼자 먹는 식사이다 보니 피자 레귤러 한 판을 주문해도 절반 이상은 딱딱해져 버렸고, 와인을 사도 두어 잔 이상을 마시질 못해 나머지는 맛이 변해 버려야 했으니 장을 많이 보기도 애매했다. 사람을 초대할 수도 없는 상황에서 혼자 집을 꾸미는 것도 신이 나지 않아 크리스마스 장식 따위 시도해 볼 생각조차 하지 않았다. 나 혼자 먹자고 몇 시간 동안 열심히 요리하는 것도 엄두가 나지 않아 그저 쉬운 음식만을 만들어 대충 때우거나 결국 배달 앱을 이용했다. 결혼을 한다는 것이 주는 안정감이 그토록 커 보인 적이 전엔 없었다. 너무 예쁜 유명브랜드 운동복에 조깅화에 암밴드까지 완벽한 복장으로 에어팟을 꽂고 뛰어도, 신이 나지 않았다. 한편 같이 도시에 살고 있는 커플들의 인스타에서는 '눈이 오는 날 아침', '집 앞 고양이', '길거리의 크리스마스 장식' 뭔가 작은 변화 하나하나에도 서로를 찍어주며 애틋해하는 모습들이 남겨져 있었다.

'결혼을 해야겠구나. 혼자서는 살아내기가 훨씬 힘든 거였어.'

결혼을 '하고 싶다.'라는 생각도, '해야겠다.'라는 생각도 진지하게 해본 적이 없었는데 그때 알았다. 반려자가 필요하다는 것을. 길어지는 락다운 기간 동안 수면제에 기대야 했던 나는 결국 락다운을 버티지 못했고 자가격리를 감수하고서라도 가족과 친구들이 있는 한국으로 돌아가야 했다.

재회: 다시 안 만나주면
죽어버릴 거야

아물지 않았다. 가장 믿었던 내 사람이라고 생각했던 사람이 무방비 상태인 나를 끊어내는 과정에서 받은 쓰라림은 어느 누구에게 받았던 상처보다 깊었다. 수개월이 지났지만 딱지가 생길 듯 말 듯 그저 피는 멎고 얇은 막이 생길 만큼 더디게 회복 중이었다. 겨우 정신 차리고 일상생활을 할 수 있게 되었는데, 다시 상처받고 싶지 않았다.

한국으로 잠깐 피신해 원격으로 수업을 듣던 그 시기에 그에게서 연락이 왔다. "하기쁨." 고작 세 글자만을 넣은 문자 하나였지만, 그날 이후 그는 줄기차게 우리 집 앞에 찾아와 나를 기다렸다. 나는 그를 모르는 척해야 했다.

> 기쁨아, 네가 나올 때까지 기다릴게. 그냥 기다릴게.

집에 오던 길에 그로부터 문자를 받았다. '안 보리라, 내가 너는 다시 안 본다.' 답장도 하지 않았다. 결심하고 결심했건만, 그날 나를 기다리다 근처 화장실을 찾아 배회하던 그를 그렇게 마주쳤다. 락다운이 아니었더라면, 한국에 올 리는 없었을 테고 그랬으면 이 시간에 그를 여기서 마주치지 않았을 텐데. 하필 내가 들어와 있는 그 잠깐의 시기에 연락이 닿아 이렇게 다시 보게 되다니.

그 순간 화면이 정지된 것 같았다. 지난 1년 반 동안, 그가 다른 여자와 행복하지 않기를 바라며, 그래서 더 아프게 과거를 끄집어내야 했던 그 시간 동안 내가 그를 너무 미화했을까. 오본휘는 내 기억 속의 그 남자만큼 멋있는 이가 아니었다. 꼬질꼬질 화장실을 찾아 헤매는, 길에서 만난 아저씨 같은 모습이었지만 그 역시도 너무 그대로여서 뭘 어떻게 할 수가 없었다. 오본휘는 나를 붙잡았다.

"기쁨아 시간 좀 내줘, 이야기 좀 해."

너무 오랜만이라 화도 나지 않았다. 한참을 아무 말 없이 쳐다보다 근처 카페로 가기로 했다. 그래 차라리 궁금했던 걸 다 묻고 대화를 하자. 카페에 들어가서 내가 먼저 그에게 물었다.

"딸기 요거트 마실 거지? 아니면 아이스 라테?"

아직도 그의 커피 취향을 정확히 기억하고 있었다. 이야기를 하자며 찾아온 건 그인데 너무 익숙했던 루틴처럼 화장실에 먼저 가겠다는 그를 두고 커피는 내가 결제하고 있었다. 마치 저번 주에 만났던 사람을 또 만나 카페에 간 것처럼 너무도 자연스럽게.

"어떤 여자였어?"
"…그냥, 경섭이도 19년에 갑자기 결혼하고 내가 제일 마지막으로 남게 되니까 급했어. 너는 날 싫다고 했으니, 너랑은 안 될 거라고 생각했고, 결혼할 사람을 찾아야 했는데…. 걔가 나 좋다고 하고 결혼 빨리하고 싶다고 막 그래서, 계속 끌려가다가 내가 그 앨 좋아하지 않는데 결혼하는 건 아니라는 걸 깨달아서 멈춘 거야."
"그게 말이 돼? 오본휘 누가 끌고 간다고 끌려갈 사람이야? 오빠도 좋아했으니까 그렇게 됐겠지."
"네가 못 믿는대도 그게 사실이야. 내가 별로 그 앨 좋아하지 않아서 결혼준비 하는데도 표정이 어두웠대, 우리 엄마가 곧 결혼하는 애 표정이 왜 그러냐고 안 좋아하는 사람이면 깨도 된다고 하더라고. 영 아닌 것 같아서 내가 깼고, 그래서 식장이랑 집 위약금도 다 내가 했어."

그때 알았어야 했다. '엄마가 깨도 된다고 해서' 깼다는 걸. 연애할 때는 엄마가 등장할 일이 많지 않으니 알 길이 없었다. 그를 그렇게 오래 보면서도 그의 마마보이력을 캐치 못 한 내가 바보였다.

"그때 나도 혼자였던 거 알고 있었잖아. 근데 새 여자 만나고 싶어서 갔던 거면서. 갑자기 연락하는 건 뭐 하자는 거야?"
"나 너 아니면 안 돼."
"딴소리하지 마. 오빠가 그 여자 있으니 나한테 연락하지 말라고 했을 때. 그때 우린 돌이킬 수 없게 됐어."
"기쁨아, 내가 진짜 미쳤었나 봐. 내가 정신 나간 놈이었어."
"내가 그때 보냈던 홍삼도… 그 여자랑 만나던 기간에…. 됐다. 이런 이야기 해서 뭐 하니. 어떤 여자였어? 난 그게 궁금해서 지금 앉아 있는 거야. 오빠랑 다시 잘될 여지는 없어."

그렇게 비슷한 대화가 그 후로도 스무 번쯤 계속되었다. 나의 차단에 일이 끝나자마자 달려온 오본휘는 본인이 준 상처를 알고 있으니 자기가 평생 치유해 주겠다며 내 팔을 붙잡고 받아달라며 펑펑 울었다.

"기쁨아 제발, 제발 한 번만."
"그동안 오빠 다른 여자 남친, 혹은 남편이라고 알고 지내온 기간만 1년 반이야. 새 여친 생겼으니 나한테 연락하지 말라며. 그때 닫힌 마음은 하루아침에 괜찮아지지 않아. 어쩌면 내가 몇 년이고 계속 그 이야기로 오빠 괴롭힐지도 몰라. 이런 관계가 잘될 리 없어."
"어, 아이 낳고 살면 그 정도는 다 아무것도 아닌 게 될 거야. 내가 매일 아침도 해주고, 집안일도 다 내가 하고, 평생 행복하게 해줄게. 넌 아무것도 신경 쓰지 마. 결혼한다고만 하면 집도 다 우리 엄마가 준비해 줄 거고, 제발 나 한 번만 받아줘. 기쁨아 제발."

오본휘와 2017년에 그렇게 헤어지고 그 뒤로 계속 남자친구가 없었는데, 결국 오본휘 하나일까. 남들 다 쉽게 이직하는데 난 한 회사를 10년씩 다니는 사람이었다. 불만이 없어서가 아니라, 들고 있던 걸 쉽게 바꾸지 않는 성향이라. 20년 전에 샀던 물건 중 아직까지 쓰고 있는 것만 해도 여러 개였다. 뭔가 잘못된 점이 보이고, 안 좋은 점이 보였을 때 빠르게 정리하고 새로운 것을 취해야 성장하는 법이다. 일할 때 두뇌의 역량을 풀가동시키기 위해, 내 사생활에선 대체로 뇌를 내려놓고 사는 경향이 있었고, 나의 개인적 범주에 들어온 것들에는 정을 주어 잘 정리하지 못했다. 일반적으로 사람은 자기 손에 쥐고 있는 걸 과대평가하는 경향이 있다고 한다. 나의 경우엔 꼭 그렇지만도 않은 것 같은데. 그럼에도 불구하고 익숙한 그 편안함이 좋아서, 특히 나의 소중한 시간을 들여 쌓아온 인간관계에 대해서는 더더욱, 정말 최악이 아닌 한 그대로 계속 유지하고 싶었다. 오본휘라면, 내가 살아오며 자의로 쌓아 올린 관계 중에 내가 가장 많은 시간과 노력을 들인 존재였다. 그 시간과 노력의 양을 생각하면 실패해서는 안 되고, 실패할 수도 없는 존재. 그렇게 생각하는 것 자체가 패착이 되리라는 것을 그때는 몰랐다. 나에게 오본휘란, 너무 편해 서로 아무 말을 하지 않고 있어도, 그의 생각이 다 읽히는 그런 존재의 반열에 오른 사람이었으니.

그래, 연락만 해보자….

그렇게 오본휘와 다시 연락을 시작하게 됐고, 난 다시 미국행 비행기에 올랐다. 짐을 옮기고 정신없는 틈에도 그의 과거, 그리고 그와 다시 만난다는 게 잘한 결정일지, 한번 내가 아닌 다른 여자를 선택하고 나를 끊어냈던 남자를 평생 믿고 살 수 있을지, 한번 그런 놈은 또 그럴 수 있다는데 이 사람을 믿을 수 있을지, 생각이 끊이질 않았다. 재작년에 그에 대한 신뢰도가 100이었다면 다시 돌아왔을 때 오본휘에 대한 나의 신뢰도는 10도 채 되지 않았다. 그와 연락을 하다 보면, 그냥 가만히 있다가도 아무 이유 없이 울컥하고 그의 최근 전 여친이 되살아나는 것 같았다. 이렇게 신뢰가 무너져서는 다시 이어갈 수 없다.

"오빠, 나 도저히 안 될 것 같아. 미안해."
"…기쁨아, 네가 나 안 받아주면 나 죽어버릴 거야…."

수화기 너머로 그가 울면서 말하는데 무서웠다. 너무너무 밉지만 밉다는 건 그만큼 그 사람에 대한 애정도 남아 있다는 것일 테니 "네가 죽든 말든 상관없어."라고는 할 수 없었다. 그는 그냥 그런 구 남친이 아니라, 오본휘니까.

"오본휘, 그러지 마."
"기쁨아 내가 뭐든지 다 하고, 내가 다 받아낼게. 나 제발 받아만

줘. 너 아니면 나 평생 결혼도 안 할 거야."

내가 정말 사랑했던 유일한 남자였다. 그가 다른 여자 옆에서 지냈던 기간까지 포함한 지난 10년간 한결같이 내가 듣던 모든 노래 가사의 주인공은 그였고, 맛있는 음식을 먹으면 데려와 함께 먹고 싶고, 좋은 것을 보면 먼저 챙겨주고 싶은 사람. 그것도 오본휘 단 한 명이었다. 그랬으니 너무 미워서 꼴도 보기 싫은데, 우는 오본휘를 딱 잘라내지도 못하고 있었다. 정이라는 게 이런 걸까. 머릿속이 복잡했다. 그래, 사람 살린다는 셈 치고 그냥 한번 보자.

모든 결정에는 내가 먼저여야 한다. 이 진리를 나는 너무 늦게 깨우쳤다. 상대방 때문에, 상대방을 위해서, 상대방에 의해서 만나서는, 특히 결혼이라면 안 된다. 결혼은 자원봉사가 아니다. 누군가 나의 도움이 필요해 나에게 부탁을 하고, 그 사람이 안쓰러워 보여서, 혹은 내가 상대의 부탁을 들어줄 수 있는 상황이라고 해서 상대의 뜻을 따르는 쪽으로 결정해서는 안 된다. 연애도 그러하지만, 결혼이라면 더더욱 나의 삶의 근간을 흔들 수 있는 결정이다. 온전히 상대방과 내가 잘 맞아 더 행복해질 수 있는지, 이 사람과 함께면 내가 더 나은 사람이 되고 나도 상대에게 그런 영향을 줄 수 있는지, 남은 생애를 더 가치 있고 후회 없이 살아갈 수 있을지를 고려해야 한다. 나를 위해, 내가 주도권을 쥐고 결정하여야 한다.

남에게 해가 되어서도, 폐를 끼쳐서도 안 된다고 배웠다. 내가 할 수 있는 한 주변과 같이 가는 삶, 양보하고 타인을 배려하는 삶의 중요성에 대해서 교육받고 자라는 동안 나는 공격성과 결단력을 기르지 못했다. 그도 그럴 것이 어렸을 때부터 나와 동생은 늘 후원하는 친구들이 여럿 있었다.

"하기쁨, 네가 피자 한 판을 먹을 값이면, 배가 고픈 저 아이는 한 달을 먹고살 수 있어. 피자 시켜도 넌 한 조각이면 더 먹지도 않잖아. 피자를 시켜야 할까, 아님 새 친구가 한 달 동안 밥을 먹을 수 있게 도와줘야 할까? 뭐가 더 좋을 것 같아?"

어머니의 교육 방식이었다. 피자 한 판을 시키기 위해 망설여야 했던 정도의 형편이었던 적은 없지만, 어머니는 여유가 있어야 나누는 게 아니라 늘 내 것을 나눌 수 있어야 한다고 알려주셨다. 내가 가지고 있는 것을 쓸 때는 나의 순간적인 기쁨이 아니라, 되도록 더욱 큰 가치에 기여하는 방향이어야 한다고 가르치셨다. 후원하는 친구들로부터 편지가 오고 답장을 쓰면 나도 모르게 기분이 너무 좋았고, 나와 동생은 그렇게 후원 아동을 늘려갔다. 늘 수수하기 그지없던 나의 어머니의 기부금은 내가 아는 것만 해도 상당했다.

그런 어머니 아래서 나는 쓸데없이 정이 너무 많았고, 내 것을 아끼지 않았는데, 사회생활을 하면서 많은 부류의 사람을 만나는 동안 그래서는 안 된다는 것을 조금씩 배울 수 있었다. 마음이 약하고 정이 많다는 게 곧 호구를 의미하는 세상에서 나는 너무 타인 중심적인 삶을 살았다. 베푸는 삶이라는 것은 어느 정도 내게 여유가 있어야 하고, 어머니의 가르침은 내가 그런 지위에 있음을 전제로 하는 것이었는데, 이 험한 세상에 맞서 싸울 만큼 나는 단단하지 않았고, 여유가 없었다. 나를 먼저 생각하고 나를 먼저 챙겨야 하는데, 그걸 너무 늦게 알았다. 사람은 딱 부러져야 할 때는 그럴 필요가 있다. 끊어내고 거절해야 할 때는 특히 그 결정이 나에게 피해가 될 때는 좀 더 단호하게 내가 중심이 되는 결정을 밀어붙일 힘을 길러야 한다. 나는 슈퍼맨이 아니다.

사람을 불쌍해서 만나는 건 아니다. 특히 내 반려자가 될 사람을 선택하는 데에 있어 불쌍한 사람에게 손을 내밀었다간 되려 내가 불쌍해질 수 있다. "물에 빠진 놈 건져놓으니 보따리 내놓으라 한다."고 했다. 문구 하나가 선조 때부터 대대로 내려오는 데에는 많은 사람의 인생 경험이 묻어 있는 것이니 곰곰이 생각해 보고 현명해질 필요가 있다. 스스로 내 결정이 너무 이르고, 또 잘못되었다고 생각했으면 멈춰야 했다. 인생은 나의 선택의 집합체이니 어쭙잖은 동정심에 '지 팔자 지가 꼬는' 그런 선택을 해서는 안 된다.

그렇게 한번 파혼하고 돌아온 오본휘와 다시 만나기 시작했다. 그가 이렇게 친절한 사람이었나? 이렇게 잘해준 적이 있었나? 처음 사귀기 시작했을 때에도 이 정도는 아니었는데. 멀리 있는데도 멀리 있는 것처럼 느껴지지 않을 만큼 내가 연락하면 즉답하고 시차가 안 맞는데도 내 시간에 맞춰서 꼬박꼬박 전화하는 세상 다정한 남자로 변해 있었다. '사람 안 변할 텐데, 이게 본 모습이 아닌데…. 그치만 이 남자 노력하는구나.'라는 것이 피부로 느껴졌다.

다시 맞는 그해 내 생일, 정오까지 마지막 시험을 쳤다.

"방금 답안지 업로드했어. 완전 배고프다, 뭐 먹지. 냉장고에 먹을 게 없어."
"기쁨아 맛없는 거 먹지 마, 시험은?"
"나야 나, 하기쁨. 시험은 당연히 잘 봤지, 근데 나 배고픈데."
"아니야, 그래도 아무거나 맛없는 건 먹는 거 아니야."
"오빠, 잠깐만. 모르는 번호 전화가 오는데? 끊어봐."

오빠가 보낸 포케 배달원이었다. "기쁨아 생일 축하해 네가 좋아하는 아보카도 추가했어. 맛있게 먹어."라는 노트가 함께 배달되었다. 내 시험기간이라는 걸 아는 오본휘는 밥해 먹을 시간이 없을 걸 알고 한국에서 미국 배달 앱을 뒤져 밥을 보낸 것이다. 작년 한 해를 빼고 그가 챙겨주는 아홉 번째 생일이다. 나란 여자는 명품보다 밥 챙겨주는 마음에 더 기뻐했고, 5,000원짜리 화분이면 마냥 행복해하는 사람이었다.

매우 오래전 입사 선물이라며 그가 양재 꽃시장에서 사 준 다섯 개 짜리 작은 선인장 화분은 독수리 오형제라 이름 붙여 7년이나 사무실에서 애지중지 키웠는데, 이사하면서 독수리 오형제가 깨지지만 않았더라면 지금도 살아 있었을 것이다. 그가 선물한 수국 한 송이가 심어졌던 화분은 큰 화분에 옮겨 심어 한 해에 꽃이 서너 송이씩 피는 걸 몇 해는 더 보았다. 그 후로도 두어 번은 더 분갈이를 했으니, 나는 수국 한 송이를 10년을 키워 화단 한구석 전부를 차지하게 하는 게 기쁨인 하기쁨이었다. 그래서인지 꾸준히 화분 선물을 해주던 오본휘였고 나는 그저 그것을 기뻐하던, 우리는 그런 관계였다. 그는 나를 정확히 알고 있었고 16달러짜리 연어 포케의 힘은 대단했다.

"오빠 너무 고마워, 감동이야."
"기쁨아, 내가 준 카드로 백화점 가서 사고 싶은 거 사."
"됐어. 오빠 지금 병원도 어렵잖아. 적자라며. 돈 아껴야지."

자주 연락하다 보니 그의 병원 사정이 좋지 않다는 것도 알게 되었다. 그는 자주 빚 이야기를 했고 2년 정도 해보다 안 되면 페이닥터로 돌아가야겠다는 이야기를 입에 달고 살았다. 코로나가 한창이라 코로나 환자라도 한 명 왔다 가면 마음 졸이며 긴장하는 그를 알고 있었기에 그가 힘들여 번 돈을 내 물건 사자고 쓸 수 없었다. 결국 한국에 돌아가는 그날까지 그가 쥐여준 신용카드로는 커피 한 잔 사 마시지 않았다. 그저 그가 어려운 상황에서도 내 생각 해서 카드를 쥐여준 거라고 생각하니 그 마음만으로도 고마웠을 뿐.

 그즈음 지난겨울 뿌렸던 씨앗이 싹을 틔워 유수의 현지 VC로부터 50만 달러 남짓의 투자 오퍼를 받았고, 인큐베이팅 프로그램을 통해 추가로 1년간 매달 생활비를 받으며 멘토 시스템 등 지원을 받을 기회가 함께 찾아왔다.

> "축하합니다. Joy Ha 대표님, Preso 아이템이 저희 VC 지원 대상으로 선정되었습니다.
> Seed 투자 조건은 아래와 같으니 검토 바랍니다-. 다만 본사는 미국이어야 하며 대표님이 외국인이라 추가 비자 신청 및 프로젝트 유지 조건은 반드시 준수되어야 하오니, 이 점 참고 바랍니다. 동의하시면 서명하여 주시면 됩니다."

 기뻤다. 그리고 고민이 되었다. 이는 단순히 지난 10여 개월간 노력만으로 얻은 기회가 아니라 유학 전 몇 년간 들인 노력의 작은 결실이기도 했다. 여기저기 뒤져가며 콜드 메일도 수없이 보냈고, 일하면서 얻은 인적 네트워크도 사용했으며, 피치 덱은 물론 영상 편집 등등 어느 하나 내 시간과 땀이 묻지 않은 것이 없었다. 갈림길이었다. 그토록 간절히 원했던 내 사업의 시작과 오빠를 만나 한국에서 멀쩡히 다니던 회사를 다니며 보통의 삶을 사는 것. 이렇게 돌아 다시 만나게 된다면 결혼으로 직결하는 코스였으니, 결정을 해야 했다.

답을 쉽게 낼 수 없었다. 무엇이 맞는지. 우선 어찌 되었건, 회사에 적을 두고 있으니 한국에 한 번은 들어가야 했던 상황이었다. 가서 필요한 사람들을 만나보고, 한국에서 결론을 내릴 수밖에 없었다.

리뷰 조작단

'어머님을 먼저 만나봐야 할 것 같아. 그게 순서야. 그분의 마지막 문자가, 그분의 행동들이, 그게 마음에 걸려.' 한국행 비행기 안에서 생각의 생각을 거듭하고 있었다. 그와 다시 연락을 시작하고 나서 모든 게 다 좋았던 것은 절대 아니다. 사실 시어머니가 아들에 대한 애정이 남달라 나를 탐탁지 않게 생각하는 것이라면, 아니 서로 새 가족이 되어야 하는데 나의 존재를 귀하고 고맙게 여기지 않는 집이라면 굳이 그런 곳으로 시집을 가고 싶지 않았다. 열렬히 사랑하는 사이라면 시어머니의 아들 사랑쯤 조금 버텨보자 다독일 수도 있었을 테지만, 그가 파혼까지 한 번 하고 온 터라 오본휘에 대한 감정이 예전 같지 않았던 것도 이유라면 이유였다.

한국으로 돌아온 날, 공항에 그가 서 있었다. 보통의 연인이라면 그저 마냥 반갑고 고맙고 행복해야 할 순간인데, 그와 나 사이엔 뭔가 어색하고 또 어색한 기류만 흘렀다. 이렇게 어색한데 괜찮을까?

그는 재회가 곧 결혼이라고 생각했고 빠르게 식을 올리려고 했다. 그에 반해 난 무엇보다 그의 어머니 이슈가 해결되지 않으면 뭐든 진행하기 힘들 것 같았기에 그의 부모님을 먼저 뵙고 싶었다. 그의 어머니가 나를 어떻게 생각하는지 확인해야 했다.

"나랑 연락한다고 집에 말했어?"
"응."
"오빠 어머니 뭐라셔?"
"엄마가 '으이그, 왜 그때 결혼한다는 걸 굳이 기쁨이한테 알려서는.'이라고 하셨어, 여자로서 자존심 상하고 기분 나쁠 거라고."
"아, 역시 어머님도 아시는구나. 우리, 오빠 집 먼저 가자."
"아냐, 우리 엄마가 아기네 부모님께 먼저 인사드리라고 하셨어. 우리 집은 무조건 패스라 인사 안 와도 된대."
"결혼준비를 시작한다면 안 와도 된다고 하셨대서 진짜 안 갈 수도 없는 거고, 나 잘 보이려고 그러는 게 아니라 어머니께 확인할 게 있어서 그래."
"뭔데?"
"사실 예전에 어머님 문자, 그게 어머님 마지막 인상이었고, 그런 채로 몇 년이 흘렀어. 그 문자가 내가 오빠랑은 결혼하지 않겠다고 했던 이유이기도 했고. 오빠가 바람 안 피우고 충성한대도 어머니가 나를 그렇게 대하시면 잘 살 수 있을지 걱정돼."

"…우리 엄마 너 좋아해. 그건 진짜 확실해. 왜 그렇게 생각해."

"그 문자 받고 바로 오빠랑 통화했던 거 기억 안 나? 그때 기분 정말 안 좋았었는데 그냥 '알겠습니다.'하고 말았던 거야. 어차피 끝인데 이러쿵저러쿵하고 싶지 않아서. 근데 이렇게 결혼까지 하게 되면 새로운 부모님이 되시는 거니, 그 기억에 대해서 확실히 하고 싶은 게 자연스러운 거 아냐?"

"그때 그 문자 뭐였지? 하이구. 그냥 넘어가면 안 돼?"

"반대로 오빠가 만약 우리 아빠한테 그런 문자를 받았다면 어땠을 것 같아?"

"…."

"사귀는 동안 나 오빠 어머니께 편지 쓰고, 꽃다발 선물하고, 잘 지내려고 노력했던 거 알잖아. 오빠는 우리 집에 그런 거 신경조차 안 썼는데 나는 다 챙겼었다고. 그랬는데 어머님 그날 오빠가 짜증 내니 그걸 나한테 화풀이하신 거였잖아. 앞으로 그런 일 또 생기면 어떻게 대처할 거야?"

"난 너랑 엄마 사이에서 언제나 공평할 거야…. 근데, 불쌍한 사람 편을 들 거 같아. 우리 엄마는 평생 아들 둘 키우느라 우리 밥 먹을 때도 밥도 같이 안 먹고, 우리 챙겨주느라 옆에서 계속 서 계시고, 늘 희생하셨어. 엄마는 불쌍하게 살았는데 기쁨이 넌 네 커리어도 있고 밖에서 멋지게 살잖아."

"뭐? …오빠, 나는 결혼을 하게 되면 오빠만 믿고 새 가정을 꾸리려고 하는 건데 오빠가 내 편이 안 되어주면 어떻게 살아. 오빠는 언제나 내 편이어야지. 특히 시댁에서는 더더욱 나만 이방인이 되어서는 안 되는 거잖아."

가슴이 답답했다.

"오빠, 우리 생각할 시간을 갖자."
"무슨 생각할 시간을 또 가져, 미국에서 혼자 생각할 시간 많았잖아. 괜히 딴생각하지 마. 결혼해서 살면 정신없어서 이런 거 생각도 안 날 거야. 우리 엄마 너 좋아해. 장일이네는 장일이네 집에서 연지 진짜 심하게 반대했어도 결혼하고 애 둘 낳고 사니까 다 아무것도 아니래. 기쁨아, 맛있는 거 먹자, 응?"

'띵띵!' 카드 사용 알림이었다.

"오빠 뭐야? 오빠 나랑 있는데 카드 문자가 왜 와?"
"아, 엄마가 장 보신 거야 내 카드로. 우리 집 지금 부모님 수입이 없잖아."
"아… 오빠도 지금 적잖데…?"

오빠는 예전부터 말해왔다. "부모님을 서포트해야 하니 한 달에 몇

백씩은 생활비로 드리겠다."라고. 오본휘 본인이 버는 걸로 생활비 드릴 거면 우리 집도 내 수입에서 같은 액수를 드리겠다고 했더니 "너네 집은 굳이 드릴 필요가 없잖아? 우리 부모님은 내가 도와드려야 해서 드리는 건데 기쁨이 넌 왜?"라고 주장했던 그였다. 그에 "각자 벌어 각자 드리는데 뭐가 문제냐."라며 가열하게 싸웠던 과거가 떠올랐다.

지금 다시 그 이야기를 꺼낸다고 해서 막상 결혼 후에 우리 부모님께 내가 꼬박꼬박 현금을 드릴 것 같지도 않고, 으본휘는 하지 말라고 해서 안 할 사람도 아니었다. 생각해 보니 '다른 사람도 아니고, 부모님인데.' 싶어 긴말하지 않았다. 그의 병원이 적자이니 우리 생활비는 당분간 내가 책임지려고 하던 상황이긴 했지만, 그 정도는 크게 중요하지 않았다. 사람만 멀쩡하다면.

어젯밤 그와 무거운 대화 때문인지, 시차적응이 되지 않아서인지 잠을 설쳤다. 늦은 오후가 되어서야 정신을 차리고 그의 전화를 받았다.

"여보세요? 오빠 목소리 왜 이렇게 안 좋아?"
"네가 시간 갖자고 하니까 괜히 일도 안되고 손놈들(그는 환자들을 손놈이라고 불렀다)한테 짜증 냈잖아. 그랬더니 어떤 아줌마가 다신 안 오겠다고 짜증 내고 갔어."

일을 제대로 못 하고 있다고 하니 신경이 쓰였다. 그는 늘 이런 식이었다. 마음에 응어리가 있으면 풀어야 하는데, 내가 속상한 포인트를 화두로 올리면 나와의 긴장 관계 때문에 자기 일에 영향을 받는다고 투덜거렸다. 그러면 이내 그 이야기를 꺼낸 내 잘못인 것처럼 느껴져, 그 고민이 다 풀리지 않았음에도, 그 토픽은 입에 올려서는 안 될 볼드모트가 되어 1미터쯤 더 깊숙한 곳에 묻어야만 했다.

"내가 시간 갖자고 하는 걸로 오빠 일에 영향이 가면 어떡해, 일은 제대로 해야지. 오빠가 이러면 나는 내 감정표현도 못 하게 되잖아. 혼란스러워서 생각의 정리가 필요한 건데…. 얼른 기분 풀고 점심 맛있는 거 먹어. 힘내고 환자들한테 친절해야지. 그러다 또 안 좋은 리뷰 올라온다."

내 감정과는 상관없이, 나 때문에 괜히 손님에게 짜증을 내고 동네 평판을 망쳤다는 한없이 모자란 그를 위해, 네이버 아이디로 "친절하고 기기도 관리가 잘되어 있다."며 5점짜리 리뷰를 남겼다. 내 남자기 살라고 아이디를 하나 더 만들어서 다른 사람인 척 두 번째 리뷰를 썼다. 이미 내가 아닌 그의 친구들이 올린 5점짜리 리뷰가 상당했지만, 내 친한 지인들에게 부탁해서 영수증 파일 하나를 가지고 5점짜리 방문자 리뷰를 늘려갔다.

'이렇게 리뷰 조작단이 되는 거구나, 다른 곳들도 그렇겠지? 역시 리뷰는 믿을 게 못 돼.'

언젠가 오빠가 그랬다. 수면 검사와 어지럼증 환자가 제일 단가가 높고, 코로나 시국이니 호흡기 환자는 조심스럽다고. 그 말이 떠올라 댓글을 하나 더했다.

'갑자기 너무 어지러워 찾았는데, 회사 앞 병원보다 훨씬 잘 봐주시네요. 양심적인 진료 해주시는 것 같아요.'

내 마음도 혼란스러운데 우선 그를 돕고 싶어서 회원 수가 많은 맘카페들을 찾아 가입해 보았다. 동네병원을 추천해 달라는 글이 있는지 찾아보고 댓글을 달고 있었다. 참고로 나란 사람은 오늘 이전에는 단 한 번도 인터넷상에 댓글이란 걸 달아본 적이 없는 소극적인 네티즌이었지만, 오늘은 그를 위해 안 하던 짓을 하고 있었다.

오후에 그렇게 나름 컴퓨터 앞에서 열심히 손가락을 움직이고 나니, 어느새 저녁 시간이었다. 어김없이 19시 '땡' 하니 그의 전화가 울렸다.

"오빠, 오늘 어땠어? 오후에는 좀 괜찮았지?"
"아니, 아르바이트생이 일을 너무 못해서 안 쓰니만 못하더라고. 간호학과 학생이라고 해서 기대했는데 젬병이야. 심지어 오늘은 주사를 못 꽂아서 수액 환자가 왔다가 그냥 돌아갔어."
"그렇게 급하게 손이 부족하면 나한테 말하지. 이번 주까지는 회사

안 나가는데. 복귀하더라도 평일에 급하면 내가 반차 쓰고라도 갈게. 토요일에는 또 내가 될 때마다 도와주고."

"고마워. 시급도 짱짱하게 주는데 아르바이트생 구하기 너무 힘들어. 애들 주사도 못 놔서 여러 번 찌르니까 컴플레인 들어오기도 하고…."

"힘들겠다. 근데 그렇게 아무것도 모르는 애들 쓰는 것보다 주사 같은 건 어머님한테 SOS 쳐도 되잖아. 어머님이 봐주시는 게 학생들보다는 훨씬 나을 텐데, 급할 때는 도움 요청하면 어때? 예전에 간호사 하셨다며."

"너 지금 우리 엄마 일 시키라는 거야? 엄마 간호사도 아니었고, 겨우 1년 남짓 간호 보조하다가 그 뒤론 안 하셨어. 밥해 먹는 것만도 힘들어하시는 나이 드신 분을 일 시키라고 말하는 거냐고!"

그가 돌아오고 나서 나에게 처음 화를 냈다. 그것도 갑자기. 급발진이었다. 어머님이 간호사 하셨다고 들었던 것 같아서 그럼 경력 있는 분한테 잠깐 도움 요청하면 어떻겠냐는 말에.

"왜 그래? 난 어머니가 그렇게 짧게 하다 그만두신 건 몰랐어. 전에 간호 일 하셨다기에 간호사 하셨는 줄 알았지. 경력자이심 웬만한 알바들보다는 훨씬 나을 거라고 생각해서. 오빠가 힘들다니까 어머님이 아예 못 움직이실 나이도 아니고, 잠깐은 괜찮지 않을까 해서 말 꺼낸 건데 왜 화를 내…."

"…아 미안, 내가 오해했다. 나는 네가 우리 엄다 집에 있으니 일하라는 취지로 말하는 줄 알고…."

"무슨 소리야, 왜 이렇게 갑자기 예민해."

"진짜 미안해, 내가 잘못 받아들인 것 같아."

잠깐의 대화로 인해 생각이 꼬리에 꼬리를 물그 휘몰아쳤다. 뭔가 머리로는 도저히 답을 낼 수 없을 때, 본능은 알고 있다. 이 길이 맞는지 아닌지. 누군가에게, 아니 내 스스로에게 거듭해 묻지 않아도 촉은 안다. 내가 맞는 길로 가고 있는 것인지. '자기 엄마에 대한 거면 이렇게 반응하는 거야?' 혼란스러웠다. 오본휘는 어머니에게는 무조건 좋은 것만 해드리고, 좋은 이야기만 전해주고 싶어 하는 아들이었다. 그가 힘든 것, 경제적으로 적자인 상황 같은 건 부도님껜 전혀 공유조차 하지 않는 것 같았다. 집에서는 너무도 건실하고 잘나가는 아들인 척 하면서, 지인에게 사기당해 돈 뜯긴 이야기, 직장에서 힘든 이야기, 이런 건 모두 내게만 털어놓고 징징대는 남자라는 걸 모르진 않았지만 찝찝했다.

어머니가 경력 있으신 줄 잘못 알고 바쁜 날 도움받으라고 말한 게 이렇게 잘못한 일일까? 나는 주6일 출근에도 급한 날은 병원 가서 도와주려고 하고 있었는데, 나 이런 남자랑 결혼할 수 있을까?

독박 가사와
다이아몬드 빛 황혼 이혼

"A diamond is Forever" De Beers 사*의 1940년대 광고 카피 때문이었을까? 풍족하지 않은 1950년대를 배경으로 한 소설 《레슨 인 케미스트리》에도 이런 대사가 나온다.

> "엘리자베스, 약혼하게 되면 예비신랑에게 최대한 큰 다이아몬드를 사달라고 고집부려. 그래야 결혼생활이 수틀릴 때 전당포에 맡길 수 있어."

다이아몬드가 결혼반지의 대명사로 자리 잡게 된 것은 대체 언제부

....

* 2000년대 초반까지 전 세계 다이아몬드 생산량의 90%를 담당하며 사실상 시장을 독점했던, 영국 런던에 본사를 둔 다이아몬드 채광·유통·가공·도매 회사이다.

터였을까? 정말 De Beers의 상술에 인류가 넘어간 걸까? 프러포즈 링으로써의 다이아몬드, 그 시초는 누구일까? 1477년 오스트리아의 막시밀리안 1세는 당시 비옥하기로 소문난 부르고뉴 왕국의 상속녀 마리 공주에게 그녀의 이니셜 M 모양의 다이아몬드 반지로 청혼하였다. 다만 그 마리 공주는 결혼한 지 5년 만에 말에서 떨어져 25세의 나이로 사망하였고, 대공은 그 뒤로도 식을 두 번이나 더 올렸다.

언제부턴가 다이아몬드는 '최고'와 동일어로 쓰이고 있다. 전 세계 최고의 육상 선수들이 모여 겨루는 다이아몬드 리그, 최고 등급의 회원을 일컫는 다이아몬드 클래스 등 최상급의 무언가를 일컫는다. 4월의 탄생석이기도 한 다이아몬드는 불멸, 그리고 사랑의 상징이기에 마치 그 자체만으로 지고지순한 영원한 사랑만을 의미할 것만 같지만, 그 어원은 "아다마스"이다. 아다마스는 천연광물 중 가장 굳기가 우수하다는 다이아몬드의 경도를 드러내듯 "정복할 수 없는"을 의미한다. 정복되는 존재는 더 이상 간절히 얻고 싶지 않을 뿐만 아니라, 정복자에 의해 흡수되어 사라질 테니, 정복할 수 없는 존재가 되어야만 영원히 사랑할 수 있다는 것일까.

그와 함께 가보려고 한다. 명확한 답이 나오지 않아 그냥 눈을 감고 질렀다. 누군가와 결혼을 한다면, 지난 10년간 다른 후보자는 없었다. 그저 오본휘뿐. 다른 예물도 없이, 초약식으로 치르기로 한 결혼식이긴 했지만 결혼반지는 해야 했다. 그는 남자친구가 있는 걸 티 내라며 사귀기 시작하며 한 번, 5년 전 즈음 내게 프러포즈를 하며 한 번 반지를 선물했던 적이 있었지만 커플링은 아니었다. 그는 반지를 싫어해 단 한 번도 손가락에 무언가를 끼고 다녀본 적이 없었는데, 이번에는 맞춰야 했다. 오본휘는 나더러는 다이아몬드를 하라며 본인은 단순한 반지를 한다고 했지만, 나는 무조건 그와 같은 디자인의 반지이길 바랐다. 결혼반지라 해도 어차피 매일 끼고 다니려면 굳이 다이아몬드일 필요도 없을 것 같았고, 오빠는 그 반지를 위해선 신용 할부를 해야 한다는 게 눈에 뻔했으니 부담을 주고 싶지도 않았다.

서로 상대방 것을 하나씩 사서 끼워주는 결혼반지이니, 똑같은 금반지 정도로 하자고 결정하고 오빠를 만났다.

"아기뽕, 내가 요새 좀 친절하게 봐줬더니 사람들이 알아주나 봐."
"왜?"
"댓글이 올라왔어. 나 회사 근처 다른 병원보다 친절하고 어지럼증도 잘 봐준다고~"
"오, 잘됐네."
"아기가 쓴 거 아니지?"

잠시 주춤했지만 굳이 나라고 밝혀서 으쓱해 하는 오빠를 꺾어놓고 싶진 않았다.

"응? 나 아니야. 환자들도 이제 오빠가 열심히 보는 거 알아주나 본데?"
"히힛, 나 열심히 해볼 거야. 이렇게 조금씩 환자 늘려가야지."

그렇게 자신감이 뿜뿜해진 그와 쇼핑을 시작하려던 참에, 그가 전화 한 통을 받았다. 한눈에 봐도 표정이 사색이 되어가는 게, 무슨 일이 일어난 것 같았다.

"무슨 일이야?"
"하아… 이걸 말해야 하나? 어떡해."
"왜."
"엄마가 이혼하시겠대. 나 장가보내면 이혼하려고 벼르고 계셨는데, 이제 이혼하시겠대. 할 말 있다고 들어오라고 하시네."
"뭐…? 헐… 얼른 가봐."
"아빠가 그동안 너무 독불장군이었는데, 엄마 편이 아무도 없었어, 딸이라도 있었어야 엄마 편이 되어주는데 우리 집은 엄마 속이야기 들어주는 딸도 없고 말야. 우리 챙기고 키우는 것도 엄마만 하고, 아빠 성질 불같은 건 말해 뭐 해. 엄마 혼자 집안일 전담했으니 이제 엄마도 그만하고 싶을 때도 되었겠지. 어쩌지."
"오빠, 우리가 어머니한테 더 잘하자. 내가 결혼하면 모시고 브런치도 먹으러 다니고, 어머님이랑 쇼핑도 가고 그렇게." 한동안 앙금이 남았던 어머님이지만, 그의 말이 사실이라면 같은 여자로서 마음이 쓰였다.

"정말?"
"응. 우선 오늘은 잘 화해시켜 드려. 운전 조심해!!"

집에 들어오자마자 핸드폰이 울렸다.

"기쁨아, 불안해. 하아."
"별일 아닐 거야. 두 분 40년간 같이 지내셨는데, 다투실 수도 있고 그런 거잖아. 얼른 가봐."
"휴우…. 좀 엄마한테 더 잘할 걸 그랬나 봐."
"우리 결혼하면 어머님 아버님이랑 여행도 같이 다니고, 그 왜 예전에 갔던 반딧불 산책로 있지. 예뻐서 내가 거기 여자 취향 저격이라고, 우리 양쪽 어머니들만 모시고 또 오자고 했던 데 있잖아. 거기 가자. 가서 맛있는 거 사드리고, 우리가 이제 더 잘하자. 어머님 곧 마음 풀리실 거야."
"기쁨아, 근데 난 부모님들이랑 여행은 가고 싶지 않은데, 아기가 그럼 혼자 모시고 다녀와."
"으이그, 알았어. 우선 가서 어머님 이야기 들어드리고 상황을 잘 봐. 어머님 진짜 속상하시겠다. 오빠 운전해야 하니까 그만 끊자. 다른 생각 하지 말고 운전 조심해."
"알겠어. 기쁨아 이따 연락할게."

나를 집에 내려주고 가는 길 내내 그와 나는 어머님 걱정을 했다. 어머님이 그간 그렇게 힘드셨던 거라면 괜찮으실까 싶었고, 평생 남편과 자식만을 위해 살아오신 어머님이 진심으로 걱정되었다.

한 시간 정도 지났을까? 다시 전화벨이 울렸다.

"기쁨아, 너 때문에 이혼하신대."
"뭐?" 너무 무서운 말이라 심장이 철렁 내려앉는 것 같았다.

"오빠, 무슨 소리야?"

사정인즉슨, 큰며느리이고 변호사이니 다이아몬드 반지라도 하나 사줘야 하는데, 먼저 결혼한 작은 아들네 며느리에게 예물을 전혀 안 해줬던 게 문제였단다. 큰며느리를 지금 해줄 거면 아이 낳고 살고 있는 작은 며느리 것도 사야 하지 않겠냐 하는 대화가 60대 중반 부부 간에 오갔다고 했다. 집을 해 온 작은 며느리는 명품에 예단에 이바지 음식까지 바리바리 해다 날랐다고 들었는데, 오빠네에서는 늘 말하던 키 맞추기 이론에 따라 작은아들은 성산대 출신 의사이니, 작은 며느리에겐 반지 하나 해주지 않았다고.

오본휘의 집은 현재 오본휘가 생활비를 대지 않으면 돈 나올 곳이 없으니 다이아몬드 반지를 해줄 수 없었고, 그간 투자 실패했던 것들이 떠올라 부모님이 싸우게 되신 거라고 했다. 다소 공격적 투자성향의 어머니가 연구원이라는 직업에 보수적이기까지 했던 아버지 때문에 제대로 투자를 못 했다며 다투다 보니 결국 이혼이라는 토픽이 오르내리게 된 것이었다. 결국 그 이혼 위기 상황은, 오본휘가 "엄마 기쁨이는 그런 거 바라는 애가 아니야, 해줄 필요 없어."로 종료시켰다고 했다.

다이아몬드라면 큰 관심이 없었고 그다지 필요한지도 모르겠다. 이렇게까지 소란을 피울 필요가 있었을까? 어차피 받을 생각도 전혀 없었는데. 무슨 황혼 이혼 쇼가 아니고서야. 누가 봐도 이혼할 거리도 아닌데, 정말 심각한 것처럼 결혼반지 보러 간 아들을 집으로 소집시켜, 본인의 이혼 노티스를 하며 그 이유가 새로 들어올 며느리 때문, 조금 더 정확히는 예비 며느리에게 주고 싶지만 줄 수 없는 다이아몬드 때문이라고 말한다는 것이.

어머니와 정말 잘 지내고 싶었고, 그의 부모님께 잘 보이고, 또 잘하고 싶었는데, 이런 상황이 나를 불편하게 했다.

2020년 기준 혼인 기간이 20년 이상인 부부 약 4만 쌍이 그해 이혼했다. 이는 전체 이혼 건수의 약 40%를 차지한다. 흥미로운 점은, 코로나로 법원이 휴정하여 이혼 절차가 길어지고, 경제적 여건 등이 악화되어 그즈음 전체 이혼 건수가 매년 약 4%가량 줄고 있었음에도, 20년 이상 된 부부의 이혼만은 역대 최고점을 찍었다는 것이다.

그만큼 골이 깊어 외부적 번거로움에도 봉합이 어려웠음을 의미하는 것일까.

30년 이상 된 부부의 이혼은 지난 10년간 매년 증가하는 추세를 보이고 있다. 시대가 변화함에 따라 이혼에 대한 편견이 줄었고, 기대수명의 증가로 더 이상 무조건 참는 것만을 미덕이라 여기지 않게 된 것도 한 원인일 것이다. 또한 남은 인생에 대한 가치관에 변화가 생겼음을 부인할 수 없다. 특히 자연스럽게 받아들여지던 가부장적 관행에 대해 베이비부머 세대의 여성들의 인식의 개선된 것도 황혼 이혼의 증가에 한몫하였을 것이다. 남녀가 같이 뚜렷한 직업이나 일이 없이 은퇴 이후 30년가량을 계속 같이 지내며 아내만 가사를 부담하는 경우, 아내의 스트레스는 남편에 비해 세 배 이상에 달하고, 우울감은 약 두 배 높다고 한다.

어디에 뿌리를 두었기에 성별에 기반한 차별이 정당화되고 내재화될 수 있었던 것인지. 유교문화라는 미명하에 조선시대 여성의 지위는 남존여비(남성은 존귀하고 여성은 비천하다)란 말로 축약된다. 그 시대에는 남편이 죽으면 아내의 재혼은 법상 불가능하였는데, 과부는 그 묘 옆에서 움막을 짓고 3년 동안 상을 치르는 '여묘살이'를 하거나 자살을 하여야 열녀라고 칭송받을 수 있었으니 그 지위를 더 말할 필요가 있을까 싶다. 양반 남성이 첩을 둘 수 있었던 조선에는 "칠거지악"이라 하여 유교사상하에 아내를 적법하게 내쫓을 수 있는 일곱 가지 이유가 있었다. 그중에는 시부모를 잘 섬기지 못하는 것, 질투, 아들을 낳지 못하는 것, 말이 많은 것 등이 포함된다. 존귀하다 여겨지는 남자는 나랏일을 하거나 글공부를 하는 반면, 여성은 순종적이어야 했고 폐쇄적인 공간에서만 살며 가사를 담당하는 것이 당연히 되었다. 다만 조선의 멸망 이후에도 그 악습은 남아 대한민국의 시대에도 지아비는 하늘, 아내는 땅이라는 말이 충분한 이해 없이 받아들여져, 여성의 가사 분담률이 압도적으로 높았다. 이에 평등하게 고등교육을 받고 자라난 그다음 세대 여성들은 더 이상 어머니와 같은 삶을 원치 않아 결혼을 기피하는 경우도 적지 않았다.

황혼이란 '사람의 생애가 한창때를 지나 쇠퇴하여 종말에 이른 상태'를 비유적으로 이르는 말이다. 오늘날 한국인의 기대여명은 80세를 훌쩍 넘는다. 고령화 사회에 접어들고 있음을 고려하면, 60대 초반은 겨우 인생의 2/3를 조금 더 지났을 뿐, 결코 쇠퇴하여 종말에 이른 시기라 볼 수는 없다. 짧게 잡아도 여생이 20년인데, 살아 있는 동안 얼마나 많은 것을 경험하고 즐길 수 있는 시간인지. 한번 사는 인생 지금 행복하지 않다면 60대에 새로운 삶을 도전하는 용기를 가져보면 어떨까? 괜히 본인의 삶이 불만족스럽다는 이유로 애먼 사람 잡는 것보다, 그 불행을 끝낼 수 있는 이혼 또는 졸혼이 현명한 선택 아닐까.

0.7

출산율이 동북아시아의 시급한 문제로 대두되고 있다. 전 세계 인구 1위 중국마저 생산 가능 인구가 줄어 경제에 악영향을 주고 있으며, 일본 또한 인구 감소 폭이 매년 최대치를 경신하여 오피니언리더들은 일본이 소멸 기로에 들어섰음을 지적하고 나섰다. 굳이 멀리 타국을 들먹이지 않더라도, 삼국 중 가장 심각한 대한민국은 출산율 0.7명을 기록해, 세계 최저 수준의 출산율을 보이고 있다. 이런 추세라면 대한민국이 가장 먼저 소멸하지 않을까.

정부도 손을 놓고 있지만은 않았다. 정부는 저출산 문제를 해결하기 위해 2006년부터 지난 15년간 380조 원의 예산을 쏟아부었다. 그런데 왜 이 모양일까? 자고로 문제를 잘 이해해야 정답을 찾을 수 있다. 이슈를 파악하지 못하면 아무리 많은 시도를 한들 결국 헛수고이

다. 실제로 저출산 대책으로 시행된 사업의 내역을 보면 창업지원, 대학인문학강화 프로그램 등도 포함되어 있다. 억지로 그 연결고리를 만들어 보자면, 창업을 지원하여 가계 소득을 증가시키고, 인문학에서의 출산의 중요성을 가르쳐 20대 초중반 가임기 남녀의 사고방식 전환 등을 의도한 것인가 싶지만, 정말 위와 같은 사업이 출산과 근본적 연관성이 있는지는 의문이다.

역대급 저출산의 시대에 부모가 된다는 것은 무엇일까? 아이다호의 내로라하는 부자인 Frank Vandersloot를 소개해 보려 한다. 그는 첫째 부인으로부터 6명, 현재 와이프의 첫 결혼관계에서 8명, 도합 14명의 자녀를 두고 있는 다자녀의 대표주자 중 하나인데, 그가 말했다. "부모가 되는 것은 우리가 인생에서 가질 수 있는 가장 값진 소명이다. 또한, 이는 무엇보다 가장 보람된 일이다."

오본휘의 남동생 오상휘는 형보다 먼저 결혼을 했다. 상휘는 우리가 사귀던 기간엔 거의 싱글이더니, 어떤 아가씨와 만나자마자 빠르게 결혼한다고 했다. 칼바람이 매섭게 파고들던 어느 날, 신도림역의 한 곱창집에서 그는 속없이 남동생의 청첩장을 나에게 전달하며 킥킥댔다.

"이거 봐, 상휘 청첩장이야."
"상휘 잘생겼다. 오빠보다 훨씬 나은데?"

"다 포토샵이야. 내가 훨씬 낫지. 상휘랑 나를 어떻게 비교해."

"신부도 예쁘네."

"어 제수씨 대아자동차 협력업체인 피움 부품회사 큰딸이야. 상장사인데 제수씨 집도 청담에 되게 유명한 데고 그렇더라고."

"아, 그래?"

"어. 소개로 만났대. 제수씨 미국에서 대학 나왔다고 했는데 학교 이름은 듣보잡이라 잘 모르겠네."

"오빠 유학한 여자 극혐했잖아. 이젠 아닌가 보다? 예전에 내 사촌동생 아이비리그 갔다고 했을 땐, 스무 살도 안 된 어린애한테 '외국에서 대학 나온 여자 너무 문란해서 걸러야 한다.'고 했던 거 기억 안 나? 이분도 오빠 그런 거 알아?"

"뭐 그때는, 에이, 여튼 제수씨 아버지가 반포에 50억짜리 집 사주신다고 했대."

"말 돌리는 것 봐…. 좋겠네, 상휘."

"그치, 제수씨는 일반 회사원이고 상휘는 의사니까 그 정도는 해야지."

그런 그를 보고 있자니 그가, 아니 내가 한심했다. 올해가 지나면 나도 이론의 여지 없이 30대 중반이 되는데, 왜 이렇게 쓸데없이 나사 빠진 오본휘랑 8년째 끊지도 못하고 마주 앉아 식사를 하고 있는 걸까. 남자친구도 아니고 친구도 아닌 애매한 관계를 유지하면서 왜 시간을 낭비하고 있을까. '오본휘, 너는 결혼할 생각이 없는 거야?' 차마 묻지 못한 말을 삼키며 곱창 한 점을 접시에 놓고 쿡쿡 찌르고 있었다.

　오본휘와 결혼하지는 않을 거라고 하면서도, 다른 사람은 찾지도 않고 있는 내가 내심으로는 그에게 기대하고 있을지도 모르겠다는 불편한 진실을 마주하고 싶지 않았다. 오본휘에 대한 나의 마음과 태도는 모순덩어리였다. 편하고 익숙한 오본휘가 있어서 새로운 사람이 안 생기는 걸 나도 알았다. 그가 이만큼 자리하고 있으니 소개팅 제안도 거절하고, 어쩌다 약속을 잡고도 나가기가 어색해 취소하곤 했으니. 고객이나 상사가 잡아준 자리라 소개팅에 나가더라도, 거리낄 것이 없었지만 왠지 바람을 피우고 있는 것 같은 기분이 들어, 겉도는 대화만을 하고 서둘러 일어나던 나였다.

　이도 저도 아닌 애매한 관계는 정리해야 했다. 최측근들은 오본휘가 결혼 생각이 없는 게 아니라, '나랑' 결혼할 생각이 없어 저렇게 지내는 거라고 정신 차리라는 뾰족한 말을 아낌없이 날렸다. 틀린 말은 아니었다. 회사생활을 하며 30대 초중반의 남자 후배들을 100명은 넘게 보았다. 3년 이상 사귄 여자친구가 있는 30대 초중반 남자 사람들은 결혼 생각이 없지 않은 한, 일 시작하고 1~2년 안에는 청첩장을 돌린다. 멀쩡한 이들은 그렇게 결혼을 하고, 딴마음을 품고 있는 녀석들이나 여자친구가 있으면서 두리번거리다 결혼을 미룬다는 걸 익히 봐오던 터였다. 주변 사람들이 지적할 때는 절대 오본휘 때문에 새 사람을 못 만나는 게 아니라며 부인했지만, 사실 나도 알고 있었다. 오본휘는 두 부류의 남자 중 후자이고, 바보같이 내가 새로운 시작을 하지 못하는 이유가 오본휘라는 것을.

그의 동생의 결혼은 우리가 그나마 지속하던 연락조차 정리해야 할 또 다른 계기였고, 나는 그를 끊어야겠기에 있지도 않은 가상의 인물과 데이트를 했다는 거짓말을 했다. 오본휘가 미운 만큼 최대한 아프게 꼬집어 주고 싶었다. 그는 그런 나 때문에 우울해졌다며 칭얼대더니, 얼마 뒤 또 오뚝이 마냥 마치 아무 일 없는 것처럼 다시 연락을 해왔다. 나는 단호해져야 했다.

"요리요리요 기뽕아 하기뽕 아기뽕아, 왜 내 전화 자꾸 안 받아?"
"나도 이제 결혼할 사람 찾아야지. 오빠랑 계속 연락하면 새 시작을 못 하잖아."
"결혼 나랑 하면 되잖아."
"오빠 결혼하려고?"
"아니 지금은 안 하고 싶은데, 결혼하면 아기뽕이랑 할 거야."
"그게 언젠데?"
"몰라, 이번에 상휘 결혼할 때 보니까 엄청 머리 아프더라고. 스트레스받고, 양가 부모님들 사이에서도 텐션 장난 아니었고, 막 하객 수가 어쩌고, 뭘 해서 보내왔는데 그게 마음에 안 들고, 준비할 것도. 아휴, 그래서 더 피하고 싶어졌어. 잘 모르겠어."
"휴우…. 나 홀드해 놓고 있겠다는 거야? 오빠랑 완전히 연락을 끊어야 새로운 사람 만날 수 있을 것 같아. 난 결혼해서 아이도 갖고 평범한 삶 살고 싶어."

"아니, 대기는 아니고. 근데 기쁨아, 사람이 살면서 가장 비합리적인 선택이 아이 낳는 것 같아. 인풋 대비 아웃풋이 너무 안 좋은 거니까. 돈 먹는 하마처럼 들어가는 건 끝없고, 내 시간, 정성, 내 모든 것을 쏟아도 애새끼가 사고만 치고 다닐 수도 있잖아. 자식놈들 내 마음대로 되는 건 하나도 없을 테고, 뭐 만에 하나 잘될 수도 있지만 그 기댓값까지 고려하면 효도는커녕 부모 고마운 줄 모르는 자식이 될 수도 있는 것이고 말야. 올인해 봤자 결국 복불복이니 인생의 투자 측면에서는 완전 최악이야."

"…아 …그래?"

"울 아기가 요기 있는데 또 무슨 아기야. 기쁨아, 딴생각하지 말고 넷플릭스 봐, 재밌는 거 진짜 많아. 나 지금 〈나르바르〉 보는데 진짜 재밌어. 강추야."

"…오빠 우리 벌써 햇수로 9년째 연락하고 있어. 연락만 이렇게. 오빠, 그만하자. 상휘 가는 거 안 보여? 할 거면 저렇게 바로 했겠지. 동생이 먼저 가는데도 가만히 손 놓고 있을 줄은 몰랐어."

"기쁨아, 그럼 우리 밥 먹자. 다음 주말에 볼까?"

"그동안 밥 많이 먹었는데 밥을 또 먹어서 뭐 해. 굳이 그럴 필요 없을 것 같아."

"기쁨아 네가 그러니까 나 갑자기 끈 떨어진 사람 같잖아. 엄청 우울해. 서른일곱인데 결혼할 사람도 없고, 이제 어떡해?"

"나 시간낭비 하고 싶지 않아. 이제 오빠 알아서 살아."

더 이야기를 들을 것도, 더 줄 기회도 남아 있지 않았다. 그대로 정리해야 했다. 그렇게 서른넷이 되던 해 2월, 마지막으로 식사 한번 하자는 오본휘의 제안도 거절한 채, 그를 밀어냈다.

시우는 그렇게 오본휘보다 먼저 결혼한 상휘의 아직 돌도 되지 않은 딸이었다. 어찌나 귀여운지 나도 처음엔 아기 사진을 보고 예뻐했었는데, 오본휘가 이렇게 아기를 좋아하는 줄은 미처 몰랐다. 나야 늘 지나가는 아이도 예뻐했지만, 오본휘는 애 키우는 걸 세상에서 제일 귀찮아하고, 친구들 육아 이야기만 들어도 진저리를 치던 남자였다. 그런데, 갑자기 뭐가 달라진 건지 조카를 안고 있는 동영상까지 연달아 보내고, 시우만 오면 동생네 커플은 데이트하라고 내보낸 뒤 오본휘가 아기를 보는 것 같았다.

처음에 몇 번은 괜찮았는데, "우리 시우 귀엽지."의 정도가 점점 심해져 그는 카톡방을 시우 사진과 이야기로 도배했다. 급기야 이미 결혼이 늦었으니 날짜를 맞춰 아이를 먼저 갖자. 최대한 빨리 결혼하되, 결혼식 전에 신혼여행을 먼저 가자는 둥, 그는 아이를 빨리 갖고 싶어 하는 마음을 숨기지 않았다.

그렇게 한창 창창할 때, 어렸을 때, 시간 많을 땐 아이를 귀찮은 존재로 여기고 생각도 안 하더니 왜 이제야. 30대 후반이 되어서야 저러는지. 나도 아이가 싫은 건 절대 아니었지만 그간 주변에 시험관으로 힘들어하는 친구들이 너무 많았고, 잠도 부족하고 식사도 제대로 못하는 로펌생활 속에서 많은 동료들이 임신을 원했음에도 잘되지 않아 속상해하던 모습을 숱하게 보아왔다.

"왜 갑자기 아기, 아기 하는 거야. 유진이 다음 달에 출산 예정인데, 시험관만 세 번 하고 엄청 고생했단 말야. 유진이가 완전 전문가가 되어서 알려주는데, 둘 다 별다른 큰 이상 없는 거면, 남자 정자 퀄리티만 어느 정도 되면 결국 된대. 그니까 언젠가 생기겠지. 너무 급하게 그러지 말자."

"아니거든, 유진이 경영대 교수잖아. 걔가 의사도 아니면서 뭘 알아. 난임은 남자 때문일 확률이 훨씬 높아. 여자 나이가 서른다섯이면 노산이라."

"나 때문에 서둘러야 한다고 계속 보챘던 거였어?"

워낙 오빠가 재촉을 하니, 나도 주변 지인들처럼 아이가 잘 생기지 않으면 어떡하지? 하는 부담감이 커져만 가고 있던 때였다.

"오빠, 결혼해서 몇 년간 아이가 안 생긴 것도 아니고, 아직 결혼 전인데 아이한테 집착하는 게 부담이 돼. 우리 아직 시도한 적도 없잖아. 근데 왜 그래? 아이가 없으면 큰일 나겠다?"

"아니 안 생기면 어쩔 수 없지…. 그치만…. 그러도…."

"아니, 그렇게 애를 좋아하는 거면 일찍 결혼하지 그랬니? 오빠 30대 초반엔 애 낳은 오빠 친구들 불쌍하다고 했었잖아. 애 낳은 주변 유부남들이 다 절대 결혼하지 말라고 했다며. 그분들 막상 육아는 신경도 안 쓰고 모여서 의미 없이 술 마시고 밖으로만 돌면서 아이 때문에 피곤하다고 읊어대고. 그걸 나한테 그대로 전했던 거 생각 안 나? 그 오빠들 다 이제 초등학교 학부형 됐겠네."

"…어 맞어. 형원이도 벌써 큰딸이 초등학교 갔더라."

"형원 오빠가 그 오빠지? 와이프 둘째 임신해 있을 때, 총각 행세하면서 원 나잇 하고 왔던 오빠 동창? 그렇게 끈질기게 따라다니던 여자랑 결혼해 놓고도 와이프 임신 중에 밖에서 그랬다는 거 듣고 경악했던 게 엊그제 같은데, 진짜 빠르네."

괜히 맥락 없이 삐뚤어진 대답이 먼저 튀어나왔다. 20대 때 기회 있을 땐 잡지도 않다가, 다른 여자랑 결혼하겠다고 돌아서서 몇 년을 돌아다니다 돌아온 주제에 이제 와서 노산 타령이라니. 그가 밉고 또 미워서, 좋은 말이 나오지 않았다.

"오빠, 예전엔 육아 비효율적이라고 싫댔잖아."

"그건 형들한테 이상한 소리를 많이 들어서 그래. 자기들은 다 애 낳고 살면서 괜히 나한테 결혼하지 말아라, 애 낳지 말아라, 거기에 휘둘렸어. 지금은 아니야. 아이가 빨리 생겼으면 좋겠어. 이제 나이도 꽉 찼잖아."

그가 그렇게 아이에 아쉬워하는 모습은 나에게 너무 무거운 부담으로 다가왔다. 결국, 어쩌다 보니 2세를 향한 그 맥락에서 그의 어머니의 결혼을 빨리하라는 성화에 8월 입국, 9월 신혼여행, 10월 결혼식의 일정으로 결혼을 준비하게 되었다. 누가 보면 속도위반인 줄로 의심하기 딱 좋은 스케줄이었지만, 현실은 그 반대였다.

여자 나이에 너무도 집착하는 한국 사회에서 살고 있다. 지금은 그 정도는 아닌 것 같지만 10여 년 전만 해도 여자 나이 스물다섯만 되면 크리스마스 케이크니 뭐니 해서 후려치기가 만연했고, 서른다섯이 되면 무슨 임신·출산에 급격한 하자가 생기는 것처럼 간주하는 분위기도 배어 있었다. 나이가 들면 남녀 불문 임신과 출산이라는 생물학적 기능이 20대보다 떨어지는 것이 당연한데, 마치 불임과 기형아 발생 등의 원인이 여성에게만 있고 남성은 아무리 나이가 들어도 다 괜찮은 것마냥, 몇몇 고령 출산에 성공한 매우 예외적인 할아버지들을 표본 삼아 그것을 정설로 받아들이고 있는 것은 성급한 일반화의 오류이다.

미국의 35세 이상 여성의 출산은 1980년 대비 60% 이상 증가하였고, 남녀 통틀어 평균 출산연령은 계속 높아지고 있다. 대한민국 또한 2010년 대비 35세 이상 산모의 출산비율이 두 배가 되었다. 한 여성전문병원의 연구에 따르면 35세 이상 산모는 전체 산모의 약 38%에 달한다고 하니 무조건 35세 이상은 문제 있는 것처럼 비판 없이 받아들이는 것이 바람직한지는 의문이다. 출산율이 이렇게 낮은데 오히려 35세든 40세든 언제든 아이를 낳겠다고 하는 사람이 있으면 누구든 장려해 건강한 아이를 출산할 수 있도록, 정부는 시스템을 정비하고 언론은 정확성이 보장되는 한 사회적으로 긍정적인 인식을 심어주는 방향으로 헤드라인을 뽑아야 하는 시대가 도래한 것이 아닐까.

이러한 변화에도 불구하고 유독 여성의 나이에 집착해 고위험임을 강조하는 기사가 쏟아지는 데에는, 표본 산정의 어려움에서 기인한 것이 아닐지 생각해 본다. 대부분의 표본은 산부인과 환자인 임산부를 대상으로 한다. 실제 여성의 나이가 많으면(여성이 연상인 커플의 비율이 그 반대의 경우보다는 낮으므로) 높은 확률로 상대인 남성의 나이도 많아지는데, 남성의 나이를 기준으로 하기에는 데이터 수집의 용이성 및 정확성 측면에서 어려움이 있다. 그리하여 부득불 여성의 나이를 기준으로 한 연구 결과가 더 많아 야기된 통념이지 않을까.

물론 생물학적으로 여성의 높은 연령이 가임률에 미치는 부정적인 영향을 부인하는 것이 아니다. 단지 남성의 나이가 임신 및 출산에 미치는 영향이 과소평가되었다는 것이다. 프랑스에서 진행된 한 연구에 따르면, 임신 성공에 미치는 가장 중요한 요소는 남성의 나이로, 다른 변수를 제거하였을 때 35세를 기점으로 남성의 나이가 많아질수록 그

생식률은 급감한다고 한다.

 난임은 정상적인 부부관계에도 불구하고 1년 안에 임신이 되지 않는 경우를 일컫는다. 엄격히 말해 난임은 각 커플이 가진 개별화된 그들의 사정에 따른 것이지, 일반화하여 특정 성별에 일방적 책임을 물을 수 있는 것이 아니다. 한 유명 교수는 "유교적 분위기로 여성에게 난임의 책임을 돌리는 경우가 많지만, 난임의 원인 50%는 무정자증, 역행성사정, 사정관폐쇄 등 남성 쪽 문제"라고 말한 바 있고, 통계에 의하면 여성과 남성이 각 그 원인의 40%를 차지한다. 건강보험심사평가원에 따르면 난임 진료를 받은 남성의 수는 2019년 기준 약 8만 명을 넘겼는데, 남성 난임 대책을 개발하던 한 교수는 "남성은 성기능 불구라는 사회적인 낙인이 찍히는 걸 두려워해 진료를 꺼린다."며 실제 숨겨진 남성 난임은 더 많을 것으로 추정하였다.

 정자의 DNA 손상 관련 영국 세인트조지병원 산부인과 연구팀이 약 2만 건의 체외수정 주기분석을 통해 밝혀낸 연구 결과도 주목할 만하다. 나이가 많은 남성의 정자에서는 높은 확률로 정자 DNA 손상이 발견되는데, 35세 미만의 여성의 경우 이를 복구하는 능력이 있고, 40세 이상은 그 능력이 떨어진다고 한다. 다만 35세에서 40세 사이의 여성의 경우, 남성의 나이가 40세 이상이면 상대 남성이 35세 이하일 때보다 배아의 출생률이 현저히 떨어진다고 하니 특기해 봄 직하다.

드론이 음식을 배달하고, 자동차가 스스로 주행하며, 3D 프린터가 인공 안구를 제작하는 시대이다. 여성의 출산연령이 늦춰지고 있다는 분석은 1986년에도 있었고, 전통적인 고령 임신의 기준은 1985년부터 35년간 동일하게 35세였다. 과학기술이 최첨단을 달리는 오늘 그리고 그 이후에는 의료기술과 철저한 사전관리로 위험률을 낮출 수 있음에 집중하여, 조금은 인식을 달리해도 되지 않을까?

얼마 전 회식자리에서 마흔넷이 된 미혼 남성이 35세 이상 여성만 피하면 되니, 자기 입장에선 결혼을 더 늦춰도 아이는 갖는 건 문제없다며 당당하게 말하고 폭탄주를 원샷하는 모습을 직관하였다. 상황분석 없이 덮어놓고 무조건 난임이 전부 여성의 탓인 것으로 간주하는 구닥다리 사고방식과 단편적 지식에 기반한 얕은 본인의 수준을 공공연히 드러내는 용감함에 박수를 보내본다.

된장찌개와 감자전

아무리 그가 전에 없이 친절 모드를 장착한 채 입안의 혀처럼 굴고 있다 한들, 오본휘가 원래 그런 사람이 아니라는 것을 너무 잘 알고 있었다. 그도 그럴 것이 그의(어쩌면 그의 어머니의) 고집은 그대로였다. 그의 집에 먼저 가서 마음에 걸리는 걸 풀고 가겠다고 그렇게 주장했지만, 결국 그의 뜻대로 우리 집에 먼저 인사를 드리게 되었고, 결혼준비가 급물살을 타기 시작했다. 다시 만나보기로 결정한 지 얼마 되지 않아 시작된 결혼준비. 불과 몇 달 전까지만 해도 그가 다른 이의 남편으로 살고 있다고 생각했었는데, 우리는 급해도 너무 급했다.

부모님도 그가 다른 여자와 결혼했다고 알고 계셨다. 그가 나에게 결혼한다고 알려왔다던 그즈음 야심한 시각에 친구가 이혼 상담이 필요하다며 집 앞에 찾아왔던 적이 있었다. 그 시간에 나가는 것이 흔한 일은 아니었으니, 엄마의 괜한 노파심이었는지 내 뒤통수에 대고 엄마가 물었더랬다.

"이 시간에 어딜 가?"

"친구가 상담이 필요하대서."

"혹시 그 애 만나는 건 아니지?"

"엄마 오본휘 결혼한대. 청첩장 돌렸다고 들었으니 지금쯤 했을걸? 걱정 마."

엄마에게 그의 결혼 소식을 공유했고 본휘를 마음에 들어 하지 않던 부모님은 겨우 안도하셨다. 그랬던 그가 파혼을 하고 돌아왔다고 하자 엄마는 반대했고, 평소엔 무심하던 동생도 "누나 다시 생각해 보는 게 낫지 않겠어?"라며 거들었다. 내 친구들 어느 하나도 돌아온 오본휘를 반기지 않았으니, 부모님이 반대하시는 게 너무도 당연했다.

"아빠, 나 지난 10년간 애 말고는 좋아한 사람이 없어. 누가 좋아지지가 않아. 울고불고했던 거 너무 많이 보여드려서 죄송한데요, 내가 좋아하는 사람이 오본휘 하나뿐인 것 같아."

"맨날 회사 집, 회사 집, 하지 말고 좀 돌아다니고 사람도 좀 만나고 그래. 좀 마음을 열고 찾아보고. 그 애 말고도 사람은 많아."

"엄마, 나 이제 서른여섯이야. 나이가 많아서 시장에서 나 좋다는 사람 찾기도 어려워. 나도 고민 많이 했는데, 본휘 오빠 아니면 결혼 못 할 것 같아. 허락해 주세요."

"잘 살 수 있을까? 엄마 마음이 불편해, 기쁨아."

늘 나의 결정에 따라주셨던 부모님도 오본휘 때문에 속상해했던 나를 지켜보셨기에, 이번엔 나의 설득에도 선뜻 좋다고 못 하시는 것 같았다.

살다가 무슨 일이든 부모님이 극강으로 반대하신다면 다시 원점에 두고 한 번쯤 다시 생각해 보아야 한다. 알고 있던 것이고, 살면서 여러 번 다른 사람의 경험을 통해 들은 이야기지만, 내가 막상 그 상황에 처하니 부모님 말씀을 듣지 않고 오히려 부모님을 꺾었다. 나를 세상에서 가장 위하는, 본인들보다 내가 더 잘되길, 진심으로 내가 행복하길 바라는 이 세상에 유일한 두 사람.

웬만하면 뭐든 다 해보라고 하시는 부모님인데, 그런 분들이 나를 막으려고 할 땐 나를 돌이켜 보았어야 했으나 그러질 못했다. 그 과정에서 남자가 뭐라고 부모님 앞에서 스스로가 못났다고 한없이 후려쳐서 영원한 내 편인 어머니, 아버지 마음에 생채기를 남겼다. 자식 이기는 부모 없다고, 부모님은 져주셨고 결국 내 뜻대로 밀어붙였다. 엄청난 확신이 있었던 것도 아닌데, 그냥 해보기로 결심한 거니까.

결정을 내기까지 괜찮겠냐며 몇 번을 되물으셨지만, 내가 진행하겠다고 하니 그때부턴 늘 그랬듯이 내 편이 되어 지지해 주셨다. 부모님을 뵙기로 한 날. 일요일 점심 약속을 불과 2시간 남겨두고 그와 백화점에 들렀다. 적당히 지하에서 선물 세트를 사려고 했으나 옵션이 마땅치 않았다. 결국 화장품과 골프용품을 사 들고 모 호텔 중식당에서 두 번째 만남을 가졌다.

몇 년 전과 달라진 점이라면, 그가 시종일관 생글생글 웃었다는 것 정도였지만 그는 여전히 말이 없었다. 아빠가 요새 깊은 잠 들기가 어렵다고 하셨을 때 이러이러한 검사 받아보시라고 직업적 어드바이스를 했던 것 빼고는. 아빠에겐 사위 며느리를 다 데리고 나가 골프 라운딩을 하고 싶다는 작은 소망이 있었는데, 우리 집엔 아무도 결혼을 하지 않았으니 미처 못 이루고 있던 꿈이었다. 일부러 오본휘가 점수를 땄으면 해서 그가 골프를 친다고 말씀을 드렸고, 아빠는 사위를 데리고 다음에 라운딩 갈 생각을 하니 기분이 좋다시는데 그는 또 아무 말 없이 그저 미소뿐이었다.

엄마는 "아니 토요일까지 일하느라 피곤할 텐데 주말에 우리랑 골프 칠 시간이 어딨어요. 애들 쉬어야지."라며 어색한 분위기에 말을 더했고, "아 그런가? 그렇겠네, 그럼 나중에 시간이 될 때 가자는 거지."라고 아빠는 말을 받았다.

"아유 이이가 참, 기쁨 아빠가 너무 골프를 좋아해서, 퇴근하면 밤에 골프 채널 틀어놓고 한참을 보고 있고 그렇다니까요."

"왜, 다들 그렇지 않나? 제일 편한 시간이니 저녁에 좋아하는 프로그램 보고 그러는 거지. 본휘 아버님도 그러시지?"

"…."

그의 부모님의 신상을 묻는 민감한 질문도 아니었고, 엄마와 아빠 두 분이 서로 대화하다 아빠 편을 들어달라는 아빠의 한마디였는데, 대충 "예, 그럼요."라고 하는 게 그리 어려웠을까? 실제로 그의 아버지도 골프를 좋아하시는 것으로 알고 있었는데, 그렇다, 아니다, 말 한마디가 없었다. 면전에서 말을 그대로 씹다니. 한 대 콕 쥐어박고 싶었다. 그의 떨떠름한 대응에 부모님이 불편해하시는 게 느껴졌고 어색한 분위기를 깨기 위해 내가 끼어들어야 했다.

"에이, 아빠 밤엔 이제 좀 일찍 주무셔야죠~"

이미 사전에 조율을 해두었기에 딱히 결혼 허락이랄 것도 없어 식사는 그리 길지 않았다. 식사 말미에 전국에서 둘째가라면 서러울 딸바보인 우리 아빠는 우릴 앞에다 두고 딱 한 가지 당부만을 하셨다.

"본휘랑 기쁨이 둘만 잘 살면 돼. 그러다가 너희가 시간이 좀 나면 본휘 부모님께 신경 써서 잘하고. 우리는 신경 쓰지 않아도 되니까. 엄마랑 아빠는 그저 너희가 필요할 때 서포트만 할 거야. 그러니 둘이 정말 행복하게 잘 살았으면 좋겠다."

식사를 마치고 결혼식장 견적을 받아보러 가는데, 차 안에서 아빠의 말이 계속 귓가에 맴돌았다. 창밖으로 아스팔트 위로 이글이글 피어오르는 아지랑이를 멍하니 바라보고 있는데, 오본휘가 말을 걸었다.

"기쁨아, 어제 엄마랑 언제 우리 집에 인사하면 좋을지 이야기했어, 엄마가 광복절 이후가 좋대."
"응."
"엄마가 너 인사 오면 된장찌개에 감자전 해주시겠대. 어때?"
"응?"

모 리서치 업체가 한국인 약 2,000명을 대상으로 진행한 '한국인이 가장 좋아하는 한식' 설문 결과, 1위는 김치찌개, 이어 된장찌개가 2위를 차지했다. 한식진흥원의 소비자 보고서에도, 된장찌개는 김치에 이어 한식으로 인식되는 가장 대표적인 음식이다.

어렸을 적 김치를 먹으라고 강요받았던 트라우마 때문에 오본휘는 김치 그리고 그와 비스름한 모든 것을 먹지 못했다. 한식보다는 이탈리안과 프렌치를 선호하는 오본휘와는 달리, 여름에는 열무김치, 겨울에는 동치미 등 철마다 종류별로 김치를 담는 엄마 아래서 자란 나는 한식을 가리지 않는다. 더군다나 한국인의 소울푸드인 된장찌개라면 그 맛을 말해 무엇 하랴.

그래도 사위가 오면 씨암탉을 잡는다는 말이 괜히 나온 것은 아닐 것이다. 우리 집에선 그가 뭘 좋아하는지 물어보고, 그가 인사 오는 날 민어탕에 민어회를 할까 하다가 그가 회는 싫어한다고 하니 제외하고, 그가 좋아하는 게찌개를 국물요리로 두되, 갈비가 좋을지 찜이 좋을지 한참 고민하셨었는데. 엄마 고민하지 말라고, 아빠가 제안한 옵션은 고급 한정식집이나 5성급 호텔 중식당의 코스요리였다. 우리 집에서 그와의 식사에 신경 쓰는 걸 봐서인지, 된장찌개 메뉴에 서운한 마음이 들었다. 우리 집에서도 그의 첫인사 자리에 김치찌개에 계란말이 식사를 하자고 했었다면 밸런스가 맞았을 테니 괜찮았을까?

어머님의 된장찌개 제안은 수년 전 본휘네에 처음 인사 갔던 날을 떠올리게 했다. 유명 고깃집에서 만났음에도 고기 없이 굳이 된장찌개와 냉면을 먹었던 그날. 본휘가 내 음식을 다 먹는 것을 보시고도, 밑반찬으로 나온 완두콩 콩깍지 몇 개를 내 앞접시에 놓아주셨던 그날.

그즈음 그가 우리 집에 아주 처음 인사 왔던 날을 떠올려 본다. 메뉴는 서초동의 유명한 식당에서의 한우였고, 우리 부모님을 처음 뵙는 날임에도 그는 약속시간에 늦었다. 그날마저 지각했던 오본휘가 내 눈엔 너무 얄미웠음에도 우리 집에선 그의 취향을 반영해 주문하고, 또 본휘 많이 먹으라며 챙겨주셨었는데. 그 반복인 걸까? 두 집이 비교가 되는 건 어쩔 수 없었다. 그만큼 각자의 환경과 문화가 다른 것일 테니, 익숙해져야 하겠지 싶다가도 뭔가 탁 걸려 있는 느낌이었다.

결혼하겠다고 인사 가는데, 된장찌개에 감자전이라고? 모르겠다. 이 남자가 마냥 예쁘거나 좋았으면, 한 끼 식사 메뉴쯤이야 무엇이 되었든 대수롭지 않게 넘겼을 것이다. 오히려 예비 시어머니가 집밥을 손수 해주신다는 것만으로도 감사하게 여겼을 테다. 그에 대한 마음도 깔끔하지 않았는데 그의 집에서도 이 정도의 대우라면, 섭섭했다. 한국에서 30년 넘게 살아온 찐 한국인의 상식으로 보건대, 예비 며느리가 조금이라도 귀했다면 된장찌개에 감자전일 수 있을까? 집안마다 분위기가 달라 그런 건가? 싶어 그에게 물었다.

"오빠 제수씨 처음 인사 왔을 때, 아니 작년에 파혼했던 그분 인사 갔을 때도 된장찌개였어? 그땐 뭐 먹었어?"
"…아아. …왜? 생각 안 나는데?"

별생각 없이 원래 음식에 의미를 두지 않아 그렇게 말씀하신 거라면 이해가 갈 법도 하여 상황을 이해해 보려고 꺼낸 질문이었는데, 오본휘는 당황하며 말을 흐렸다. 그도 그럴 것이 오본휘의 어머니는 요리를 정말 못한다고 했다. 오죽했으면 아들이 엄마 50대까지의 음식은 먹기 힘들 정도였고, 그나마 60대에 들어서 유명 요리사업가 유튜브로 요리실력이 조금 늘어 다행이라고 했었으니. 본휘네는 지금도 식사는 레토르트 식품을 사서 데워 먹거나, 서너 가지 종류의 음식을 매끼 계속 돌려 먹는다고 했다. 그 와중에도 엄마표 파스타는 너무 맛이 없어서 재료가 아깝다고 투덜거렸고. 그 정도라면 40년 가까이 전업주부를 해오신 아주머니가 해주시는 된장찌개에 감자전은 아주머니 수준에선 엄청난 요리이니 기뻐해야 하는 걸까?

그래도…, 과거에 본인이 내게 보냈던 문자에 일말의 미안함 또는 민망함이라도 남아 있다면, 혹은 아들이 다른 여자와 파혼했음을 알고도 그런 아들을 받아준 나를 진심으로 환영한다면 어느 정도의 성의는 보여주셔야 하는 것 아닌가? 과거 그 문자 사건이 없었더라면, 그래서 아주머니에 대한 아무런 감정이 없었더라면 그냥 그러려니 했을지도 모르겠지만. 지금 내 느낌은 좀 그랬다.

불행의 시작은 비교다. 그가 결혼하려던 그 전 여자친구는 이미 헤어진 존재였음에도, 계속 이 관계 속에서 살아 움직였다. 그 여자에겐 본휘네에서 처음에 어떤 밥을 지어 내줬는지. 사소한 것들이 신경 쓰였다. 그녀와 별개로 판단해야만 했는데 불가능했다. 지나가 버린, 평생 알 수 없을 그녀와 나를 비교하는 것은 나를 나 혼자 계속 괴롭히는 꼴이니 털어냈어야 했지만, 나는 그러질 못했다.

그렇게 그 여자를 우리의 관계 저 밑바닥에 깔아놓고서 나는 그를 평가하기 시작했다. 그 여자가 존재하는 한 그에 대한 신뢰도 너무 옅었다. 한번 파혼하고 온 오본휘는 더 이상 예전의 그 남자가 아니다. 다른 여자와 사귀고 그녀와 결혼한 줄 알고 지낸 시간이 1년 반, 그 후로 그와 얼굴을 보고 지낸 시간은 한 달도 채 되지 않았다. 갑자기 그를 뜨겁게 좋아할 수도 없었고, 그가 예쁘지도 않았다. 가만히 얼굴을 보고 있다가도 그녀가 자꾸 떠올랐다. 처음부터 그 여자가, 아니 그 여자와 함께 가려고 했던 오본휘가 걸렸으면 시작하지 말았어야 했다.

  성공적인 결혼을 위해서는 쌍방이 끝없이 맞춰가야 한다. 결혼은 결코 포트폴리오가 아니다. 내가 이러하니 상대가 저러하면 둘이 잘 맞춰 살 수 있겠지. 아무리 계산해 본다 한들 맞추려 하는 노력이 어느 일방이라도 부족하다면 나아갈 수 없다. 하물며 처음부터 합이 맞지 않아 마음에 들지 않고, 시소의 수평을 이루기엔 너무 많이 기울어져 있다면 아무리 앞뒤로 자리를 바꿔본다고 한들 맞춰지지 않는다. 여러모로 내가 상대보다 우위라는 생각이 들거나, 상대가 나보다 너무 뛰어나서 접고 들어가야 하는 관계로 인식돈다면 시작해서는 안 된다. 이는 외부적, 사회적 조건이 아니라 당사자의 정신상태를 의미한다. 겉보기엔 한쪽으로 기울어 보여도 당사자의 마음속에 상대가 아니면 안 될 것 같다는 확신과 그 상대방에 대한 감사함이 공존할 수 있다면 두 사람이 함께 출발선에 설 기본적인 마음의 수평, 그 기본적인 자격은 갖추었다 할 수 있다.

  일방이 타방에 부족하다는 생각이 든다면 그것은 첫 단추부터 잘못 끼워진 것이니 마음을 다잡을 수 없다면 돌아서야 한다. 결혼이라면 평생 동반자로서 마주 보고 동일 선상에 함께 손을 잡고 설 수 있을 때 시작하여야 한다. 나는 비뚤어진 마음을 고치려 하지 않고, 그저 덮어둔 채 기울어진 바닥에 탑을 세우려 하는 우를 범했다.

　괴로움의 근원이었던 비교. 그 대상은 나와 경쟁 관계 혹은 대체재로 여겨졌던 그 누군가, 그 여성만이 아니었다. 상처투성이가 된 채 돌아온 그와 그의 자리를 한 번도 다른 이에게 내주지 않았던 나의 마음 또한 비교하기 시작했다. '너를 만나기엔 내가 아깝다. 내 마음을 아프게 했던 못난 너이기에 나는 너와의 관계에서 가장 중요한 순간에 절대 우위에 있어야 한다.' 잘못된 생각인 줄 머리로는 알지만, 그렇게라도 해야 정신을 다잡을 수 있을 것만 같았다. 그러니 그는 내게 계속 미안해야만 하고, 나는 잘못이 없으니 그가 더 많이 굽히고 더 많이 양보해야만 한다고 여겼다.

　30대 중반 정도면 주변에 이혼하는 커플이 점점 많아진다. 나쁘거나 이상한 사람이라서가 아니라, 내가 보기엔 꽤 좋은 사람인 지인들도 이혼을 택하는 것을 종종 본다. 그들은 혼인신고 전에 몰랐던 상대방의 감당되지 않는 새로운 면면에 지쳐 이별을 택하거나, 결혼 전부터 가졌던 싸한 촉을 모르는 척하고 결혼을 강행하였음을 후회하며 이혼 서류에 도장을 찍기도 했다. 그들은 곧 다른 사람을 만나 재혼하는 모습을 보여주기도 하였는데, 함께 살기로 한 이와 맞지 않으면 이혼하게 될 수도 있구나 싶은 케이스를 여럿 보다 보니, 돌싱들에 대한 일말의 불편한 감정도 없었다. 내가 만나게 될 상대가, 그 사람이 나를 모르던 과거에 한 번 아픔을 겪었다는 것쯤은 큰 걸림돌이 아니었다.

하지만 오본휘는 달랐다. 그가 작년에 그 여자를 만나기 시작했을 때 나도 그 자리에 있음을 그는 알고 있었다. 그가 아무리 결혼이 급했다지만, 그는 내가 아닌 그 사람을 택했다. 그 사람과 결혼 직전까지 갔다고 하니, 그렇게 결혼을 급하게 진행할 정도로 한 사람에 몰두했다는 건, 언젠가 또 내가 아닌 누군가를 그토록 사랑할 수 있다는 것이었다.

그는 그 여자와 모든 것이 깨져버린 뒤에 와서야, 그녀를 전혀 좋아하지 않았다며, 그녀에 대한 안 좋은 평가만을 읊조렸다. 그는 그 여자와의 관계는 생각조차도 하고 싶지 않다며 모든 대화를 피했지만, 나는 그녀의 존재를 쉽게 지울 수 없었다. 파혼을 하고 돌아온 그가 미웠다. 시간이 지나면 흐려질 수야 있겠지마는 지워질 수는 없을 것 같았고, 그가 돌아오고 얼마 지나지 않은 지금은 더더욱, 아직 너무도 선명했다. 그의 파혼경력은 나에겐 "나는 네가 아니어도 언제든 다른 여자랑 살 수 있어."라고 이마에 새긴 주홍글씨였고 내가 감당하고 싶지 않은 결정적인 하자였다. 그렇게 속이 시끄럽고 그가 괘씸했으면 거기서 조용히 멈췄어야 했는데, 나는 찜찜함을 담고 나아가려 했다.

철제 코팅이 벗겨져 지난 장맛비에 붉게 녹슨, 케케묵은 삽으로 모래를 나른다. 야리꾸리한 냄새를 폴폴 풍기는 곰팡이 가득한 창고에 던져두었던 그 삽으로, 너무 무거워 얼마 프지도 못할 젖은 모래를 있는 힘껏 날라본다. 시끄럽고 뜨겁다 못해 이글거리는 아직은 빠알간

숯덩이를, 그 불씨를 꺼야 한다. 잠시 그렇게라도 해두면, 그대로 당장 한 계절은, 복잡한 그 한 계절은 버텨낼 수 있지 않을까 싶어 나는 불씨를 꺼트리기 위해 안간힘을 썼다. 된장찌개에 감자전이 주는 갈색빛 누룩 내가 스멀스멀 피어오르는 마음을 꾹 눌러둔 채, 고삐 풀린 망아지마냥 결혼행 마차는 어디론가 계속 움직였다.

결혼공장

임금근로자의 중위소득은 250만 원이나, 평균 결혼 비용은 3억 원이 넘는 시대에 살고 있다. 결혼식을 올릴만한 이들이 사회초년생임을 고려하면 그들에게 결혼은 부담일 수밖에 없다. 물론 3억 원 중 집값이 2억 원 이상이라지만, 결혼식 하루면 사라져 버리는, 대관비용과 메이크업, 웨딩드레스 비용 등만 해도 최소 수천만 원에 달한다. 하루에 한국인 임금근로자 평균 연봉 이상을 써야 하는 행사라니, 한 커플만을 위해 지인들이 모두 모여 하루 종일 성대한 축하 파티를 치르는 것인가 싶겠지만, 30분 혹여 길면 한 시간 반 정도 결혼공장을 사용하는 데에 드는 비용에 불과하다.

결혼공장에서 사회적 부부를 찍어내는 과정은 매우 전형적이다. 하객 입장에서는 다음과 같다. 식 예정시간 약 15분쯤 전에 결혼공장에

도착해, 혼주 혹은 당사자에게 내가 참석하였음을 알리는 "눈도장", 별도의 데스크에서 축하의 마음을 담은 "축의금 전달", 식이 진행되는 동안 식을 보면서 혹은 식을 보지 않고 별도의 공간으로 가 그곳에서 "식사"를 하고, 필요에 따라 식이 끝난 뒤 사진 촬영을 하고 돌아오는 것. 많은 경우 식사를 하지 않고 눈도장과 축의금 전달이라는 임무만 완수한 채 돌아오기도 한다. 의아할 것이다. 새로 시작하는 커플을 축하하겠다고 그 먼 길을 가서 고작 한 시간 남짓 머물다 돌아오는 문화.

대한민국에서 결혼이란 품앗이 문화의 산물 그 자체였다. 내가 혹은 내 자식이 결혼할 때 도움이나 축하를 받고, 반대로 나를 챙겨준 그 지인이 혹은 그 지인의 자식이 결혼할 때는, 나 또한 사람 된 도리로 참석해 같이 축하해 주고, 받은 만큼의(혹은 시간의 경과에 따라 물가 상승률을 고려하여) 축의금을 갚는 문화. 그러니 내가 왔다는 것을 보여주기 위한 눈도장과 축의금 전달, 혹은 사진이라는 기록이 하객 입장에서 결혼식의 가장 중요한 절차가 될 수밖에. 물론 최근에는 많이 달라졌다고는 하나 지난 수십 년간 지속되어 온 문화가 한 번에 바뀔 리는 만무했다.

결혼식 당사자라면 위 절차에서 "축의금 전달"이 빠질 뿐, 같은 시간에 하객을 맞고, 식을 올리고 사진 촬영을 한 뒤, 피로연장에서 감사 인사를 돌고 경우에 따라 폐백(신부가 대추, 밤 등 친정에서 준비한 상을 차려두고 시댁 어른에 큰절을 올리는 절차)을 올리는 정도일 것이다.

저런 절차를 그리 공들여 준비하다니, 웬 허례허식인가 싶을 수 있으나, 사회적으로 결혼하였다는 공지를 하는 절차는 필요하니까, 또 늘 그래왔으니 동일한 방식의 결혼식은 대물림되고 있었다. 이렇게 대동소이한 절차 속에서도 사회적 지위를 드러내고 또 과시하고자 하는 욕망은 꿈틀댔는데, 지인들에게 비춰지는 모습을 중시하는 이들은 식장에 더 신경을 썼고, 화환이나 하객 수에 집착하는 이들도 적지 않았다. 하객이 많다는 것은 곧 사회적 지위가 높아 많은 이들이 나의 개인 행사를 챙긴다는 것, 혹은 나의 네트워크가 이만큼 좋다는 것을 대변하는 것이었으니. 밀물처럼 밀려와 썰물처럼 빠져나가더라도 북새통을 이루는 결혼식장은 혼주가 혹은 당사자가 잘 살아왔다는 증표처럼 받아들여져 지인인 척 역할 대행을 해주는 하객 알바를 쓰는 경우도 없지 않았다. 그렇게 결혼식은 안 그래도 타인의 시선을 과도하게 신경 쓰는 한국인들 사이에서 보여주기 문화의 결정체가 되었다.

더욱이 미디어와 소셜미디어에 노출되는 결혼식과 결혼생활의 모습은 '어느 정도 규모와 분위기의 식장에서, 어느 정도 이상의 식사를 대접하고, 몇 평 이상의 신혼집에서 최소 어느 수준 이상의 신접살림을 갖추어야' 이상적인 결혼의 표본이 될 수 있다는 메시지를 전달하고 있었다. 지금보다 훨씬 더 가난했음에도 출산율이 지금의 서너 배가 되던 40~50년 전에는 결혼식조차 없이 단칸방에서 결혼생활을 시작하는 것 또한 이상하지 않았다던데. 오늘의 젊은이들에게 결혼은 준비하고 신경 쓸 것이 너무 많아, 넘어야 한다고들 하지만 넘을 엄두가 나지 않는 큰 산이었다.

　코로나로 인한 강화된 거리두기가 정점에 있던 시기였다. 정부 지침에 따라 결혼식 인원수는 49인으로 제한되었고, 백신 접종을 완료해도 4인 이상은 식사가 불가능하여 상견례조차 할 수 없었다. 어쩌다 보니 식 시기를 정하고 그에 맞춰 두 달도 채 안 되는 기간에 모든 것을 끝내야 했으니, 식장이라도 먼저 잡아야 했다. 역병이 돌고 있다고는 하나 10월은 결혼식 성수기였고, 웬만한 식장은 모두 예약이 끝나 있었다. 더군다나 오본휘의 병원은 백신 접종을 하고 있었기에 일정을 조정할 수 없어, 일요일에 한정하여 찾다 보니 선택지는 더 좁았다. 딱히 결혼식에 대한 로망이 없었다지만, 그래도 평생에 한 번인데 이렇게까지 대충할 생각은 아니었는데, 운신의 폭이 너무 좁아도 너무 좁았다. 대충 두세 군데를 알아보고, 누군가가 취소한 날짜에 가계약을 걸었다. 49인이라면 양가 20명 남짓인데 너무 적어서 어디까지 초대해야 할지 고민이었고, 혹시나 그사이 거리두기 지침이 바뀌면 어떻게 해야 하나 걱정이 늘어갔다. 그날 이후 매일 관련 기사를 체크하는 것이 하루 일과의 시작이 되었다.

　"오빠, 하객 숫자 너무 애매해. 식장에서 추천해 준 대로 홀 네 개로 분리해서 200명까지 잡긴 했는데, 더 강화되면 위약금 없이 50명으로 바꿀 수 있는 건지도 모르겠어. 괜히 200명 해놨나?"
　"결혼식장 지금은 명확하게 말을 안 해주는데 뭘 미리 고민해. 아마 그냥 변경은 안 해주겠지. 거리두기 강화되어서 홀 분리도 금지되면, 식사 대신 하객선물만 더 비싼 걸로 바꾸라고 하지 않겠어?"

"그건 좀 이상한데. 선물 우리가 좋은 걸로 따로 준비할 수 있는 거면 좋겠는데, 임의로 식사가 선물로 바뀌는 건 좀…."

"기쁨아, 하객 숫자가 애매해서 불안한 거면 너희 집에서 더 많이 해. 우리는 50명 이하도 괜찮아. 상휘가 먼저 결혼했으니, 개혼도 아니고 아버지도 은퇴하셔서 오실 분도 별로 없어."

"하객 수는 오빠 마음대로 그렇게 할 수 있는 게 아닐 것 같은데? 부모님이랑 상의해 봐. 난 내가 직접 갔던 결혼식만 해도 200개는 훌쩍 넘어. 친구들은 초대 안 하면 서운해할 거고. 아닌가…. 코로난데 안 부르는 게 배려해 주는 건가? 애들 있는 집은 아무래도 더 그렇겠지?"

"숫자는 대충 해도 돼. 근데 10월에 우리 집 일정이 많아서 그건 좀 챙겨야 해. 시우 돌잔치가 있는데 우리가 알아본 날짜랑 겹치는 것 같아. 그럼 피해야 할 것 같은데."

"결혼식 이야기 하다 말고 시우 돌잔치? 언젠데?"

"우리 가계약 날짜랑 비슷했는데, 돌잔치 비용 1,500만 원인가 견적 받았다고 엊그제 상휘가 말했던 것 같아. 한번 다시 물어볼게."

바로 상휘에게 전화를 걸었고, 하필 날짜가 겹쳤다. 상휘는 난감해했다. 이미 돌잔치 대관, 사회자, 사진 촬영, 드레스, 케이크 등 다 예약해 두었는데 와이프가 계획을 바꾸는 건 매우 싫어한다며.

"그럼…. 돌잔치 생각해서 다른 데 또 알아봐야 하는 거야…?"

"그래야 할 것 같은데? 엄마가 상휘네 바꾸라고 할 것 같기도 해. 연락해 놨으니 답이 오겠지. 만약 상휘네가 하루 당겨서 바꿔주면, 기쁨이 네가 결혼식 전날 돌잔치에 좀 다녀와. 나는 토요일 낮에는 일해야 하니까."

"결혼식 전날인데, 돌잔치에 다녀오라고?"

"시우 돌인데 가야지. 그리고 10월에는 상휘 생일도 있거든? 우리 집은 보통 상휘 생일이랑 제수씨 생일이랑 다 모여서 축하하니까 우리 결혼식 다음 주에 상휘 생일파티야. 그때 같이 챙겨야 해. 미리 알아둬."

"벌써부터? 지금 결혼식 날짜 픽스도 안 되었는데 돌잔치와 상휘 생일까지 다 신경 써야 하는 거야?"

"왜? 우리 집 행산데? 너 우리 가족 생일에 참석하기 싫은 거야?"

"지금 그게 아니잖아. 마흔이 코앞인 형은 결혼식 날짜도 없어서 고민하고 있는데, 먼저 결혼한 동생이랑 조카 생일이 그렇게 중요해?"

"너 우리 가족이랑 모이기 싫구나?"

"오빠, 10월엔 우리 아빠 생일도 있어. 근데 난 부모님 생일인데도 날짜가 언제고, 그날 꼭 가야 된다 그런 말 안 했잖아. 지금 보니 상휘 생일이 아빠 생신이랑 같은 주네. 결혼식장 잡는 것도 머리 아픈데 그런 걸 다 어떻게 지금 생각하냐는 거지."

"…." 오본휘는 입을 삐죽거리다 심술 턱을 만들며, 고개를 갸우뚱거렸다.

"그리고 오빠가 미혼일 때나 동생 생일, 제수씨 생일을 챙기지 어떻게 그걸 결혼해서 다 같이해. 부모님 생신은 당연히 챙기겠지만. 동생이랑 그 배우자 생일은 좀 오바야. 오빠 나중에 내 동생 결혼하면 동생 와이프 생일까지 매번 다 챙길 거야? 1년에 우리 둘까지 어른들만 쳐도 열 번이야. 그걸 매년 다 챙길 거냐고?"

"아니지. 장인, 장모 생일은 챙겨도 어떻게 기현이랑 기현이 와이프 생일까지 다 챙겨. 기현이 결혼할 때쯤 되면 우리도 애 생기고 피곤해서 못 하지."

"왜 지금 상휘랑 상휘 와이프 생일은 챙겨야 한다며, 오빠네 집 행사에 참석하기 싫어한다는 둥 그렇게 말하는데?"

"처음엔 하다가 나중엔 안 가도 되고 뭐 그렇게 될 것 같다는 거지."

"그럼 올해부터 우리 집 가족 생일 다 챙길 거야? 난 우리 정신없어서 아빠 올해 생신은 대충 넘어가야겠구나 싶었어. 오빠가 상휘 생일 이야기 안 했음 결혼식 끝나고 말하려고 했고. 상휘 생일이 그렇게 중요하니? 그렇게 끈끈한 형제 사이도 아니잖아."

"알겠어. 넌 우리 집 행사에 오기 싫어하는 거 같은데, 너 편할 대로 해."

"그게 아니라니까? 왜 말을 이상하게 돌려? 지금 뭐가 중요한지 판단하고 집중하자는 거야."

그때 상휘 연락이 왔다. 돌잔치 날짜 바꾸는 걸로 정리했다고.

"근데 제수씨 기분이 많이 상했다는데, 우리 다음 주에는 시우 돌 선물 사러 가야겠다."

"시우 선물 사는 건 좋은데…. 지금은 우리 식이 50일도 안 남았어. 해놓은 건 아무것도 없고, 평일에 둘 다 출근하고, 토요일마저 오빠 오후에 끝나니 일정이 빡빡해. 식장도 확정되지도 않았고, 드레스랑 예복 아무것도 안 정했고, 청첩장에 넣을 사진도 없어. 청첩장 고르지도 않았고, 혼수도 하나도 안 샀고, 결혼 날짜를 미룰까?"

"아니, 미루는 건 절대 안 돼. 다 어떻게든 되겠지, 10월에 할 수 있어. 근데 시우 선물은 네가 돌잔치 때 들고 가서 전해줘. 제수씨 서운해하잖아."

"휴우…. 아니 상휘네…. 아 됐어. 말을 말자."

"기쁨아 그리고 상휘가 오빤데 서방님이라고 해야지, 상휘라고 하지 마."

"뭐? 오빠는 기현이, 기현이, 하잖아. 아까 심지어 오빠는 우리 부모님 보고 장인어른, 장모님, 어머님, 아버님도 아닌 '장인, 장모'라고 불렀어."

"기현이는 많이 어리잖아."

"가족 호칭을 무슨 나이로 나눠, 기현이는 오빠보다 어리니 반말이고, 상휘는 나보다 한 살 많으니 이름 부르면 안 된다? 그런 게 어딨어. 오빠가 형이니 나한테도 손아랫사람이지. 그리고 상휘가 나보다 엄청 어른인 것도 아니고, 내가 상휘보다 한 학번 위거든? 그리고, 상휘가 무슨 서방님이야. 국어사전 열어봐, 서방님이란 단어의 1번 뜻은 남편이야. 무슨 옛날 옛적 시동생을 부르는 호칭을 가져와서 멀쩡한 남의 서방보고 서방님이라고 부르래. 나는 오글거려서 싫어. 오빠나 우리 부모님 부를 때 호칭 조심해."

"치이…."

"시우 선물 사자. 돌잔치도 나 혼자라도 참석하는 쪽으로 해볼게. 근데 오빠 동생 생일까지 챙기는 건 지금 머리가 너무 복잡해서 잘 모르겠어."

결혼식을 준비하다 보니, 오빠의 작년 그 여자와의 결혼식은 백제호텔에서 하려고 했다는 사실을 알게 되었다. 백제호텔이라면 대한민국 내 가장 비싸다 여겨지는 호텔 중 하나였으니 결혼식장으로는 손꼽히는 곳이었다. 몇 년 전 상휘 결혼식 때 예비신부가 호텔 예식을 고집하자 여유가 없던 오빠네는 부담스러워했고 그것 때문에 양가에서 분쟁이 있었다는 말을 전해 들은 적이 있었다. 그랬기에 이번에 호텔은 처음부터 옵션에 두지도 않았는데.

"오빠 뭐야? 작년엔 왜 백제호텔에서 하려고 했어? 돈 없다며? 어떻게 그게 가능해?"

"그냥 걔가 결혼식만큼은 백제호텔에서 해야겠다고 해서…. 그리고 코로나 막 시작된 시기라서 특별 할인가라 지금보다 엄청 쌌어!"

"아… 그래서 소원 들어주려고? 스윗하네. 작년에도 오빠가 오빠 쪽 결혼식 비용 다 부담하는 거 아니었어? 지금은 이렇게 쪼들리는데 작년에는 가능했다? 진짜 사랑이었네? 오빠네 원래 그런 거 싫어하는 줄 알았는데."

"맞아, 나 호텔 결혼 싫어해, 우리 부모님도 되게 싫어하셨어, 그냥 걔가 겨우 레지던트면서 자기 의사랍시고 결혼식은 백제호텔에서 하려고 했던 헛바람 든 애였을 뿐이야. 걔네 부모님은 그냥 청계천에서 철물점 해서 먹고살았던, 못 배운 장사치 집안이었는데, 애가 허황기만 있어서 보이는 것만 신경 쓰고."

"…그 여자 원하는 건 다 해주고 싶었나 보네…. 진짜 오빠가 끌리는 여자는 그런 스타일인 거 같은데? 나 직전에 만났던 여자친구도 그런 느낌이었다며. 난 오빠한테 가스라이팅당했던 것 같고."

"아냐, 난 그때 그 결혼 깬 걸 내 인생에 제일 잘한 일이라고 생각해. 호텔 위약금도 다 내가 냈지만 저언혀 안 아까워."

오본휘 아주 자랑이다. 오본휘 본인은 철마다 명품으로 머리끝부터 발끝까지 휘감고 다니면서 여자들이 그렇게 치장하는 건 허황기라 부르며 싫어하는 사람이었다. 적어도 내가 지금까지 본 바로는.

나를 만나기 직전 그의 여자친구는 금융권에 근무하던 한 살 연상의 여자로, 딸 둘만 있는 집의 둘째 딸이었다고 들었다. 그는 그녀를 두고 자매만 있는 집의 여자는 허황되어서 아무것도 없어도 꾸미고 보이는 것만 강조한다며 남자 형제 없는 집은 걸러야 한다고 말했더랬다. "자매만 있는 집은 장가가면 그 사위 노릇이 힘들어 안 된다."고

했다는 그 어머니의 말과 함께. 그래서 10여 년 전, 당시 스물아홉이 된 여자친구가 결혼하자고 하니 그가 바로 그녀와의 관계를 끝냈다고 했었다. 그땐 내가 남동생이 있으니 그 이야기에 해당 사항이 없기도 했고, 20대 중반이라 결혼을 생각하고 오빠를 만났던 것도 아니었기에 흘려들었었는데. 갑자기 그때 그 이야기가 오버랩되었다.

그때 그의 말을 곱씹어 보고, 그런 말을 아무렇지 않게 내뱉는 오본휘에 대해서 제대로 판단했어야 했는데. 나는 나와 직접 관련이 없다 간주하고 흐린 눈을 했다. 사람은 결코 변하지 않는데, 내 가까이에 둘 사람이라면 조금 더 내가 현명했어야 했거늘 이렇게 같은 종류의 코멘트를 어언 10년 간격으로 다시 듣게 될 줄은 몰랐다. 내게 직접 일어난 일이 아니더라도 판단의 촉은 꺼두지 말았어야 했는데. 타인에게 일어난 꺼림칙한 일에 대해 내 일이 아니라는 이유로 눈을 감으면, 결국 비슷한 일이 내게 다시 생겼을 때 돌아볼 곳은 없다. 그저 흐릿한 판단력으로 순간 편하자고 넘겼던 과거의 내 책임일 뿐.

내 주변에 가장 가까운 친구들은 대부분 성당이나 교회에서 식을 올렸다. 사회생활 하며 고객 접대나 조찬, 오찬 등 호텔에서 하는 행사와 식사가 잦아 호텔이라고 딱히 별 감흥도 없었으니, 호텔 예식에 대한 특별한 로망이 있는 것도 아니었다. 그치만, 그저 오본휘가 지금은 돈이 없다며 잔뜩 엄살을 떨고 있는데, 그때는 다른 여자와 결혼하려고 했을 때는 그렇게 억지로 힘을 썼구나 하는 생각에 그가 미웠다.

끝까지 몰아세우고 싶을 만큼.

"오빠, 그럼 이번에도 호텔 해. 설마 지금은 돈이 아까운 거 아니지? 백제호텔은 같은 사람이 한 번 취소했다가 다른 여자랑 또 하는 거 꼴사나우니까. 우드호텔 에이하우스 어때? 우리 플래너가 제일 처음 견적 줬을 때 있었어. 카톡에 남겨줬었는데. 아, 여기 있다. '50인 기준 대관 7,500만 원에 꽃 가격 2,000만 원 정도 추가하고, 1인 식대는 25만 원부터'래. 10월 주말에 야외예식 가능한 날, 빨리 체크해 봐야겠다."

"기쁨아, 갑자기 왜 그래. 너 500인이나 50인 견적에 차이도 안 나는 거 지금 같은 시기에 그렇게 하는 거 싫댔잖아. 그런 거 좋아하지도 않으면서."

"…휴우. 오본휘, 근데 왜 반지는 안 껴? 우리 커플링 해본 적 없잖아. 이번에 일부러 같은 거 맞췄는데 나한테는 빨리 끼라며. 나는 그래서 끼고 다니는데 왜 오빠는 안 하고 다녀?"

"자주 손도 씻어야 하고, 진찰하면서 거슬리니까 아껴뒀다가 결혼하고 끼려고."

"뭐야, 나한테는 바로 끼라고 계속 성화더니. 진짜 웃겨."

그때는 몰랐다. 그가 파혼 경력자라 경험상 나중에 처분할 수 있을 경우를 대비해 반지를 착용조차 하지 않았다는 것을.

"신혼여행은 어떻게 할까? 해외는 격리 때문에 못 나가고, 여행도 애매한데 우리 신행 안 가는 건 어때? 가지 말자. 50인 결혼식이면 가족식사로 대체하고, 푸드트럭 해서 코로나로 힘드신 분들 밥 봉사나 다니면 어때? 더 많은 사람한테 축하도 받고?"

"내가 지금 병원 하면서 이 동네 사람들한테 매일 하고 있는 게 봉사야. 조금이라도 처치비 받으려고 하면 비싸다 어쩐다 리뷰로 울고불고, 가난한 사람들이 어쩌다 신축 아파트 단지에 들어와 사니 뭐라도 되는 줄 알고, 지질하게 네이버 리뷰 그거 몇십 원 받으려고 얼마나 열심히 올리는 줄 알아? 그런 거지들 상대하기도 지친다고."

"왜 그렇게 말해⋯."

"여튼 무슨 봉사를 가. 나 작년에 개원하고 공휴일에도 계속 일하고 한 번도 안 쉬었어. 좀 쉬고 싶어. 제주도라도 가자."

"제주도? 그래 오빠는 여행한 지 오래됐으니. 그럼 식장 확정되면 그다음 날로 해?"

"흠⋯ 혹시 토요일 저녁에 예식을 하게 되면 토요일에서 일요일 넘어가는 날은 비싸잖아. 그니까 토요일은 집에서 자고, 일요일 아침에 내려갈까?"

"결혼식도 백제호텔에서 하려고 했던 사람이 신혼여행 주말 요율이 아깝다는 말을 하는 거야?"

시국을 고려해서 사실 지금 신혼여행을 안 가도 그만인 일이지만, 비용을 아끼려는 멘트는 그만큼 나에게는 신경 쓰고 싶지 않다는 말로 들렸다. 남과의 비교가 내 마음의 평안을 해치는 가장 미련한 짓이라지만, 어쩔 수 없었다. 그가 작년에 백제호텔에서 식을 올리려고 했다는 것과 대비되어 기가 찰 노릇이었다. 눈치는 어디다 밥 말아 먹었는지 그는 숙소 가격을 검색하며 계속 떠들어 댔다.

"기쁨아 제주 숙소 평소 가격 생각하면 사람들 너무 몰리고 미쳤는데? 코로나라 제주도만 가나 봐. 이번엔 그냥 싼 데 할까?"

예쁘게 봐주려야 봐줄 수가 없었다. 아무 말 없이 한참을 쳐다보다 입을 열었다.

"싼 데? 안 가면 안 가는 거지. 나 그냥 여행을 가도 숙소는 좋은데 묵는 거 알잖아. 굳이 신혼여행에서…. 설마 나한테만 아끼는 거니? 요새 제주도 너무 오른 건 알겠는데, 그럼 많이 오른 덴 피한다 쳐도 좋은 곳이지만 가격은 평소랑 비슷한 델 찾아볼 수도 있는 거잖아. 그 여자한테는 다 해주고 싶었고, 나랑 쓰는 건 아깝나 봐?"

그의 표현 하나하나가 다 거슬렸다. 진행하기로 했으면 다 덮거나, 비교를 멈춰야 했는데 그의 작년 결혼식, 그리고 그 여자 문제에 있어서만큼은 그러질 못했다. 나는 아직 그의 과거로부터 자유롭지 못했다.

"기쁨아 아니야~ 요새 코로나라고 손놈도 많이 없고 해서. 히히."

내 기분을 눈치챘는지 그는 멋쩍은 웃음을 지었다. 부모님께는 멀쩡한 척 카드도 드리고 생활비도 드리면서, 오빠 상황은 사실 이렇게 힘들었던 걸까?

"그렇게 적자면 병원을 왜 해, 폐닥 하는 게 낫겠다."
"사실 조금 벌었는데, 결혼 비용에 쓰려고 다 동전주에 넣었는데 완전 물렸어. 아기뽕도 좀 살래? 내가 들어간 가격 생각하면, 지금 완전 저가야. 대박 세일 중이라고 헤헷."
"하아…. 오본휘."

그래. 오본휘 진짜 그렇게 어려운 거면 비용을 줄여야지. 정말 최소한으로 가자.

결혼준비 I:
우리 한 팀 아냐?

전쟁에 나갈 땐 한 번, 거친 바다에 나갈 땐 두 번, 결혼할 때는 세 번 기도하라.

- 러시아 속담-

내가 하는 일의 특성상 프로젝트에 한번 들어가면, 몇 달은 묶여야 하는 경우가 많았다. 1년을 쉬고 온 유학 직후의 인력이라 일은 몰려오고, 프로젝트를 끌고 가야 할 직급인데 대책 없이 받았다가 신혼여행 간다고 2주씩 비우면 딜을 펑크내기 딱 좋은 상황이었다. 괜히 추후에 민폐가 되느니 미리 왜 새 프로젝트를 못 받는지 회사에 설명해야 했다. 어쩔 수 없이 결혼이 정해진 지 며칠 지나지 않아 같이 일하는 분들께는 결혼 소식을 알리게 되었다. 이를 들은 팀 선배들은 조언을 아끼지 않았다.

"당분간 정신없겠네. 기쁨아 우리 같은 사람들은 시간이 없잖아. 그냥 잘한다고 소문난 유명한 웨딩 플래너를 만나. 대충 스드메 패키지 레벨이 있을 거야. 그중에 제일 비싼 걸 고르고, 무조건 알아서 해달라고 해. 최대한 신경 쓰지 않게."

나 역시도 대충 전문가에게 다 맡기자 하는 심산이었다.
다만 준비의 첫 단계로 그 잘한다는 전문가를 찾아야 했는데, 친구들은 대부분 애 엄마였으니, 그들의 웨딩 플래너는 너무 과거의 사람이었다. 상휘네 커플을 담당해 주었던 플래너 한 명, 후배가 추천해 준 플래너 한 명, 최근에 식을 올린 동기 언니가 40대의 약식결혼을 위해 썼다던 웨딩 플랫폼 직원 한 명을 보기로 하였다.

시간이 없어 플래너와 약속을 잡는 것도 부담이었다. 평일 저녁, 차 안에서 대충 스시로 식사를 때우고, 급히 미팅에 들어갔다. 리셉션 층에 올라가니 결혼하려는 커플들이 제법 많이 보였다. '오후 6시 이후, 3인 이상 집합 금지'가 적용되던 시기였으니, 사회적 거리두기 룰 위반 같았지만, 뭐 위법이 아니니 우리 말고도 이 사무실에 이렇게 상담 받는 커플이 많겠지 싶은 생각이 스쳤다.

룩북 같은 앨범을 하나 건네주더니, 플래너가 물었다.

"입고 싶은 웨딩드레스 스타일이 있으세요?"

"음…. 무슨 스타일이 있는지도 잘 모르겠는데요."
"몇 가지 추천해 드릴 테니 한번 보실래요?"

드레스 앨범을 처음 보았다. 다 예뻐 보였고 오본휘도 별 의견이 없었다.

"메이크업은요? 신부님 평소에도 오늘처럼 전혀 화장을 안 하시나요? 내추럴 스타일 정도면 괜찮을 것 같은데."
"네, 원래 화장은 아예 하질 않아서…. 그냥 추천해 주시겠어요?"
"여기 차트 보시면, 신유경이 가장 비싼 숍 라인이고, 그 아래로 워터장…, 가격대는 제일 아랫단이랑 세 배에서 네 배 정도 나구요…."
"어… 옵션이 많네요, 어차피 지금 같으면 50인 결혼식이 될 것 같은데, 적당히 합리적인 라인 정도면 괜찮을 것 같아요."

오본휘의 재정 상황을 고려하면, 조금이라도 더 아껴 그가 개원할 때 진 엄청난 빚을 같이 갚는 게 먼저였다. 그는 계속 대출이자 갚는 데에 온 힘을 다해야 하는 상황이었으니. 결혼식 비용은 최소한으로 하여, 그의 부담을 하루라도 빨리 줄여주는 게 급선무였다. 웨딩 플래너 설명을 듣다 보니 굳이 고급 라인으로 가진 않아도 될 것 같기도 했고. 대충 지인들로부터 들은 스드메 견적은 600만 원에서 1,000만 원대였는데 그날 받은 견적은 생각보다 저렴하다고 느껴졌다. 인기 있는 숍은 다 빠지고, 지금 가능한 데서 골라주는 거랬는데, 그래서 그 가격이 가능했던 것인지는 잘 모르겠다.

 그 뒤에 다른 웨딩 플래너와의 미팅 약속이 두 개나 더 있었는데, 굳이 피곤하게 더 보고 싶지 않아 그 자리에서 바로 결정했다. 스튜디오 촬영은 청첩장에 넣을 정도만 남길 수 있도록 간이 스냅으로 대체하고, 드레스는 사진관에 있는 것 중에 촬영 날 빌려 입기로 했다. 본식용 드레스는 원하는 스타일이라도 조금 정해보고, 메이크업은 두세 개 중 하나를 고르는 정도만 선택지를 받아왔다.
 선택지를 많이 줄였음에도 스튜디오 촬영용 메이크업 숍만 결정하는 것도 머리가 아팠다. 플래너가 보라고 알려준 인스타 게시물을 볼수록 차이조차 알 수 없었다. 대충 후기 보고 하나를 찍어 겨우 숍 예약을 하나 마쳤는데 오본휘 문자를 받았다.

 삐뽀삐뽀! 삐뽀삐뽀!

 긴급상황인가 싶어 급히 전화를 걸었다.

 "오빠 무슨 일이야?! 갑자기 왜 삐뽀삐뽀야?"
 "기쁨아, 상휘 때 제수씨가 우리 가족 잡아준 메이크업 숍이 신유경이고, 제수씨네는 워터장에서 했는데, 엄마가 신유경은 진짜 별로고, 워터장이 훨씬 예쁘게 잘했대. 제수씨네만 잘하는 데서 받았던 것 같다고, 이번엔 워터장 하셨으면 한다는데."

"아 그래? 워터장 잡으면 되겠네."

"근데, 우리가 너무 싼 걸로 간다고 뭐라고 하시는데? 우리가 고른 숍이 너무 낮은 레벨이라 엄마가 더 좋은 데 못 가신대, 우리 준비하는 레벨을 좀 올리라는데? 어쩌지?"

잘은 모르지만, 그저 상휘 와이프가 좋은 데 잡아준다고 신유경을 예약해 드린 것 같았다. 워터장이 더 잘한다고 느낀 건 상휘 와이프의 친정어머니가 원래 더 미인이어서가 아닐까. 메이크업을 잘 몰라서였는지는 몰라도 '그런 게 어딨어.'라는 생각이 스쳤다.

"…메이크업 숍 고르는 데만도, 엄청 머리 아팠는데? 그냥 우리는 그대로 하고 어머니는 워터장 예약해 드리면 되잖아."

"아 그럼 그렇게 해줄래? 근데 우리 엄마가 신랑·신부보다 더 좋은 데 하는 건 좀 그렇다고 하셔서."

"오빠, 오빠가 지금 병원 어렵대서 작게 가기로 합의한 건데, 오빠 단계에서 어머니한테 '우리는 그렇게 결정한 거다.'라고 말씀드릴 수도 있잖아. 그러면 되는 걸 마치 내가 혼자 다 결정한 것처럼, 중간에서 이렇게 하면 어떡해. 나도 지금 회사 일도 많고 신경 쓸 게 많은데 이런 건 좀 알아서 해주면 안 돼? 그냥 플래너에 전화하면 되는데, 왜 다 나를 시켜."

"나는 메이크업을 모르잖아."

"오빠, 나도 몰라. 나 화장한 거 본 적 있어? 내 화장대에 에센스,

선블록이랑 색깔 없는 립밤이 다야. 오빠랑 똑같은 수준이야."

   업체 영업시간과 병원 진료시간이 맞물려 뭔가를 찾아볼 시간에 그는 진료를 한다며 아무것도 하지 않았다. 나는 일하는 시간이 상대적으로 자유로우니 낮에는 급하게 이것저것 검색하고, 예약하고, 고객 미팅 들어가고, 저녁이 되어서야 일을 하기 시작해 새벽 서너 시쯤 잠들었다. 결혼하자고 하고 나서는 잠도 제대로 못 자는 강행군이었는데, 오본휘는 퇴근하고 나서 나를 픽업 오는 것 말고는 결혼준비에서는 손을 놓고 있었다. 뭔가 기쁘고 설레야 할 시기 같은데, 점점 버거웠다.

   그 와중에 레벨을 올리라던 어머니의 요청사항이 자꾸 맴돌았다. 뭔가 우리 수준이, 아니 어머님 입장에선 오빠의 수준이 떨어진다고는 생각하지 않으실 테니, 내가 고른 수준이 떨어진다는 것처럼 들려서 기분이 꾸리꾸리했다. 그날 밤 잠자리에 누워 생각했다.

   '레벨을 올리라고? 오빠랑 내가 한 팀인데, 서로 상의해서 결정했던 걸 가지고. 자기가 해결했어야지 나만 쳐다보면 어떡해. 어머님 코멘트 하나에 삐뽀삐뽀라니… 놀랐잖아. 오본휘, 우리 한 팀 아니야?'

결혼준비 II: 코르티솔

흔히 스트레스 호르몬으로 알려진 코르티솔은 부신피질에서 분비되는데, 영국 Southampton대의 연구 결과에 따르면, 하루 중 기상 직후 한 시간 동안 그 농도가 가장 높다고 한다. 이는 아침에 불안감의 정도가 높아지는 것과도 연관이 있으며, 이를 다스리기 위해서는 오트밀과 같은 마그네슘 함량이 높은 아침 식사를 하는 것이 도움이 된다. 코르티솔 수치가 과도하게 높으면 소화불량을 야기하고 주름을 생성한다.

코로나 시기에 시장에 많은 돈이 풀리면서 안 그래도 오르던 집값은 자산 인플레와 더불어 더더욱 천정부지로 치솟았고, 전세가 또한 만만치 않은 2021년이었다. 서울 시내 공급은 부족했고, 몇 년간 집값이 계속 오르기만 하자 '부동산은 오늘이 가장 싼 날'이라는 인식이 생기며 예전 같으면 집을 사지 않았을 20·30조차 대출을 풀로 끌어다 집을 사고 있었다. 그래서인지 10년 넘게 일해온 의사와 변호사의 조합인데도 대출 없이는 집을 살 수 없는 세상이 되어버렸다. 지금은 은행의 도움 없이 살 수 없는 대부분의 집들은, 5년 전에만 샀어도 이미 은행의 지분 없이 온전히 한 채쯤은 들고 있었을 텐데. 자산 인플레는 근로소득의 가치를 우습게 만들었다.

6년 전 즈음 오본휘와 모델하우스를 보러 갔던 그 집은 이미 완공되었고, 임차인이 들어와 있었다. 그 임대차 만료일이 8개월 남았으니, 적당히 그에 맞춰 식을 올리면 편했을 텐데. 그는 당장 결혼하고 싶어 했고, 결국 8개월간 머물 곳이 필요했다. 몇 개월 전의 그는 자길 받아만 준다면 집은 그의 어머니가 다 알아봐 줄 것이라고 했었더랬다. 그러나 지금에 와보니, 아무것도 되어 있지 않았다. 어머님이 해주신 것이라곤, 지금 그의 집에 살고 있는 임차인에게 "이사비와 복비 일체를 대줄 테니 계약 기간 중간에 해지하자."라는 제안을 했다는 것뿐. 물론 당연히 거절당했다고 했다.

첫 신혼집. 8개월짜리 단기 매물은 찾기 어려워. 인터넷을 뒤지고 있는데 전화벨이 울렸다.

"기쁨아, 장일이네 집 딱 10월 초에 지금 임차인 나간대. 우리가 들어가면 될 것 같은데?"

"예전에 집들이 갔던 장일 오빠 집? 우리 회사까지는 무조건 편도 한 시간 이상이야. 차 막히면 출퇴근에 왕복 3시간도 나올걸?"

"1년 미만으로 살 수 있는 집이 없어. 2년짜리 집에 들어가면 중간에 복비랑 다 내고 나와야 할 텐데 아깝잖아."

"오빠 병원이랑 우리 회사랑 적당히 가운데쯤으로 하자. 복비 그거 내가 낼게…. 오빠는 지하철역 세 개 거리지만, 나는 새벽에 택시 타고 오고 해야 하는데."

"이런 조건도 없는 거 같아. 장일이네 하자. 내가 병원에서 가까우니까 퇴근하고 회사로 픽업 갈게."

내키지는 않았지만, 8개월 동안만이니 그의 의견에 따르기로 했다. 그 와중에 보증금을 위해 그가 먼저 내 재정 상황을 물었다.

"기쁨아, 너 얼마나 모았어?"

"뭐 바로 쓸 수 있는 건 2억 정도는 될 테고, 또 처분해야 하는 것들은 한번 봐야 할 것 같은데? 오빠는?"

"난 집이 있잖아. 병원 개원하는 데 대출도 많이 썼고, 그래서 현금은 하나도 없어."

"한 달에 불규칙하더라도 얼마씩은 벌고 있을 거 아니야."

"잘 모르겠어. 지금은 매출보다 나가는 돈이 더 많고 카드도 쓰고 있고 하니까. 오히려 우리 조무사들이 더 많이 가져갈걸? 난 제로 아님 마이너스지. 새로 기기도 들여왔잖아."

"아니 그걸 정확히 집계를 해야지. 자기 페이도 모르는 거면 생활은 어떻게 해?"

"사실 초큼 벌긴 한 거 같은데, 아기 결혼 선물이라도 하나 사 주고 싶어서 주식 몰빵했다가 물렸다고 했잖아."

"…."

솔직하게 내 상황을 공유했는데 그는 몇 개월간 벌이가 0원이라고 하니, 숨기는 건가? 싶었다. 내가 너무 순진했다.

"나한테 돌아오겠다고 처음 연락한 지 다섯 달이야. 그간 전혀 번 게 없다고? 병원 운영을 하면 정산을 제대로 해야지."

"그게 벌면 또 들어가고, 들어가고, 해서 얼마가 남는지도 모르겠어."

"병원 적자라더니 진짜 5개월간 번 게 0원이라는 거네? 작년엔 그 여자랑 어떻게 결혼하려고 했니? 작년 여름쯤 식 올린댔었지? 오빠 집에 들어가려고 했던 거야? 잔금 없었잖아. 그거 어떻게 하려고 했었는데?"

"아니야, 우리 집 아니고 그냥 일원동에 전세 들어가려고 했었어."

"왜? 작년 여름이면 지금 임차인 입주 시기랑 비슷한데 왜 일원동이야? 그때 오빠 페닥 하던 곳이랑도 완전 멀잖아. 아. 여자가 정우병원 레지던트였어? 여자 힘들까 봐 일원동에 한 거네."

"아 그냥…. 내가 집이 있다는 걸 오픈하고 싶지 않았어 개한테."

"그게 무슨 소리야. 말이 되는 소리를 좀 해. 그래, 그럼 오빠 집에 안 들어간다 치고. 그럼 그때는 그 집 보증금 어떻게 하려고 했는데? 여자가 해오는 집이었던 거야?"

"아니 걔도 돈이 없어서, 그땐 내가 다 대출받아서 내가 하려고 했지…. 그래서 그 집 계약 깨고 나서 다음 복비 안 물고 해지하려고 내가 임차인 찾느라 진짜 고생했어."

"그땐 그 여자 생각해서 여자 직장 코앞에 전세 잡고, 전세금도 오빠가 다 했다 이거네? 내가 왕복 2시간 넘는 건 상관없으면서 그 여자가 출퇴근하느라 피곤한 건 되게 배려해 주고 싶었나 봐."

설레고 신나야 할 결혼준비 과정이어야 하는데, 전혀 그렇지 않았다. 오본휘 명의 집이라고 해봤자 은행 몫이 상당했고, 거기에 돌려줘야 할 전세 보증금도 있었으니 사실상 절반 이상이 빚이었다. 그 집에서 시작하게 되면 그 보증금과 은행 빚 다 내가 갚으려고 했으니 사실 수년 전에 계획했던 대로, 아니 그 계획보다 내가 더 넣는 것이었다. 그는 2021년 기준 오를 대로 올라 분양가의 세 배 이상이 된 그 집 가격이 자기 자산이라 여기고, 내가 갚을 돈은 시세의 극히 일부이니 당당하게 생각하는 것 같았지만.

'돈이 없는 상황에서도 다른 여자랑 결혼할 땐 네가 다 해 가려고 했었구나. 나랑 살려고 하니 이제는 그냥 나한테 엎어 가려는 거고.'라는 생각을 떨치기 어려웠다. 몇 가지 처분을 한다면 보증금도 혼자 다 커버할 수 있음에도 작년 그의 상황을 알게 된 이상 내가 다 해주겠다고 하고 싶지 않았다.

내가 언짢은 걸 알았는지, 오본휘는 자기가 대출을 알아보겠다며 조건을 받아왔다.

"기뻐아 봐봐. 내가 조건 받아왔어, 7%래."
"뭐 7%? 잠깐만, 검색만 조금 해도 더 낮은 이자가 수두룩한데 이게 뭐야."
"장일이 친구가 은행에 있어서 아는 사람 통해서 받아 온 건데."
"아니, 비교도 안 해보고 그 사람 말만 믿고 대출을 받으려고 했던 거야?"
"기뻐아 근데 네가 나보다 연봉이 훨씬 높으니까 네가 받는 편이 이율이 낮을 거래."

스스로 한심해 보이게 만들어서 내가 다 짊어지게 하려는 게 그의 의도였다면 그는 목적을 달성했다. 결국 그를 답답해했던 내가 전세자금을 다 부담하는 것으로 되었으니.

'다른 여자랑 결혼할 때는 집까지 들고 가려다 지금은 편해서 좋겠다. 나 진짜 호구네.'라는 생각이 떠나지 않았다. 오본휘더러 대출을 더 당겨오라고 할까 싶다가도 이제 그와 가족이 될 텐데 굳이 더 높은 이자를 은행에 낼 필요는 없을 것 같아 더 말하지 않았다.

그 후로 오본휘는 매일 아침 자고 있는 내게 전화를 걸어 재촉했다.

"기쁨아 오늘은 꼭 대출받아, 알겠지? 오전에 꼭 알아봐, 이율이 계속 오르고 있대."

하루 중 코르티솔 농도가 가장 높은 시간. 기상 직후. 오본휘의 출근시간은 나보다 한 시간쯤 빨랐는데, 집을 나서면서 꼭 새벽에 퇴근해 자고 있는 나를 깨웠다. 대출을 알아보라며. 대출이 꼭 필요하지 않아 알아보지 않고 있다는 것을 그는 몰랐다. 그는 벌고 있는 돈이 없고 적자라고 털어놓은 상황에서, 내가 저축액을 다 오픈하는 게 맞는지 자신이 없었다. 그의 사치성향을 생각해 보면 대출을 받아 갚는 모습이라도 보여줘야 버릇을 고치려나 싶어 머릿속이 복잡했다. 안 그래도 4주 만에 결혼준비를 다 하려니 끊임없는 선택의 연속이었는데, 매일 눈 뜨며 전세대출 이야기라니. 목덜미가 당겨 '찌릿' 하는 것이 느껴졌다. 알아서 하겠다고 말하며 두고 보는 것도 더 버텼다간 내가 남아나지 않을 것 같았다.

"오빠, 대출 안 받아도 돼. 아마 우리 부모님이 도와주실 것 같아."
"아 진짜? 그럼 그 돈은 안 갚아도 되는 거 아니야? 우리 그걸 더해서 나중에 압구정에 집 사는 데에 쓰면 되겠다."
"…."

그의 부모님으로부터는 10원짜리 한 푼 받지 않는 결혼이었다.

그 주 토요일은 그렇게 장일 오빠와 전세계약서를 쓰는 날이었다. 아침 일찍 출근해 의견서를 마무리하고, 예식장 취소가 가능한 마지막 날이었으니 식장 컨펌을 해야 했고, 진료가 끝난 오빠를 만나 그다음 날 오빠네에 들고 갈 꽃바구니를 픽업한 뒤, 부동산에 가기로 한 날. 가계약을 걸었던 날 실제 식장을 못 봤기에, 예식이 있는 날 한 번은 들러 분위기를 체크하고 싶었다. 그날은 점심 예식만 있었던 터라 진료 때문에 올 수 없었던 그를 두고, 혼자 식장 컨펌을 하고 나서려는데 선배 전화가 왔다.

"기쁨아 우리 전에 담당했던 건 클라이언트가 추가 질의 왔는데, 주식 전환조건 조항 좀 체크해 줄래?"
"선배님, 지금은 제가 밖이라 오늘 저녁까지는 보낼게요."

무슨 첩보영화를 찍듯 급히 베이글을 사 들고 대로변에서 그와 접선하였다. 토요일이라 길이 막혔고 꽃 픽업까지 하니 부동산에는 한 시간이나 늦어버렸는데, 가는 길 내내 그가 차를 어찌나 험하게 몰던지, 머리가 어지러웠다.

"오빠, 일정 너무 타이트해. 그렇게 잡지 말자, 물리적으로 불가능한 시간이잖아."

"장일이랑 부동산 아저씨가 그때밖에 안 된대."
"아니, 계약하는 사람들 시간에 맞추는 거지."

야무져야 할 때는 싫은 소리 한번 못 하고 물러터진 오본휘. 이렇게 바쁠 줄 알았으면 꽃은 픽업하지 말걸 싶었다. 그가 우리 집에 선물을 두 개 하길래 나도 밸런스를 맞추려던 건데. 이미 한우도 주문해 놨으니, 요란스럽게 대형 꽃바구니까지 할 필요는 없었다. 차라리 좀 더 여유를 갖는 편이 나았을 텐데. 그게 뭐라고.

부동산에 가니 지인끼리 계약인데 사장님은 50만 원을 요구하셨다. 보통 20만 원 정도면 계약서 써주시지 않냐고 물었지만 부동산 사장님은 막무가내였다. 이럴 거면 그냥 내가 대충 써도 되는데. 50만 원이라니. 요새 오빠가 보여준 궁상에 젖어든 건지, 억척스러운 주부 9단마냥 어느새 내가 부동산 아저씨와 실랑이를 하고 있었다. 돌아보니 그와 장일 오빠는 어디 간 건지 사라지고 없었고.

'어디 간 거야⋯.'

오본휘 뒤에 숨어서 하자는 대로 다 맡기고 가만히 있으면 편했을 텐데. 직업병인지 처음부터 끝까지 내가 챙기고, 허드렛일은 다 나서서 처리하고. 그만큼 스트레스는 다 혼자 안고 있었다.

그 순간, 오본휘는 유장일과 담배 냄새를 풍기며 들어왔다. 그리고 아무 말도 없이 소파에 앉아, 실랑이하고 있던 나를 굳은 표정으로 쳐다보고 있었다.

결국 처음보단 조금 낮은 수수료에 계약서를 썼다. 아저씨가 그렇게 완강할 줄 알았으면, 처음부터 그냥 하자는 대로 다 줄걸. 하루 술값으로 이보다 더 쓰는 날도 있었는데. 그게 뭐라고 여기서 이렇게까지 하고 있는 건지. 신혼여행 주말 숙박비도 아깝다는 남자와 결혼준비를 하다 보니 나도 그 무게에 짓눌려 악착같이 행동하고 있었다.
차에 돌아와 그에게 물었다.

"복비 흥정하는 동안 어디 갔었어?"
"50만 원 너무 비싼 거 같아서 장일이랑 다른 부동산 돌아다닌 거야."
"그런 거면 말을 해줘야지. 나만 놔두고 가니까 난 장일 오빠 거래하는 부동산인 줄 알고 혼자 계속 깎으려고 하고 있었잖아. 아까 표정은 왜 그렇게 굳어 있었던 거야?"
"동네 부동산끼리 다 아는 사이라 다른 데선 계약서 안 써준대서 돌아왔는데, 네가 너무 아득바득 변호사티 내면서 아저씨랑 실랑이하고 있으니까. 굳이 그렇게 해야 했어?"
"뭐…?"
"아니야, 됐어. 기쁨이 너 덕분에 깎았으니까. 뭐 저녁 먹으러 갈래?"
"아니. 나 집에 갈래."

그렇게 내 통장에서 계약금을 장일 오빠에게 이체해 주고 돌아오는데 마음이 착잡했다. 결혼하자고 매달린 건 오본휘였지만, 실상은 감당하기 힘들 만큼 내가 모든 짐을 다 지고 해결사를 자처하고 있는 꼴이라니. 그리고 이 사람 이런 상황에서 오히려 나에게 화살을 돌리다니. 뭘 하고 있는 건지. 스스로 혼란스러웠다.

'하기쁨, 내려놔야 해. 나 갑자기 막 늙는 것 같아.'

구세주, 살살 좀 해요

결혼 전에 따로 인사 오지 않아도 된다고 하셨던 그의 부모님이지만, 인사를 안 드릴 수는 없었고 결국 된장찌개가 아닌 뷰가 좋은 한 덤섬집에서 뵙게 되었다. 먼저 그의 집에 들러 잠에서 깬 지 20분도 채 안 된 그의 손에 선물을 올려 보내고, 식당으로 이동해 아주머니와 아저씨를 기다리고 있었다.

'오본휘는 작년에 그 여자랑 이렇게 양가에 인사를 다녔겠지. 그때는 어땠으려나.' 재스민 티가 담긴 찻잔을 양손으로 감싸며 입구 쪽을 향해 고개를 내밀고 있었다.

'아주머니 문자 이후로 아주머니를 다시 볼 일 없을 거라고 생각했는데, 사전에 그때 일을 풀 기회도 없이, 이렇게 인사드리게 될 줄이야…. 결혼하기로 했으니 그 문자 사건은 눈을 감아야지. 이제는 예전과 다르시겠지?' 재스민 티 한 잔으로 목을 적시며 그렇게 숨을 가다듬던 순간. 그의 부모님이 눈에 들어왔다. 늘 그랬듯 아주머니가 대화를 주도하며 자리에 앉으셨다.

"기쁨 씨 오랜만이네요. 이게 얼마 만이지? 5년이 넘은 것 같네."
"네, 잘 지내셨죠? 네, 그 정도 된 것 같아요."
"그러게, 많이 성숙해졌네. 우리 둘째 며느리랑 두 살 차이밖에 안 나는데도 우리 둘째 주은이는 진짜 애기 같은데, 되게 기쁨 씨는 음, 뭐랄까, 되게 성숙해 보이네."

6년 전, 어머님 멘트에 당황하여, 아무 말도 못하고 애매하게 웃으며 오빠만 바라보았던 어리바리했던 내가 떠올랐다. 꽤 오랜 시간이 흘렀는데, 그날의 반복인가. '성숙'이란 단어의 "늙었다."라는 중의적 뉘앙스를 모르는 것이 아니었기에, 오묘한 기분이 드는 건 어쩔 수 없었다. 그냥 넘길 수도 있겠지만, 지난 문자사건 이후로 사과를 받은 적이 없었으니, 마음이 다시 까끌거렸다.

'왜 갑자기 누구는 애기 같고 누구는… 넘어가자. 아주머니와 잘 지내야지. 라포 형성이 1번이다. 오늘은 최대한 밝게 잘 대답하고, 과거는 잊자.' 혼자 다짐하며 웃으며 대답했다.

"아…. 하하, 이젠 나이가 들었으니까요. 뭐, 당연히."

"그치? 그래 기쁨 씨 나이가 있으니까. 그래서 아이는 빨리 가졌으면 하는데, 아이를 가질 생각이 있는 거죠? 아이 계획은 어떻게 하고 있나 싶은데. 우리 둘째네 보니 애기가 너무 귀엽더라고. 본휘도 조금이라도 빨리 아이가 생겨야 할 텐데."

"네? 어… 콜록콜록." 마시던 차가 목에 걸려 헛기침을 했다. 만나자마자 아이 이야기라니, 당황스러워 얼굴이 화끈거렸다.

"우리 손주가 하나 있는데, 너무 예뻐. 이제 둘 다 나이가 있으니, 아이가 걱정이네. 빨리 생겨야 할 텐데, 바로 낳아도 너무 늦어서." 갑자기 아버님까지 나서 말을 보태셨다.

내 나이 만 서른다섯을 찍은 지 얼마 지나지 않은 시점이었다. 자연임신이 불가능한 엄청난 만혼도 아니고. 결혼하고 몇 년간 아이가 안 생겼대도 며느리에게 시부모님이 아이 이야기를 꺼내는 건 조심스러운 일이다. 무엇보다 부부간의 일이니 다른 계획이 있을 수도 있고 아이를 간절히 바람에도 불구하고 사정이 있을 수도 있는 것이니.

그의 부모님이라지만, 오늘이 두 번째 뵙는 날이었다. 가족계획이 궁금하셨으면 아들에게 먼저 물어봤으면 될 일이다. 처음부터 아이 이야기를 하실 줄은 상상도 못 했다. 아직 결혼도 안 한 아가씨에게 적절한 멘트인가 싶었다. 대답하기 민망해 오본휘 쪽으로 고개를 돌려보니, 그는 찻잔만 쳐다보고 있었다. 본휘는 이것보다 훨씬 덜 부담스러운 질문에도 우리 아빠 말을 씹는 싸가지를 보여줬었는데, 나도 본휘처럼 그의 부모님 말을 무시하고 아무 말도 하지 말까 싶었다. 하지만, 그가 그런 식으로 굴었다고 해서 나도 똑같은 수준의 사람이 되고 싶지는 않았다.

"아… 저도 아이는 가지려고 생각하고 있어요."

"어, 그래 다행이네. 기쁨이네 엄마랑 나눠서 아이 봐주려고 내가 지금 운동도 열심히 다니고, 뭐 그러니까. 처음 만났을 때 결혼했으면 애들이 지금 학교 다니고 있을 텐데."

'오빠가 다른 여자랑 결혼한다고 하지 않았으면, 더 빠르지 않았을까요?'라는 생각이 머릿속을 스쳤다.

"내 친구들을 보니, 며느리가 로펌 다니면 애들이 빨리 안 생겨서 고생하더라고. 애부터 빨리 낳아야지, 애들이 얼마나 예쁜데."
"아… 네." 밥을 먹기 전부터 체한듯한 기분이 들었다.

"기쁨 씨 작년에 파트너 승진했다고 들었는데, 일을 좀 줄이고 몸 관리해서 우선 아이 갖는 거에 집중해야 하지 않을까?"

그 뒤로 그의 부모님이 한참을 출산의 중요성과 시급성에 대해 말씀하시는데, 그는 단 한마디도 끼어들지 않았다. "아 엄마, 뭘 그런 걸 가지고, 우리가 알아서 할게."라고 한마디만 해주었다면 얼마나 든든했을까. '오빠 내가 시우 이야기 나올 때 말했잖아. 아이 문제 언급하는 거 스트레스라고. 일찍 결혼한 친구들도 시험관에 힘들어하는 걸 많이 봐서, 지금 결혼하는 나는 더 걱정된다고 몇 번을 말했는데, 왜 부모님들 앞에서 한마디도 안 하는 건데?' 싶어 눈으로 SOS를 쳐봤지만, 오본휘는 그 마음을 아는지 모르는지 가만히 있었다. 결국 아이 이야기는 내가 "네 우선은 가정 꾸리는 데 집중할게요. 열심히 노력해 보겠습니다."라는 말을 뱉고 나서야 겨우 일단락되었다. 아직 결혼식도 안 했는데, "열심히 노력해 보겠습니다."라니. 그게 무슨 의미인데. 그렇게 말하고 싶지 않았지만 그렇지 않고서야 그 이야기가 끝나지 않을 것 같았다.

잠깐의 시간의 흘렀을까 그의 아버지가 말을 꺼냈다.

"그래도 이렇게 둘은 서로의 구세주네, 서로의 구세주야. 우리 본휘 나이도 차고 마흔 되도록 장가 못 가나 했는데."

오본휘가 결혼 못 하면 죽어버리겠다고 해서, 하려던 사업도 접고 그에게 기회를 주자라는 마음으로 이 자리에 앉아 있는 나였다. 그가 갑자기 나의 구세주로 변모할 줄은 몰랐다. 어머님과 아버님도 내가 오빠의 작년 파혼으로 불편해한다는 걸 알고 계신댔는데, '서로'의 구세주라니. 아들이 나랑 결혼을 한다는 사실만으로, 그가 나의 구세주라고 간주하신 건가? 그냥 "우리 아들의 구세주가 되어줘서 고맙다."라고 해주셨으면 훨씬 좋았을 텐데.

그러자 이에 질세라, 아주머니가 이야기를 이어갔다.

"너무 흥미로워. 이렇게 열심히 살아서, 기쁨이도 같이 전문직이고 하는 본휘네 커플이랑 둘째 상휘네랑 어떻게 살아갈지. 두 집이 다르니까. 서로 비교해서 지켜볼 일이 너무 흥미로워."

그러자 아버님도 어머님의 단어 사용이 부적절함을 캐치했는지 "뭘 그런 게 또 흥미로워."라고 바로 지적했는데 '흥미로움', '비교'라는 단어가 적절치 않음을 인식하지 못한 어머님은 아랑곳하지 않았다.

"아니, 왜~ 주은이랑 기쁨이가 살아온 환경이 다르고 하니까."
"…." 방금 무슨 말을 들은 거지?

'살아온 환경? 각자 삶에 대한 태도나 살아가는 방식이 아니고? 뭐가 얼마나 다르다는 거지? 둘째 며느리는 상장사 오너 딸로, 오본휘는 남동생 결혼 당시, 제수씨네 집안 검색까지 다 마친 것인지. 제수씨네 부모님 회사 상호와 규모에, 사돈댁 집 위치까지 친히 나에게 알려주었었다. 우리 부모님은 상장사 오너는 아니었지만, 부족함이라고는 없이 나를 키워주셨는데, 내가 오본휘 브모님께 살아온 환경에 대한 이야기를 들을 상황은 아니었다. 무슨 생각으로 저런 말을 하는 것일까? 때마침 딤섬 요리가 종류별로 나왔지만 어느 것 하나에도 젓가락이 가질 않았다.

 두 사람이 살아온 환경이 달라 어떻게 살아갈지 흥미롭다는 코멘트는, 상휘가 처음 처가댁에 인사 갔을 때, 부부가 될 상휘와 주은이 각자 살아온 환경이 달라 잘 맞을지 모르겠다는 맥락에서 상휘 장인어른과 장모님이나 할 수 있는 말이다. 같이 살 관계도 아닌, 동서지간을 두고 두 며느리가 살아온 환경이 다르니 두 집을 비교하겠다며 예비 시어머니가 아무 생각 없이 뱉을 수 있는 말은 아니다. 그때 분명히 "무슨 의미로 하신 말씀이세요?"라고 여쭈었어야 했는데, 그래야 유사한 멘트가 그 후로 난무하는 걸 막을 수 있었을 텐데. 그저 최대한 공손하게 아무 말도 하지 못했다.

 오본휘의 어머니는, "아 우리 본휘가 '오늘은' 말 많이 하지 말라고 신신당부했는데."라고 하더니 계속 질문을 이어가셨다.

 "기쁨 씨는 무슨 띠지?"
 "아, 호랑이띠요."
 "어머, 우리 본휘는 돼지띠인데, 아주 띠로만 보면…. 둘째 며느리는 용띠니까. 아휴 우리 집 며느리들이 아주 쎄에네에…. 작년에 우리 본휘 그런 일 있었던 걸로 기쁨 씨가 신경 쓴다면서? 살살 좀 해요."

 대화에도 격이 있는 법이다. 나라면, 내 아들이 작년에 파혼을 했고, 올해 그 사실을 다 아는 과거 여친을 결혼하겠다며 데리고 왔다면, "마음에 걸리는 일이 있어 미안하다. 더 잘해주겠다."라고 하거나, 미안하다는 말이 차마 입에서 안 떨어질 것 같으면 아들더러 옆에 앉아 있는 여자친구 속 썩이지 말고 잘 살라고 할 것 같은데. 상황을 알고 있다던 그녀의 워딩 수준은 듣는 내가 더 민망했다.

 뭔가 싸한 느낌이었으면 그대로 아무 대답도 하지 않거나, 그럼 어머님이 내 상황이라면 어떻게 하셨을지 되물었어야 했는데. 잠시 멈칫하다 며늘아기 모드로 활짝 웃으며 대답했다.

 "걱정하지 마세요. 저 오빠 좋아하니까 결혼하겠다고 한 거예요."

 괜찮지 않은데 괜찮은 척한 것, 대수롭지 않은 척해 버린 것. 그것이 문제였다. 괜찮지 않았으면, 아직 회복되지 않았으면, 표현을 해야 상대도 안다. 표현하기 어려웠다면, 적어도 아무렇지 않은 척은 하지 말았어야 했다. "제가 어머님 아들을 좋아합니다." 그도 우리 부모님 앞에서 해본 적 없는 말이었는데, 내가 나서 그렇게 고백했으니. 그 고백은 아주머니가 조금이나마 지고 있던 마음의 짐을 덜어주기에 충분했다. 그 실언은 아들의 파혼이라는 과거는 적어도 저 아가씨에게 는 흠조차도 되지 않는다는 착각을 하게 하고, 잘난 아들 오본휘의 어머니로서 계속 요구를 해도 된다는 인상을 심어주었다. 나의 멘트는 그리 말하는 화자의 선의를 헤아려 제대로 받아들일 수 있는 현명하고 마음이 넓은 어른에게나 할 수 있는 말이었는데, 그렇지 못한 미숙한 상대에게 너무 나를 낮춰 행동하였으니 당연한 결과였다.

아주머니는 눈에 힘을 주고 목소리를 더 낮게 깔며 느리게 말씀하셨다. "그렇지? 우리 본휘는 심성도 곱고 엄마 말에 어긋나게 행동한 적도 없는 순한 아들이에요. 인기도 많고, 학교 다닐 때도 여자애들한테 인기가 너어무 많아서 계속 집으로 전화가 와. 본휘가 자기 안 봐준다고 여자애들이 울고불고. 내가 걔네들 달래주고 그랬었는데, 기쁨 씨 정말 괜찮은 남자 만난 거 알죠?"

이건 6년 전 **"기쁨 씨는 좋겠다. 우리 본휘 같은 애를 잡아서."** 의 다른 버전인가? 내 남자가 다른 여자한테 인기가 많으면 기뻐해야 할까? 평소라면 웃어넘기겠지만. 지금 같은 상황에 이게 적절한 이야기인지는 잘 모르겠다.

"하하, 오빠가 그렇게 순한가요? 오빠 고집도 세고 화나면 완전 무섭고 그런데."

그러자 아버님도 "그치, 이 녀석이 고집부릴 때는 대단하지."라고 내 말에 동의를 해주셨고, 나는 아버님을 향해 함박웃음을 지어 보였다.

다만 그 순간 어머님의 표정이 바로 굳어가는 게 내 시야에 그대로 들어왔는데, 그녀는 아들 칭찬을 이어갔다.

"우리 본휘가 얼마나 주변 사람들, 특히 나한테 얼마나 배려를 잘하는 앤데. 내가 둘째 앞에서는 이런 말 꺼내기 좀 그렇긴 하지만 사실 내가 상휘랑은 그 뭐야 그 'Bond'가 없는데, 본휘는 좀 특별해요. 되게 엄마 생각 많이 하고, 따뜻한 아들이야. 나한테 거절 한번 한 적 없어. 근데, 그런 아들이 최근에 기쁨 씨 만나고 자꾸 집 이야기 하면서 나한테 짜증을 내고 그래. 기쁨 씨 때문인가?"
"아… 네. 오빠, 요새 그랬어? …왜?"

오본휘는 아무 말도 들리지 않는 척 어찌나 옆에서 잘 먹고 있던지. 어머님은 나를 보고 이야기하셨지만 뭐라고 할 말이 없어 그에게 고개를 돌려 물었다. 하나 그는 하나 남은 딤섬만 내 접시에 옮겨놓을 뿐, 아무 대답도 하지 않았다.

'오빠 원래 그런 사람이에요. 모르셨어요?'라고 대답하고 싶었다. 오본휘가 얼마나 짜증이 많은데. 부동산에 대한 관심이야, 20대부터 오본휘는 어디에 어떻게 투자해야 한다는 둥 원래 그쪽으로는 밝았다. 예전부터 어머님도 여기저기 부동산에 다니며 투자정보를 알아와, 아들에게 알려주시는 분이라고 들었고.

나를 만나고 나서 오본휘가 짜증이 늘었다니, 나 때문이냐니, 내가 그를 조종이라도 한다는 건가. 아주머니가 주는 차가운 바이브가 그런 확신을 더해주는 것 같았다.

생각해 보면, 오본휘를 만나고 요즘처럼 매번 그와 전화할 때마다 아주머니가 계속 그의 방에 들어와 그에게 말을 걸었던 적은 없었다. 오빠가 나를 데려다주고 집에 들어가면 보통 60대 어른들에게는 상당히 늦은 밤인 11시경이었다. 우리는 늘 그때쯤 통화를 했는데, 그녀는 한밤중에 과일을 주신다거나, 그 긴 낮 시간을 두고 그때서야 빨래를 가져다주신다며 불쑥불쑥 들어왔다. 내가 눈치를 보다 어머니 들어오셨으면 끊자며 전화를 끊은 적이 셀 수 없었다. 최근에도 그녀가 또 통화 중인 그의 방에 들어왔고, 어머니가 나가는 문소리가 나자마자 오본휘가 "아, 엄마 왜 자꾸 들어오는지 모르겠어."라고 투덜댄 적이 있었다. 그때 수화기 너머로 나까지 깜짝 놀랄 정도의 큰 소리로 어머니의 불호령이 떨어졌다.

"오본휘, 당장 나와봐."

그는 그날 나랑 결정하기로 했던 스냅숏 업체를 정하지 못했다. 대신 어머니가 서운하셨다는 이야기를 한 시간 이상 들어야 했으며, 새벽 1시가 다 된 시간까지 어머니를 달래드렸다고 했다.

  자식이 없어 모르겠으나, 여러 자식 중 조금 더 친밀감이 드는 자식이 있다는 건 아이를 낳은 친구들을 통해 가끔 들은 적이 있었다. 그렇다고 누가 더 애착이 간다는 것을, 더 예뻐하는 아들의 아내로 집안에 들어올 사람에게 대놓고 꺼내는 것은 부담스러운 일이다. 그가 두 아들 중 어머니의 절대적 원픽이라는 점은 오래전 그의 부모님과의 첫 만남 때도 들어 처음 듣는 이야기는 아니었다. 하나, 내 남편 될 사람에 대한 예비 시어머니의 애착도가 높고 사랑이 절절하다는 점은 며느리로서는 그렇게 반가운 사실이 아니다. 그 자리에서 그가 "엄마 뭐 그런 이야기를."이라고 한마디라도 거들었다면, 그저 일방적 아들 사랑이려니 하고 넘겨보겠지만, 오본휘는 엄마의 원픽이라는 점이 만족스럽다는 듯한 얼굴로 너무도 당연하게 딤섬을 씹고 있었다. 작년에 파혼했던 그 여성에게도 어머님이 이런 이야기를 하셨던 거라면, 어머님이 덜 집착하는 둘째 아들은 금방 장가를 갔고, 지극히 사랑하는 큰아들은 아직 엄마의 품을 벗어나지 못했다는 전개가 너무도 잘 이해가 되었다.

  "요새 기쁨 씨 회사 복귀하고, 결혼준비까지 하느라 정신없다면서요? 우리 아들이 너무 바빠서, 결혼준비 혼자 다 하고 있다고 들었는데."

"네, 오빠가 저 미국에 있을 땐 자기가 다 준비해 놓을 테니 결혼 승낙만 해달라고 하더니, 아무것도 안 해놨어요. 오빠 진료시간에는 통화 같은 건 어려워서 제가 낮에 이것저것 찾아보고, 회사 일은 밤에 하느라 힘들어요. 오빠가 좀 더 많이 같이했으면 좋겠는데."

올해는 시장이 활황이라 다들 허덕이고 있었다. 동료들 상황 뻔히 알면서 일을 안 받을 수도 없었고, 복귀했다고 밥 약속도 많아 당시 내 수면시간은 일주일에 다 합쳐도 30시간 남짓 되는듯했다. 더 바쁜 건 오빠가 아니라 나였다.

"우리 아들이 바빠서 그렇겠네, 기쁨 씨가 고생해야지. 근데 우리 상견례를 못 해서, 요새 4인 제한인가? 우리 그 식장 시식할 때 기쁨 씨 부모님이랑 다 만날 수 없나?"

그러자 아버님은 "이 사람, 요새 룰이 4인인데 그걸 어기려고 해. 매번 안 되는 걸 무조건 우기면 되는 줄 알아. 기쁨 씨 신경 쓰지 말아요. 이 사람이 꼭 이렇게 안 되는 걸 고집부려."라고 커트하셨다.

"아니 그래도 결혼도 얼마 안 남았는데 예식장 시식 때 보고 또 따로 만나고 하면 번거로우니까, 기쁨 씨 좀 알아봐요. 그거 해달라고 하면 해주겠지. 좀 해달라고 해, 알겠죠?"
"지금 방역 수칙상 6명이 식사하는 건 어려울 텐데요, 그냥 어머님들끼리만 먼저 같이 시식하시면 어떨까 했는데…. 시식으로 상견례를 한다는 게, 흠… 알아볼게요."

"난 기쁨 씨랑 잘 지낼 수 있을 것 같아. 내가 예전에 선물도 주고 그랬던 거 기억나죠?"

"아, 네. 그 파운데이션."

마크트웨인의 친구로 더 잘 알려진 미국의 수필가, Charles Dudley Warner는 말했다. 선물의 가치는 그 적정성에 있는 것이지 값어치에 있는 것이 아니라고. 평소에 화장을 하지 않지만, 주신 선물이라 써보려고 했다. 파운데이션이라는 건 피부 톤과 맞아야 하는데, 그 제품은 차이가 많이 나 결국 버릴 수밖에 없었던 그때가 떠올랐다.

"내가 기쁨 씨 맘에 든다고 문자도 보내고, 그치?"
"아… 네."

'안 그래도 그때 그 마지막 문자 때문에 얼마나 속상했는지 말씀드리고 싶었는데, 먼저 말씀해 주시니 그때 왜 그러셨는지 여쭤봐도 될까요? 그 문자 받고 서러웠습니다.'라는 말이 목구멍까지 차올랐지만, 입을 다문 채 굳은 눈으로 입술만 웃어 보였다.

"우리가 보물선이 들어오면 기쁨 씨 다이아몬드 반지는 꼭 하나 해주려고 생각하고 있어요. 이렇게 말만 하는 건 절대 아니고."

"네? 보물선이요?"

"아 그런 게 있어요. 우리 상가 팔리고 하면 뭐 꼭 반지는 해줄게."

이미 내 반지 때문에 두 분이 이혼 이야기까지 나올 만큼 다투셨다는 걸 들었는데, 다이아몬드라니. 받으면 절대 안 될 것 같았고 정말 받고 싶지도 않았다.

"아녜요, 진짜 괜찮아요. 저 오빠랑 금반지로 커플링 했고, 다이아몬드 끼고 다니기 번거롭기도 하고요. 아버님 보세요, 진짜 예쁘죠?" 왼손 네 번째 손가락을 보여드리며 말했다.

"기쁨 씨 친구들 예물로 샤넬 받고 다이아몬드 받고 그럴 텐데, 다들 자랑하고 그러지 않아요? 어쩌지, 부러울 텐데?" 어머님이 물으셨고,

"자네 같으면 그걸 부럽다고 여기서 말하겠어?" 아버님이 말을 받았다.

"아녜요, 제 친구들 중엔 예물로 자랑하는 애도 없었고, 그런 게 중요한 것도 아니니 누가 뭘 받았다고 해도 부럽지 않습니다." 진심이었다. 내 남편이 속 안 썩이고 나만 위해주면 그건 자랑스럽겠지만, 돈으로 살 수 있는 건 부럽지 않았다. 그런 게 뭐라고.

내 친구들은 가방, 예물, 이런 걸 가지고 자랑하는 사람들이 아니었다. 남자가 결혼하면서 집을 해 온 경우가 다수이긴 했지만, 그것을 자랑하는 친구는 단 한 명도 없었다. 아니 조금 더 정확히, 그들이 자랑한다고 느껴본 적이 없었다. 같이 살 파트너가 얼마나 잘해주는지, 마음을 편하게 해주는지, 그런 포인트는 내 친구들이 자주 자랑했고 자랑할 만하다 생각했지만, 물질적으로 과시하는 사람은 내 진짜 친구 중엔 없었다. 오본휘의 배금주의가 어디서 온 건지 짐작이 간다. 문득 예식장 취소기한이 어제까지인 것이 아쉬웠다.

"그래도 기쁨 씨 진짜 시집 잘 가는 거 알죠? 본휘 아빠 30년 넘게 직장생활 해서 연구소장 되어서야 받았던 월급, 본휘 전문의 따고 한두 해 지나 아빠보다 훨씬 더 잘 벌어 왔으니까. 내가 집 사라고 알려줘서 지금 아파트도 한 채 있고, 자기 병원도 하고 있고, 내 아들이지만 너무 훌륭해요, 정말."

동물은 상대를 유혹하기 위해 공작처럼 몸을 부풀리지만, 동시에 상대를 위협하기 위해서도 일시적으로 덩치를 키운다. 유혹과 위협, 일견 서로 180도 다른 목적인 듯하나, 상대를 자기가 "원하는 대로 조종"하기 위함이라는 공통의 목표가 있기에 동물은 그 순간 자신을 더 크게 만들어 상대를 압도하고자 동일한 전략을 택한다. 복어는 위험을 감지하면 순식간에 뾰족한 돌기들이 나타나며 바닷물을 흡입하여 몸을 팽창시키고, 개구리와 두꺼비는 공기를 빨아들여 몸을 잔뜩 부풀린다. 찰스 다윈의 《인간과 동물의 감정표현》을 보면 그 비슷한 사례는 수없이 나열되어 있는데, 150년 전에도 그 데이터가 상당했던 걸 보면 이러한 동물들의 자기 과시는 모든 동물에 내재된 본능적 언어이다. 아! 참고로, 어쩌다 자식 사랑의 대명사가 되어버린 고슴도치도 위기상황이라고 인지하면 몸을 부풀리고 가시를 곤두세우는데, 마지막 방패막이로 가시를 한껏 세운 고슴도치를 발견한다면, 그저 피하는 것이 상책일지도 모른다. 그 가시에 박혀 깊은 상처를 입기 전에.

"우리 본휘 잡아서 좋겠다."의 세 번째 버전이다. 몇 년이 지났는데도 어머님은 그대로였다. 내가 알기론 그가 나보다 잘 벌었던 적이 없었다. 그가 더 벌면서 수입을 숨기고자 나에게 거짓말했던 것이라면 같이 살 사람에 대한 신뢰에 금이 가는 문제였고, 내가 아는 사실이 맞다면 그런 물질적인 기준에 비추어 '시집 잘 간다.'는 말을 예비 시어머니에게 들어야 할 처지가 아니었다. 집이 있다고는 하나 집값의 절반 이상의 빚은 내가 갚을 예정이었고, 그의 병원이 갑자기 잘된다고 한들, 괜한 힘을 들이지 않고 지금 내 자리에서만도 그 이상의 수입을 벌어 올 자신도 있었다. 혹여나 오빠가 나를 한창 만날 때는 나보다 못 벌다가, 아주머니 말대로 그 뒤로 그렇게 잘 벌게 되었고, 그 시점에는 다른 여자를 만난 거라면, 그것도 씁쓸한 이야기였다. 어떤 경우의 수건, 시집을 잘 간다는 근거로 나열되기에는 적절치 않은 것들이었다.

잘하는 결혼이라고 생각했다. 서로 가지고 태어난, 그리고 지금까지 쌓아온 소위 조건이란 것을 보고 가까워진 사이가 아니었으니. 서로 어렸을 때 계산하지 않고 마음으로 좋아했던 사이라, 적어도 그때는 나의 마음, 그리고 내가 느끼기에 그의 감정도 순수했다. 그토록 좋아했던 사람과의 결혼만큼 잘하는 결혼이 어디 있을까 싶었다. 지금 이 나이에 새로운 사람을 만나면 내 배경을 차치하고 누가 또 그 사람만큼 진심으로 나라는 사람을 원할 수 있을까? '이제는 이렇게 내가 아니면 안 된다고 말하는 사람을 만나기 쉽지 않을 것 같다.'라는 생각에서 결심한 결혼이었다. 그래서 이 정도로 서로를 속속들이 알면서 이 정도의 마음으로 결혼을 하는 거면, 잘하는 결혼이라고 생각했다.

그가 개원의에 집이 있는 사람이 아니라 우리가 처음 만났던 순간처럼 아무것도 없이 인턴을 하다 도망친, 미래가 불투명한 군인으로 돌아간다고 해도, 그가 불의의 사고를 겪어 내가 그를 책임지고 가야 하는 순간이 온다 해도 이 선택에 책임질 수 있을 만큼의 오본휘에 대한 진심이 있었다. 과거에 다른 여자와 식장에 들어가려고 했던 그의 선택이 미웠지만, 밉다는 건 내가 그를 그만큼 생각한다는 방증이기도 했으니. 이런 내 마음을 아는지 모르는지 아주머니는 계속 말씀을 이어가셨다.

"집 계약했지? 첫 시작이 좀 너무 작고 그렇지? 집이 작아서 불편할 것 같아. 안 좋게 시작하더라도 참고 키워가면 되는 거니까."

"차린 건 없지만 많이 들어요."는 음식을 준비한 호스트가 게스트들에게 하는 말이듯, "집이 작지만 참아라."라는 건 집을 해준 사람이 하는 말이다. 게스트가 음식 준비해 준 집주인에게 "차린 건 없지만"이라고 말하는 것은 상식이 있는 사람이라면 뱉기 어렵다. 나도 원하던 집인 것은 아니었으나, 어머님 아들이 복비 좀 줄여보자고 선택한 아파트였다. 그의 의견대로 따랐고, 전세금은 다 내가 준비하는 것이었는데 그녀는 "첫 시작이 좀 작고 그렇다."라고 한다.

요리가 바뀌었지만 먹지 않은 음식이 담긴 앞접시가 쌓여간다. 젓가락으로 요리를 들었다 놨다 하며, 머리로는 자꾸 나를 체크해 본다. 과거에 "집 해 오는 여자 많은데 왜 기쁨이 만나냐."라고 하셨던 아주머니의 멘트가 마음에 맺혀, 색안경을 끼고 그녀를 보는 걸까. 확증편향의 발현이어서는 안 된다.

자자, 반대로 생각해 보자. 남자가 전세 보증금을 100% 해오는데, 여자네 엄마가 "첫 시작이 너무 작고 불편하겠지간 그래도 좀 참고 지내요."라고 하면 듣는 남자 기분은 어떨까. 우리 집에선 결혼자금을 지원해 주시면서도 오본휘 앞에서 집에 대해서는 단 한 마디도 안 꺼내셨는데. 지난 10년간 숱한 클라이언트들을 상대하며 쌓아온 내공에 웬만한 건 흘려버릴 수 있는 나지만 이건 좀 이상했다.

집은 100% 내가 하는 거라고 말씀드려야 하나. 내 옆에 앉아 있는 이 남자는 본인 집에 우리 상황을 공유했다고 했었는데, 혹시 이 사람 아무 말도 안 했던 걸까.

"나는 우리 아들들 식사가 제일 중요해서, 중학교 때 애들 아침에 지각해서 운동장을 돌게 하더라도 밥은 꼭 먹여서 보냈어요. 기쁨 씨한테 당부하고 싶은 건 아침을 잘 챙겨줘야 한다는 거. 세상에 우리 애들 시리얼 같은 걸로 아침을 때운 적이 없었는데. 상휘는 주은이 개가 아침에 바나나 하나 먹고 그러니, 결혼하고 나서는 겨우 시리얼 먹고 다니는 것 같더라고, 속상하게."

먼저 결혼한 친구들이 말하길, 시댁과의 관계는 계속 잘해주다가 딱 한 번의 실수만 있어도 서운함이 몰려오는 관계라고 했다. 근데 이건 잘해준 적 자체가 없었을뿐더러 시작부터 뭔가 이상했다. 오늘 계속 "네네."만 하고 있었지만, 할 수 없는 건 미리 말씀드려야지 나중에 거짓말을 하고 싶지는 않았다.

"어머님, 제가 일이 많아서 새벽 퇴근도 잦아요. 회사에서 집까지 한 시간 넘게 걸리니, 새벽에 퇴근해서 씻고, 오빠 출근 전에 밥 차려주려면 6시에는 일어나야 하고. 그럼 너무 힘들⋯."

말이 다 끝나지도 않았는데, 그녀는 갑자기 아들 쪽으로 휙 돌아보며 "아니, 그럼 집을 왜 그렇게 잡았어?"라고 묻는다.

목소리가 없는 것 같았던 이 남자는 그제서야 오늘 식사 주문 이후 처음으로 입을 열었다. "아, 우리 8개월만 살 거니까, 8개월짜리 구하기 힘들어서 장일이네 들어간 거야."

"기쁨 씨가 아침을 못 할 것 같으면, 나는 애들 아침 안 먹으려고 할 때 사과랑 당근 갈아서 내려주거든? 그런 주스라도 좀 챙겨서 먹이면 좋겠는데."

오본휘는 입에 본드를 바른 건지, 말 한마디 뻥끗하지 않았다. 결혼만 해주면 매일 아침을 차려주겠다던 그 남자는 어디로 간 건지. 나를 방치해 두고 있었다.

"어머님… 그럼 아침 배달을 시키든지 그럴게요. 아님 입주 이모님 도움받을 생각도 있고요, 직접 하는 건 잘…."
"그러면 아침을 챙겨서 먹이고, 내가 기쁨 씨를 회사까지 데려다줄게. 우리 아파트에 엄마들도 보니 딸들 회사 라이더 해주던데, 지금 들어가는 그 동네랑 우리 집 가까우니까 연락해. 내가 데려다줄게요."
"아녜요. 신경 써주셔서 감사합니다. 근데 정말 괜찮습니다."

아버님이 그의 아내와 나를 빠르게 번갈아 보는 눈빛이 느껴졌다.

아버님은 갑자기 질문을 하셨다.

"기쁨 씨, 얼마 전 책을 읽다 궁금한 건데, 아 그 대륙법과 보통법이 뭐가 다른 거지? 난 그걸 잘 모르겠더라고?"

새 토픽에 그나마 편안함을 느껴, 최대한 자세히 설명을 드렸다.

"보통 대륙법이라 하면 독일법, 프랑스법에서 유래해서 한국이나 일본처럼 성문법 체계를 갖춘 법계를 의미하고, 보통법은 영미법이라고도 쉽게 치환해서 일컫는데, 판례에 의해 판단을 내려요."
"기쁨 씨는 말도 똑똑 떨어지게 잘하고 야무지네. 둘째 며느리는 뭘 시키면 계속 '오빠~ 오빠~' 상휘만 불러대고, 대답도 잘 안 하니 속을 알 수가 없는데. 허허, 기쁨 씨는 시원시원하니 좋네."

오늘 처음으로 듣는 칭찬이었다. 그러자 아주머니는 왼손을 오른쪽 목에 갖다 대고 두어 번 문지르더니 살짝 당황스러운 기색을 내비쳤다. 그리곤 몇 초 지나지 않아,

"뭘 그래, 주은이가 철이 없어서 그렇지. 얼마나 아이 교육에도 철저하고 엄마로서 자세가 딱 되어 있는 아이인데. 지금 우리 시우가 9개월이 되었나, 근데 영어공부도 시작해서 교재도 많이 사놓고, 유치원도 정해두고 그렇게 미리미리 해놔야 하는 거거든. 근데 그걸 주은

이가 다 챙기고 있더라니까."

둘째 아들이 시리얼만 먹고 다닌다며 며느리를 못마땅해하던 아주머니는 온데간데없이, 갑자기 며느리 교육열에 대한 칭찬이었다.

"아기가 벌써 영어책이 있어요? 진짜 일찍 시작했네요."
"아니지, 돌 되기 전부터 그렇게 쭈욱 가르쳐야 뒤처지지 않지. 기쁨이는 엄마로서의 자세가 안 되어 있네."

교육에 대해서 이야기하시길래 어머님과 대화를 이어가 보려고 했을 뿐인데. 갑자기 엄마로서의 자세를 운운하실 줄이야.

"기쁨 씨는 종교 있어요?"
"아니요, 무교입니다."
"우리는 기독교인데, 결혼하면 같이 교회도 다니고 좀 그래 봐요."
"아…."
"어렸을 때부터 본휘는 교회 가자고 하면 잘 따라가고 그랬는데, 상휘는 말을 듣질 않았어. 근데 종교가 있는 게 참 좋아요. 주은이는 가톨릭인데 그래서 얼마나 좋은지. 상휘도 결혼하고 주은이 따라 성당 다니고 아이도 세례받고 하는 거 같은데 그게 상휘한테 힘이 되는 것 같아서 너무 좋아 보여."

종교에 아이 교육에…. 지난 11년간 오본휘가 교회 가는 걸 단 한 번도 본 적도, 들은 적도 없었다. 모르겠다. 나와 마지막으로 만났던 그 시점 이후로 갑자기 교회를 열심히 다녔는지도. 상휘가 먼저 결혼하지 않았더라면 오늘 대화 소재가 없었겠다 싶었다. 모든 이야기가 조카 시우, 주은 씨로 깔때기처럼 '기-승-전-둘째네'로 흘러가고 있었다.

"둘이 결혼은 최소한으로 가기로 했다며? 식장부터 너무 저렴하게 하는 거 같아."
"오빠 병원이 적자이기도 하고, 요새 결혼식 50인 제한이 있어서 25인씩 하면 가족이랑 절친 몇 명이면 끝나더라고요. 그래서 작게 하기로 했어요."
"아… 그래? 뭐, 그렇다면야. 그래도 오늘 보니, 나는 기쁨 씨랑 되게 잘 지낼 수 있을 것 같은데."
"아, 네."
"그럼 디저트도 다 먹었는데 일어날까." 아버님이 자리를 마치시려는데 오빠가 외쳤다.

"엄마, 내 카드로 계산해."

우리 집에 오빠가 인사 왔을 땐 나는 당연히 우리 부모님이 계산하시는 거라고 생각하고, 신경도 안 썼는데.

"아냐, 오늘은 그냥 다른 걸로 할게." 어머님은 카드를 내보이시며 먼저 일어나셨고 그렇게 식사는 마무리가 되었다.

그의 부모님과 헤어지고 나니, 이제야 입이 트인 건지 그가 말을 쏟아내기 시작했다.

"하기쁨, 말 잘하더라? 적자? 그런 이야기를 왜 해? 엄마한테 한 번도 그런 이야기 한 적 없는데, 엄마 놀랐을 거 아냐? 너한테는 안 좋은 쪽으로 세게 말해둔 건데, 엄마 앞에서 그러면 어떡해?"
"왜 그렇게 해? 난 걱정시키고, 어머님은 무조건 평안하게 해드려야 하는 거야? 어머님을 보호한다고 해도 나한테 굳이 더 안 좋게 이야기하는 건 뭔데? '내 사람 걱정시키지 말아야지.'라고 생각하는 게 정상 아니야?"

마"찮"가지

치이익….

어, 다 탄다!!! 깜빡하는 사이 바질 페스토와 고다치즈가 프라이팬에 눌어붙어 연기가 자욱했다. 급히 환풍기를 켜며 고개를 세차게 가로저었다. '제발 그만 생각하자.'

아무리 그와 집안일을 나눠서 하기로 했다지만, 사실 음식은 80% 이상 내 담당이 될 것이라 각오하고 있었다. 그는 결혼만 해주면 매일 아침을 해주겠다고 약속했지만, 게으른 오본휘가 지킬 리가 없다는 건 안 봐도 비디오였다. 그저 결혼을 하면 몸에 좋지 않은 메뉴로 아침을 때우고 지내오던 오본휘의 식습관을 바꿔주고 싶었다. 그릭요거트, 적당량의 과일, 가끔은 따뜻한 오트밀 아님 샐러드 배달. 탄수화물이 덩어리가 아니라, 뭐든 항산화에 좋은 슈퍼푸드가 곁들여진 식사이면 했다. 나도 집에서는 아침 한번 해본 적 없었고, 엄마가 챙겨주는 아침마저도 바빠서 못 먹고 나간 적이 수두룩했지만, 결혼 후에는 가족 건강을 챙기는 건 내 몫이려니 생각했다.

엄마는 내가 어렸을 때부터 우리 건강을 신경 쓰시느라 햄버거 같은 간식도 직접 패티부터 다 만드시던 분이었고, 아침은 늘 새로운 국, 그리고 따뜻한 생선이나 새로운 전, 고기반찬을 포함한 5첩 이상의 식사였다. 저녁에는 가족이 다 모이기 힘드니, 아침이라도 든든하게 먹고 가라는 엄마의 사랑이자 정성이었기에, 나는 그렇게 꼬박꼬박 아침을 먹는 게 기본값인 사람이었다. 그래서 누구와 살게 되더라도, 무엇보다 내가 챙겨 먹어야겠기에, 아침만큼은 엄마가 해주시던 수준의 반의반도 안 되겠지만 건강하게 잘 먹고 다니고 싶었다. 다만 내 요리 실력은 실력이라 말할 무언가도 없었기에, 배워야 했다.

그의 최애 메뉴는 파스타였다. 일을 마치면 집에 가서 어머니에게 밥 차려달라고 하기 죄송하다며, 늘 마트 푸드코트에서 혼자 저녁을 먹곤 했는데, 매일 같이 토마토치즈파스타를 먹었다. 다양한 메뉴를 먹었으면 해서 솥밥 같은 다른 메뉴를 추천해 봐도 늘 같은 메뉴였다. 의사들이 애용하는 한 커뮤니티엔, 개원의라면 그날 매출에 따라 저녁 메뉴가 달라져야 한다며 그 급을 김밥, 햄버거, 돈가스, 초밥으로 나눠 현황을 공유하는 유명한 글이 있었다. 본휘는 그 기준에 따라 본인은 햄버거 이상으로 넘어가선 안 된다며, 맥도날드로 때우는 날 외에는 고민 없이 늘 파스타였다.

　이에 결혼 후에는 그가 집에서 맛있는 파스타를 먹었으면 해서, 그즈음 원격으로 요리 클래스를 듣고 있었다.

"오빠 나 오늘 쉬림프 파스타 배웠는데, 조금 맛이 애매했어."
"귀여워, 조금씩 하다 보면 늘겠지."
"맛없어도 내가 만들어 준 거는 다 먹어야 돼, 알겠지?"
"그럼, 아기가 힘들게 만들어 준 거 다 먹어야지 걱정 마. 나도 주말엔 베이컨이랑 계란이랑 또 생선이랑 뭔가 굽는 건 내가 다 할게. 아기는 불 쓰지 마."

　대충 만들어도 그럴듯한 맛이 날 때가 있어 요리가 좀 늘었나 싶었으나, 오늘은 그의 어머니 생각에 팬에 올려둔 재료를 그대로 다 태웠다. 굳이 "우리 아들 아침은 챙겨 먹여라."라고 하지 않아도 내가 먼저 내 가정을 위해 노력을 하고 있었는데.

　전업주부라면 가사 분담의 일환으로 아침 식사를 전담할 수도 있겠지만, 내가 이 가족의 주된 수입원이 될 가능성이 높은 상황에서, 이게 뭐지 싶었다. 반대로 남자 혼자 벌거나, 맞벌이하는 가정에 대고 처가에서 "우리 딸 건강을 위해 음식은 자네가 전담해서 직접 해 먹이게."라고 한다면 시댁에서는 뭐라고 했으려나.

결혼 후에 내가 그리는 삶은 나의 아이를 낳아 배우자와 공동육아를 하는 것이었다. 한데 결혼하는 순간 내 아이가 아닌 어머니가 기르던 아들을 바통 터치받아, 내 아들마냥 기르는 게 나의 의무인 양 강요받는 상황이 싫었다.

내게 당연하지 않은 것을 너무 당연한 듯 말씀하시는데, 집안 분위기가 이렇게 다를 수 있는지. 그의 할머니 댁과 우리 할머니 댁에 방문했던 그날이 다시 불현듯 떠올랐다.

같은 여름 과일이지만 포도와 복숭아는 맛도, 모양도, 먹는 방법도 다르다. 같은 시대에 자식들을 길러낸 비슷한 연배의 두 할머니였지만, 자식을 대하는 태도 그리고 전반적인 가풍은 포도와 복숭아처럼 완전히 달랐다. 딸이 귀해서 힘든 일은 남자가 하고 딸이나 며느리를 아들보다 아끼는 우리 할머니 댁과, 남아선호사상이 뿌리 깊어 아들이 최고로 대접받는 그의 할머니 댁. 할머니 대까지 굳이 올라가지 않더라도, 자식의 주체적인 결정을 중요시했던 우리 집과 부모님 말이 곧 법이었던 그의 집안 문화가 다른 것쯤은 알고 있었다. 그렇지만 결혼준비를 할수록 막연했던 사실이 더욱 명확하게 다가왔다.

일주일 간격으로 양쪽 할머니 댁에 인사를 가기로 하고, 서울에 있어 가까운 우리 할머니 댁에 먼저 들렀다. 어른들을 불편해하는 오본휘라 들어가기 전부터 일찍 나오기로 미리 약속해 두었었는데, 할머니가 어찌나 오본휘를 예뻐해 주시던지, 예정된 시간이 지났는데도 그는 일어날 생각을 하지 않았다. 할머니는 배가 부르다는데도 탐스러운 포도송이를 씻어다 오본휘 앞에 가져다주셨고, 그는 제 앞에 놓여진 통통한 포도를 끊임없이 뜯어 먹었다. 가는 날이 장날이라고 그날따라 삼촌이 놀러 와 있었는데, 삼촌은 취미로 시작했음에도 한식조리사 자격증까지 가지고 있었다. 길지 않은 대화로 집안일에는 우리 둘 다 문외한임이 드러나자, 삼촌은 '요알못'인 우리에게 사촌 동생들이 좋아한다는 간단한 요리를 추천해 주시기도 했다.

그는 우리 집의 화기애애한 분위기에 매우 놀랐고, 우리의 계획보다 더 긴 시간을 머물다 할머니 댁에서 나올 수 있었다. 놀라하는 그를 보며, 그의 집안 분위기가 짐작되지 않았다. 사실 오본휘는 본인 할머니 댁에 그다지 가고 싶어 하지 않았는데, 상휘가 결혼 전에 할머니 댁에 인사 가지만 않았더라면 자기도 안 갔을 거라며, 얼굴도장만 찍고 오는 것이 목표라고 했다.

그의 할머니도 혼자 살고 계셨다. 할머니는 그를 반갑게 맞아주시더니, 과일을 먹으라며 우리가 사 간 복숭아 상자에서 복숭아 두어 개와 칼을 꺼내 아무 말도 없이 내 앞에 놓아주셨다. '이 복숭아를 내가 깎아야 하는 상황이겠지?' 싶어 잠시 멈칫했지만, 이내 칼을 쥐었다. 과일을 깎아본 적이 언제였던가. 칼을 잡는 손이 불안불안했다. 그의 할머니는 계속 자식들과 그 배우자들 흉을 봤다. 매우 잠깐 노인정에서 본인이 그림으로 상을 받았다 자랑을 하시더니, 다시 다른 자식들에게 서운한 점을 손자에게 털어놓았다. 물론 간간이 우리 의사 손자 너무 예쁘다며 문맥과 상관없이 칭찬을 곁들이시는 것도 잊지 않으셨고. 그걸 들으며 나는 그냥 그의 뒤에서 복숭아를 깎아 그와 할머니 앞에 놓아두었고, 할머니와 손자가 삐뚤빼뚤한 복숭아를 먹는 동안 그저 손을 씻고 그의 옆에 앉아 있었다.

 길지 않은 시간을 머무르다 나왔지만, 나에겐 아무런 질문도 없었다. 처음 찾아뵙는 자리에서 복숭아만 깎다가 만나보지도 않은 그의 친척들 험담을 잔뜩 듣고 나오다니. 게다가 그는 투명인간이 되어버린 시간에 아무런 불편함을 느끼지 못한 것 같았다. 복숭아는 나의 최애인데도 깎아 내어놓으려니, 막상 나는 먹을 수도 없었던 그 축축하고 무거운 시간. 뭔지 잘 모르겠지만, 그 공간에서 나는 나와 맞지 않은 꽉 끼는 옷을 입고 앉아 있는 마네킹이 된듯했다.

 음식 챙기는 것. 자발적 선의로 그를 위해 원래 하려던 일이었음에도, 나를 배려하지 않는 그의 어머니의 태도 때문에 심리적 역반응이 일었다. 50년 전 청개구리 효과를 제창했던 잭 브렘이 말했던가, "나의 자유는 위협받았고 이는 회복시켜야만" 했다. 나그네의 옷을 벗기는 것은 따뜻한 햇살이지, 세찬 바람이 아니다. 처음부터 그녀가 그런 말을 안 할 성정을 가지고 있었다면 제일 좋았겠지만. 그런 결의 사람이 아니고, 아들은 그런 어머니를 알고 있었을 텐데. 내가 그런 말을 직접 듣지 않게 세팅해 놓을 수는 없었던 걸까? 내가 우리 부모님께 나를 깎아내려 결혼 승낙을 받았던 것처럼, "엄마 아들 파혼도 한번 했고, 빚투성이다. 실은 생활비도 마통으로 막고 있다. 누가 나 같은 사람 만나주겠냐, 기쁨이 아니면 결혼 못 한다." 정도는 먼저 늘어놓아 스스로를 낮춰두었어야 했다. 그래야 본인 아들만 최고라 여기는 그의 어머니가, 자식의 파트너도 막 대해서는 안 된다는 걸 아셨을 테니.

그녀의 지난 식사 때 멘트를 나도 모르게 계속 곱씹고 있었다. 남이라면 불편한 멘트를 되새김질해 좋을 일이 없으니 흘렸겠지만, 내게 또 다른 어머니가 되실 분이었기에 이 상황을 풀어야 한다는 생각에 멈추기 어려웠다.

그를 만나는 그 오랜 시간 동안 이런 생각을 해본 적이 없었는데, 어머님 멘트 때문에 부끄럽게도 매우 졸렬한 마음이 들었다. 의사 아들이라 그러시는 거면 그보다 훨씬 잘나가는 의사들 중에도 나 좋다는 사람들이 있었고, 저연차 땐 회의만 한 번 들어갔다가 와도 따로 밥이라도 한번 먹자고 연락 오는 고객들이 셀 수 없었다. 나도 인기라면 뒤지지 않았는데 인기 많은 아들이라고 자랑하시는 심리는 뭘까? 순탄하게 사귀다 결혼하는 것이라면 옛날이야기라며 웃으면서 듣겠지만, 그의 다른 여자 이슈로 아직 마음이 풀리지 않은 내 앞에서 굳이, 채무초과상태의 남자를, 그저 내 인생에서 가장 좋아했던 이가 그였다는 그 마음 하나 가지고 결혼하겠다는데, 내가 뭘 그리 결혼을 잘하는 거라고 자꾸 생색을 내시는 건지.

  예비 시어머니가 생색을 내지 않고는 못 배길 만큼의 상황인가 싶어, 돌이켜 보건대, 어머님 말씀하시는 그런 결혼용 조건만 본다면, 그의 친구들 모임 어딜 가도, 그의 친구 아내들 중에서, 아니 그의 친구들까지 포함한대도 나보다 나은 사람이 없었다. 그에 반해, 내 친구들 모임의 배우자들 중에선 그가 제일 못난 남자였다. 그녀의 멘트로 인해 나까지 사람을 줄 세워가며 비교하고, 더욱 세속적이고 치졸하고 치사해지다 못해 더럽혀지고 있었다.

  배우자를 선택하는 데 있어서만큼은 더더욱 세속적인 조건보다 '마음 씀씀이, 성품' 등이 훨씬 더 중요하다. 오본휘의 친구들에게 배우자로서 그들의 와이프는 그들과 합이 맞아 나보다 훨씬 더 좋은 사람일 테니, 오늘 이전엔 그의 리그에 있는 그의 주변 사람들과 나를 비교한다는 생각 자체를 해본 적이 없었다. 마찬가지로 내 친구들 배우자들이 잘나간다 한들, 그들에겐 없는 오본휘만의 장점, 나에게만 보이는 매력이 있었으니, 각자 맞춰서 만나는 거라고 생각했을 뿐 내 친구들 남편과 그를 비교하고 싶지 않았다.

  그런데 제3자도 아닌 그의 어머니가, "집도 있고, 병원도 있고, 잘 버는 우리 아들이니, 넌 시집을 잘 간다."라고 하시니, 자꾸만 비교하게 되었다. 내가 보증금을 해 가고, 생활비를 대가면서 결혼하는 데도 시집을 잘 간다는 소리를 들을 정도면 나는 칠푼이일까? 그분 피셜 그가 그동안 잘 벌었다 하지만, 내가 만났던 그는 가난했던 군의관, 인턴, 레지던트 오본휘였다. 아주머니가 말했던 그가 잘나갔던 유일한 시기가 있었다면, 그땐 내가 아닌 새 여자에게 갔던 그다. 개원한다고 빚더미에 앉게 되니 다시 돌아온 오본휘는 그 프레임에서 보면 쓰레기라고밖에 생각되지 않았다.

그때쯤 그의 전화가 왔다.

"요리요리요 기쁨아 뭐 해?"
"그냥 좀 쉬고 있었어, 어제 나 보시고 부모님이 뭐라셔?"
"아니, 어제 우리 식사하면서 우리 아빠 고집쟁이인 거 다 티 났다고 엄마가 걱정하셨어."
"응? 아버님? 고집쟁이 그런 느낌 없었는데? 아버님 완전 좋은 분 같으셨어."
"그래? 난 엄마랑 같은 생각이었는데. 우리 아빠 무데뽀로 고집부리시는 거 티 난 거 같아서. 네가 그렇게 느꼈으면 다행이다."

그는 그의 어머니와 꽤 비슷한 방식으로 현실을 인식하고 어머니에게 많은 부분 공감했다. 그는 어머니에게만큼은 엄청난 효자였다. 어머니와 데면데면한 그의 남동생과 달리, 그는 철마다 어머니 외투 사드리고, 여행 보내드리고, 명품백을 바꿔드리는 살가운 아들이었다. 사실 효심은 장려되어야 하는 것이지, 나쁠 것이 없다. 길러주신 부모님에 대한 은혜를 알고, 어른을 공경할 줄 안다는 것이니. 다만 오본휘의 효는 약간은 삐뚤어져 절대적인 어머니 보호 본능과 같은 성격을 띠고 있었다. 어른 공경이라 함은 '어머니 한정' 공경과 사랑이었고, 그 대상에는 다른 어른은 물론 본인의 아버지도 포함되지 않았다. 이유는 모르겠으나, 그는 아버지를 매우 싫어했다. 그의 부모님을 뵌 것이 겨우 두 번이었지만 내가 보기에 그 집에서 유일하게 정상인 사람은 아버님 한 분뿐이었는데. 그를 포함하여 그의 가족과 함께 있을 때 가장 편하게 대화할 수 있는 사람은 그가 아니라 아버님이었다.

살뜰한 아내, 시부모님과 친한 싹싹한 며느리가 되고 싶었다. 그와 다르게 나는 어른들이 어렵지 않았으니, 막연히 내가 잘하면 어른들은 예뻐해 주시겠지 싶었는데 그의 어머니는 너무 어려웠다. 부모님의 평을 들었다면 내 느낌도 그와 공유하고 싶었다. 그래야 그가 중간에서 잘 처신해 줄 수 있을 테니.

"난 어머님이 벌써부터 아기 이야기 하신 거, 오빠 아침 챙기라면서 안 되면 사과 당근 주스라도 내려주라고 하신 거. 부담 돼."
"대충 흘리면 되잖아. 그냥 넘겨."
"그런 이야기를 다시 안 하시도록 오빠가 중간에서 이야기해 줄 순 없는 거야?"

"우리 엄마가 너 회사까지 라이더까지 해주신대잖아, 엄마가 널 그렇게까지 신경 써준다는데 넌 왜 이렇게 예민해."

"…."

"기쁨아, 우리가 이미 결혼한 거나 마찬가지라고 생각하시니까, 식사 챙기란 이야기도 자연스럽게 하신 거고, 아이도 빨리 가지라고 하신 거야. 그 정도는 충분히 말할 수 있는 거야."

결혼을 안 했는데, 한 거나 마찬가지라고 생각해서 그러시는 거라고? 결혼한 뒤엔 시어머니가 그런 말을 해도 되는 걸까? 내가 그렇게 넘길 수 있는 성격이었으면 처음부터 알겠다고 대답하고, 그냥 무시했겠지만, 뭐든 들으면 그렇게 해야 할 것만 같았던 나다. 사실 그의 어머니가 아니라 그의 이모나 고모였다면 흘려듣는 게 가능했을지도 모른다. 그렇지만 그분은 어머님이다.

업무 배정을 받고 바로 쳐내지 않으면 압살될 정도의 일을 처리해야 하는 업계에서 오래 훈련받아서인지, 일이 있는데 대충 뭉개두는 건 견디지 못할 일이었다. 그런 부류였으면 이미 이 업계에서 살아남지도 못했겠지. 해야 한다고 생각하면 맡은 건 해내야 할 것 같았기에 어머님의 말씀은 스트레스였다. 아마 그대로 두었으면 새벽 2시에 퇴근해 서너 시간 자고 일어나, 본휘 먹고 가라고 샌드위치를 싸고 사과 당근 주스를 내리고 있었을 것이다.

"제수씨도 음식 그런 거 안 해. 그니까 너도 신경 쓰지 마."

"근데 나한텐 왜 다 챙기라고 하시는 거야?"

"걱정되어서 하는 말이겠지. 제수씨도 엄마 말 듣지도 않아. 그래서 울 엄마가 버릇없다고 제수씨 싫어하긴 하는데, 무시하고 살면 돼."

"뭘 싫어하기까지 해. 어머니 둘째 며느리 종교 있어 좋고, 엄마로서 자세가 되어 있다고 칭찬하시던데."

"시우 태어나니 제수씨가 시우 이유식 같은 거만 챙기나 보던데 그거 외엔 아무것도 안 해. 걔는 우리 엄마가 밥 차려주면 먹고 개념 없이 치우지도 않고 그냥 일어나고, 엄마가 윷놀이하자고 하면 대놓고 '싫어요.' 하고 가버리는 애야. 그래서 엄마도 개념 없다고 하는데, 그래도 잘 살아."

"어떻게 그래."

"그치? 맞어, 우리 기쁨인 안 그럴 거야. 울 아기는 안 그러겠지만, 그렇게 사는 제수씨도 있어. 그니까 너무 신경 쓰지 마."

"…."

"기쁨아, 결혼하면 딱 기본만 하면 돼, 제수씨네 보니까. 명절에 제수씨 부모님이 선물 보내거든? 그런 것도 제수씨네는 상장회사 운영하니 여러 개 보내면서 하나 더 하는 거겠지만, 우리 집에서는 부담스럽긴 한데. 그래도 거기서 하니까 너희 집에서도 챙겨야 할 것 같긴 해. 또 뭐 있더라. 어쨌든 제수씨 정도만."

"우리 집은 우리 사정에 맞춰서 하면 되는 거지, 무슨 둘째 며느리가 표준이야? 내가 그걸 다 따라 해야 해?"

"아, 또 같이 있으면 상휘네랑 비교되니까. 그 정도는 해야지."

그날 저녁 오빠 어머니에게 카톡이 왔다.

> 나는 기쁨 씨도 우리 아들과 마**찮**가지로 귀하게 생각합니다.

갑자기 연애 초 오본휘가 떠올랐다. 아무리 고등학교 전까지 미국에서 생활했다지만 그 후로 한국에서 산 지 10년이 넘었는데도 그의 맞춤법은 엉망이었다. 너무 많이 틀려서 국어교사처럼 맞춤법을 하나씩 고쳐줘야 했던 그때가 떠올랐다. "돼"와 "되"의 용례는 몇 번을 설명해 줬는지.

마"찬"가지인데…. 이거 한 줄 보내시면서 실수인 걸로 보기에는 너무 일부러 더해 쓴 'ㅎ'이었다. 직업병인지, 대화하다 나온 오타조차도 바로바로 수정하는 나였다. 하'찮'다는 것도 아니고, 마'찮'가지는 뭔가 아주머니 문장을 부정하는 그렇지 '않'다 의미인 것마냥 그 맞춤법이 너무 신경 쓰였다.

더부룩한 감정을 누른 채 썼다 지우기를 반복하다 겨우 여섯 글자를 남겼다.

> 네, 감사합니다.

58년생 개띠
(Feat. 보상심리)

    1953년 한국전쟁 종전 이후, 베이비 붐 세대의 정점으로 불리는 1958년생 개띠. 당시 통계자료가 얼마나 신빙성 있는지는 모르겠으나, 1958년엔 대한민국 역사상 최초로 한 해 출생인구로 최대치인 100만 명에 가까운 인구가 태어났다. 그 후로 1960년에 출생아 수가 108만 명에 이르기까지 해당 연배의 인구가 계속 늘며, 그 수적 우세에 힘입어 "58년생 개띠"는 고유명사마냥 베이비 붐 세대를 상징하는 단어로 일컬어졌다. "XX년생 Y띠"라는 표현이 흔하지는 않으나, 유신, 5공, IMF 구제금융 사태, 그간의 엄청난 변화와 현대사의 격동기를 그대로 마주하고 온몸으로 받아내야 했던 그 세대를 총칭하여 우리는 "58년생 개띠"라 부른다.

    1958년생 개띠는 대한민국과 함께 성장해 온 세대였기에 그럭저럭

운이 좋았다. 폐허가 된 한국에 태어나 정치·경제·사회 전반에 걸쳐 모든 험한 꼴을 다 당했던 그들이 무얼 그리 운이 좋았다고 할 수 있느냐 의문을 제기하는 이가 있을 것이다. 그들은 적어도 미래소득에 대한 기대와 현실 간의 괴리가 크지 않은 시기에, 조금 더 열심히 일하면, 조금 더 모으면 더 여유로워질 수 있는 우상향의 시대에서 젊은 날을 보낼 수 있었던 세대였다. 아무것도 없이 시작하더라도, 제 짝을 만나 연애하는 것이 사치스럽게 여겨지지 않는 세대. 그래서 월세로 시작한 신혼부부가 아이 하나를 낳고 20평대, 둘을 낳고 30평대 전세로 이사하고, 적당히 마흔쯤에 내 집 한 채 마련하는 게 충분히 그려졌던 세대였다. 그에 반해 그들의 자녀뻘인 소위 'MZ 세대'는 그들보다 여러모로 안정된 시대에 자라 고학력의 더 높은 스펙을 보유하고 있음에도, 대한민국 건국 이래 처음으로 "부모세대보다 못사는" 세대가 되었다. 미래에 대한 막막함에 연애, 결혼, 출산을 포기한 3포 세대라고도 불리는 MZ 세대가 우상향을 기대할 수 없다는 점을 고려하면, 58년생 개띠는 그래도 살아볼 만한 세대였다.

1958년생 천정례는 그중에서도 더더욱 운이 좋았다. 가난한 집에서 태어나 똑똑하지도 예쁘지도 않았지만, 가진 것에 비해서는 원만한 삶을 살 수 있었으니. 그녀가 공부에 소질이 없다는 것은 국민학교에 들어가 얼마 지나지 않아 알 수 있었다. 그렇지만 청소년기에 운 하나는 나쁘지 않았다. 중학교에 진학하지 못할 성적이었음에도 입학시험 제도가 없어져 그대로 진학할 수가 있었고, 1974년도에는 고입

시험이 사라져 고등학교 진학조차 소위 뺑뺑이라 불리는 평준화의 혜택을 받을 수 있었다. 당시 대통령 아들이 1958년생이었는데 워낙 공부를 못해 그 아들의 진학 연도에 맞춰 고교 입시제도가 사라졌다는 알 수 없는 소문이 난무했으나, 그 이유야 무엇이든 천정례에겐 다시없을 고마운 기회였다. 실력대로라면 당대 최고라는 서기여고는 언감생심 꿈도 못 꿨겠지만, 천정례는 뺑뺑이로 그 명문 여고에 진학할 수 있었다. 바로 위 선배들로부터 무시를 당했다고는 하나, 밖에서 볼 때는 그동안의 서기여고의 명성에 기대 "나 서기여고 출신이야."라고 말할 무언가도 쥐게 되었다.

그녀는 고등학교 졸업 후 바로 간호조무사 일을 시작했다. 당시 또래 여성의 과반 이상은 대학진학 여부를 불문하고 가정주부가 되었으니, 굳이 직업 따위 중요하지 않았다. 결혼 전 생계에 도움이 조금 된다면 그만이고, 그러다 능력 있는 남자를 만나 시집가는 것이 그녀의 유일한 목표였다. 한때는 집안에 숨겨진 재산이 좀 있다는 말이 들려오기도 하였으나, 실체가 있는 재산인지는 그녀도 본 적이 없었으니 알 길이 없었다. 공부 머리는 없었지만 끼는 넘쳤던 그녀는 일을 시작한 지 얼마 되지 않아, 당시 명문대를 졸업하고 대기업에 다니던 오석진과 연애를 시작했다. 오석진의 어머니는 일찍이 남편을 여의고 과일 장사를 해 혼자 자식 다섯을 열심히 키워야 했는데, 영특했던 오석진은 그녀의 자랑이었다. 그런 그녀에게 천정례는 성에 차지 않는 신붓감이었으나, 천정례와 오석진은 결국 오석진 모친의 심한 반대를 꺾고 결혼식을 올렸다.

결혼 그 후로도 시어머니는 다른 며느리들에 비해 천정례를 무시하기 일쑤였다. 다행히 오석진이 막내였기에 천정례의 형님들이 시어머니를 전담하고 있었고, 천정례는 명절과 제사 때에는 적당히 중간쯤 얼굴을 비춰 접점을 최소화하는 전략을 택했다. 그럼에도 벽창호 같은 이 할머니에게 석진의 아내 천정례는 늘 그저 눈엣가시 같은, 준 것 없이 미운 며느리였다.

"얘 본휘 애미야, 제사 음식을 놓으랬더니 이게 뭐냐?"
"네?"
"상에다가 다 얹어놓기만 하면 뭐 해. 홍동백서 조율이시도 몰라? 하긴 지네 친정에서 보고 배운 게 없었을 테니."
"…."

죽은 사람에게 음식을 올리는 제사에 무슨 율법이 그렇게 많은지. 제사상 차리는 방식 하며, 술은 한 번 올리면 됐지 뭘 여러 번 따르고 있는지. 친정에서 제사 지내는 것을 본 적이 없던 천정례는 뭐가 뭔지 머리가 멍해지는 것 같았다. 한 번도 본 적 없던 오석진의 조상들에게 밥을 올리는데, 왜 오석진과 그 형제들은 늦은 밤 제사 시간이 될 때까지 코빼기도 비치지 않는 것인지. 결혼을 통해 이 집 가족이 된 며느리들만 모여 전이며 나물이며 각종 제사 음식을 하루 종일 뼈 빠지게 만들어 놓으면, 오석진과 형제들은 뒤늦게 와 절 한 번 하고, 음식이나 좀 나눠 먹다 일어나는 날이 제삿날이다. 조선시대부터 내려오는 유교문화에 따라 부엌일은 여자가 당연히 해야 하는 일이라고 거듭 되뇌어 봤지만, 천정례는 그렇게 시어머니 댁에 모여 일하는 날이 싫고 또 불편했다. 그래서인지 1년에 두 번 있는 명절과 시아버지 제사, 시어머니 생신에만 해도, 그녀는 왠지 모르게 시댁에 갈 때마다 배가 심하게 아팠다.

그나마 그녀에게 한 줄기 빛이 되어준 것은 "아들"이었다.

"둘만 낳아 잘 기르자", "덮어놓고 낳다 보면 거지꼴 못 면한다", 급기야 "둘도 많다", "하나 낳아 알뜰살뜰", "무서운 핵폭발, 더 무서운 인구폭발"까지 무시무시한 표어가 난무했다. 인구증가가 경제성장에 해가 된다고 믿었던 그 시절, 정부는 가족계획을 통한 출산억제를 장려했다. TV만 틀면 아이를 낳지 말라는 캐치프레이즈가 자극적으로 반복되었다. 국가 생산성이 낮다 보니 인구가 급격히 늘면 당장 학교부터 시작해 인프라 부족으로 인한 혼란, 결정적으로는 식량난을 피할 수 없을 것이라 판단했던 것이다.

국가주도의 산아제한은, 아이를 많이 낳는 것은 미개하고 사회에 해를 끼치는 것이라는 인식을 심어주었다. 많이 낳을 수 없다면, 족보는 모계가 아닌 부계혈통을 기준으로만 이어지니 기왕이면 "대를 이를" 장손, 즉 아들을 선호했다. 이때부터였다. 태아의 성별을 감별해 여아를 낙태하기 시작한 것은. 여아 낙태가 문제로 대두되자 정부는 "잘 키운 딸 하나 열 아들 안 부럽다."와 같은 선전을 이어갔지만, 한국 사회에 뿌리 깊이 박혀 있는 남아선호사상을 파낼 수는 없었다.

특히 범띠, 용띠, 말띠, 뱀띠 여자는 "팔자가 드세다."라는 미신이 팽배하였다. 그중 "백말띠" 여자는 재수가 없다는 근거 없는 낭설이 떠돌더니, 백말띠의 해였던 1990년의 신생아 성비는 116.5명을 기록한다. 딸 100명당 아들이 116.5명이라는 것인데. 20년 뒤에 인구절벽이 오리란 것을 몰랐던 베이비 부머들은 출산을 할 수 있는 여아의 숫자를 줄이고 또 줄였다.

그렇게 많이 낳을 수도 없었던 시절, 계집애도 아니고 귀한 아들이 둘이나 있었으니 천정례는 더 이상 눈치 볼 것이 없었다. 카랑카랑하던 시어머니의 잔소리가 심해질 때면 그녀는 혼자 되뇌었다. '오석진만 아들이냐? 나도 내 아들이 둘이나 있다. 어디 얼마나 가나 보자'. 시어머니의 등쌀이 어찌나 싫었던지, 그녀는 두 아들 앞에서도 시댁을 싫어하는 내색을 참지 않았는데, 아들들은 알고 있었다. 할머니 댁에 가는 날은 어머니가 곧 배탈이 나는 날이라는 것을. 그래서인지 수십 년이 흘러 그녀의 두 아들이 성인이 된 지금도, 아들들은 할머니를 좋아하지 않았다. 그나마 둘째 아들은 친할머니께 가끔 인사를 가긴 하였으나, 천정례와 공감을 유독 잘했던 큰아들은 할머니를 정말 싫어해 얼굴을 내비치는 일이 없었다.

 시집살이를 유독 심하게 당했던 며느리, 회사에서 선배들의 미움을 받았던 직원, 군대나 운동선수 집단 같은 곳에서 부당한 대우를 받았던 후임이나 후배. 그들은 그 자리에 오래될 다음 사람에게 어떤 모습일까? 내가 당했으니 '나는 똑같은 사람이 되지 않아야지.'라고 생각해 악습을 끊어놓는 인격을 갖춘 이가 대부분이라면 너무도 좋겠지만. 사람은 흉보며 닮는다고, 적어도 내가 당한 만큼, 가끔은 그 이상으로 자신보다 약자인 아랫사람에게 대물림하는 경우가 더욱 잦다. 시집살이를 심하게 당한 며느리가 더 독한 시어머니가 되고, 선배들에 갈굼당하던 조직원은 올챙이 적 생각 못 하고 약한 후배에겐 더 혹독한 선배가 되기도 한다. 안타깝게도 '나만 당해서는 안 된다.'라는 편협하고 이기적인 보상심리에 기반해 어느 누구 하나에게 득 될 것 없는 소모적인 행동을 계속 반복하는 것이다.

 천정례의 세대에서 자식 농사의 결과는 중년의 계급장이었다. 한국 사회에서 학벌은 영원히 따라다니는 꼬리표였으니, 대학은 그 1차 관문이다. 두 녀석을 잘 보내야 했다. 대치동에서 유명하다는 학원에 등록하기 위해 줄을 서고, 또 밤마다 도시락을 싸 들고 아이들 학원 라이더를 했지만, 그것만으론 경쟁력이 없었다. 동네에서 제일 잘한다는 과외 선생을 찾아 그룹 과외 팀을 만들어야 했다. 너무 잘해서 우리 아들 입시에 방해가 되어서는 안 되지만, 그래도 팀 분위기를 흐리지는 않을, 적당히 잘하는 놈들로만. 어설프게 여자애들을 넣었다가 요 녀석들이 다른 데에 정신 팔릴 수도 있으니 또 남자애들로만. 수험생을 둔 엄마들 사이에선 정보가 곧 파워이니, 강남의 유명 입시 학원에서 여는 입시 설명회 일정은 빠지지 않고 빼곡히 적어두었다가 매번 가장 앞자리에 앉아 있던 그녀였다.

"아들, 엄마 오늘 재성학원 입시설명회 갔다 왔는데, 수시 전형이 바뀌어서 가능성이 있을 것 같아. 조금만 더 해보자."
"아, 뭔데? 나 그럼 원서 의대 써?"
"어, 당연하지. 물론 안 될 수도 있으니까, 사회과학대도 쓰고 하나는 도전해 보자. 엄마가 마지막까지 경쟁률까지 보고, 어디 쓸지는 원서 넣는 타이밍에 정해서 넣을게."
"으응."
"오본휘, 대답하는 게 왜 이렇게 힘이 없어? 엄마가 누구 때문에 이렇게 하는데. 다 우리 아들 잘되라고 오전부터 학원 돌아다니고, 운전도 잘 못 하는데 너 기다렸다가 데려다주고. 아들, 알지? 엄마는 너희들만 보고 산 거야."
"응 엄마 알겠어, 고마워."

그렇게 문과인 큰아들을 의대에 밀어 넣었다. 그렇게 큰아들 입시에 성공하고 나니, 둘째 상휘의 친구 엄마들 사이에선 1년간 자칭 타칭 능력자로 통했는데, 막상 이과였던 둘째는 인 서울 공대도 들어가지 못하고 재수의 길로 접어들었다. 수험생 엄마라는 무거운 역할를 조금 더 하게 되었지만 이제 와서 포기할 순 없었다. 더 혹독하게 둘째 뒷바라지를 해서 아들을 의대에 보내야 했다.

고맙게도 천정례의 아들 오본휘와 오상휘는 둘 다 자랑스러운 의사가 되었다. 그렇게 그녀의 두 아들이 천정리의 콧대를 한없이 높여주는 동안, 오본휘의 사촌들은 모두 제 앞가림도 제대로 하지 못할 만큼 형편이 없었다. 그토록 천정례를 싫어하던 그녀의 시어머니도 손자들이 의사가 되었다는 점은 좋았던 모양이다. 그 무섭던 시어머니도 그 점을 높게 사 손자들이 의대에 진학한 뒤로는 천정례에게 함부로 하지 않았다. 그 덕분인지 천정례의 자부심은 본인이 의사인 양 더더욱 높아져만 갔다. 초등학생 학부형 모임을 하듯 아들 의대 동기 어머니들과 모임을 만들어 15년 넘게 이를 유지하며 정보 공유를 했고, 아들들이 개원하면 그 어머니들과 함께 개업한 병원 투어를 다니기도 했다.

그녀가 병원 투어를 다니던 무렵, 큰아들 오본휘는 간호조무사들을 혐오하는 개업의가 되었다. 본휘에겐 간호조무사 커뮤니티에 올라온 글들을 의대 동기들과 돌려보며 까대는 것이 하루 일과 중 중요한 일부였다. 하루는 그 커뮤니티에 코로나로 업무량이 늘어났으니 간호조무사들의 페이를 올려야 한다는 글이 올라왔다. 오본휘는 망설이지 않고 댓글을 남겼다.

'머리도 텅텅 빈 것들이 평소에는 하는 일도 없으면서 돈만 달라니 제정신이냐.'

오늘 아침에도 출근길에 병원에 들어오자마자 조무사들이 에어컨을 빵빵하게 틀어놓고 있는 걸 보니 화가 치밀었다. 오본휘는 여름 감기에 걸린 척 일부러 "어휴, 추워."라고 외치며 에어컨을 끄고 원장실로 들어왔다. 그는 중얼거렸다.

"아직 손님도 없는데 돼지 같은 조무사 년들이 에어컨만 틀어놓고 앉아 있네."

간호조무사였던 천정례가 간호조무사에 대한 오본휘의 태도를 알 수 있을 리 없겠지만, 알았다고 한들 이젠 그녀에게 상관이 없었다. 천정례 본인은 의사 선생님의 어머니이지 더 이상 병원에서 허드렛일 하던 예전의 그 조무사가 아니니.

천정례는 집안에 하나 남은 외동딸이었다. 사실 그녀에겐 오빠가 하나 더 있었지만 어린 나이에 죽었다고 들었다. 이에 천정례는 변변치 않은 살림에 그녀를 키워준 그녀의 늙은 어머니가 돌아가실 때까지, 자신의 집 근처에 어머니를 모실 곳을 마련해 놓고 어머니 간호를 했다. 그나마 오석진이 따박따박 월급을 받는 직장인이었기에 가능한 일이었는데, 그 때문인지 적지 않은 월급과 오랜 직장생활에도 오석진이 퇴직 후에 모은 재산이라곤 집 한 채 외엔 가진 것이 없었다. 그럼에도 천정례의 버전으로 세상을 인식했던 천정례의 자식들은 외할머니에 대해서는 좋은 기억만을 가지고 있었다.

 어렸을 때부터 궁핍하여 재산이 늘 아쉬웠던 그녀가 아무런 노력도 하지 않은 것은 아니었다. 한번은 돌아가신 아버지의 제삿날, 아버지 명의의 지방 임야가 있었는데 그 자리에 다른 사람이 묫자리를 쓰고 있어 아무것도 할 수 없었다는 이야기를 사촌 오빠로부터 전해 들었다. 늦게나마 그를 찾아보려고 변호사인 아들의 여자친구에게 이것저것 물어보기도 하였으나, 소송을 한대도 찾기 어려운 땅이라고 했다. 그뿐이랴, 투기 열풍을 타고 서울 근교 부동산 투기를 해볼까 이곳저곳 떴다방을 찾아다니기도 했지만, 집이며 상가며 늘 타이밍을 놓쳤다. 팔리지도 나가지도 않는 상가 때문에 늘어나는 이자를 감당하기 어려워, 공인중개사에 프리미엄 피까지 줘가며 처분하려고 했지만, 그마저도 쉽지 않아 낑낑대야 했다.

 1970년대 후반 1980년대 초에 결혼했던 이들이 흔히 그랬듯, "여자 팔자는 뒤웅박 팔자"라는 생각이 확고한 그녀였다. 본인은 내세울 것이 없었지만, 고맙게도 남편은 직장에서 연구소장까지 오르는 행운이 또 한 번 뒤따랐는데, 소장직 재직 기간이 길지는 않았으나 그 자체만으로 그녀는 '내가 뒷바라지해서 원하는 건 모두 다 해냈다.'라는 자신감을 갖게 되었다. 남편의 레벨이 곧 나의 레벨이니 '어딜 가든 사모님으로 대접받아야 한다.'라는 생각이 점점 굳어졌다. 돈이 좀 없으면 어떠냐 내 남편이 잘나갔고, 내 아들들이 또 앞으로 잘 살 텐데. 다만 잘난 의사 아들들이 아직 미혼이니 마지막까지 마음을 내려놓을 수가 없었다. 내가 해줄 수 없다면 좋은 집안 처자를 묶어주고 싶었다. 한참 눈치를 보다 하루는 식사하는 두 아들 앞에 물컵을 놓아주며 운을 띄웠다.

"아들들, 나라고속 막내딸 선 들어왔는데 한번 만나볼래?"
"나라고속 막내딸이 우리 집에 선이 왜 들어와. 나보다 나이 많을걸. 형이랑 동갑인가?"
"얘는, 왜라니. 그래도 너희 아빠가 알만한 기업 연구소장까지 했고, 너네가 의사 선생님들인데 당연히 만나고 싶겠지. 그 집 큰사위도 의사라더라. 이렇게 키 크고 잘생긴 의사들이 흔한 줄 알아? 병원 가봐, 하나같이 다 짜리몽땅하고 통통하잖아. 그니까 또 이렇게 건너 건너 찾아온 거지."
"오, 그래?"
"응응. 너희 둘 중 하나는 나가자. 아니, 엊그제 교회 갔더니 카네기멜런에서 하프 전공한 애가 올해 스물여덟이라는데, 우리 집에 선 넣으려고 하고, 그렇게 예체능 하는 애들이 또 집이 괜찮잖아. 그 에스오 저축은행장 딸도 지금 선 시장에 나와 있다고 그러던데, 걔가 그렇게 이쁘대. 좀 만나봐."
"상휘 나가라고 해, 나는 여자친구 있잖아."

"아니, 만나만 보는 건데 뭐 어때."

"엄마, 나 그러지 말고 2억만 해줄 수 있어? 기쁨이랑 돈 모아서 집 사둘까 하는데."

"본휘야, 집 해 오는 여자들이 얼마나 많은데 기쁨이를 만나면서 엄마한테 그래."

"혹시나 해서. 됐어. 엄마 못 들은 걸로 해요."

"엄마, 형 말고 내가 나가볼게. 나 여자친구랑 헤어진 지 오래야."

그해 겨울 나라고속의 갑질 사건이 터져 세상을 떠들썩하게 했다. 하지만 그 갑질 사건이 터진 후에 들어온 선이었대도, 나라고속 사위라면 천정례에겐 더 없이 탐나는 자리였으니 그녀는 마찬가지로 주저하지 않고 아들들에게 권했을 테다.

자식 자랑에는 다 저마다의 때가 있다고 했다. 초등학교 때까지 공부 잘해 학부형들 사이에서 고개에 힘깨나 들어가게 해주던 아이가, 청소년기에 사고 한번 안 치리란 법 없고, 대학까진 잘 들어갔다 하더라도 취직이 잘되리란 법도 없다. 취직까지는 잘되었다 하더라도, 제때 결혼해 꼬물꼬물 귀여운 손자·손녀를 안겨주어 SNS 프로필 사진을 업데이트하게 해주는 자식은 또 드문 일이니. 사람마다 부모에게 기쁨을 주고 효도하는 시기는 각자 다를 수밖에 없다.

한 사람의 인생이라는 것이 언제나 평탄대로일 수는 없음을 우리는 안다. 언젠가 적어도 한 번은 삐끗하고, 또 한 번은 빛을 볼 때가 오기 마련이니 저마다의 때가 아니면 다 가지기 어려운 법이다. 그럼에도 천정례의 아들들은 40년에 가까운 시간 동안 그녀를 실망시킨 적이 없었다. 만족스러운 삶이었다. 작은아들은 벌써 내놓을 만한 집안 아가씨를 만나 떡하니 손주까지 안겨주었고, 눈에 넣어도 안 아플 큰아들 또한 곧 좋은 처자 만나 잘 살 테니 뭘 더 바랄까. 천정례는 식탁에 큰아들이 사다 준 카라 꽃 한 단과 찻잔을 놓고 SNS에 올릴 사진을 계속 찍어댔다. 좋아요를 눌러주는 이도, 댓글을 다는 이도 없었지만 널리 자랑하고 싶었다. *"#우아한나의오후 #우리아들선물 #XX내과원장님 #평온하고여유로운삶"*

그녀의 한복 사랑

일본인에게 기모노, 중국인에게 치파오가 있듯, 한복은 한국인의 복식이다. 비록 현대에 들어 일상복으로의 기능은 잃고, 명절이나 결혼식 같은 행사에서만 가끔 입는 의복이 되었지만, 한복이 대한민국의 고유한 전통임을 의심하는 한국인은 없다. 정부도 이를 널리 알리기 위해 노력하고 있는데, 문화체육관광부는 한복 문화를 보존하고 홍보하기 위해, 고궁 및 종묘 등에 입장할 시에 한복을 입으면 입장료를 무료로 하는 정책을 몇 년간 펼쳐오고 있다.

"기쁨아, 예단 어떻게 할지 본휘랑 이야기를 한 거야? 본휘네 부모님께 여쭤봐."

당장 쳐내야 하는 메일이 대체 몇 개인지. 줄지 않는 메일에 집중하느라 모니터만 쳐다보고 있는 딸에게, 엄마는 지금이 아니면 언제 대화를 하겠냐는 듯 결연한 자세로 물었다.

"그걸 굳이 확인해야 해? 필요 없어. 나 처음에 인사 갔을 때에도 다 필요 없으니까 집만 둘이 알아서 하라고 하셨다구."

요새 많은 일을 한꺼번에 처리하느라, 엄마 얼굴 볼 새가 없었다. 잠이 부족해 일어나자마자 뛰어나가기 바빴고, 밤에는 모두가 잠든 시각에 퇴근하는 날이 대부분이었으니.

"그래도 어떻게 생각하고 계실지 모르는데…."

자식 결혼시켜 보기는 이 엄마도 처음이었다. 모든 게 걱정스러웠던 엄마는 큰딸을 타일렀다. 아마도 그녀가 결혼했던 그때의 경험에 비춰 생각하였으리라. 예물이란 신랑·신부가 기념으로 주고받는 물품과 신부의 첫인사를 받은 시부모님이 답례로 주는 물품 등을 의미하며, 예단이란 예물로 보내는 비단이라 하여 신랑이 집을 하는 경우 신부가 보내는 그 10% 정도에 해당하는 현금을 일컫는다고들 한다. 그때 신랑 부모가 꾸밈비로 그 절반을 신부에게 다시 보내는 것이라고 하니 번거롭기가 이루 말할 수 없는 관례였다.

엄마는 너무 옛날 방식 그대로 '남자가 집, 여자가 혼수'를 했으니,

혼수도 여자의 몫, 예단도 여자가 신경 써야 할 무엇인가로 여겼겠으나, 난 달랐다. 결혼 전에 각자 형성한 개인 재산은 각자의 특유재산이니 별개이고, 둘이 같이 생활할 집도 당장은 내가 100%, 현재의 흐름으로 보건대 생활비도 당분간은 내가 부담할 것이 뻔해 이 결혼생활에 대한 나의 기여분이 훨씬 컸다. 받을 생각즈차 없었지만, 1980년대를 기준으로 예단을 받자면 내가 받아야 했다. 나의 예비배우자는 적자인 병원을 운영하고 있었고, 한 달에 얼마를 버는지조차 집계가 안 된다는 믿기 어려운 말을 하고 있었으니 큰 기대가 없었다. 곰곰이 생각해 보면 과거의 그는 늘 말하곤 했다. 와이프 셔터맨이 되어서 골프나 치러 다니는 게 꿈이라고.

여하간, 전반적인 상황을 감안하면 예단을 굳이 물어볼 필요가 없었는데, 엄마의 등쌀에 못 이겨, 어머님께 인사 갔던 날 물었었다.

"어머님, 혹시 예단 같은 건 어떻게 생각하고 계시는 게 있을까요?"
"기쁨이네는 개혼이라 이것저것 많이 챙기고 싶어 하실 텐데. 우리는 그런 거 바라거나 그러지 않아요. 상휘 때는 리스트를 쫘악 뽑아 오더라고? 그래서 뭐가 필요한지, 뭐 할 건지 체크하고 그러긴 했었는데." 그녀의 눈빛이 잠깐 반짝하는 게 느껴졌다.

"네."
"그래서 주은이네서 뭘 많이 보내셨고, 받아봤는데. 사실 명품이라는 것도 취향이 있고 해서 받은 게 내 취향도 아니었고, 아후, 이바지 음식도 너무 많이 보냈는데, 요새 못 먹고 사는 세상도 아니고, 음식 처리하기도 곤란하고 그랬지 뭐야. 그래서 이번엔 번거롭게 그렇게 안 해도 될 것 같아. 그냥 한복만 다시 하면 괜찮을 것 같은데?"

"예." 고개를 끄덕이며 대답했다.

가만히 계시던 아버님이 말을 꺼내셨다. "거, 둘째네 결혼하면서 맞춘 거 한 번 입고 그 뒤로 꺼내본 적도 없잖아? 그거 입어도 되는 거 아닌가?"

잠시 침묵이 흘렀고, 아버님 의견을 반영하여 조심스레 말씀드렸다.

"예, 그러셔도 돼요. 저희는 괜찮아요."

그러자, 어머님은 손사래를 치시며 말했다. "둘째 때 입었던 한복을 그대로 입는 건 기쁨이네 부모님께 예의가 아니고."

침묵이 길어지기에 어떻게 해야 하나 싶어 의견을 내놓았다.

"제 생각인데, 그러시면 평소에도 입으실 수 있게 양장을 해드릴까요? 요새 결혼식 가보면, 부모님들도 우아한 드레스나 투피스도 많이 하시더라구요."

그러나 어머님은 바로 "그래도 자식 결혼시키는데, 한복을 입어야지."라고 말을 더하셨다.

그 대화로 그저 '어머님은 한복을 입어야 한다고 생각하시니, 한복을 준비해 드리면 되겠다.' 정도로만 생각하고 있었는데. 그 후로 사흘 뒤, 장래 배우자로 가장 강력한 후보였던 그의 전화를 받았다.

"기쁨아 뭐 해? 바빠?"
"나 회사 언니들이랑 점심 약속 있어서 엔터호텔이야. 엘베 기다려."
"기쁨아, 엄마가 한복 알아보라고 하시는데?"
"아, 한복도 알아봐야 하네? 나 아직 웨딩드레스도 못 골랐는데."
"그냥 플래너한테 전화해서 물어봐."
"알았어. 나 회의가 늦게 끝나서 점심 약속 늦었어. 우선 끊어."

그날 같이 점심을 하기로 한 멤버는 셋이었다. 하나는 대법관 출신 시아버님에 남편은 현직 판사였으며, 다른 언니는 치과 의사와 정신과 의사이신 시부모님에 남편도 정신과 전문의르 그 병원을 물려받아 운영하고 있었다. 세 번째 언니는 유학 시절에 만난 예일대 출신 미국 변호사 남편에, 시아버지는 사업을 하셨고 시어머니는 부산의 한 대학교수였다. 그날 언니들은 나의 안부부터 묻기 시작했다.

"하기쁨, 복귀 축하하려고 식사하쟀더니, 결혼한다는 이야기가 들

리더라? 이게 무슨 일이야! 미국에서 신랑감 찾아서 온 거야? 너무 잘
됐다!!"

"감사해요. 저 사실 예전 남자친구랑 하기로 했어요."

"아, 그 의사 남친? 그때 식당에서 마주쳤던 키 큰 남자?"

"네, 어쩌다 보니. 하하."

"남자분은 어디서 일해? 학부가 어디야? 서울대야, 연세대야?"

내가 일하는 환경은 학벌 기본값이 서울대인 곳이다. 대다수가 서울대이고 그 외 대학은 마이너가 되는 곳. 언니들이 뭔가를 의도한 것이 아닌 걸 알고 있었기에 웃으며 대답했다.

"아, 천지대 나왔어요."

"천지대? 그런 데가 있어? 그게 어디 있어?"

"그게 천지대라고, 왜 외과로 유명한 병원 운영하는 곳이 있어요."

일하면서 만나는 사람의 90% 이상은 소위 SKY 혹은 해외 명문대 출신이었지만, 일하면서 인격이든 실력이든 실망하는 경우가 적지 않았다. 그 때문에 더더욱 학벌이 좋다는 것은 나에게 특별한 메리트가 되지 못했고, 사람을 만나거나 대하는 데에 고려되는 요소에 들지 못했다. 학벌은 인격 혹은 현명함과 연계되는 지표가 아니다. 많이들 좋은 대학을 나왔다는 것을 똑똑함 혹은 높은 지능과 동일어인 것으로 착각하나, 이것 역시 아니다. 확률적으로 머리가 좋으면 좀 더 적은

노력으로 더 높은 수능성적을 받을 가능성이 높을 수는 있겠으나, 꼭 좋은 대학이 높은 IQ를 보증하는 것이 아니기 때문이다. 학벌이라 함은 고작 만 16세에서 만 18세 남짓의 청소년기까지 얼마나 성실했느냐, 얼마나 외부 유혹을 차단하고 엉덩이 힘을 길러 주입식 교육을 잘 따라왔느냐를 평가하는 지표일 뿐이다. 그럼에도 한국 사회에서 한 사람을 평가하는 데에 학벌은 너무 과대평가 되고 있다.

수능 날에는 전 국민의 출근 시간도 조정해 주고, 듣기 평가시간에는 모든 항공기의 이착륙조차 금지된다. 이 사회는 마치 대학입시가 인생의 모든 것을 좌우할 것 같은 공포심을 조장하여, 수능 한 방이 모든 것을 결정짓는다는 잘못된 프레임을 고착시켰다. 그래서인지 수능이 실시되는 초겨울쯤에는 수능 실패로 혹은 학업 등수가 밀려 자살을 택했다는 어리디어린 10대 친구들의 슬프고 안타까운 뉴스가 들려오기도 한다. 나도 어쩔 수 없이 이 시스템하에서 그를 따를 수밖에 없었다지만, 그 무게에 마냥 행복하지만은 않았기에, 알고 있었다. 무언가 잘못되었음을. 그리하여 더더욱 학벌은 그저 압박하에 얼마나 잘 버텨낸 청소년이었느냐를 나타내는 증명서 한 장이라고 생각했다.

내 인식이 그러했기에 오빠의 학벌을 부끄러워했던 적도 없었는데, 뭔가 언니들의 눈빛에서 "뭐?"라고 생각하는 것이 읽혔다.

"아… 그래, 뭐 좋은 사람이니 네가 결혼하는 거겠지. 우리 시간 부족할 것 같아서 너 좋아하는 필레미뇽 코스 시켰어, 괜찮지?"

"네, 좋아요. 언니들 근데 혹시 결혼할 때 한복 어떻게 하셨어요?"

"뭐, 많이들 같이 가서 하시는 것 같은데? 난 시어머니는 부산에, 울 엄마는 서울에 계셔서, 시어머니가 번거로우니 따로 하자고 하셨어. 그래서 각자 했어. 대충 한복 톤만 정하고."

"나는 시어머니 병원 쉬는 날 우리 엄마랑 같이 맞추러 가셨어. 결혼 허락해 줘서 고맙다고 시어머님이 엄마 좋다는 걸로 맞춰 주시고, 그날 두 분 식사하시고 그랬다는데, 한복 너무 괜찮았어."

"아, 원래 그렇게 같이 가서 맞추는 거구나. 언니, 거기 한복집 어디예요? 저 좀 알려주세요. 지금 준비 아무것도 안 했는데 한복부터 찾아야 할 것 같아요."

"응, 보통 두 분 같이 가시지. 내가 했던 한복집은 청담에 선종 한복이라고."

"나도 거기 알아. 나 때도 거기 추천받았는데, 우린 어머님들 드레스 입으셔서 한복 안 했었거든."

"기쁨아, 내가 선종 연락처 찾아보고 알려줄게. 꽤 유명해서 예약하기 힘들었는데 지금도 그럴지는 잘 모르겠네."

그렇게 회사 언니에게 한복집 하나를 추천받고, 웨딩 플래너 실장님께 도움을 요청했다.

"고급스럽고 제일 좋은 한복집으로 두세 군데 추천 부탁드려요."

그날 오후는 회의 세 개에 계약서 수정, 후배 의견서 검토, 고객사 컨콜 요청 등으로 정신이 없었고, 도저히 모든 걸 케어할 수 없을 것 같아, 오본휘에게 메시지를 남겼다.

> 청담 선종 한복, 홈피 들어가 봤는데 괜찮은 거 같아. 여기 하나랑 가연, 나진, 다함, 이건 실장님 추천 한복집. 이 세 개 중에 괜찮은 거 하나 고르는 것만 오빠가 해줘. 어머님께 옵션 두 개는 보여드려야 할 거 아니야.

메시지를 보내고 나니 시간이 빠듯했다. 저녁으로 먹으라며 비서가 사다 준 도시락은 손도 대지 못한 채 랩톱을 챙겨 들고 회의실로 뛰어 올라갔다.

"기존 주주들의 권리관계가 명확히 되어야 합니다. 그렇지만 현재 주주인 매도인이 초기 동업자였던 권상준으로부터 지분을 취득하였다는 서류나 증거가 없습니다. 이런 상황에서…."

30분을 예상하고 들어간 컨퍼런스콜이 상대방 측과의 의견 충돌로 길어졌다. 8시경이 되어서야 잠깐 쉬는 시간을 갖게 되었고, 상황을 체크하려고 그에게 전화를 걸었다.

"한복집 리스트 봤어? 그중에서 하나 골라야 해. 이것만 해줘."

"내가 한복을 아는 게 없어서."
"나도 모르지, 오빠랑 똑같아. 그거만 좀 봐줘."
"알았어. 나 근데 방금 퇴근했는데 게임 한 판만 하고 바로 볼게."

잠깐의 쉬는 시간을 쪼개 재촉했건만, 두어 시간쯤 지나서 그에게 전화가 왔다.

"기쁨아, 엄마가 다 마음에 안 든대. 엄마는 고급스러운 전통한복 스타일이 좋은데 네가 준 개량한복 같은 건 싼 티 난다고."
"응? 그 사이에 오빠가 골라서 어머니를 보여드린 거야?"
"아니, 내가 봐도 모르겠길래 엄마한테 보라고 했지. 기쁨이 바빠서 이런 거 볼 시간 없으니까 엄마가 보라고."
"그렇게 말하면 어떡해. 세 개 중에 하나 고르라고 한 것도 어머님께 넘기면서 그렇게 전달하면 어떡하냐구. 내가 내일 계약서 보내고 오후에 다시 한번 알아볼게."
"몰라. 엄마가 그냥 직접 알아보신대."

전화를 끊었지만, 어머니 평가가 마음에 걸렸다. 싼 티라니, 선종을 고른 그 언니네나 언니 시댁을 생각했을 때 싼 티라는 표현이 나올만한 곳이 아닐 텐데, 선종 한복집 홈페이지상으로는 개량한복도 아니었는데. 그걸 떠나 내가 전달해 드린 집인데 싼 티라니. 저번 메이크업 수준을 올리라고 하셨던 말 때문인지 뭔가 불편했다. 직접 알아보신다고 했지만, 뭔가를 찾아서 보내드려야 마음이 편할 것 같았다. 회사 일만해도 할 일이 산더미인데 한밤중에 한복 리서치를 시작했다. 한복집은 왜 이리도 많은지.

그다음 날.
태풍의 영향권에 들어 아침부터 비바람이 몰아쳤다. 어제 새벽 3시까지 리서치를 한 탓에 아침부터 커피를 두 잔째 들이켜고 있었다. 데드라인이 코앞인 계약서를 수정하고 있는데 카톡이 울렸다.

> 삐뽀삐뽀 긴급 사태야.

> 응 오빠, 나 지금 좀 바쁜데 무슨 일이야?

> 하아… 휴우….

위급한 상황에 쓰던 삐뽀삐뽀에 한숨까지. 무슨 일이지 싶어 바로 전화를 걸었다.

"오빠 왜 그래? 무슨 일 있어?"
"우리 엄마 비 오는데 한복 보러 가셨다."
"응? 오늘? 이 날씨에?"
"어, 네가 이런 건 딱딱 골라서 준비해야 하는데."
"뭐?"
"아니, 네가 잘 못 챙기니까 우리 엄마가 이 비를 맞고 한복 고르러

가셨다구."

"굳이 오늘 가셔야 하는 것도 아닌데, 왜 오늘 나가신 거야? 지금 어머니 한복 고르러 가셨다고 나한테 컴플레인하는 거야? …여튼 지금 바쁘니까 나중에 이야기하자."

그 순간 떠올랐다. 내가 너와 결혼하지 않았음에 안도했던 몇 년 전 그날이.

백화점 마감 시간대가 다 되어 아이크림을 사고 있었다. 그는 내가 상담하는 걸 옆에서 듣더니 갑자기 본인 어머니 것도 사겠다며 나섰다. 내 물건 결제를 하다 보니 폐점시간을 넘겨 아주머니 물건은 못 사게 되었는데, 그게 뭐라고 그는 집에 가는 길 내내 뚱한 표정으로 합죽이가 되었다.

"뭐야, 왜 말을 안 해. 말을 좀 해봐."
"너는 네 것만 딱 사냐? 엄마 것도 같이 결제하면 다 살 수 있었잖아."
"아니, 오빠 그때까지 고르고 있었잖아. 원래 어머니 것 사러 온 것도 아니었고. 나중에 사도 되고, 인터넷에서 사도 되는데 왜."
"오늘까지 할인이라며. 엄마도 아이크림 없어서 필요하다고 했었단 말이야."
"그래서 화가 난 거야? 어머니 거 할인할 때 못 사서?"
"…."
"대답을 하라고, 왜 갑자기 입을 닫아? 옆에 있는 사람 불편하게."

"…."

그 순간 생각했다. '다행이다, 이 남자랑 결혼한 게 아니라서. 다행이야, 지금 같은 집으로 향하고 있는 게 아니어서.' 그즈음에 꿈을 꿨었는데, 아직도 선명하다. 예지몽이었을까? 꿈속에서 오본휘와 결혼식장이었고 입장 전이었는데, 나는 한참을 버진로드 입구에서 움직이지 못하다 그대로 도망쳤다.

살면서 처음 맡는 초대형 프로젝트의 유일한 파트너가 나에게 의존만 하다 내 탓을 한다. 인륜지대사인데 너무 쉽게 결정하고 진행한 것일까? 결혼 후에 잘 사는 게 중요하지, 식 자체는 중요치 않다고 생각했다. 50인짜리 작은 행사라 여기고 한 달 남짓의 기간이면 할만하다고 판단했던 건데. 회사 일을 병행하면서, 모든 것을 두 달도 안 되는 기간 안에 해결한다는 게 처음부터 잘못된 것이었을까? 아직 어느 것 하나 제대로 정하지 못했는데. 결혼을 빨리하라고 시기까지 정해주셨던 어머님이 복병이 될 줄은 몰랐다.

몇 시간 뒤, 연락을 받았다. 그의 어머니는 동대문과 논현동의 한복집을 찾아갔는데, 첫 가게는 문이 닫혀 있어 토지 못했고, 결국 논현동 한복집에서 하기로 했다는 연락이었다. 하루 대여비만 한 벌당 150만 원이나, 어머님이 잘 말해서 인당 100만 원씩에 하는 걸로 정하셨다며. 한복집이야 어디든 상관없었지만, 그의 태도에 대해서는 서운한 마음을 털어놓아야 할 것 같았다.

"논현동 좋다. '실크꾸뛰르'라고? 우리 엄마는 뭐 크게 신경 안 쓰실 테니 괜찮아. 근데 오빠, 내가 이미 한 군데를 정하고 두 번째 옵션을 위해서 오빠한테 세 개 중에 하나만 골라 달라, 그것만 부탁한 건데 그것도 어려웠어? 그래서 어머님께 미루고, 상황을 이렇게 만든 거야? 난 지금 할 게 너무 많은데, 아무것도 못 하고 있어. 좀 나누면 안 돼?"
"하아, 내가 중간에서 뭘 어쨌다고 엄마랑 너랑 둘 다 나를 힘들게 하는 거야. 다들 나한테만 뭐라고 해."
"어머님이 오빠한테 뭐라고 하셨어? 오빠를 몰아세우겠다는 게 아니라 서로 이런 건 이야기를 해야 앞으로 비슷한 일이 생겼을 때 더 잘 해결할 수 있잖아. 같이 살면 이것보다 수십 배 힘든 일이 많을 텐데 그때마다 이럴 거야?"
"아니이…. 안 그로 꼬야." 언성이 높아지자 오본휘는 갑자기 혀 짧은 소리를 냈다.

"중간에서 마치 내가 아무것도 안 했다는 듯이 기쁨이 바쁘니 어머님더러 하라고 말씀드려 버리면 오해하시잖아. 회사 언니들 꼼꼼하기로 이루 말할 수 없는 사람들이야. 그 언니들이 추천하는 걸 보면 괜찮은 것 같고, 내가 봐도 적당한 것 같아 말씀드린 건데 그걸 보고 싼 티라고 하셨다니 솔직히 속상했어."
"아… 아기야, 사실 내가 운전할 때 문자 받은 거라서 한복집 골랐다고 한 건 못 봤어. 플래너가 골라준 세 개를 그대로 엄마한테 전달했을 뿐이야."

"내가 보낸 문자도 제대로 안 읽은 거야? 뭐 한복은 정해졌으니 따르면 되는데, 오빠 나 힘들어. 다음엔 신경 좀 써줘."

"아니야, 내가 엄마한테 말할게. 기쁨이가 선종 하나는 정했는데 내가 못 본 거라고."

"됐어. 정한 거긴 뭘 정한 거야, 그냥 옵션 하나만 드릴 수는 없으니 여러 개 보실 수 있게 알아본 거지. 다 정해졌는데 그러지 마."

한 달 반 만에 모든 결혼준비를 끝낼 수 있을 줄 알았다. 보통 몇 년씩 걸린다던 시험도 몇 개월이면 붙었고, 다소 무리한 일정의 프로젝트도 어렵지 않게 해내왔다. 먹고 자는 시간까지 줄여가며 쥐어짜 내듯 데드라인을 맞췄던, 나를 극한으로 몰아붙여, 불가능할 것 같았던 일들을 성공시켰던 나의 경험이, 그 자신감이, 아니 그 바보 같은 자만이. 그간 해오던 것과 전혀 달라 수많은 요소들을 고려해야 하는 결혼식도 짧은 기간 내에 해낼 수 있으리라 착각하게 만들었다. 잘 생각해 보면 내가 단기간에 이룰 수 있었던 많은 것들은, 내가 온전히 조절할 수 있었던 일들이었는데, 그 차이를 간과했다. 자만은 나를 현명하지 못한 길로 이끌었다.

그와 전화를 끊고 한 시간쯤 지났을까? 그때까지도 나는 회사였고, 고객의 사원총회 문제가 꼬여 야근을 하고 있었다. 다시 전화벨이 울렸다.

"기쁨아, 엄마가 네가 알아본 곳 거기도 가봐야 하지 않겠냐고 예약하라고 하셨어."

"내가 그러지 말랬지. 어머님이 하고 싶으신 데를 골라 왔는데 왜 그 이야기를 꺼냈어! 바보같이. 거기 안 가도 돼. 나도 잘 모르는 데야."

"아니야, 기쁨아. 엄마가 예약하래. 예약해 알았지?"

모든 일에는 그를 달성하기 위한 최소한의 노력의 양이라는 것이 있다. 원하는 결과까지 닿는 데에 치트키가 있는 것이 아니라면, 목적달성에 필요한 최소치의 시간과 노력은 쏟아야 운이라도 기대해 볼 만한 가능성의 범주에 들어온다. 그 최소요건을 맞추기 위해 하루에 더 많은 시간을 집중하여 쏟을 수 있다면, 준비 기간은 중요하지 않다고 생각하였었는데, 컨트롤할 수 없는 요소가 많은 이 판에서는 시간을 제대로 활용할 수 없었다.

나는 그것을 고려하지 못했고, 내 능력을 너무 과신하는 우를 범했다. 돌이켜 보면, 혼자 해내기 벅찰 만큼 수많은 요소를 고려해야 하는 과제를 처리할 때에는 나와 같은 자세로 일을 해내겠다는 팀원들의, 내 주변인의 헌신적인 지원이 있었다. 그에 반해 이번엔 누구보다 든든한 조력자가 되어줄 것이라고 믿어 의심치 않았던 나의 유일한 파트너와 보폭이 맞지 않았으니, 핸들링이 되지 않을 수밖에. 이것이 이 결혼의 예고편이라면, 아찔했다.

통조림 복숭아

아무 일도 없는 평시에는 서로 다른 시공에서 벌어지는 사건이라 전혀 연관성이 없어 보이는 것들도 평온을 깨트리는 이례적인 사건 하나가 수면 위로 올라오면, 다른 하나가 딸려 온다. 그렇게 그 뿌리를 향해 계속 가다 보면 전혀 관련이 없어 보이던 너무 많은 것들이 근원이 되는 문제 하나를 둘러싸고 촘촘히 연결되어 있음에 놀라곤 한다.

대한민국의 C 제과업체의 과장 김경태 씨는 주요 상품의 원재료를 해바라기씨유에서 카놀라유로 바꾸라는 회사의 결정에 업체를 알아보느라 정신이 없었고, 도쿄의 농림수산성에서 근무하는 스즈키 상은 '식량수입이 끊겼을 때 일본인의 식단'에 대해서 검토하라는 지시에 갑자기 시장조사를 나가야만 했다. 같은 날 독일의 루카 씨는 러시아

산 가스가 완전히 끊길 수 있다는 뉴스를 보고 땔감용 나무를 구하느라 전화통을 붙잡고 있었고, 인도 구라자트주 광물가공업체에 근무하는 라훌은 갑자기 근무시간이 주 48시간에서 30시간으로 줄자 아들의 생일선물을 사 주지 못할 것 같아 고뇌에 빠졌다.

우크라이나 전쟁으로 주요 곡물을 비롯한 원자재의 가격은 몇십 년 만에 사상 최고치를 찍었고, 에너지의 가격 또한 급등했다. 전쟁 당사자인 두 국가에서의 생산량 감소, 러시아의 유럽에 대한 자발적 공급 제한이 문제였다. 전쟁이 아니었다면 해바라기씨유 품귀현상이나 곡물 가격 급등은 없었을 테고, 김경태 씨와 스즈키 상이 야근하는 일도 없었을 것이며, 루카 씨는 요즘 시대에 땔감용 나무 따위 찾아볼 생각조차 하지 않았을 것이다. 더불어 라훌 씨의 회사에 다이아몬드를 공급해 왔던 러시아 기업 알로사를 포함한 러시아 기업에 대한 서방세계의 제재는 많은 이들의 삶에 새로운 양상을 낳았다. 결국 아무런 연관이 없을 것 같은 이 많은 모습들의 뿌리는 '전쟁' 단 하나였다.

오본휘는 또 고집을 부렸다. 그의 고집을 꺾어본 적이 없었다. 그의 고집을 꺾는다는 건, 그가 엄청 화가 나 '네 맘대로 하라'며 소리칠 정도에 이르지 않는 한 불가능한 일이었다. 내 말을 들을 그도 아니고. 어머님이 예약을 하라고 하셨는데, 안 할 수도 없었다.

"오빠, 선종 9월 17일이 제일 빠른 날이래. 2주 뒤긴 한데 앞엔 다

찼대. 그날 어머니들 같이 가시면 될 것 같아. 어머님 일정 확인하고 알려줘."

그리고 30분 정도 지났을까?

"기쁨아, 엄마가 17일 되긴 하는데, 아기뽕네 엄마랑 같이 가면 고르기 불편하다고 날짜 두 개로 따로 잡으래."

'어쩌다 내가 이렇게 다 하고 있지? 오본휘 네가 좀 하지.' 싶은 생각이 스쳤다. 그렇게 다시 예약 하나를 추가했다.

"17일은 어머님이, 24일은 울 엄마가 가시는 걸로 했어."

예약을 완료하고 엄마에겐 한복과 관련하 처음으로 통보했다.

"엄마 24일 날 한복집 예약해 놨는데, 그날 가서 봐봐."

토요일이 되었다. 어머님 한복 이슈만으로 점철된 한 주가 지났다. 간간이 예비신부들이 올린 글들을 보니, 결혼한다고 다이어트하고 피부관리를 받고 1년씩 준비하는 분들도 정말 많은 것 같은데, 피부관리는커녕 아무것도 못 했는데 벌써 9월이 되었다. 식이 다음 달이었다. 오늘은 토요일이니 오전에 웨딩드레스 스타일을 정하고, 미리 의견서도 고쳐놓아야, 저녁에 스냅숏을 찍고 내일 상견례를 할 것 같아 아침 일찍 일어나 급한 일부터 처리하고 있는데 전화 한 통을 받았다. 선종 한복이었다.

"저 신부님, 시어머니 되실 분이 화가 많이 나신 것 같은데 전화 한 번 해드려야 할 것 같아요."
"네? 무슨 일이죠?"
"아니, 신랑분 어머님이 예약 확인 전화를 주셨는데, 저희가 날짜를 말씀드리며 17일이 신부 어머님, 24일이 신랑 어머님이라고 안내를 했더니, 화를 어찌나 내시는지. 지금 숍에 계시는 다른 고객분들까지 다 들릴 정도로 불쾌해하셔서요."
"어머, 아니에요. 17일이 어머님, 24일이 저희 어머니가 가실 예정인데요."
"네, 저희가 임의로 기재해 놓은 것 같은데, 제가 그때 예약을 받았던 게 아니다 보니 입력된 대로 알려드렸죠. 여튼 전화해 보셔야 할 것 같아요."
"아, 네…. 알려주셔서 감사합니다."

이게 무슨 일이야. 왜, 뭐가 문제신데 한복집을 뒤집어 놓으신 거야…. 그에게 전화했지만, 진료 중인지 받질 않았다. 잠시 망설이다, 아주머니께 전화를 드렸다.

"어머니, 저 기쁨이에요."

"어머 기쁨 씨, 전화 잘했어요, 내가 정말 화가 나서."

"네, 어머니. 언짢으신 일 있으셨어요?"

"아니, 왜 내가 그 기쁨 씨가 예약한 한복집에 예약 확인을 하려고 전화했는데, **왜 그런 데서 일하는 여자들이 다 그렇잖아.** 수준 떨어지고 교양 없고. 전화 받는 예의도 없는 게."

순간 머리가 하얗게 되는 것 같았다. 그런 데서 일하는 여자들이라니….

"내가 진짜 어이가 없어서. 내가 나중에 보는 거야? 왜? 내가 먼저 가야 제대로 고를 수가 있는 건데."

"아니에요. 거기서 잘못 알려주신 거예요. 오빠한테 이미 말해두었는데, 어머님이 먼저 보시고 저희 엄마가 한 주 뒤에 보시는 걸로 했어요."

"아니, 내가 **둘째 며느리한테 당한 게 있어서, 또 이번에 응, 또 당하나** 싶어서 너무 화가 나는 거야."

"무슨 일이 있으셨길래…."

"사실 실크꾸뛰르라는 데는 이런 일반 한복집 이런 데랑 격이 다르거든? 전화 받고 응대하는 것부터가 뭐야 그 선종 그런 보통 한복집이랑은 차원이 달라. 선종은 전화부터 글러 먹었잖아."

"많이 불쾌하셨나 봐요. 어머니 실크꾸뛰르에서 하시죠. 선종에서 한번 불쾌하셨는데 선종 가는 건 아닌 것 같아요."

"아니, 내 말 들어봐. 기쁨이가 실크꾸뛰르 가보면 알겠지만 가면 미술관 느낌이야 딱 우아하게. 원장님은 전통 복식에 대해 대학원에서 제대로 공부도 하고. 거기는 전화하면 이렇게 하지 않아. 전에 되게 유명한 사진작가가 거기를 소개해 줬어요. 그때 본휘 아빠가 엘성전자 연구소장 할 때라 나를 기억하더라고. 그래서 내가 상휘 결혼할 때 찾아갔었는데 나를 딱 알아봐, 소장님 사모님이라고. 실크꾸뛰르가 얼마나 응대부터 고급스러운데, 여긴 이런 한복집에서 일하는 사람이 함부로 이렇게 참." 목소리에 화와 짜증이 그대로 묻어 있었다.

"예 어머님, 마음 푸세요. 선종에서 잘 모르고 그랬을 거예요. 아무 집이나 한 건 아니고, 주변에 안목 좋은 언니가 거기 좋았다길래 제안해 드린 건데, 죄송합니다." 내가 왜 그러는지 모르겠지만 그녀에게 계속 쩔쩔매고 있었다.

"내가 둘째 결혼시킬 때 실크꾸뛰르에서 하려고 다 알아보고, 견적도 받고 스타일도 다 봤는데 주은이네에서 갑자기 다른 데서 하겠다고 해서 나만 우스워졌잖아. 어찌나 불쾌하고 실크꾸뛰르에는 또 민망하던지. 그때 주은이네가 정해놓은 데서 주은이 어머니랑 같이하다 보니 내가 원하는 스타일로도 못 하고. 이번에 또 그렇게 또 당하는 건가 싶어서."

'전 어머니께 아무것도 하지 않았는데요. 왜 그때 둘째 며느리한테 실크꾸뛰르에서 하자 말씀하지 않고, 지금 저한테 그러세요. 저희 집에서는 어딜 정해서 하자고 한 것도 아닌데.'라고 하고 싶었지만 아무 말도 하지 못했다.

"기분 상하셨다니 죄송해요. 이번엔 실크꾸뛰르에서 하세요. 저희 엄마는 크게 선호 없으셔서 괜찮아요."
"아니지, 그래도 기쁨이가 찾아왔는데 여기도 보긴 해야지. 근데 실크꾸뛰르 거기는 기쁨이 어머니도 가서 보시면 다르다는 걸 알 거야. 거기 예약하기도 어려운데 내가 간다고 하니 그떠 소장님 사모님이라고 바로 시간 내주더라고. 그러니까 어머니 간다고 하는 시간 정해지면 나한테 말해요. 내가 예약해 줄 테니까. 이번에 가격도 우리 큰아들 장가보낸다고 하니 특별히 할인까지 넣어준 거라고."
"예 어머님, 제가 이 전화 끊고 바로 실크꾸뛰르 예약할게요."
"그래, 기쁨 씨가 이렇게 전화해 주니 그래도 좀 낫네. 그리고 선종도 볼 테니 그리 알아요."
"아, 어머니 진짜 안 보셔도 돼요."
"내가 실크꾸뛰르 하자고 해서 거기 했다는 소리는 듣고 싶지 않아. 이따 본휘랑 무슨 사진도 찍으러 간다면서, 얼른 들어가요."

전화를 끊자마자 예약하려고 실크꾸뛰르를 찾아보니 당장 토요일인 오늘부터 다음 주 내내 모든 시간이 다 비어 있었다. 실크꾸뛰르에 전화해 보니, 언제든 미리 전화만 주면 가능하댄다. 엄마에게 자초지종을 설명했다.

"기쁨아, 난 어디든 상관없으니까 그냥 실크꾸뛰르에서 하겠다고 해."

조심스럽게 어머님께 전화를 드리니, 그녀는 언짢은 목소리로 말했다.

"내가 선 어디? 거기도 본다고 했잖아? 그렇게 하자구. 응? 내가 정한 데로 바로 그렇게 하고 싶지는 않으니까. 거기 전화하면서 내가 나중에 골라야 한다길래, 둘째 결혼시킬 때 생각이 나서 기분이 너무 안 좋았는데 예약했으니까 그냥 하자구요."
"아… 예, 어머님 그럴게요, 알겠습니다. 쉬세요오."

둘째 결혼식 때 실크꾸뛰르 다 알아보셨다가 못 해서 이번엔 거기서 하고 싶다고 처음부터 말씀해 주셨으면, 그 시간에 다른 것들을 챙겼을 텐데. 한복 알아보라고 하셔서, 새벽까지 블로그 들어가서 후기 보고, 사진 비교해 보고 한복 잘 알지도 못하는데 한복집 여기저기 전화해 보고 혼자 발 동동 굴렀던 시간이 아까웠다. 아직 웨딩드레스 스타일도 한번 못 본 채, 혼주 한복집을 먼저 고르느라 그렇게 마음 썼거늘. 이미 마음에 정해두신 곳이 있었다니.

상휘가 먼저 결혼하지 않았더라면, 아님 본휘가 그 여자와 결혼 직전까지 가지 않았더라면, 그래서 어머님이 메이크업이든 한복이든, 부정적 경험이 축적되지 않았더라면. 아님 적어도 둘째 며느리에게 그때 "마음에 들지 않는다, 불쾌하다." 의사표현을 정확히 하셨더라면 어땠을까? 그랬다면 계속 준비단계마다 무슨 주장 한번 제대로 해보지 않은 나에게, 어머님 혼자 괜히 선제적으로 이런 포지션을 취하진 않았겠지?

오본휘는 모를 것이다. 어머님이 그가 아닌 나에게 그가 없는 순간에 어떤 모습인지. 5년 전 그 문자도, 오늘의 이 대화도 결국 나 혼자 겪은 거니까. 먼저 결혼해서 아주머니에게 지난 결혼에 대한 아쉬움과 맺힌 포인트들을 만들어 줬던, 그래서 예비 시어머니의 이런 모습을 결혼 전에 미리 볼 수 있게 해준 상휘네 커플에 감사라도 해야 하는 걸까.

얼굴을 보고 대화하는 것도 아닌데 왜 일어서서 전화를 받고, 전화를 끊는데 왜 고개를 숙이고 인사를 하고 있는지. 어디서 학습된 것인지. 어머님 심기가 조금이라도 불편하실까 한없이 저자세로 통화를 하고 나니 어깨가 결려오는 것 같았다. 사람 간의 관계에서 과도한 저자세는 상대방으로 하여금 잘못된 인상을 남긴다. 특히 상대가 행복하지 않은 삶을 영위하고 있는, 자존감이 낮은 사람일수록, 본인에게 저자세로 다가오는 사람은 더욱 만만하게 보고 함부로 대해도 괜찮다는 착각을 불러일으킬 수 있다. 겸손하고 예의는 지키되, 내가 잘 모르는 타인으로부터 존중받고자 한다면 그렇게 먼저 굽실굽실할 필요는 없다. 그럼에도, 예비 시어머니라는 지위는 한국 사회에서 양육되어 사회적 관습에 물들어 있는 나에게는 모든 인간관계의 기본을 뛰어넘는 특수한 자리라고 생각되었다. 그래서인지, 나는 기꺼이 자청하여 캔 깡통에 찌그러져 들어가 언제든 포크로 찌르면 찔릴 고유의 향을 잃은 통조림 복숭아가 되어가고 있었다.

오전에 뭐라도 하나 결정해 놓으려고 했건만, 집중할 수 없었다.

   '왜 그런 데서 일하는 여자들이 다 그렇잖아.
   수준 떨어지고…'

한복집에서 일하는 분을 그렇게 비하하다니. 어머니의 그 모습이 오본휘의 과거와 소름 돋을 만치 똑 닮아 있어 과거의 수많은 오본휘가 소환되고 있었다. 왜인지 모르게 거부감이 들어 그와 같이 살지는 못하겠다 느꼈던 그 숱한 순간들. 평소엔 초등학생 같다가 폭주하면 사정없는 그의 멘트들. 지방 사람을 무시하면서 사투리 흉내 내면서 희화화하고, 의대 출신이랍시고 의대, 해외 아이비리그 혹은 SKY 아니면 잡대라며 사람취급도 안 하고, 잘나가는 사람은 또 잘난척한다고 재수 없다고 욕하던 모습들이 주마등처럼 스쳐 갔다. 욱하면 갑자기 생각지도 못했던 경박하고 천박한 멘트를 날리던 그가 어디서 그런 버릇을 배웠는지, 왜 나의 끊임없는 지적에도 고치질 못하고 귓등으로도 안 들었는지 이제는 알 것 같았다.

자식 잃은 이들이 정부를 상대로 시위하는 걸 보며, 돈 몇 푼 더 받으려고 자식 팔아 저러고 있는 것들은 쓸어버려야 된다며 짜증을 내던 모습, 좀 퉁퉁한 남자를 보면 비웃던 모습, 길거리에 지나가던 어떤 남자를 보며 낄낄대며 그가 했던 말.

"하기쁨, 너 나랑 헤어지면 저런 애들이 와서 갈 걸고 막 그럴걸? 기쁨 띠, 더랑 돈까뜨 드실래요, 흐흐흐 파오우 꿈떡꿈떡."

　운전하다 조금이라도 기분이 나쁘면, 서울 시내 어디서든 마구 쫓아가 칼치기 위협운전을 해대고, 사람을 만나면 어느 동네 출신인지 유난히 따지고, 조금 경제적 여유가 없다 싶으던 못 사는 동네라서 사람들도 저따위라고 하는 둥 셀 수 없었던 그의 숨 막히던 멘트들이 어디서 나온 건지 이제 보인다. 2년 만에 다시 만난 그가 저런 모습을 보여주지 않아서, 조금이라도 변했을까 하는 일말의 기대감에 미처 생각을 못 하고 있었는데, 그의 어머니를 보니 이해가 되었다. 어쩌면 행복하지 않았을 그녀의 결혼생활과 낮은 자존감의 영향인 듯하여 안타까운 면이 없지 않지만, 근원적으로 모든 그의 행동의 기저에 무엇이 있는지 명확해졌다. 내 아들만 최고라는 잘못된 가정교육, 좀 더 정확히 말하면 그게 가능하게 한 주 양육자인 어머니의 삐뚤어진 인성.

남편보다 더
남편 같은 아들(Feat. 상견례)

대화란 입으로 전하는 언어의 내용만으로 하는 것이 아니다. 상대방을 바라보는 눈빛, 말의 속도, 표정, 말투, 추임새, 고개 움직임을 포함한 행동, 자세 그 모든 것에 녹아 있는 태도가 더 많은 것을 전달한다. 서로 다른 언어를 사용하는 외국인들끼리도 마음을 전하는 것이 가능한 이유도, 같은 문화권에서 살며 서로 같은 언어를 구사하면서도 왠지 모르게 불편함을 주고 마음이 닫히는 이유도 같은 원인에 기인한다. 상대방을 대하는 태도는 화자를 둘러싼 공기의 온도를 좌우하고 이러한 미묘한 기류는 단어와 문장의 사전적인 의미보다 더 많은 것을 보여주기 때문이다.

딩동딩딩, 새벽 6시 알람 소리에 눈을 떴다. 어젯밤 청첩장용 스냅숏 촬영을 마치고 드라이브스루로 먹은 빅맥 세트가 얼굴에 고스란히 남아 있었다. 대충 물 세수를 하고 에스프레소 더블샷을 마시며 랩톱을 켜본다. '결혼준비를 한다고 하니 일을 더 얹어주는 것 같은 느낌은 괜한 기분 탓이겠지.' 메일이 산더미였다. 주말인데 왜 이렇게 재촉하는 걸까. 로펌에는 사무실 귀신처럼 주말에도 가정도 없이 일하는 변호사들이 있다. 10년 전과 달라진 점이라면, 예전에는 어쏘가 일하고 파트너는 주말에 쉬었다면, 요새 주말에 일하는 건 파트너들뿐이고, 어쏘들은 메일 대답도 잘 하지 않는다.

아마도 소득주도성장 정책을 채택하였던 지난 몇 년간, 아이러니하게도 급여를 제외한 모든 자산의 가치가 급격히 올라, 노동의 가치가 땅에 떨어지다 못해 상대적으로 매우 하찮은 것이 되어버렸기 때문일 것이다. 로펌은 인적자산을 제외하면 아무것도 없다. 상대적으로 시간당 요율이 낮은 저연차 변호사를 굴려서 위에 파트너들이 이익을 챙겨 가는 시스템이다. 이에 로펌 어쏘는 잗자는 시간을 제외한 하루의 모든, 혹은 대부분의 시간을 그대로 회사에 바치고 이를 월급과 바꿔 오는 자들이었다. 돌아와서 보니 4년 차에서 8년 차 사이에 남은 어쏘가 겨우 두어 명이었다. 그걸 알아서인지 고인 물인 시니어 파트너들도 주말에 급한 건을 맡기려면 어쏘들 눈치는 보면서, 오히려 젊은 파트너들에게는 너무도 편하고 당연하게 일을 내렸다. 고약하고도 야비한 사람의 심리인 걸까? 사람이란 대우를 받으려면 적당히 어려운 존재여야 한다. 그걸 알면서도, 이렇게 생활하는 것이 당연했던 시기에 일을 배운 터라 일을 받은 건 안고 죽는 것이 숙명인 줄 알고 살고 있었다.

이메일의 문의 사항을 하나씩 쳐내고 나니 오전 9시를 조금 넘어 있었다. 내가 오늘 새벽부터 부산을 떨었던 이유. 오늘은 상견례를 하는 날이다. 물론 일반적인 상견례는 절대 아니었다. 그의 어머니의 등쌀에 못 이겨 예식장 시식 자리를 상견례로 바꾼 터였다. 식장의 이사님이 신경 써주시겠다고는 했지만, 그 식장엔 그럴만한 별도의 룸이 없었다. 당일이 되어서 상황을 보고 처리해 준다셨기에 아침에 확인해 볼 필요가 있었다.

"이사님, 저희 오늘 식사 어떻게 진행될까요? 어느 정도 독립된 공간이었으면 하는데요."
"오늘 보니 다른 분 식 진행하실 때 별도 식당에서 하실 수밖에 없을 것 같아요. 4인 제한 때문에 테이블도 따로 쓰셔야 하고요."
"알지만 조금이라도 프라이빗하게 해주실 순 없을까요? 죄송해요, 어려운 줄 알면서."

고집은 그녀가 부렸는데, 처리하는 건 나였다. 내가 생각해도 얼굴이 화끈거렸다. 굳이 시식을 상견례로, 그것도 4인과 2인은 별도로 떨어져 앉아야 하는데 어머님은 그걸 해내라고 하셨고, 억지 요청에 부탁까지 하고 있는 건 나였다. 4인 제한이 있으면 그 룰에 맞게 상견례는 생략하든지 아니면 다음 달에는 풀릴지도 모르니 좀 기다리든지. 꼭 하고 싶으면 신랑 집에 초대하여 상견례를 했다는 글도 본 적은 있었다.

식장에서 어렵다고 할 때 그대로 전달해서 내가 커트할걸. 예식장에서는 뭐라고 생각할까. 괜히 그쪽 업무 범위도 아닌데 요청하고 있는 모습이 내가 봐도 답답했다. 그녀의 고집에 내가 이렇게 대신 욕받이가 되고 있었다. 뭐랄까. 마치 업계 상황을 잘 도르는 VIP 클라이언트가 강하게 요청하는 사항을 단칼에 자르지는 못하고, 그 40%라도 협상장에서 주장하는 시늉이라도 해야 하는 상황에 처한 변호사가 된 듯한 기분.

상견례인데 오픈된 식당에서 다른 손님들과 섞여서 식사하게 되다니. 식장에 잔뜩 읍소는 해놨지만. 요구가 받아들여지지 않으면 최악이었다. 그에게 알리기라도 해야 할 것 같았다.

'고객이 전화를 받지 않아 음성사서함으로 연결됩니다….'

그가 자고 있을 거라고 예상은 했지만, 세상 편하게 잠들어 있는지 네 번 넘게 걸었는데도 받지 않았다. 나만 또 수습하려고 아등바등하고 있는 건지. 예식장과 그 뒤로도 수차례 더 통화를 했고, 이사님은 한편에 병풍을 쳐서 다소 아늑한 공간을 만들어 주시겠다고 했다.

"아, 정말 감사합니다. 이사님. 죄송해요. 바쁘실 텐데 너무 번거롭게 해드린 것 같아요. 신경 써주셔서 정말 감사합니다."

10시 40분을 막 넘겼을까. 그제서야 잠에서 깬 그가 콜백을 했다.

"나 지금 일어나써, 얼른 씻구 갈게. 늦어서 미안해. 커피 사 갈까?"
"일어나기라도 해서 다행이다. 얼른 준비하고 나와."

그의 가족 따로, 우리 가족 따로 가면 되지 않을까 싶었는데, 오본휘는 너무 자연스럽게 나를 픽업 오겠다고 했다. 늘 그렇듯 잠만보에게 오전 약속은 쥐약이었고, 오늘도 늦었다. 예식장 주차장에 들어서는데 양가 부모님 차량이 보인다. 우리 없이 네 분이 앉아 계실 생각을 하니 아찔했다.

그 시각.

웨딩홀 예약실 옆 회의실에는 넷이 아니라, 세 명이 앉아 있었다. 오본휘의 아버지 오석진은 먼저 기다리고 있던 하기쁨의 부모님과 웃으며 인사를 나눴고, 그의 아내 천정례는 주차를 하고 곧 들어올 거라는 말을 전했다. 늘 기사를 두었던 기쁨이 아버지보다는, 기쁨 어머니의 운전실력이 훨씬 좋았음에도, 기쁨이 아버지 하정석은 아내와 둘이 차를 탈 때만은 본인이 운전을 자처했다. 도로에서 신경 쓰는 것이

수고스러우니 운전은 본인이 하는 것이 마음 편했고, 장거리 운전으로 교대가 필요한 경우가 아니라면 아내를 편하게 해주고 싶었다. 한 명이 주차를 하더라도 부부가 늘 같이 다녔기에, 오석진이 천정례를 두고 왔다는 말에 정석은 잠시 주춤하였다. 이내 "허허. 아, 예 그러시군요."라고 대답하던 찰나, 천정례가 문을 열고 들어왔다.

윤도경은 정례가 들어서자마자 일어서 먼저 고개를 숙였다. 실제로 정례가 도경보다 한 살이 많기는 하였다지만, 정례가 더 어렸다고 해도 상황이 별반 달라지지는 않았을 것이다. 나이가 무슨 상관이랴, 우리 딸의 시어머니가 될 여자인데, 도경에겐 첫 만남이 조심스럽고 조심스러웠다. 천정례는 그런 윤도경을 보고도 고개도 까딱하지 않았다. 고개를 빳빳이 세운 채 그저 입으로 "아, 안녕하세요."라고 뱉었을 뿐.

"오빠 빨리 좀 와, 우리 늦었잖아."

오본휘는 느렸다. 오랜 회사생활로 의전이 몸에 배었던 기쁨과 달리, 수련 중에 무단으로 도망쳐 퇴사 처분까지 받았을 정도로 마이웨이였던 본휘는 그저 천천히 걸었다.

"어머님, 아버님, 늦어 죄송합니다."

대기실로 들어가자마자 기쁨은 고개를 숙여 오본휘 부모님 쪽을 향해 사과를 드렸다. 다만 뒤이어 들려야 할 본휘의 "안녕하세요, 죄송합니다." 그 어느 것도 없었다. 문 닫는 소리만 들렸을 뿐. 대기실에는 공기의 냉랭함이 느껴졌다. 오석진은 웃으며 인사를 받았지만, 천정례는 골이 많이 난 표정이었다.

'우리가 오기 전에 무슨 일이 있었던 걸까.'

대충 예식장의 식전 분위기를 살피고 식당으로 이동했다. 오전에 하기쁨이 읍소로 얻어낸 병풍으로 둘러싸인 그 구석 공간에. 무늬로나마 방역규칙을 준수하느라 부모님과 당사자들의 테이블은 조금 떨어져 있었다.

천정례가 먼저 운을 띄웠다. 아들의 파혼을 상대방은 모른다는 듯.

"이렇게 오래 만나고 결혼을 하네요. 처음 만났을 때 결혼했으면 벌써 그 아이들이 초등학교 다니고 있을 텐데."

잠깐의 공백 뒤에 윤도경이 대답했다. "아, 그러게요. 그래도 이렇게 오래 걸려 결국 결혼을 하려는 걸 보니 인연인가 봅니다."

윤도경의 말이 끝났음에도 천정례는 대답을 하지 않았고 미소로 화답하지도 않았다. 천정례의 앙다문 입술 끝의 주름이 더 선명해지도록 더 굳게 입을 다물었을 뿐. 말을 씹는 버릇, 영락없는 오본휘였다. 그런 정례를 기쁨은 말없이 지그시 쳐다보았다.

아버지들 간에 의미 없는 날씨 대화가 오갔고, 직원은 미리 식사를 확인하였는데, 윤도경과 하기쁨은 양식을, 천정례와 오본휘는 한식을 골랐다. 양식에만 포함된 식전 빵이 제일 먼저 서브되자 윤도경은 앞에 놓인 빵 바구니를 살짝 앞으로 밀며 천정례에게 제안했다.

"빵도 좀 같이 드셔보세요."
"아니 오늘 시식하러 왔는데, 평가는 정확히 해야죠." 천정례는 무슨 미슐랭 블라인드 시식단이라도 된 양 단호하게 대답했다.
"아…. 아, 네." 윤도경은 빵 바구니를 밀었던 손이 민망하여 테이블 아래에 손가락을 가지런히 모았다.

정례의 뜻에 따라 억지로 시식 자리를 상견례로 만들었으면 오늘 메인은 시식이 아니라 상견례에 방점이 찍혀 있어야 했다. 참고로 시식과는 무관하게 식사 메뉴는 무엇으로 할지 기쁨과 본휘는 둘이 미리 결정해 두었으니, 처음부터 시식은 식사 구성 및 나오는 양을 가늠하는 것 그 이상도 이하의 목적도 없었다.

"기쁨이 동생은 지금 뭐 하나요? 기쁨이 동생도 기쁨이처럼 공부를 잘했나요?" 정례가 물었다.

"아, 지금 대학원 다니고 있습니다."
"어머, 그 집 애들은 유난히 공부를 오래 하네요?"
"네? 아… 뭐 어쩌다 보니 다들 하고 싶다는 공부가 길어지네요."
윤도경은 유리컵을 들어 마른 목을 적셨다.

기쁨과도 꽤 나이 차이가 나는 남동생이었다. 본휘보다 열 살이나 어려 아직 20대였으니, 아직 대학원에 다니는 게 이상할 나이도 아닌데, '유난히'라니. '아' 다르고 '어' 다른 법이다. 같은 말을 하더라도, 학문에 뜻이 있다든지, 애들이 공부를 좋아해 좋겠다든지 얼마든지 좋은 표현이 많은데 늘 그랬듯 천정례는 미련하리만치 어휘 선택에 서툴렀다.

'처음 사귀기 시작한 이후로 만 10년도 넘었다. 내 동생이 무얼 하는지는 충분히 다 알고 있을 법한 시간이고, 그런 것들이 궁금했으면 상견례 자리가 아닌 사전에 아들을 통해 파악하고 오는 것이 맞고. 경우에 따라 실례가 될 수도 있는 질문인데 아무렇지 않게 저렇게 던져놓고 공부를 잘했냐고 묻는 의도가 뭘까?' 하기쁨은 전채 요리로 나온 연어를 더 이상 썰지 않아도 될 만큼 썰어놓고도 자르고 잘라 더 잘게 조각내고 있었다.

"내가 기쁨이한테 바라는 게 몇 가지 있는데, 음…. 그중에 하나는 맏며느리가 될 거니까. 집안에 사람이 잘 들어와야 한다고, 둘째 우리 상휘네를, 뭐 주은이도 있고, 잘 챙기는 거예요. 큰 며느리로서 우애 있게. 우리 아들들은 둘 다 의사라 뭐 딱 학부만 끝내고 지금 벌써 자리 잡고 있긴 하지만."

'아, 저 이야길 하고 싶었구나.' 기쁨은 고개를 숙였다.

"우리 본휘랑 상휘 우애가 중요하다 싶어서 상휘 예과 때 일부러 본휘에게 돈을 쥐여주며 그걸 상휘 용돈으로 주라고 꼭 시켰어요. 그렇게 형한테 받아야 우애가 좋아질 테니까. 기쁨이가 맏며느리로서 그런 걸 잘 케어했으면 해요."

오상휘, 기쁨보다 한 살 많았지만 오상휘가 삼수를 했으니 대학 학번으로는 기쁨보다 하나 아래였다. 사실상 또래라 기쁨은 늘 상휘라고 지칭했지만, 본휘가 기쁨더러 제 동생을 '상휘 오빠'라고 불러야 한다며 지적하곤 했던 그 오상휘. 본휘가 상휘 용돈을 줄 수도 있겠지. 근데 본휘가 돈을 벌던 시절도 아니고, 어머니가 따로 큰아들을 시킨 것이라니.

우애라는 그 토픽은 판도라의 상자처럼 과거의 오본휘를 또 소환했다. 지금보다는 남자 보는 조건이 까다로웠던 기쁨의 어린 날, 그 많던 조건 중 하나는 '큰사위 노릇을 잘할법한 서글서글한 성격'이었다.

오본휘가 막내인 아버지와 외동딸인 어머니 사이에서 길러진 강제 주입형 형이라면, 기쁨은 맏아들인 아빠와 맏딸인 엄마 아래에서 자란 본투비 장녀였다. 외가 친가 통틀어 언니·오빠 하나 없고 아래로 동생들만 있었기에 누가 가르쳐 주지 않아도 명절엔 사촌 동생들과 놀아주고 있었고, 누가 뭐라고 하지 않아도 제 동생 하기현에 마음이 갔다. 남동생이 훈련소에 있을 때엔 남동생이 좋아하는 야구팀 스코어를 적기도 하고, 위로가 될 글귀를 남기기도 하면서 혹시나 낯선 곳에서 힘들까 하여 거의 매일 인터넷으로 위문편지를 남겼다.

그렇게 기쁨이 아끼던 동생이었는데, 기현이 재수를 결심했다고 하자 본휘는 다짜고짜 기현이를 의대에 보내야 한다며, 그의 경험을 공유했다. 상휘는 현역 시절 그다지 공부를 잘하지 못했는데, 재수를 결심하고도 정신을 못 차렸다고 했다. 오본휘는 그런 동생을 벽에 밀치고 정신 차리라며 다그쳤는데, 그렇게 형제간에 사이는 서먹해졌지만, 상휘는 오본휘보다 훨씬 좋은 의대에 들어갈 수 있었다.

"하기쁨, 멱살을 잡아서라도 기현이 의대 보내, 무조건 의대야. 안정적으로 이만큼 버는 직업이 없어. 우리 엄마는 나랑 내 동생 때 학원이며 입시며 다 알아보고 세팅을 해주셨는데, 너네 엄마는 그렇게 하지 않는 것 같아. 그러니 너라도 푸쉬해."

"진로는 자기가 충분히 고민하고 스스로 결정해야지, 어떻게 그렇게 강요하니?"
"답답해. 나이브한 소리하고 있네. 어차피 기현이 나이엔 뭘 잘 몰라. 길을 잡아줘야지."

그 후로 하기현은 다른 이공계 학과에 진학했고, 몇 년 뒤 연구에 뜻이 있어 다른 일반 대학원에 가겠다고 했다.

"기쁨아, 기현이 의전원을 못 가면, 대학원 말고 약전원이라도 쓰라고 해. 내 병원 근처에 약국 하나 차릴 수는 있게 해줄 테니까."
"뭐? 기현이 인생은 기현이가 알아서 할 거야."
"아냐, 자격증이 있는 게 훨 낫지. 근데 그렇게 병원 옆에 약국 차리면 약사들이 커미션이랑 이것저것 병원에 챙겨줘야 하는 건 알지?"라고 말했던 싸가지 없던 그가 소환되었다. '그 일을 왜 까마득히 잊고 있었을까.' 기쁨은 그날을 떠올리며 스프를 숟가락으로 뒤적이고 또 뒤적거렸다. 점점 선명히 떠올랐다. 제대 후 진로 때문에 고민하던 기현을 보고 기쁨과 본휘가 나눴던 그날의 대화까지.

"기쁨아, 나중에 우리 아이 낳으면 기현이한테 길러달라고 하자."
"뭔 소리야, 앞길 창창한 청년한테 무슨 애를 길러달라고 해."
"저렇게 계속 고민하다가 쭉 놀 수도 있잖아. 그럼 애나 봐달라고 하면, 조카니까 안전하기도 하고 딱일 것 같아서."

"왜 말을 그따위로 해. 그렇게 피 섞인 베이비시터 쓰고 싶으면 상휘나 오빠 어머니한테 맡기지 그래."

"상휘는 성형외과 의산데 애를 왜 봐? 그리고 우리 엄마 허리 아파서 지금 엄마 건강 살피기도 힘든데 애를 어떻게 봐. 원래 애는 친정에서 키우는 거지."

있지도 않은 아이를 가지고 기현을 무시하는 게 눈에 보여 오본휘는 남편감은 아니구나 생각하게 만들었던 그날을 기쁨은 떠올렸다. 성별이 다른 동생이어서 혹 나이 들면 멀어질까 마음이 쓰였던 적이 있다. 어려울 수도 있겠지만 친하게 살다가 고민이 생기면 매형에게 상담도 하고 같이 소주 한잔도 기울여 줄 수 있는 따뜻한 사람이 남편이었으면 했던 기쁨에게, 본휘는 절대 아니었다. 심지어 더 어렸을 때 만났던 구 남친들 중에서도 기현과 같이 야구하고 아이스크림 나눠 먹던 친구들도 있었는데. 그런 살가움까지는 아니더라도, 오본휘는 기본이 안 되어 있었고, 그의 가벼운 말들에 기쁨은 실망했었다. 그에 반해 기쁨은 연애하는 동안에도 상휘를 챙겨야 할 동생이라고 생각했다. 상휘가 집에 혼자 있는 날은, 본휘와 밖에서 맛있는 걸 먹으면 상휘 가져다주라며 포장해 달래서 들여보내곤 했으니.

결혼하고 동생들을 좀 신경 써줬으면 좋겠다는 말은, 천정례가 할 말이 아니고, 윤도경이 해야 할 말이었다. 조금이라도 교양 있는 대화를 할 수 있는 사람이었다면 "기쁨이가 맏며느리 역할을 잘해야 한다."가 아니라, "우리 아들이 맏사위가 될 텐데 잘할지 모르겠네요. 조금 서툴더라도 예쁘게 봐주세요."라고 말하는 센스를 보여주었을 텐데. 정례는 본인 아들이 어떤 사람인지조차도 제대로 모른 채, 그 자리가 어떤 자리인지 파악도 못 하고 맏며느리를 운운하고 있었다.

윤도경이 다른 말 없이 "아, 네."라고 대답하자 자기가 잘하고 있다고 생각했는지 기세가 더욱 등등해진 천정례는 말을 이어갔다.

"기쁨이에게 정말 바라는 건 식사예요. 전 아이들 어렸을 때부터 먹는 건 정말 중요하다고 생각했고 늘 잘 챙겨줬었는데, 기쁨이가 우리 본휘 식사를 좀 잘 챙기고 신경 썼으면 좋겠어요."
"기쁨이 어제 늦게까지 촬영하고도, 오늘도 새벽부터 일하다가 이 자리에 나왔습니다. 항상 일이 많아서 늦게 들어오고요. 아마 전문으로 집안일 도와주시는 분 도움받아서 둘이 잘 해결하지 않을까 싶습니다."

가족의 식사와 건강을 챙기는 거라면 누구 못지않았던 윤도경이다. 아이들 청소년 때는 물론, 늦게까지 일하고 오는 딸 아침이라도 제대로 챙겨 먹이려 아침에 몸에 좋다는 것들 준비해 두어도 시간 없다며 먹지도 못하고 나가는 게 그저 안쓰러웠는데, 다른 사람 식사를 챙길 여유가 있을까 싶었다. 기쁨이는 웬만한 건 무엇이든 스스로 잘 찾아 해결하는 아이였다. 하지만 뭔가를 하라고 시키면 반발심에 짜증을 내곤 했으니, 본휘 어머니에게도 딸 사용법을 알려드려야 할 것 같았다. 다만 혹 지금 뱉는 말로 책잡히진 않을까 누르고 눌러, 그저 에둘러 믿고 지켜봐 주십사 부탁하는 것밖에 할 수 있는 말이 없었다.

두 어머니 간의 그 대화는 여러 전제가 잘못되었다. 첫째, 오본휘는 누가 밥을 챙겨줘야 할 13세 미만 아동이 아니다. 둘째, 하기쁨은 미성년자 오본휘의 엄마가 아니니 그의 식사가 기쁨의 의무사항이 아니다. 기쁨이도 아이가 생기면 제 아이 먹는 건 어떻게 해서라도 살뜰히 챙기겠지만 오본휘는 끼니 정도는 알아서 처리할 수 있는 성인이다. 마흔이 다 된 아들이 아이는 아닌데, 아직도 아이라고 하는 걸 보니 정례는 본휘를 아이로 보는 것 같다만. 물론 부부간에 서로의 식사를 챙겨주는 그런 따뜻한 마음에 기한 제스처라면 당연히 신경 써야 하겠지만, 본휘의 식사가 반드시 기쁨이 담당해야 할 "일"은 아니다.

뭔가 본인이 그동안 엄청 건강을 챙겨주셨던 어머니였으니, 그래서 와이프가 될 기쁨도 그 정도는 해야 한다는 깊은 인상을 남기고 싶었던 것 같은데. 정례는 번지수를 잘못 짚었다. 기쁨은 만난 지 1년도 채 되지 않아 그저 본휘라면 모든 게 새롭고 잘 보이고 싶었던 작년의 그 약혼녀가 아니었다. 지난 10년간 본휘의 볼꼴 못 볼 꼴을 다 본 아주 케케묵은 오래된 여자친구였다. 본휘의 단점들, 아니 그 이상으로 본휘가 군대 이후 어떻게 살아왔는지 정례가 모르는 상황까지 다 알고 있던 빠꼼이었다.

기쁨은 생각했다. '어머니가 큰아들 건강을 그렇게 신경 썼다면 왜 아들이 기숙사 생활하며 식사라곤 낙지젓갈과 김 하나에 햇반으로 연명하는 동안 반찬 한번 안 챙겨주셨을까? 인턴, 그리고 그 긴 레지 기간 동안 오본휘가 컵라면으로 버티며 살아갈 때, 어머니는 왜 한 번도 아들 식사를 챙겨주신 적이 없었을까.'

오히려 진짜 자식들 건강 걱정하는 도경은 혼자 나가 생활하는 기현에게, 그리고 기쁨의 유학길에도 조금이라도 더 챙겨주고자 종류별로 밑반찬을 싸주는 어머니였는데. 기쁨이 병원으로 이것저것 사다 나르며 본휘를 챙기던 인턴 레지던트 5년간, 기쁨은 정례가 아들 음식을 한번 챙겨주는 걸 본 적도, 들은 적도 없었다.

집에서 본휘를 위해 엄청난 걸 해 먹이는 것처럼 말했지만, 정례는 겨우 서너 개의 반찬을 돌려가며 식사를 준비했고, 그마저도 사 온 음식을 데워주는 정도였다. 가족들 건강 생각해서 웬만한 음식은 다 집에서 해내는 금손 엄마였던 윤도경에 비해 천정례는 턱없이 부족한 전업주부였다. 그럼에도 정례는 아들의 건강을 극진히 살펴왔던 전도사인 것마냥 가면을 쓰고, 딸을 열심히 키워온 기쁨의 부모 앞에서 마치 식모 선발대회에서 요리를 제일 잘하고 고분고분한 식모를 뽑는 양 말하고 행동했다.

어련히 잘 살까. 결혼을 하게 되면 도우미 아주머니 도움받을 거라고 미리 말해준 것을 정례는 잊어버렸다. 30대 후반의 자라다 못해 늙어가고 있는 성인들이니 사 먹든 만들든 어떻게든 다 살아갈 것을, 듣지 않아도 될 말을 들은 기쁨은 조선시대 노비로 끌려가는 기분을 지울 수 없었다.

본휘의 가사 분담 수준에 대한 기대가 낮아, 집안일에 대한 마음의 준비를 하고 있었던 기쁨이지만, 상견례 자리에서까지 저런 말을 듣는 건 또 다른 문제였다. 본휘가 "기쁨이 요리도 배우고 있고, 나를 이렇게 잘 챙겨주는 사람이며, 우리끼리 잘 살 거다."라는 것쯤은 미리 본인 어머니에게 일러두었어야 했다. 적어도 정례의 '최소 사과 당근 주스 정도는 먹여야 한다는 멘트' 이후에 기쁨이 신경 썼던 걸 봤으면, 같은 내용이 상견례에서 반복되지 않도록 중간에서 잘 컨트롤해 두었어야 했다. 정례가 지레짐작으로 저렇게 상견례에서 날뛰지 않도록.

상휘는 결혼준비 과정에서 미리 어머니에게 "우리는 이렇게 하겠다."라고 선언하고 어머니의 과도한 요구는 딱딱 끊어낼 줄 알았다. 그에 반해 오본휘는 어머니의 폭주를 조금도 막지 못했다. 본인의 예비신부에 대한 칭찬도 하지 못했고, 본인이 부족한 것도 미리 부모님에게 말하지 않았음은 물론이다.

천정례는 딸을 지켜봐 달라는 윤도경의 말은 귀에 들에 들어오지도 않았다. 그저 예비 며느리가 바쁘다고 커버하는 윤도경의 말이 거슬려 기어코 한마디를 더하고야 말았다.

"우리 본휘도 하루 종일 환자들에 시달려 집에 오면 지쳐 하니 체력 관리가 필요해서요."

급격히 얼굴이 어두워진 윤도경은 급기야 어색한 침묵을 깨고 덧붙였다. "기쁨이 고모도 대기업 임원으로 일하는데, 요리는 잘 못하지만 따로 일하시는 분 도움받아 아이 대학도 보내고 잘 살더라고요."

그 말을 들은 정례는 미간에 힘을 잔뜩 준 채 몇 차례 헛기침을 했을 뿐 이렇다, 저렇다 아무 대답도 하지 않았다. 그렇지만 그녀의 대각선 맞은편에 앉은 기쁨은 보았다. 못마땅함이 얼굴에 잔뜩 배어 나와 못 들을 것을 들었다는 그 표정을. 며느리가 직접 내 아들을 케어해야 하는데 외부 손을 빌린다는 게 정례는 어지간히 마뜩잖았다.

오본휘의 아버지가 민망했는지 "아, 이 사람이 애들 건강에 신경을 많이 써서 그렇습니다."라고 말을 보탰는데, 그러자 천정례가 갑자기 남편을 쏘아붙였다.

"무슨 소리예요? 아직 내 말 안 끝났다구요!!"

아무것도 모른다는 듯 계속 밥을 욱여넣고 있는 오본휘 한 사람을 빼고, 모두가 눈을 크게 뜨고 정례를 바라보았다. 왜 저렇게 화가 많이 났을까? 기쁨이 마음에 안 드는 게 아니고서야, 정석과 도경의 입장에서는 이유를 찾기 어려웠다. '내 딸 애지중지 키웠건만 이런 자리에서 남편에게 저렇게 짜증을 낼 정도의 성미라면 며느리에게는 오죽할까.' 정석은 마음이 미어지는 듯했다.

"아시죠? 우리 본휘 이미 본인 병원도 차려서 자리 잡고, 집도 가지고 있고, 그 집이 19억 정도 하거든요? 19억. 모든 게 준비되어 있는, 내 아들이지만 정말 훌륭한 아이입니다."

본휘 소유의 분양가 5억 원대 주거형 오피스텔. 인터넷상에 게재된 최고 호가가 10억 후반이었을 뿐, 실거래가 기준으로는 역대 최고가도 15억이 되지 않았다. 상견례에서 집 가격을 이야기하다니.

"그럼요. 훌륭하죠. 오늘 보니 더 훤칠하더라고요, 듬직합니다." 정석이 본휘를 칭찬했다. 그의 눈엔 기쁨이가 세상에서 가장 소중해 누구를 데리고 온다 한들 아쉬웠을 것이다. 그럼에도 본휘를 정말 좋아한다고 했던 기쁨이 떠올라, 그는 정례의 말에 맞장구를 쳤다.

병원도 모두 빚, 집도 처음 구매 당시 받았던 대출에, 개원하며 추가 담보대출까지 또 빚, 지금 살고 있는 임차인에 보증금도 돌려줘야 하니 그것도 더해 현재로서는 빚덩어리인데, 천정례는 본인이 사

준 집도 아니면서 당당했다. 그에 반해 기쁨이의 부모는 수억 원씩 지원을 해주면서도 자랑 한마디, 집에 대한 코멘트 한마디 하지 않았다. 신부 측에 "본휘, 기쁨이 새출발하는 데 도와주셔서 감사합니다."라는 말은 못 전할지언정 정례는 대놓고 큰소리를 쳤다.

"우리 본휘는 너무 착하고 정말 엄마한테 살갑게 구는 애라. 이런 말 하긴 좀 그렇긴 한데, 아들이 둘이지만 둘째랑은 그렇게 정이 없고 마음도 잘 안 가요. 근데 우리 본휘는 생각만 해도 내 아들이라는 게 너무 자랑스럽고 가슴 벅찬 그런 아이거든요…."

기쁨에겐 처음이 아닌 대화였다. 둘째보다 큰아들을 훨씬 편애하신다는 그 이야기. 여러 번 듣다 보니, 기쁨으로선 남친이 예비 시어머니의 최애라는 사실을 이제는 받아들여야 할 것 같았다. 다만 기쁨은 궁금했다. '코로나 시기가 아닌 정상적인 상견례라면 둘째가 같이 와 있을 텐데, 거기서도 저렇게 강조하셨을까?' 아니면 '둘째도 알까? 친엄마가 본인을 별로 좋아하지 않는다는 것을?' 그때였다. 정례가 갈비탕에 든 고기 한 점을 씹어 넘기며 말했다.

"정말 본휘는 남편보다 더 남편 같은 아들이에요."

기쁨은 스테이크를 써느라 손에 쥐었던 포크와 나이프를 내려놓고, 본휘를 바라봤다. 본휘는 그 멘트가 뭐가 잘못되었는지도 모르고 계속 전복을 뜯고 있다. 얼마나 소름 끼치는 말인가. 반대로 기쁨의 아버지가 "우리 기쁨이는 와이프보다 더 와이프 같은 딸입니다."라고 했다면.

본휘가 기쁨을 아내로, 기쁨이 본휘를 남편으로 맞고자 서로 길러주신 부모님들과 만나는 자리였다. 그런데 '남편보다 더 남편 같은 아들'이라니. 정례가 그 말을 뱉는 순간 오석진은 멀리 창밖으로 고개를 돌렸다. 정례는 그 말의 의미를 알았을까? 물론 본휘는 부모님과 같이 살며 정례가 밥하느라 고생할까 배달 음식을 시켜주고, 고장 난 가전기기를 고쳐주며, 뭐든 정례가 모르겠다고 하면 척척 해결해 주는 아들이었다. 그렇다고 해도 사돈이 될 분들 앞에서 아들이 남편보다 더 남편 같다고 말하는 엄마가 몇이나 될까?

더 재밌는 사실은, 기쁨에게 본휘는 반려자라기보다 '아들 같은 남자'였다는 것이다. 자고로 남의 집 가장은 빼 오는 게 아니라고 했거늘. 정례의 눈엔 기쁨이 남편 빼앗아 가는 여자로 보였을 수밖에. 언제부턴가 아들을 키우는 마음으로 본휘를 대했던 기쁨에게 그 멘트는 이 결혼의 가장 큰 경고 사인으로 다가왔다.

그동안 말을 줄이고 줄이던 윤도경이 말했다.

"많이 서운하시겠어요."

"그럼요. 제 친구들이 우리 본휘 장가보낼 때 저 어떡하냐고 다들 걱정하고 그랬는걸요. 어쩌겠어요. 서운하지만 보내긴 해야지."

내일모레 서른아홉인 오본휘인데도, 아직도 많이 아쉬웠는지, 천정례는 마음을 숨기지 않았다.

"그러니 자주 오고 그래야죠. 둘째네도 얼마나 자주 오는지 몰라요. 일주일에 몇 번씩 아이 데리고 와서 놀고 가." 누가 들어도 자주 오길 바란다는 듯 천정례가 강조했다.

"뭘 그래. 시우 생기기 전까진 한 달에 한두 번도 잘 안 왔었는데." 오본휘의 아버지는 핀잔을 주었다.

"아니야, 주은이랑 상휘가 얼마나 자주 오는데. 전 주만 해도 서너 번은 왔어요."

되도록이면 딸이 쉬었으면 하는 바람에서 결혼하거든 친정집도 자주 오지 말라고 했던 윤도경이었다.

"기쁨이가 주말에도 하루는 출근을 해서, 잘할 수 있을지 모르겠네요. 잘 봐주세요."

윤도경은 부탁을 했고, 기쁨이의 아버지도 말을 더했다.

"본휘도 많이 바쁜 것 같더라고요. 사위 생기면 데리고 골프 치러 가려고 했는데, 토요일까지 진료하고 너무 피곤할 것 같아, 쉬라고 해야지 싶었습니다. 애들 없이 라운딩 한번 나가시지요. 허허."
"우리 둘째 며느리네 사돈어른은 고급 와인을 그렇게 좋아하신다는데, 둘째가 술을 못해서, 맞춰 드리지 못한다더라구요." 천정례는 둘째 이야기를 불쑥 꺼냈고, 그나마 본휘 아버지가 대답을 이었다. "아휴 좋죠, 그러시죠."

그렇게 후식이 나왔고, 천정례는 시식평을 했다.

"양식은 양이 많아 보이고, 한식 깔끔하게 괜찮은 것 같긴 한데 너희는 어떠니?"

상견례 내내 단 한마디도 끼지 않았던 우리였다. 오본휘는 자기 부모님이 질문하는데도 대답을 못 하고 나만 쳐다보고 있었다.

"한식은 오빠도 너무 많아서 남기는데, 양식에서 다시 하나를 줄이면 될 것 같아요." 내가 나서 대답하고 싶지 않았지만, 어른이 질문하시는데 멀뚱멀뚱 있는 것도 예의가 없어 보여 답했다.

"우리 몇 석으로 정해진 거지? 50인인가? 지금 룰이 뭐지?" 오본휘의 아버지가 물었다.

"네, 50인이요. 다만 홀 분리해서 진행하는 방안도 있다고 하니, 기다려 보려고요. 요새 매일 체크하는데 아직은 변화가 없습니다." 어찌나 머신처럼 대답하는지. 오본휘 부모님 비서가 된 것 같았다.

"그럼 친구들 많이 오면 주변에 호텔로 안내해야겠네? 루쏘 호텔 잡아줘야 하나? 그치?" 오본휘의 어머니가 내 눈을 맞추며 말했다.

'주변 호텔 레스토랑까지 알아보라는 말씀인가? 오빠네 결혼식 비용은 오빠가 커버하는 거라고 했는데 왜 나를 보시지? 작년 파혼녀네 집안은 동대문에서 장사를 크게 해서 경제적으로 매우 여유가 있었다고 들었는데, 그래서 결혼식 세팅까지 여자 집에서 다 했던 건가?' 싶어 머뭇거리고 있으니 석진이 말을 이었다.

"자네 친구들인데 뭘 애들보고 알아보라고 해. 각자 친구는 각자 직접 알아보면 되지."
"어어? 아니 그걸, 내가 그런 걸 어떻게 해요." 정례가 대답했다.

식사를 마치고 결혼식이 막 끝난 홀을 둘러볼 시간이었다. 실장님의 안내에 따라 결혼식장으로 들어갔다. 모두들 깔끔하니 이 정도면 괜찮아 보인다며 식장을 둘러보았다. 단 한 사람만 빼고.

"하아, 너무 조촐하네. 조촐해." 가장 앞서 걷던 정례는 탄식하며 고개를 절레절레 흔들었다. 2미터쯤 뒤에 걷고 있는 모두에게 들릴 만큼 큰 목소리로.

오늘 예식은 정확히 50인 예식이었고, 평소 같으면 200명도 들어갈 만한 홀에 띄엄띄엄 테이블 거리두기를 해둔 상황이었다. 텅 비어 보일 수는 있지만, 당사자인 우리도 현실과 타협하여 적당하다고 보고 정해놓은 곳을 어머님이 조촐하다고 하시니 기분이 좋지는 않았다. 이어 혼주 대기실을 보여주는데, 하나는 예식홀 층에, 다른 하나는 아래층에 있다는 안내가 있었다.

천정례는 그 말을 듣자마자 윤도경에 말을 건넸다.

"여기는 기쁨이 어머님이 쓰세요."
"어 아니에요, 저희가 다른 층으로 할게요. 여기 쓰세요."
"아니 그냥 쓰시라구요." 천정례는 짜증 내듯 말하고 돌연 예식장 이사님께 "여기 신부 측으로 해주세요."라고 쏘아대듯 주문했다.

아버지들과 오본휘는 뒤에 걷고 있었기에, 그런 천정례의 말을 듣지 못했다. 결혼식장 이사님은 내 눈치를 보며, "분위기가 왜 이래요."라고 속삭였는데, 쓴웃음 말고는 아무런 갈도 할 수 없었다.

홀을 모두 둘러보고 주차장으로 내려가는 엘리베이터 안. 사회생활이 몸에 밴 나는 어른들이 모두 내리실 때까지 열림 버튼을 누르고 있었고, 오본휘는 아무것도 개의치 않고 우리 부모님보다 먼저 엘리베이터에서 내려 걸어 나가고 있었다. 그 순간 그의 뒷모습을 보며 생각했다.

'오빠, 우리 어쩜 이렇게 각자 다른 층에 내려 서로 다른 길을 걷게 될 수도 있겠다.'

귀인:
조상님이 보우하사

상견례를 마치고, 예복을 보러 백화점으로 향했다. 차 안에서도 찝찝한 기분이 사라지질 않았다. 일요일 점심이라 그런지. 요새 코로나로 사람들의 발이 국내에 묶이자, 길 잃은 여유자금이 오픈 런이다 뭐다 해서 백화점에 쏟아진다더니, 사실상 만차라 지하 주차장만 몇 바퀴째 돌고 있었다. 그러다 겨우 나가는 차량 하나를 발견했는데, 오본휘는 잽싸게 그 자리에 차를 세웠다.

'오 럭키!'라고 생각하며 시동을 끄려는데, 우리 앞에 30대 초반 정도로 보이는 여성이 대형 SUV에 앉아 우리를 노려보고 있었다. 스포츠카라 유난히 낮았던 그의 차체에서 SUV는 꽤 커 보였는데 그 여자는 창문을 내리고 어디서 들어본 적도 없던 육두문자를 시원하게 날렸다. 뚜렷한 이목구비에 어디 가면 곱다는 말을 들을법하게 생긴 여자가 악다구니를 쓰며 쌍욕을 내뱉는데, 요는 자기가 기다리던 자리에 우리가 먼저 들어가 버렸다는 것이었다. 주차장을 배회할 때 그 자리를 기다리던 차량은 분명 없었는데.

갑자기 쌍욕을 들으니 '뭐 저런 게 다 있어.'라는 생각이 들던 찰나, 그 여자는 자기 할 말만 속사포처럼 내뱉고 좌회전을 했다. 오본휘는 "저년 가만 안 둬."라며 몇십 분 만에 찾은 자리를 버리고 엄청나게 빠른 속도로 그 차를 쫓았다. 백화점 지하에서 드리프트를 경험할 줄이야. 하지 말라고 소리를 치니 그는 차를 세워두고 뛰어갔다.

"이 미친년 찾기만 하면 죽여버려."라고 외치며.

그 여자 차가 움직이자마자 바로 뒤쫓았음에도 그 SUV는 흔적조차 보이지 않았고, 불행인지 다행인지 숱한 차들 사이에서 결국 그 여자를 찾지 못했다.

아무 말 없이 에스컬레이터를 타고 올라가는데 남주 아웃렛에서의 7년 전쯤의 그날이 떠올랐다. 우리가 헤어졌던 그 수많은 사유 중에 생생히 기억나는 두어 개 중 하나, 그리고 정말 크게 헤어졌던 그날.

오본휘 레지던트 1, 2년 차쯤, 우린 많이 봐야 한 달에 한두 번 얼굴 보는 게 다였는데, 몇 달 만에 제대로 된 야외 데이트를 나갔다. 늘 그렇듯 야외라고 하면 아웃렛이었고, 저녁엔 그의 친구들과 같이 저녁을 먹는 일정이었다.

그동안 계속 일한답시고 너무 앉아서만 지낸 탓이었는지, 잘 보일 사람이라곤 하나 없는 회사에 처박혀 너무 방심하며 살아온 탓인지. 평소 입던 사이즈가 맞지 않았다. 안 그래도 속상한데, 오본휘는 옆에서 "오 바다코끼리~"라며 계속 까불거리고 있었다. 장난도 한두 번이지, 한 치수 큰 걸로 보여달라고 점원분께 요청하는데 그가 살쪘다며 또 바다코끼리 드립을 치니, 더 이상 옷을 보고 싶지 않았다.

"오빠, 서울 가자 나 옷 안 사."
"아, 그냥 골라~ 특대 사이즈 달라 그럴까?"
"…옷 안 산다구, 바다코끼리 새 옷 입어서 뭐 해!"

그에겐 화나면 상대를 세상 하찮은 존재인 것처럼 경멸하는 표정이 있다. 너무 별로라 언젠가 그 표정을 본인에게 알려주었더니 그는 그게 그가 싫어하던 아버지의 화난 표정인데 자기가 닮아버린 것 같다며 고쳐보겠다고 한 적이 있었다. 그날 오본휘는 그 표정을 다시 지으며 오만상으로 나를 흘겨봤다.

"야, 네가 짜증 내니까, 다른 사람들이 날 쳐다보잖아."

그는 갑자기 매장을 나갔다. 그리고, 그대로 달렸다. 운동을 잘하고, 유난히 달리기는 더 잘해서 과거에 육상 대회에서 상을 휩쓸었던, 30대 초반의 남자. 나보다 20센티미터는 더 큰 남자 사람이 뛰는 걸 힐을 신고 있는 내가 따라잡는 건 처음부터 불가능했다. 어디까지 뛰나 위에서 내려다보는데, 그는 주차장으로 향하는 계단을 미친 듯이 내려가더니 그대로 차를 빼서 주차장을 빠져나갔다.

아웃렛에 도착했을 때 쇼핑하면서 불편할 것 같아 핸드백을 조수석에 두고 내렸었다. 메인으로 쓰는 카드 하나만 들고 내렸기에 지갑도 없었다. 그가 운전했으니 늦은 점심은 내가 산다며 푸드코트에서 그 카드를 건네주고 화장실에 갔었는데, 그걸 돌려받지도 않았다. 택시 앱도 없던 때였으니, 서울에 가야 하는데 손에 쥔 건 배터리가 13% 남은 핸드폰과 핸드폰에 꽂힌 집 출입카드밖에 없었다.

현금도 없고, 누구한테 전화해서 데리러 오라고 하기엔 서울도 아닌 남주였다. 남주 버스터미널로 가야 하나 싶었지만 가진 게 없어 아웃렛 내 버스 정류장에 멍하니 앉아 있는데 창피하게도 눈물이 멈추지 않았다. 내 친구들한테 와달라고 하기에는 너무 부끄럽고, 저녁에 보기로 한 오빠 친구 커플들 중 연지 언니에게 전화를 했다.

"언니, 오빠가 저 남주에 버리고 갔는데, 집에 갈 수 있는 방법이 없어요."

그때 결심했다. 내가 오본휘랑 결혼을 하면 진짜 병신이다.

40분쯤 지나 오본휘는 돌아왔다. 그저 겁만 주려고 나가는 척만 하려 했는데, 일방통행이라 멀리 가서 돌아올 수밖에 없었다는 괴물 같은 형체 없는 소리를 지껄이며. 핸드백만 받고 그 차는 안 타리라 생각했지만, 갈 길이 막막했던 나는 굴욕적이게도 그 차를 탔다. 그리고 집에 가는 길 내내 오본휘와는 말 한마디 하지 않았다. 그렇게 오본휘와는 그대로 헤어졌다. 새 차를 뽑던 그날부터 흰둥이라 불러가며 내 차마냥 아끼고 같이 꾸몄던 그의 흰색 승용차가 주차장에서 나가던 그 모습은 트라우마처럼 남았다. 그렇게 한참을 괴로워했는데 싹싹 빌던 오본휘를 다시 받아주기까지는 헤어졌던 기간이 꽤 되었던 것으로 기억한다.

한번 아닌 사람은 절대 다시 받아주어서는 안 된다. 끊어야 할 땐 끊을 줄 알아야 한다.

그때의 오본휘가 떠올랐다. 그의 욱함과 그 경멸하는 표정, 그래 그때 나의 결심은 그랬었지. 그는 화나서 핀트가 나가면 그렇게 끝없이 무서운, 그런 사람이었다. 초등학생이 고등학생이 되고도 남음직한 시간이 흘렀으니, 그때의 안 좋은 기억은 흐려져 있었다. 모든 기억은 미화되어서 그저 그리운 사람으로 남아 있었는데, 오본휘는 그런 면이 있는 사람이었음이 '쌍욕녀'를 계기로 다시 떠올랐다.

그 몇 초 안 되는 사이에, 차들이 줄지어 움직이던 그 **빽빽한** 주차장에서 갑자기 그렇게 사라진 쌍욕녀. 그 짧은 순간에 그의 결격 사유를 다시 환기시켜 주다니. 어쩌면 이 결혼에서 도망치라는 조상님의 계시가 아니었을까.

상견례 그 이튿날. 나는 유장일에게 전화를 걸어야만 했다. 유장일. 오본휘의 고등학교 동창이자 베프. 오본휘와 달리 싹싹했고, 오빠 친구들 중에서도 장일 오빠의 여친, 아니 이제는 와이프인 연지 언니와 넷이 제일 자주 뭉쳤기에 가장 편한 오빠였다.

"장일 오빠, 저 기쁨인데요. 오빠가 본휘 오빠 비프인 건 알지만, 사람 하나 인생이 걸린 일이니 솔직하게 팩트만 말해주세요."

결혼식이 한 달 남은 시점이었다. 한 달 전이라고 하면 모든 게 세팅되어 있을 것 같겠지만, 아무것도 준비된 게 없었다. 지난 2주동안 회사 복귀와 더불어 결혼준비를 하느라, 시간을 쪼개가며 이것저것 신경 쓰던 내가, 상견례 이후로 올스탑 상태였다.

처음부터 궁금했던 오빠의 파혼 사유였다. 시작하기 전부터 장일 오빠에게 묻고 싶었지만 오본휘의 체면도 있는데 선뜻 그의 친구들한테 그 사실을 물어볼 수가 없었다. 잠깐 오빠 어머니에게 확인해 볼까 하는 생각을 안 했던 것은 아니나, 묻는다고 제대로 대답해 주실 것 같지도 않았다. 어쩌면 오빠 버전의 파혼 사유인 "그 여자를 좋아하지 않아서."라는 말을 내심 믿고 싶었는지도 모른다. 내 정신건강을 위해 믿는 편이 더 편했을 테니.

"작년에 그 여자랑 왜 파혼한 거예요? 사유가 뭐예요?"
"그게…. 사실 부모님들 간에 충돌이 심해서, 상견례 때 충돌로 헤어졌어."

아…. 더 이상 들을 것도 없었다. 실낱같은 희망이라도 쥐고 싶었는데, 오본휘 자체에 대한 신뢰가 와장창 무너지는 순간이었다.

원준 오빠도 집안 간 충돌이라고 했는데, '나는 왜 그 말은 흘려듣고, 오본휘 버전의 말만 믿은 채 이 지경까지 온 거지?' 머리를 한 대 크게 맞은 것 같았다.

"…저희 상견례 했는데, 저희 땐 본휘 오빠 어머님이 저희 부모님 앞에서 오빠더러 **'남편보다 더 남편 같은 아들'**이라고…. 아무래도 이상해서 오빠한테 물어본 거예요."
"내가 본휘한테 이번에는 무조건 상견례 먼저 하라고 몇 번이나 이야기했거든? 하아, 이 자식 근데 또 식장을 먼저 예약하더라고."
"…."
"기쁨아. 너도 알잖아, 우리 쪽 엄마들 센 거. 근데 그땐 상견례 끝나고 상휘랑 본휘 아빠가 본휘가 불쌍하다고 할 정도였대. 본휘 엄마가 그 의사 여친 엄마한테 엄청 당했다고 하던데, **이번에 또 당할까 봐 먼저 선빵 날리셨나.** 본휘 어머니, 아들 파혼도 한번 하고 왔는데 이번에 왜 또 그러셨다니 좀 참으시지."

장일 오빠 말을 들으니 모든 게 명확해졌다. 오본휘랑은 이렇게 끝을 내야겠다. 더 이상 이 파혼남을 안고 갈 수 없다. 오본휘의 어떤 말보다 제3자인 장일 오빠의 선제공격설이 더 신빙성 있었다. 그만큼 그는 나에게 신뢰를 잃었다. 믿지 못하는 남자와 결혼 결심이라니, 그 역시도 내 잘못이다. 오빠 어머니는 둘째 며느리네에 "한번 당했다며 **또 당할까 봐**" 아직 어머니께 아무런 해도 끼치지 않은 나에게 한복으로 짜증을 내셨던 분이었다. 그런 분이니 큰아들을 파혼시켰던 과거 경험에 비춰 또 당할까 봐 처음 만나는 우리 부모님에게 그렇게 무례하고 교양 없이 천박하고 거만하게 행동했다는 게 너무 딱 맞아떨어졌다. 오본휘 너의 그 거지 같은 전 파혼이 없었다면 내가, 그리고 우리 부모님이 겪지 않았어도 되었을 일을.

우리 부모님도 맞받아쳤어야 했다. 말 한마디 끝날 때마다 어이가 없을 때가 많았는데, 우리 부모님은 단 한마디 반격하지 않았다. 동생에 따르면 집에 와서 한참을 창밖을 쳐다보시며 속상해하시더란다. 상견례에서 처음 만난 상대방 부모님 때문에 우리 부모님이 속상함을 겪어야 할 만큼 나는 허투루 살지 않았다. 멀쩡하게 자식 키워 제 앞가림도 못하는 파혼남이랑 결혼시키며, 혹여나 딸이 그 집에 미운털

박힐까 오빠 어머니 멘트에 대꾸 한번 안 하시고 그저 "아, 네."라고 하시던 부모님이 아른거렸다. 내가 부모님의 허락을 받으려, 본휘 아니면 결혼 못 할 것 같다고 했던 말에 부모님이 상견례장에서 더 말씀을 못 하신 것 같아 너무 죄송했다.

"기쁨아 그래도 너 알지? 본휘는 전에 그 여자 만나면서도 너 못 잊었어. 결혼준비 하면서도 너 승진했다고 우리한테 이야기하고 그랬었다고. 작년에 결혼하려던 그 애는 청첩장까지 다 돌려놓고도 우리한테 보여준 적도 없어."
"아, 네…."
"걔 우리한테 결혼한다고 알리더니 그리고 바로 깨졌어. 그리고 본휘 엄마가 빨리 만회해야 한다고 그 새끼 선 엄청 내보냈거든. 미스코리아, 변호사, 의사, 수없이 만나보더니, 다 안 되고 너만 한 애 없다고 하더라. 본휘 크게 깨우친 거야."

모든 게 확실해졌다.
그가 사랑하는 여자가 나라서, 내가 목적이라서 돌아온 거라고 믿고 싶어 그렇게 믿었던 나의 잘못이다. 고맙게도 내게 솔직하게 그의 과거를 읊어준 오본휘의 베프 덕분에 나는 상황을 제대로 볼 수 있게 되었다. 그는 상견례 때 부모님들 간의 충돌로 그 여자와 깨지고 다른 여자들이랑도 잘 안되니, 가장 오래 본인을 잘 받아주던 나에게 돌아온 것이었다. 심지어 작년의 그 파혼마저도, 그의 어머니가 헤어져도 된다고 해서 결정 내렸다고 했었는데, 갑자기 마흔이 다가오니 이제 결혼은 해야겠으니 결혼을 위해서 가장 편하고 쉬운 선택지. 그에게 나는 그저 수단이었다. 늘 오본휘에겐 아낌없이 주는 나무였던 나라면 쉬워 보였겠지.

락다운, 그리고 다시 회사 복귀. 모든 것이 뒤엉켜 잠시 내가 미쳤었던 것이 분명하다. 그날 하루 종일 전화를 받지 않는 내가 불안해서인지, 오본휘는 그사이에 계속 전화를 해댔고 퇴근하기도 전인데 우리 집 앞에서 기다리고 있다고 했다. 그즈음 오본휘는 정작 결혼준비는 아무것도 하지 않으면서 병원 끝나면 매일 한 시간씩 달려와 나를 퇴근시켜 주는 택시기사 노릇만 주야장천 하고 있었다.

저녁도 거른 채 그저 죄인처럼 차에서 내 눈치만 보며 기다리고 있던 오본휘를 마주했다. 대충 상황을 직감한 오본휘에게 그의 어머니에게서 쌓였던 분노를 그대로 퍼부었다.

"어머니, 감정이 태도가 되시는 분이야? 처음 인사 간 날 나한테 그렇게 아무 말 대잔치 하셔도 아들이 귀해서 그러시겠지 싶어서 참았어. 우리 촬영 날 아침에 한복집까지 뒤집어 놓으셨을 때도 어른이시니 싶어서 어머님 비위 맞추려고 전전긍긍했고. 근데 처음 사돈 될 분들 만나는 자리에서까지 그건 좀 아니라고 생각해. 우리 엄마랑 아빠, 집에 오셔서 속상해하셨대. 나를, 우리 집을 조금이라도 존중하셨으면 그렇게 행동 못 하셨겠지. 60대 중반의 어른이 그러시는 거 정말 아니라고 생각해."

"맞아…. 우리 엄마 좀 그런 거 있어. 정말 미안해."

"장일 오빠랑 통화했어. 오빠 전에도 상견례에서 부딪쳤다며, 그래서 헤어진 거라며. 왜 거짓말했어?"

"…."

"이제 오빠에 대한 신뢰도 없어. 어머니가 그렇게 아들이 아깝다고 생각하시는 거면 결혼 못 할 것 같아. 의사에도 급이 있어. 오빠가 대단하다고 생각해?" 아주머니에게 화가 나니 오본휘가 정말 꼴도 보기 싫었다.

"하기쁨, 나 너 없으면 안 돼. 결혼해서 살다가 네가 죽으면 나도 따라 죽을 거야. 한날한시에 죽을 거야, 너 없이 못 살아."

"…."

이미 전적이 있는 남자였다. 나 없이 못 산다고 해놓고 그는 홀연히 떠났었다. 평생 믿을만한 신의가 있는 사람이냐? 아니, 다른 여자가 눈에 들어오면 언제든 나를 배신할 수 있는 남자, 그게 오본휘였다. 그러니 그의 말이 그대로 들릴 리가.

"기쁨아, 내가 어머님께 사과드릴게. 우리 엄마한테 너네 부모님께 사과드리라고 할게."

역치

오이디푸스 신화로 유명한 그리스 중부의 도시국가 테베. 그 테베의 왕비였던 니오베는 딸 일곱, 아들 일곱을 자랑으로 여기며 늘 이를 과시하였다. 당시 테베는 모성의 신 레토(망각의 여신 레테가 아니다)를 숭배하였는데, 레토에게는 제우스와의 사이에서 태어난 태양의 신 아폴론과 달의 신 아르테미스 쌍둥이 남매가 있었다. 올림포스 12신에 포함될 만큼 훌륭한 아폴론과 아르테미스였지만 레토에게는 둘 이외에 다른 자녀가 없었다. 이에 14명의 자녀를 둔 니오베는 자식이 둘인 레토에 우월감을 갖고 레토를 무시하였다.

레토는 분노하여 아폴론과 아르테미스로 하여금 니오베의 자식을 죽이라 이른다. 7명의 아들들이 아폴론에 의해 죽고 난 뒤 아르테미스는 딸들만큼은 살려두려 하였으나, 니오베는 여전히 아직 7명의 딸이 있음을 소리치며 패악질을 부렸고, 그를 본 아르테미스는 남은 딸들마저 모두 죽였다. 니오베의 남편 암피온은 충격으로 자살하였고, 니오베 역시 자식 자랑과 교만의 끝이 무엇인지 보여주며 울부짖다 돌로 변하였다.

그의 어머니 때문에 속상한 마음을 그대로 오본휘에게 잔뜩 퍼부었던 그날 밤, 단 한 순간도 눈을 붙이지 못했다. 머리가 멍하고 토할 것만 같은데 날은 밝아오고 있었다. 재결합하기로 하고 나서 하루도 마음이 편했던 적이 없다. 오본휘와의 결혼, 이게 맞는 걸까? 확신이 없이 계속 끌려가는 느낌이었다. 상견례를 마치고 나서는 머릿속이 더 복잡해 며칠간 계속 밤새 뒤척였는데 오늘은 그대로 밤을 꼴딱 새우고 말았다. 도저히 출근을 못 할 것 같았다. 전화로 회사에 연차를 내고 핸드폰을 닫는데 바로 그의 전화가 왔다.

"나 컵 깼어."

얼마 전 백화점에 들렀던 날, 그는 병원에서 쓴다며 머그컵을 샀다. 기왕이면 커플 머그잔으로 하자며 내 것도 같이 사 줬었는데, 그 잔을 깼다고 했다.

"조심하지, 안 다쳤어?"
"응, 안 다쳤어. 하나 더 사지 모, 아기 것도 다시 사야겠다. 커프루

잔이니까, 구칭?"

그의 어머니가 야속한데 그는 쉽게 미워지지 않았다. 사태가 심각하다는 걸 알았는지, 오본휘는 간호사들을 신경 쓰지 않고 병원에서 애교를 부리고 있었다.

"…아침에 어머니한테 말씀은 드렸어? 이런 상황이라는 거?"
"아니…."
"왜, 말씀드려야지. 어머님도 아셔야지."
"기쁨아, 결혼은 지금 안 하더라도, 헤어지면 안 되니까 신혼여행이라도 갔다 올까? 이미 아기 몰래 예약 내가 다 해놨어. 차도 제주도에서 젤 좋은 걸루 빌려놓고."
"그게 말이 된다고 생각해? 결혼을 안 하는데 무슨 신혼여행이야. 진료 시작시간 다 되어간다. 얼른 정리하고 환자 집중해."
"아죠…. 아기야, 이따 전화할게."

뭔가 꼬였는데 어디서부터 잘못됐는지 모를 느낌이었다. 중요한 것을 놓치고 있는데 그게 뭔지 모르겠고 눈앞이 뿌옇게 변하는 느낌. 우리는 장을 보러 가도 성분 라벨을 체크한 뒤 이 제품 저 제품 한참을 비교해 본다. 많은 시간을 보내긴 하지만 언제든 바꿀 수 있는 직장을 고를 때에도 곰곰이 따져본다. 어떤 업무를 하게 되는지, 같이 일하는 사람은 어떨지, 복지는 괜찮은지 모든 요소를 다 고려하려고 한다. 하물며, 인생을 송두리째 바꿀 수 있는 결혼은 더 신중했어야 했다. 이미 아는 이니까, 이 사람과 보낸 시간이 어느 정도 되니, 대충 이러한 범주이겠거니 어림잡아 예상하고 더 이상 고민하고 싶지 않아 그냥 질러버린 건 아닐까, 싶었다.

그와 헤어지고 햇수로 5년이 되었다. 이 정도면 웬만한 커플은 새로 만나 결혼하고 아이가 둘쯤 있어도 이상하지 않을 기간이다. 심지어 그 중 상당 기간은 그가 다른 이의 남자인 줄로 알았으니 그에 대한 마음이 똑같을 리가 없었다. 대부분 보정된 과거의 기억에 의존해서 이런 결정을 한 내가 미련스러워 보였다. 왜 그랬을까.

그가 올해 돌아오기 전, 그를 가장 마지막으로 보았던 것은 2년 전 어느 여름날이었다. 그는 선물을 사 들고 집 앞으로 찾아왔었다. 정말 오래된 친구처럼 동네에서 밥을 먹고 집 앞에서 내려주길래 기분 좋게 손을 흔들었던 기억이, 그와의 마지막이었다. 그래서였는지 마지막의 좋은 기억만 남긴 채, 그 전에 엉망이었던 모습은 내 정신건강을 위해 자체심의를 거쳐 잘라내어 미화시켰다.

평생 같이 살기엔 나와 너무 결이 다른 사람임을 이미 20대의 어린 나이에도 알았었는데, 그가 다른 사람과 결혼한다니 바보처럼 무너졌던 작년의 내 모습이, 왠지 더 오본휘 아니면 안 될 것 같다고 나를 착각하게 했는지도 모른다. 구 남친의 결혼을 축하해 줄 마음의 여유는 없고, 괜히 내가 쏟은 그 시간, 정성, 내 과거의 결정과 행동이 헛된 것이 아니었음을 증명할 기회도 없이, 부질없이 모든 것이 날아가 버린 듯한 마음에 나는 판단을 멈추고 상실감에 빠져 있었다. 내가 노력했는데, 내가 키웠는데 싶은 멍청한 욕심 때문에 그의 결혼 소식에 필요 이상으로 슬퍼했다는 것이 지금은 보였다.

지금 예민해져서 잠도 너무 부족하고, 이 결혼이라는 상황이 너무 나를 몰아붙여 스트레스 역치가 너무 낮아진 걸까-. 나도 모르게 자아검열을 시작해 본다. 평소 같으면 괜찮았을 일도 너무 민감하게 반응한 걸까. 그러기엔, 사회생활만 10년이다.

숱한 개떡 같은 상황을 참아오며, 새벽 서너 시까지 하는 야근을 몇 주씩 견뎌냈고, 예의 없고 기분 나쁜 멘트며, 진상 고객이며 내가 감내해 온 내성 범위는 상당히 넓었다. '그래 아들을 너무 사랑해서 그럴 수 있는 거고, 왜 파혼했는지 진실을 고백하기 어려워 대충 둘러댈 수도 있는 거고, 다 그럴 수도 있다고 생각하면 도두가 편해지는 거겠지.' 아무리 노력해 봐도 그냥 눈을 질끈 감기에는, 그렇게 하기에는 너무 싸했다. 결혼 전에 마음에 걸렸던 것 하나, 그걸로 결국 이혼하는 거라는데 결혼 전에도 저 정도이시면 나는 견딜 수 있을까.

심란한 마음을 붙잡고 카톡을 열어 어머님의 카톡을 다시 보았다. 나를 오빠와 마'찰'가지로 귀하게 여기신다니. 그걸 보면 달라질까 싶었다. 처음 어머니의 카톡을 받았을 때는 눈에 들어오지 않던 카카오스토리에 빨간 점이 보였다. 내 마음과는 달리, 매우 최근까지 어머니 카카오스토리 안에는 거의 매일 업로드된 즐거운 피드들로 가득했다. 딱히 누가 반응해 주는 이도 없었는데 그래도 꾸준히 얼굴 사진을 올리고 있었다. SNS를 전혀 하지 않는 나로서는 피드 속 어머니가 거대하고 높은 벽처럼 느껴졌다.

동기들 점심 식사 모임이 있는 날이었다. 컨디션은 꽝이었지만 오랜만에 동기들과 만나는데 당일 캔슬을 하고 싶진 않았다. 유난히 햇살이 좋아 테라스석에 앉아 있는데 등이 적당히 따뜻해서 가슴속 응어리가 녹는 것 같았다. 근황 체크를 하다, 그들의 결혼준비 이야기가 나왔다. 그날 나 빼고 다 유부남·녀였는데 상황은 모두 가지각색이었다.

A 군은 원래 증여받은 집이 있어서 집과 혼수는 무난했으나, 와이프가 결혼반지만큼은 3개월 치 월급 정도의 것을 해달라고 하여 그걸 맞춰 해외에서 배송받느라 골머리를 앓았다고 했다. 몇 년 전이라 5,000만 원 수준에서 막을 수 있었다며 너스레를 떨었다. 와이프는 결혼하면서 일을 그만뒀고 지금은 전업주부인데, A 군 집에서 결혼 허락을 받을 때는 며느리 학벌이 기운다고 생각해 처음엔 탐탁지 않아 하셨다고 했다. 그러나 막상 상견례 자리에서는, A 군 엄마가 무슨 하자 있는 아들 팔아넘기는 것처럼 자꾸 아들이 모자란다고 말해서 당황스러웠다고.

B 군은 늘 열 살 어리고 예쁜 아내를 자랑스러워했는데, 그녀는 프리랜서 강사랬지만 결혼 전에 일을 해본 적이 없었다. 와이프가 할 줄 아는 게 없어 본인이 다 체크해 가며 식을 진행했다고 하였다. 진정한 사랑이겠지? 로펌 어쏘 생활을 병행하며, 그 와중에 프랑스 웨딩 촬영까지 다녀왔으니 그의 열정이 대단해 보였다.

C 양은 마흔에 네 살 연하의 남편과 결혼했다. 시어머니가 아직도 의사들이 패널로 나오는 프로그램을 볼 때마다, 우리 아들이 의사 중에 제일 잘생겼다고 말해 표정관리가 안 될 때가 있다고. 그치만 적어도 결혼식 준비하는 동안에는 어머니가 그런 모습을 보이지 않아 식 전엔 전혀 몰랐고, 상견례 때는 서로 우리 아들딸이 부족하다, 잘 봐달라, 칭찬하며 화기애애하게 끝났다고 했다.

이야기를 듣고 있자니 내 이야기를 굳이 늘어놓고 싶지 않아 아무 말도 하지 않았다. 그럼에도 동기들은 내 표정을 읽은듯했고, 응원 한마디씩을 던졌다. 원래 결혼준비 할 땐 힘들다며. 곧 지나갈 거라고.

그날 밤 오본휘가 찾아왔다.

"나 엄마랑 이야기했어. 엄만 인지도 못 하시더라. 그냥 그 전날 한복 때문에 기분이 나빠서 상견례 때 표정관리가 어려웠던 것 같다고 하셨어. 넌 아무래도 딸이니까 너희 엄마랑 짝짜꿍해서 이미 한복집

정해놓고, 심지어 그 집에서 먼저 고르겠다는 것 같은데. 엄마 무시하는 것 같아서 너무 불쾌하셨대. 그래도 상견례 자리에서의 행동은 본인이 배려가 부족했던 것 같다고 하셨어."

"뭐? 배려가 부족했다? 어머님이 그렇게 말씀하신 거야?"

"응, '내가 배려가 부족했던 것 같네.'라고 말씀하셨어."

배려의 문제가 아니었다. 기본적인 예의의 문제였고, 그 태도의 근원이 문제였다. 또한 한국인이라면 배려의 용례 정도는 인지하고 있겠지. 배려는 그 뜻이 그러하듯 '사회적 약자를 배려하여', '소수자를 배려하여'와 같이 배려의 주체는 도와주거나 보살핌을 베풀 수 있는 상대적인 지위를, 객체는 그 반대에 처하였음을 전제로 할 때 "배려가 부족"하다는 말이 가능하다. '인턴사원이 대표이사를 배려하여', '난민 신청자가 대통령을 배려하여'와 같은 문구는 말이 되지 않는다. 그간의 오빠 어머니의 어휘 사용 수준을 고려하면, 그 뉘앙스를 인지 못할 분이기는 하나, "배려가 부족했던 것 같다."가 아니라 "내가 잘못했다." 아니면 최소 "실수했다." 정도는 인정할 수 있기를 기대한 것이 욕심일까.

그분이 직접 사과하시리라 기대조차 하지 않았지만, 그를 통해 들은 그의 어머니의 반응은 가히 놀라웠다. 엄마와 짝짜꿍은커녕 바빠서 최근에는 엄마 얼굴도 제대로 보질 못했다. 어머님이랑 한복집 관련 통화한 게 엄마랑 일주일 동안 대화한 것보다 훨씬 길었는데. 그녀

혼자 상상의 나래를 편 것 같았다. 전날 한복집 일이라면 그 점원이 어머님 심기에 거슬리게 전화를 받은 것, 그리고 이미 아들 통해서 미리 고르시라 알려드렸음에도, 본인이 한복집에 확인하다 오해가 생긴 것. 그에 대해 저자세로 어머니 말씀 다 들어드리고 해명한 것이 팩트다. 그게 그다음 날까지 화가 나서 상견례 자리에서 그렇게 행동하실 일인지 전혀 이해가 되지 않았다.

"오빠도 어머님이 먼저 가시는 거 알고 있었잖아. 그리고 사실과 달리 우리 집에서 먼저 간다고 한들 그게 그렇게 화내실 일이야? 처음에 같은 날 같이 고르시도록 예약했던 건데, 어머님이 따로 보고 싶다 하셔서 하루 더 예약한 거잖아. 보통 어머님들 같이 가서 많이들 보신대."
"아니거든, 우리 엄마가 남자네 집에서 먼저 고르는 거래. 그래야 남자네에서 원하는 걸 고르고 여자네 집에서 거기에 맞추는 거랬어."
"그럴 거면 상휘 때 그렇게 하시지. 왜 그때는 다 맞춰줘 놓고. 지금은 어머니 원하시는 대로 다 따르겠다는데, 그 상황에서도 저렇게 역정 내시는 거냐고. 이거 어떻게 생각해야 하는 거야?"
"그때는 제수씨네가 개념이 없었고, 또 이번에 우리 엄마는 너희 엄마가 먼저 가는 줄 알았나 보지. 딸이 알아서 딱 친정엄마 먼저 고르게 세팅해 놓은 것 같으니까."
"내가 그런 거 아니라고 했지. 선종 취소하자. 어찌 되든 여긴 취소하는 게 맞는 것 같아. 취소했다고 말씀드려, 내가 취소할게."
"아냐, 울 엄마가 실크꾸뛰르 취소한대. 엄마가 직접 너한테 말하신다고, 아직은 너한테 먼저 말하지 말랬어."

"오빠, 나 생각 좀 해볼게. 지금 상태로는 어머니 때문에 이 결혼 못 할 것 같아."

"기쁨아, 그러지 마. 제발 한 번만 넘어가 줘. 장인, 장모도 우리만 잘 살길 바라신댔잖아. 서운하셨어도 우리만 잘 살면 좋아하실 거야. 장인, 장모랑 우리는 따로 사는 거잖아. 별개의 가족이야."

"장인, 장모라고 하지 말랬지. 장인어른, 장모님도 아니고, 나는 어머님, 아버님 했는데 오빠 호칭이 왜 그래?"

"알았어. 장인어른, 장모님. 기쁨아…. 제발."

그리고 정확히 이틀이 더 지났다. 결혼을 안 할 게 아니라면 적어도 이번 주에는 웨딩드레스 숍 예약을 해야 했다. 그렇다. 나는 아직도 웨딩드레스도 못 고른 채 한복의 쓰나미에 휩싸인, 고구마 백 개 삶아 먹은 결혼식 한 달 남은 신부다. 끝없는 할 일의 연속이었는데, 하기쁨은 정상 작동을 멈췄다.

갈등상황에서 사람들은 결코 드라마 속 등장인물들처럼 모두 자애롭고 이성적이지 않다. 쌓였던 오해가 시간이 지나 자연스레 풀리고 서로를 용서하는 따뜻한 전개도 현실에서는 일어나지 않는다. 결국 드레스 예약을 하지 못한 채, 다시 주말이었다. 어머님이 실크꾸뛰르를 취소했다는 연락을 하실 거라고 전해 들었는데, 끝끝내 아무런 연락이 없었다. 나로선 실크꾸뛰르를 취소할 예정이라는 것을 모른다는 전제하에 엄마를 모시고 가야 하는지 애매했다. 어쩌면 우리 쪽에서 보고 마음에 든다고 해 자연스럽게 실크꾸뚜르로 하게 되길 기대하신 게 아닐까 싶은 생각까지 들었다.

  늦었지만, 일주일간 고민에 고민을 거듭했고, 내 머리로는 어머니가 나를 마음에 들어 하지 않는다는 것 외에는 이 상황을 설명할 수 없었다. 나를 탐탁지 않게 생각하시는 시부모님이면 결혼할 생각이 없었기에, 확인하지 않고서는 도저히 신혼여행에 갈 수 없었다. 신혼여행이 결혼보다 딱 한 달 빨랐으니 더 빠른 결정을 할 수밖에 없는 코너로 몰린 형세였다. 결혼이 한 달 전이면 이미 청첩장이 나와 알려야 할 시기인데, 청첩장은커녕 그의 프로필 사진엔 여자친구가 있는지도 모를 사진만 걸려 있었다. 작년에 한번 파혼했으니 이번엔 신중하고 싶었던 건지, 결혼을 꽁꽁 숨기고 있는 듯했다. 그것도 내 입장에서는 그다지 반갑지 않았다. 모든 게 혼란스러웠지만, 딱 한 가지만은 분명했다. '어머님의 유전자가 나를 통해 후대로 이어지는 일만큼은 정말 하고 싶지 않다는 것.'

  어떤 선택을 해야 후회하지 않을지. 충분히 시간을 가지고 생각을 정리해 보고 싶었다. 그러나 오본휘는 나에게 숨 쉴 틈을 주지 않았다.

  "오빠 나 오늘 머리 좀 식힐게. 연락 안 된다고 불안해하지 말라고 미리 말하는 거야."

정말 조금이라도 거리를 두고 나를, 그리고 상황을 객관화해 보고 싶었다. 그러나 내가 그렇게 부탁했음에도 약속도 없이 그는 우리 집 앞에서 기다리고 있다고 연락을 했다.

"오빠도 힘들 텐데 이러지 마, 좀 쉬어."
"아니야, 나 하나도 안 힘들어. 기쁨아, 나랑 저녁 같이 먹자."

그는 내 관심을 다른 데로 돌리려 했지만, 아무리 생각해도 귀국 비행기에서 결심했던 것처럼 어머님과 만나 툭 터놓고 이야기를 해볼 필요가 있었다.

"어머님 만나야 할 것 같아. 그러지 않고서는 안 될 것 같아."
"무슨 이야기를 하려고. 너희 부모님 속상하신 거? 우리만 잘 살면 돼. 사실 너 엄마 만나고 싶다면서 번호 달랬을 때, 엄마한테 말했었는데, 그때 엄마 불쾌해하셨어."
"아, 그래? 내가 만나고 싶다고 해서 불쾌하셨대…?"
"그니까 그냥 넘어가."
"오빠, 내가 처음부터 그때 어머니 문자 여러 번 말했는데 그건 어머니랑 대화해 본 적 있어?"
"그거 우리 엄마는 그런 문자 보낸 기억이 없대."
"뭐? 나한테 만나자고 연락하신 건 기억하고, 마지막에 우리 아들 의사를 존중한다면서 보내신 건 기억을 못 하신다고?"

"기억을 못 하는 게 아니라 마지막 문자는 보낸 적이 없대. 기쁨아, 네 기억이 잘못된 거야."

"내가 그때 오빠한테 전화해서 따지고 그랬었는게, 지금 내 기억이 잘못됐다고 말하는 거야?" 원래 가해자는 기억을 못 한다지만, 이제 와서 내가 잘못 기억한 거라니.

"어, 엄마가 그런 적이 없대잖아. 상견례도 그렇고 그냥 다 넘어가자. 그냥 결혼해서 잘 살면 돼. 무슨 엄마를 따로 만나."

그는 내가 생각을 멈추길 원했고, 나를 극구 말렸다. 그러나 온몸의 세포가 말하고 있었다. 그와 이대로는 결혼할 수 없을 것 같다고. 그날 밤 혼자 에어팟을 끼고 걷고, 걷고, 또 한참을 걸었다.

'오본휘 너를 좋아했지만, 너에 대한 마음이 진심이었던 것은 맞지만, 이 결혼을 진행하면 나에게 너무 미안할 것 같아. 내가 나를 지켜주지 않았어. 어쩌다 보니 내가 모든 걸 다 맞추고, 굽히고, 내가 너무 나를 싸구려로 팔아넘긴 것 같아서.

결혼을 하면 또 다른 가족이 생기는 거라고 생각했어. 가족과 가족의 결합이니 우리 가족과 잘 어울릴 수 있는 남자이면 했고, 내가 그걸 바랐기에, 나 또한 그런 며느리, 형수가 되어보고 싶었어. 결혼을 하면서 시댁에 바란 건, 어머니가 말씀하셨던 다이아몬드나, 금전적

지원이 아니야. 그저 딱 하나, '우리 아들과 결혼해 줘서 고맙다. 우리 기쁨이 예쁘다.'하시면서 나를 받아주는 마음, 그저 하나였는데 그게 없는 것 같아. 백 보 양보해서 예뻐하지는 않는다 해도 적어도 이상한 느낌 없이 적당한 정도로만 대해주셨어도 충분했을 텐데.'

내 남편 될 남자를 본인 남편보다 남편 같다고 하시는 시어머니라서, 아들이 한없이 아깝다고 생각하시는 게 너무 티가 나서, 버틸 수 있을지 자신이 없었다. 저런 됨됨이면 내 아이의 조모로도 못 견딜 것 같고, 이미 답은 나온 것 같지만 직접 여쭤보지 않고는 안 될 것 같았다. 그가 못 하게 막지 않았으면 미리 뵙고 조심스레 "그간 서운한 게 있었습니다. 어머님 저 좀 예뻐해 주세요."라고 했었을 테지만 이미 늦었다. 다만, 정리하더라도 한 번의 확인은 해보고 싶었다. 기왕이면 아주머니 언어로, 아주머니의 기준으로.

> 저 기쁨이에요, 고민 많이 했는데, 말씀드려야 할 것 같아 카톡 드려요. 어디서부터 말씀드려야 할지 모르겠지만, 사실 지난 6년 간 오빠가 저랑 결혼하고 싶다고 할 때마다 오빠를 밀어냈던 건 어머님 때문이었어요. 어머님 저희 헤어진다고 할 때 저한테 마지막으로 보내셨던 그 문자, 저에게는 큰 상처였습니다. 그래서 시어머니가 아들의 여자친구를 그렇게 함부로 대하시는 분이면 어렵지 않을까 생각했었구요.

그래도 이번엔 오빠 파혼경험도 있고, 전보단 괜찮겠지 생각했는데. 제가 인사 갔을 때도 그렇고 상견례 때도 오빠 집이 얼마며, 과거 연봉이 얼마며, 말씀하시는 걸 보니 당황스러웠습니다. 저 오빠 사귈 때도 나라고속 고명딸, 무슨 저축은행장 딸, 해외대 나와 하프 한다는 친구, 계속 소개팅하라고 하시고, 집 해 오는 여자들 많다고 하셨잖아요. 둘째네도 주은 씨가 반포에 집 해 왔다고 들었는데. 저도 기본급만 수억 원은 되고, 신혼집 전세도 다 제가 하고, 심지어 오빠 적자라 생활비도 전부 제가 댈 예정이었는데 그래도 제가 마음에 안 드셔서 그러셨던 건지 궁금합니다.

기쁨 씨 매우 놀랍고 어이가 없네요. 경우에 어'근'나서 어디서부터 지적해야 할지 모르겠네요.

죄송합니다. 자꾸 주은 씨네 기준 삼아 말씀하신 것도 너무 속상했구요. 작년에도 백제호텔에서 오빠와 결혼하려던 그 여자분, 그분도 상견례에서 충돌로 깨졌다고 알고 있는데, 어머님 이번에도 제가 부족하다고 생각하시는 거면 이 결혼 안 하는 게 맞을 것 같아서 여쭤보고 싶었습니다.

두 번의 파혼과
그 공통분모

   심리학자 Terri Apter가 20년 넘게 전 세계의 수백 가족을 조사한 결과, 전체 커플의 75%가 배우자의 부모와의 관계에서 비롯된 문제가 있다고 하였다. 다만 장모와 사위 간의 관계에 기인한 심각한 문제가 있다고 답한 비율은 15%에 그쳤다. 모집단의 60%가 넘는 여성이 고부갈등에서 비롯한 불행과 스트레스를 겪은 바 있고, 67%의 며느리는 시어머니가 질투, 혹은 아들에 대한 모성애를 종종 드러낸 바 있다고 하였다.

   대개 고부갈등은 서로를 좋아하지 않을 것이라는 고정관념에 기반한 부정적 지레짐작, 한 남자를 두고 서로 다른 형태의 애정을 가지고 있는 두 여자 간의 긴장감 혹은 집안에서의 안주인으로서의 지위를 놓고 상대방에게 느끼는 비가시적 위협, 모녀 혹은 부자관계에서는 볼 수 없는 성인이 된 아들이 어머니를 보호하려는 모자관계에서의 특수성, 남아를 우위에 놓는 것이 용납되는 사회에서의 조절되지 못한 본능의 발현 등을 원인으로 한다. 이를 반증이라도 하듯 《Evolutionary Psychological Science Journal》에 발표된 연구결과에 따르면, 어머니를 기준으로 할 때 사위보다는 며느리와 불화가 더 많다는데, 요즘에는 소수의 자녀만을 양육하다 보니 장모와 사위 간의 불화도 만만치 않은 것으로 보고되기도 한다.

"하기쁨, 너는 선을 넘었어."
"미안해. 나도 그런 방법으로 말씀드리고 싶지는 않았는데…. 그건 정말 미안해. 그 점에 대해선 어머님께도 따로 사과드렸어."

연장자라고 모두 우리가 기대하는 것처럼 포용력과 덕을 갖춘 것은 아니다. 나이가 들수록 더 높은 확률로 자기가 가진 캔버스 위에 자신만의 버전으로 다른 사람이 전달하는 내용을 소화시키고, 그동안 해왔던 고착화된 방식에 따라 자기 나름대로 결론을 내리는 경우가 더 빈번하다. 그렇기에 그들과 긴장감이 감도는 이야기를 해야 할 때는 더더욱 그 방식과 단어 하나하나를 고심하여 쓸데없는 부정적 오해가 생기지 않도록 내가 한 번 더 참아야 한다. 나는 오랜 기간 버텨보려 했지만 결국 참지 못했고, 그 점에 있어선 이론의 여지 없이 내 잘못이었다.

"기쁨이 네가 문자 보냈을 때 우리 엄마, 아빠, 동생네랑 같이 있었는데, 네가 그렇게 문자 보내서 우리 가족 다 놀랐대. 내 동생 화나서 난리 치고 진짜…. 하아."

"…오빠 동생은 알아? 어머님이 상견례에서 그렇게 행동하신 거, 다 오빠 동생 결혼시킬 때의 안 좋은 기억 때문이란 거?"

"…야 우리 가족이 그렇게 기분 나빠하는데, 나도 너를 뭐라고 네 편 들 수가 없어."

"묻는 말에 대답을 해, 말 돌리지 말고. 오빠 엄마 상휘 결혼시킬 때 주은 씨 부모님한테 당했다고 생각하셔서, 또 당할 수 없다고 그 전날 한복 때문에 그렇게 화내신 거라며. 상견례 자리에서도 전날 한복 사건 때 떠올린 기억이, 그게 너무 분해서 그대로 배어 나온 거랬잖아. 어머님 그때 주은 씨네한테 마음에 안 든다, 불쾌하다, 말했으면 이런 일 생겼을까? 둘째 장가보낼 때 감정 상하셨던 걸 꽁하게 가지고 있다가 괜히 애먼 나한테 화풀이하신 건데. 그땐 말 못 하시고 이번엔 똑같은 일 안 겪으려고 오히려 나한테 더 세게 하시다가 이렇게 된 거잖아. 자기 때문에 형 결혼 망친 거 알면서 거기서 나한테 삿대질하는 거냐고."

"…."

"내 말이 틀려? 오빠 작년에 파혼했던 그 경험 없었어도 어머님이 이번에 그렇게 무례하게 하셨을까? 또 분한 일 생길까 봐 먼저 그렇게 행동하신 거라고밖엔 안 보여. 오빠 과거 때문에 내가 왜 이런 일을 겪어야 하는 건데."

"…."

"오빠, 그냥 진행했으면 반려자가 되었을지도 모르는 사람인데, 오빠는 내가 그 문자 보낸 배경을 다 알면서 오빠네 가족이랑 다 같이 모여서 나한테 손가락질했다는 거잖아. 나에 대해 진심이었다면, 적어도 오빠는 나를 조금은 감싸줬어야 하는 거 아니야?"

"…."

"나 전에 입원했을 때, 오빠 우리 엄마 만나서 인사도 안 했지? 엄마가 출입증 건네주며 오랜만이라고 인사했는데 그냥 출입증만 쓱 받아 가며 고개 끄덕도 안 했다며. 도저히 감쌀 수 없는 싸가지를 보여준 거잖아. 그런데도 나 오빠 끝없이 커버 쳤어. 오빠가 숫기가 없어서 부끄러움이 많아서 그렇지, 알고 보면 그런 사람 아니라고. 사교성이 없고 해서 그런 거라고. 이번에도 우리 부모님 질문에 대답도 안 하고, 그대로 씹었지. 상견례장에 들어서면서 우리 부모님한테 인사도 안 했고. 그래도 내가 우리 가족들이랑 있으면서 오빠한테 화살을 돌린 적은 없어. 괜히 이래저래 둘러가며 오빠 대신 변명했다고. 근데 오빠는 가족들이랑 같이 나 욕했다는 거네."

"너 복수하는 거지? 그동안 내가 했던 말들, 내 행동, 이렇게 복수하는 거니? 복수하려고 그동안 일부러 참았던 거야?"

"…알긴 알아? 그동안 오빠가 어떻게 말하고 행동했는지?"

"하기쁨, 너 때문에 우리 엄마 당장 죽고 싶대. 네가 로펌 파트너면 다야? 그딴 게 뭐라고 이렇게 기고만장하게 엄마한테 직접 연락하냐."

"나, 오빠 때문에 돌아가기 싫은 회사도 돌아왔고, 내 진로도 바꿨는데. 막말하는 거야? 우리가 거의 부부와 같아서, 아이를 빨리 가지라는 이야기도, 오빠 아침 식사 챙기라는 이야기도, 오빠 부모님이 나한테 직접 그 정도는 말할 수 있는 거라며. 왜 내가 어머님한테 서운하다고 말씀드리는 건 우리가 부부라도 못 하는 행동이야?"

"야, 우리 엄마가 네 문자 때문에 죽고 싶다고 했다고. 아오, VC 투자 못 받은 거? 내가 그 갚아야 할 회사 의무복무 위약금 내줄 테니까 다니지 마. 변호사 그깟 게 뭐라고. 다니지 말고. 결혼 네가 그렇게 싫다고 하니까, 그래 그만하자. 어디서 우리 엄마한테 결혼 안 하겠다고 문자를 보내고. 니네 엄마가 시어머니한테 그렇게 했냐?"

"뭐? 내가 어머님 먼저 만나고 싶다고 수십 번 이야기했어. 오빠는 계속 못 하게 하면서 중간자 역할도 못 하고. 참아보려 했는데 상견례, 한복 거쳐오며 어머님 하시는 걸 보니 도저히 그냥은 신혼여행 갈 수가 없어서 보낸 거야. 충분히 물어볼 수 있는 걸 물어본 거고, 아니라는 대답이 필요했던 거라고. 넌 내가 힘들어했던 건 안중에도 없니? 그리고 어른한테 존댓말 좀 써, 가정교육 못 배운 티 내지 말고. 어디서 우리 엄마까지 들먹여."

"너네 부모님도 나한테 반말하잖아. 우리 부모님은 너한테 존대하는데 너희 부모님은 경우 없이 반말하잖아."

"야! 오본휘, 경우 없이? 딸 남자친구니 딸이랑 동급이고, 우리 부모님이 무슨 '~해라', '~하냐' 말투를 쓰시는 것도 아닌데 반말 지적하는 거야? 오빠네 부모님이나 우리 부모님이나 아버지는 두 분 동갑이시고 너한테 말 편하게 하실 수 있는 거 아냐? 웬일이니. 너희 부모님도 반말 쓰시거든? 오본휘 너는 내 동생한테 왜 반말해? 그리고 반말이냐 존대냐가 문제가 아니라 그 대화 내용을 봐야지. 뭐 아주머니 나한테 기쁨 씨라고 부르는 거? 누구 씨라고 부르는 거 자체도 하대야."

"…왜 넌 과거 이야기를 다 꺼내냐고, 예전 문자, 예전 소개팅, 내 파혼 이런 것까지, 다. 팽현숙이랑 최양락*을 봐."

그즈음 팽현숙과 최양락은 모 예능프로에 출연하였다. 팽현숙은 수완 좋은 사장님 포스를 풍기며, 쿨하게 최양락이 결혼 전 팽현숙 말고 다른 여자를 만났었노라고 에피소드를 털어놓았다. 이는 기사화 되었는데, 팽현숙처럼 여자와 관련된 남자 과거는 여장부 모드로 잊어야 하는 거라며, 그가 링크를 보내주었던 적이 있었다.

"왜 말 돌려? 프로그램에 나와서 이야기할 정도로 기억하고 있다는 자체가 이미 팽현숙 마음에 크든 작든 상처를 남겼다는 거야. 심지어 사귀기 전에 최양락이 만난 여자인데도 팽현숙은 그게 신경 쓰였던 거라고. 나를 두고 다른 이성을 만났던 건 그렇게 계속 남는 거야. 웃으면서 이야기할 수 있는 건, 그 후로 결혼하고 수십 년이 지났으니, 무뎌졌기 때문에 가능한 거고. 난 너 다시 만나 얼굴 본 지 고작 한 달도 안 됐어. 겨우 몇 주 만에 파혼녀에 관한 게 다 잊혀졌길 바라는 거야?"

....

* 대한민국의 유명 코미디언 커플. 코미디언으로는 1980년대에 주로 활동하였고, 2000년대 넘어 팽현숙의 사업, 가족 이야기를 다루는 예능프로의 패널, 홈쇼핑 등 TV 활동을 이어가고 있다.

"하기쁨, 그건 과거잖아. 이미 다 지난 일을 너는 그렇게 과거 일을 다 못 잊고 평생 가져가냐? 너는 상처받은 걸 평생 안고 가는 사람이야. 난 안 좋은 옛날 기억 다 잊어버렸는데."

기억의 천재 이레네오 푸네스도 아니고, 내가 모든 사람과의 모든 일을 다 기억하고 살까. 다른 이도 아니고 너와 관련된 일들이라, 네가 한 말이라 미련하게도, 시간의 고리 안에 넣어두고 그렇게 그대로 담아둔 채 살았다. 언젠간 다 털어버려야 하는 건 줄 알면서도, 마치 내가 영원히 젊어 언제든 비워낼 수 있는 거라고 생각하고, 내 감정을, 그 마음을 굳이 못 본 척 정리를 미루고 미뤄 생각을 멈춘 채 바깥만 바라보며 살았다. 그 기억을 담고 살아가는 날들이 무거운 줄도 모르고 인이 박인 채. 너와 헤어지고 그 숱한 날을 그저 버티려고 육체적으로 나를 극단으로 몰아가며 7/24 미친 듯이 일하는 기계처럼 시간을 보냈다. 오늘은 결국 나를 돌보지 못한 것에 대한 벌이구나.

"내가 평생 들었던 모든 말을 다 그렇게 기억할 수 있다고 생각해? 의미 있는 말이거나 상처가 되었거나 뭔가 큰 충격이 있었으니 기억하는 거지. 입으로 뱉는 화살이 얼마나 무서운 줄 알아? 내가 무슨 안 좋은 과거에 집착하는 사람처럼 이야기하는데, 난 좋았던 것도 다 기억해. 오빠가 특별히 안 좋은 기억이 없는 건, 난 오빠처럼 계속 막말 뱉지 않았기 때문이야."
"…"

"오빠 아버님 퇴임하시고 책 쓰신다고 했을 때, 내가 '하이고, 논문 쓰는 거랑 책 쓰는 거랑 같냐? 아저씨가 책 쓴다고 하면 개나 소나 다 쓰겠다.'라고 말한 적 있니? 난 그렇게 오빠 부모님에 대해 함부로 말한 적 단 한 번도 없었어."

"어, 넌 그런 적 없었어."

"근데 오본휘 너 우리 아빠 퇴임하시고 사업 시작하신다고 하니까 우리 집 주차장에서 그날 뭐라 그랬어, '월급 받으면서 CFO 하는 거랑 자기 사업이랑 같냐, 니네 아빠 사업하는 거면 나도 하겠다.'라고 했지. 그날도 대판 싸웠던 걸로 기억하는데 그때 바로 끝냈어야 했어. 내가 생각해도 정말 미련하다. 인성 쓰레기인 너를…."

"…아 그건 미안하다고 했잖아. 별생각 없이 한 말이라니까?"

"너는 그냥 '미안하다고 했잖아!' 이거면 다 괜찮니? 나는 이번 사건 너한테 미안하다고 해도 안 되는 거고? 지난 10년간 나 오빠네 가족에 대해 한 번도 함부로 이야기한 적 없어. 그니까 네가 맺힌 게 없는 거야. 그리고 어머니 5년 전 그 멘트? 모르는 사람이 한 말도 아니고 네 어머니였으니 더 생생한 거지. 너한테 받은 상처 다 치유해 주겠다며 돌아오라더니, 이제는 후벼 파는구나. 네가 기억하는 게 없는 건 나는 너를 그렇게 막 대해본 적이 없어서라고."

결혼을 일찍 했던 누군가가 말했다. 시가에서 들은 상처 되는 말엔 방부제가 있어서 썩지도 않고 계속 그 자리에 그대로 남는다고. 그때는 그 말의 의미를 몰랐는데, 아주 틀린 말은 아닌 것 같다.

"하기쁨, 넌 너무 예민해. 아니, 너희 가족과 우리 가족의 예민도가 다른 것 같아. 남편보다 남편 같은 아들? 할 수 있는 말이잖아. 솔직히 나는 그 상견례가 이상하다고 생각하지 않았어. 그냥 우리 엄마가 환대를 하지 않았을 뿐이라고."

"환대를 왜 안 해? 하지 않을 이유가 있어? 우리 가족이 예민하다고? 오빠 엄마가 하셨던 말 그대로 뒤집어서, 그리고 어머님의 그 1980년대 기준으로, 우리 아빠가 '남자가 집은 해 와야 하는데 신혼집 우리 딸이 한다. 우리 집에서는 이렇게 지원해 주는데 그쪽 집에서는 아무것도 안 해주시는 거냐. 본휘는 빚투성이인데 자산도 우리 딸이 더 많다. 삶이 안정되는 게 중요한데, 남자가 생활비는 제대로 벌어와야 하지 않겠냐. 벌이가 시원찮은 본휘한테, 별 볼 일 없는 본휘네에 시집보내려니 걱정된다. 본휘가 열심히 벌어 생활비는 매달 제때 줬으면 좋겠다.' 그렇게 말했으면 오빠 부모님 기분이 어땠을까?"

"…."

"응? 대답을 해봐. 우리 아빠가 '우리 딸은 아내보다 더 와이프 같은 딸이다.' 그랬으면 징그럽지 않았겠냐고, 어쩌다 본휘 만나 이런 식장에서 결혼하게 됐는지 속상하다 그랬으면 어땠겠냐고. 우리 부모님이 오빠한테 뭐 하나 시킨 거나 바란 적 있어? 아무것도 없잖아. 오빠 부모님은 벌써부터 잡다한 건 다 나 시키는데, 나는 그래도 가만있었어. 근데 뭐? 상견례 날 우리 부모님 앞에서 나한테 바라는 거 리스트업 하시고, 아주머니가 그랬던 것처럼 우리 엄마가 오빠 엄마한테 '대기실 여기 쓰시라구요!'라고 쏘아댔으면 오빠 그거 듣고 어땠을까?"

"…."
"우리 쪽에서 기분 나빴을 때는 우리 가족이 예민해서이고, 오빠 엄마가 기분 나쁜 건 내가 선을 넘어서라고 생각하는 거야?"

글로 쓰니 충격적으로 읽혔겠지만, 내가 아주머니에게 보낸 그 문자에 적어도 아주머니가 직접 하셨던 말보다 더한 건 없었다. 가는 말이 고와야 오는 말이 곱댔다. 아주머니 말을 그대로 인용했고, 그분이 중요하게 생각하시는 가치에 대해 언급했을 뿐.

"결혼 과정에서 우리 부모님 속상하셔도 그 정도 일은 오빠랑 내가 우리 집과 별개의 가족으로 따로 사는 거라 시간 지나면 괜찮다며, 불과 이틀 전까지 오빠 그렇게 말했잖아. 그러더니. 우리 부모님 속상하신 건 뭉개면 되고 오빠 부모님 속상하신 건 못 보겠니?"
"아니. 기쁨이 네가 생각하는 그런 가족은 미국식이야. 어떻게 부모와 자식네 가족이 다 각각이니. 여긴 한국인데. 넌 자유롭게 네가 하고 싶은 대로 혼자 알아서 커서 그게 가능한지 모르겠지만. 나는 결혼해도 우리 부모님과 계속 연결되어 있어."
"미국식? 결혼했으면 원 가족에서 떨어져 나와 별도의 가족을 이루는 거고, 그 가족한테 제일 중요한 건 서로가 되어야지."
"넌 왜 우리 엄마랑 나 사이를 갈라놓으려고 하는 건데? 우리 엄마가 그랬어. 하기쁨 네가 우리 엄마랑 나를 갈라놓으려고 한다고!!"

그 과정이 고되더라도 여유 있는 어른이 되어야 한다. 한 살 한 살 나이가 들어가는 동안 타인을 헤아리고, 타인을 돌볼 수 있는 사람이 되어야 한다. 내 것이라 여겼던 것을 넘겨주는 시기가 오더라도 우아하게 기쁜 마음으로 물러설 수 있게. 얼마나 살 수 있을지는 모르겠지만 일분일초가 내게 주어진 소중한 시간임을 잊지 말고, 정말 조금 더 큰 틀에서 의미 있는 일을 위해 늘 게을리하지 않으며, 관대함을 갖춘 사람으로 늙어갈 수 있도록 노력해야만 한다.

"뭐라고? 갈라놔? 누가 부모님이랑 의절하래? 하아…. 그리고 내가 혼자 알아서 커? 내가 무슨, 자수성가했니? 오빠는 대학교부터 전액 장학금이라 금전적 서포트도 없었지만, 나는 학비 포함 전부 다 부모님 서포트 받으면서 컸어. 우리 부모님 케어에 부족함 느껴본 적 없을 만큼 사랑받으면서 컸고, 나도 학원 다니면서 엄마가 라이더 해주고, 등하교도 홍삼 마시면서 엄마 차에서 자다 깨고 그렇게 컸어. 왜 그렇게 말해?"

"너는 네가 스스로 공부하고 네가 알아서 진로 결정하면 그걸 서포트해 주시는 식으로 자랐는지 모르겠지만, 난 대학 학과도 엄마가 정해서 원서도 엄마가 넣었고, 엄마가 다 결정해 주신 거야. 그래서 나는 우리 엄마랑 그렇게 별개로 생각하지 못해."

"내로남불이야? 나한테는 부모님과 별개로 생각하라더니."

"난 우리 엄마가 만들어 준 의사라고!!"

세상에…. 21학번 스무 살짜리라고 해도 "학생, 이제는 성인이니 중요한 결정은 스스로 해야죠."라고 알려줄 것 같은데. '우리 엄마가 만들어 준 의사'? 이게 마흔 문턱의 남자가 10년을 옆에서 지켜봐 온 여자에게 하는 말이다.

어머니와의 정서적 융합상태에서 자아분화가 이루어지지 않을 경우 자주성이 발달하지 못한다. 무뚝뚝하고 집안일에 신경을 쓰지 않고 고집불통이었던 아버지, 그리고 아들에게 기댔던 어머니. 그 삼각관계에 포함되어 어머니와 자아분화가 이루어지지 않은 큰아들. 그 오랜 시간 동안, 그의 부모님이 그와 나의 관계에 가시적으로 들어올 일이 없어 미처 눈치채지 못했다. 부모와의 관계에 있어서는 더더욱 근원적 주도성이라고는 전혀 없는, 몸만 커진 어른이 내 남자친구라는 것을. 그동안 그의 어머니 때문에 이 결혼을 못 한다고 생각했는데. 그게 아니었다. 문제는 이 남자였다.

"오본휘, 네가 안 받아주면 죽어버리겠다기에 큰 용기 내서 너를 다시 만났는데, 결국 다시 이런 상황을 만드는구나. 최악이다. 네 두 번의 파혼의 공통분모가 뭔지 잘 생각해 봐!"
"야 너 왜 우리 엄마 욕해!!"
"무슨 소리 하는 거야. 너 말하는 거야, 오본휘 너. 중심도 못 잡고 자기 말에 책임도 못 지면서 이기적이고, 근데 그 와중에서도 착한척 하는."

"아… 맞네…."

"결국 돌아 돌아 다시 만났기에 네가 인연인 줄 알았는데. 우린 아닌가 봐. 그러니 이렇게 남들 다 하는 결혼 한번 성사되기 힘들지."

"미안해, 기쁨아. 우리 다음 생에는 헤어지지 못할 부모와 자식 간으로 만나자."

"내가 왜 너랑 부모, 자식 간으로 만나야 하니? 그게 가장 중요한 관계니까? 아니야. 너랑 부모, 자식 간이 되고 싶지도 않지만. 오본휘, 결혼을 하면 1번 관계는 무촌인 부부야. 부모와 자식 간은 1촌이라고. 사람이 죽어도 제1 상속인은 배우자와 직계 비속이고, 그다음이 직계 존속이 되는 거야. 그 핵가족 개념을 벗어난 부모는 그다음이라구."

마흔인데도 아직도 엄마 품에서 헤어나질 못하는 사람이, 그게 바로 너일 줄은 몰랐다.

다시 이별

한국역사 최초로 문집을 간행한 여성 시인, 허난설헌은 조선시대였음에도 아들과 딸의 차별이 없었던 문장이 뛰어난 집안에서 자랐다. 그녀가 15세에 맞이한 남편 김성립은 그녀가 가진 불세출의 재능에 비해 재주가 뛰어나지 못하였으며, 허난설헌 생전에 과거에 들지도 못하였다. 그럼에도 그녀는 혹독한 시집살이를 견뎌야만 했는데, 아들보다 똑똑한 며느리에 아들의 기가 눌릴까 며느리를 마뜩잖아했던 시어머니 때문이었다. 자유로운 집안에서 자란 그녀는 시댁의 억압하에서 결혼 이후로 암울한 삶을 살다가 부친상, 그리고 자녀 둘을 먼저 앞세우는 시련을 겪다 스물일곱의 나이로 요절하였다.

3층…. 4층…. 층수 버튼을 누르는데 손끝이 너무 떨려 왼손으로 오른쪽 손목을 세게 쥐었다. 물리적으로 심장이 너무 빨리 뛰고, 숨을 쉴 수 없을 것 같았다. 살아야겠기에 평소에 무심코 지나쳤던 회사 앞 정신과에 무작정 올라갔다.

"예약하셨나요?"
"아뇨, 저 정말 숨을 못 쉬어서 죽을 것 같은데, 약 좀 주세요."
"예약 없으시면…."
"진짜 죽을 것 같아서 그래요, 약 좀 처방해 주세요."
"초진이시면 상담 없이는 안 되는데, 오늘 예약이 꽉 찼습니다."

숨쉬기가 이렇게 어려웠던 적이 있었나. 횡격막이 그대로 계속 내려앉아 장기를 짓누르는 것 같았다. 손은 심하게 떨리고 심장이 그대로 터져버릴 것 같은 느낌. 딱 그대로 곧 죽을 것 같은 공포였다.

어제 그와의 이야기를 끝내고 새벽 5시까지 한강 계단에 앉아 있었다. 더 이상 뭘 어떻게 해야 할지를 모르겠기에 그저 멍하니 앉아 생각했다. 몇 발자국만 더 내려가면 한강인데, 물이 많이 찰까…. 내가 이렇게 미련했던가, 인생이 이렇게까지 꼬일 수도 있구나. 내가 내 발등을 찍었네. 어디서부터 잘못된 걸까. 단 1분도 등을 대지 않고 그날 밤을 그렇게 보냈다. 연차를 낼까 싶었지만, 집에 있는다고 달라지는 건 아무것도 없었다. 대충 옷을 갈아입고 나가는 길에 부모님께 말씀 드렸다.

"나 이 결혼 안 하기로 했어, 미안해."

오전 시간이 어떻게 갔는지 아무런 기억도 없이 그대로 시간을 흘려보냈다. 예정대로 후배들과 점심 약속 자리에 왔는데 대화에 한마디도 집중하지 못했다. 인원수보다 훨씬 많은 디시를 주문했지만 에이드 두 모금 그 이상은 아무것도 넘길 수가 없었다.

> 나 오늘 백신 접종 예약이 풀이야. 결혼식장이랑 네가 다 취소해 줘.

그의 카톡이었다. 언제나 자기만 바쁜 줄 알지. 심지어 끝나는 순간까지 다 나한테 미루는구나. 그렇지, 이래야 오본휘지. 그래 내 손으로 다 정리하자. 그렇게 식장 이사님과 웨딩 플래너 실장님께 결혼이 취소되었다는 소식을 알리고 통화를 마치는데 갑자기 숨이 멎을 것 같았다. 겨우 무거운 한 발짝씩을 디뎌 병원을 찾았는데, 완고한 간호사에 약을 한 알도 쥐지 못했다. 그대로 돌아 나오는 것밖에는 할 수 있는 것이 없었다. 더 이상 서 있을 수 없을 것 같아 병원 앞 계단에 그대로 주저앉는데 식은땀이 흥건했다.

그렇게 살아 있어도 살아 있는 게 아닌 것 같은 상태로 하루하루를 견뎌야 했다. 수없는 이별 연습 그리고 진짜 이별 후에 그 오랜 시간 그를 밀어냈는데, 올해 내린 미련한 결정은 그간의 노력을 모두 헛되게 했고, 다시 원점, 그보다 더 최악의 상황을 만들었다.

왜 이렇게 되리란 걸 몰랐을까. 왜 사람을, 상황을, 나는 제대로 못 봤을까. 오본휘 어머니의 5년 전 그 문자, "우리 아들 잡아서 좋겠다."라고 했던 멘트, 집안 간의 충돌로 파혼했다는 원준 오빠의 귀띔. 내가 이겨내지 못할 거라는 복선이 충분했는데 나는 왜 눈을 감고 귀를 막았나. 왜 이젠 다 괜찮아졌을 거라는 비현실적인 낙관주의에 빠졌던 것인가? 경고 사인이 여기저기 난무하였는데 왜 모든 것을 알고도 불구덩이에 걸어 들어가 화를 자초했을까. 멍청하고 또 한없이 더 멍청했던 내가 너무 미웠다.

예전에 그를 좋아했던 건 부인하기 어렵다. 하나, 오본휘가 다른 사람을 선택하고 결혼한다고 했을 때 그걸 받아들이는 그 1년 반이란 시간 동안 내 마음은 느리게나마 매일매일 멀어져 차게 식어 있었다. 그런데 나는 그럼에도 불구하고 왜 그런 선택을 했을까.

늘 게으른 게 그의 단점이라고 생각했지만, 정작 진짜 게으른 사람은 나였다. 빠른 답변이 미덕으로 여겨지는 업계에서 쉴 틈 없이 일해왔던 나지만, 그런 업무 따위 인생 전체로 보면 사소하기 그지없는 것이다. 주말에도 어김없이 새벽에 일어나고, 시간은 분 단위로 쪼개서 활용하고, 내 몸을 바지런하게 움직여 끊임없이 뭔가 해왔다는 것이, 고작 그런 것이 부지런한 것이 아니다. 인생의 가장 중요한 결정을 대충, '눈 딱 감고' 당장 타인이 그 순간 나를 설득하려고 뱉는 말에 기대 '모르겠다, 이렇게 나 좋아해 주는 사람이면 그냥 가보자.'라고 저질렀던 내가 정말 게으른 사람이다.

 솔직히 지금 새 사람을 만나서 불의타를 맞고 싶지는 않다는 마음도 있었다. 나는 20대 초반부터 누굴 만나면 그 사람과 만났던 기간만큼은 애도 기간이 지나야 그다음 사람을 만날 수 있었던 사람이었다. 쉽게 누군가를 좋아하지도 못했고, 좋아했던 사람과의 이별은 쓰라려 다시는 반복하고 싶지 않았다. 새 사람을 만나 친해지고, 마음을 열고, 그 과정에서 다치지 않고, 마음이 찰떡같이 맞으리라는 희박하리만큼 낮은 확률을 시도하기에는, 그래서 그 과정에서 의도치 않게 생길지도 모를 아픈 시간을 견뎌내기 두렵고 또 귀찮았다.

 락다운 기간을 겪으며 혼자가 아니라 누구와 함께 늙어가야겠다고 생각했던 타이밍에, 오본휘가 돌아왔다. 천생연분 같은 정말 대박인 사람은 아니지만, 단점 없는 사람 없으니 적어도 바닥까지 다 봤던 사람이랑 살자. 적어도 쪽박은 아니니, 그래도 나를 때리거나 난봉꾼은 아니니까. 정말 최악은 아니니까. 라는 나만의 합리화가 가능한 논리들을 대충 끼워 맞췄다.

 물리적으로 나를 친 적은 없었지만, 세 치 혀와 그 행동으로는 나를 갈기갈기 찢어놓았던 그를, 대놓고 바람을 걸린 적은 없었다지만 다른 여자를 내 우위에 둘 수 있음을 몸소 보여주었던 그를, 나는 내심 용인할 수 없었다. 어떠한 언행이 다른 누군가에게는 괜찮을 수 있다 하더라도, 나는 용납하지 못할 포인트라면 그것이 패착이 될 수 있다. 지난 세월 가까이 지내면서도 몰랐던 그의 새로운 모습이 있을 줄은, 그 모습이 내게는 받아들일 수 없는 최악인 모습일 줄은 더더욱 몰랐다.

결혼을 할 거라면 먼저 나를 제대로 알고, 배우자 고르는 눈을 길러야 한다. 워런 버핏이 말했다. 나보다 더 나은 사람. 배울 것이 있는 사람을 만나야 한다고. 평생을 같이 살 사람이라면 본디 본받을 것이 있는 사람이어야 버틸 힘이 나겠지. 외모 보는 거 아니다. 언제나 늘 너무 당연하게 "남자는 외모지."라고 외쳤던 과거의 나에게 정신 차리라고 말해주고 싶다. 20대로 돌아간다면, 여동생이 있다면 그러지 말라고 말해주고 싶다. 그런 언니가 내 주변에도 없었던 것이 아니지만 듣지 않았다. 지금도 오본휘 병원 리뷰 하며, 병원이 위치한 지역구 맘카페에는 오본휘가 잘생겼다며 칭찬이 자자하다. 지인들이 발견하고 보내줬대나, 맘카페에서 본인 외모 칭찬하는 스크린 캡처를 떠와서 어찌나 자랑을 하던지. 그 맘카페 엄마들 다들 모르겠지. 그 잘생긴 남자가 그들이 그토록 학을 떼는 울트라 시어머니와 마마보이의 조합인 줄.

같은 회사에서 오래 일하다 보면 새로 들어온 후배들이 많아져, 나는 그들을 모르지만 나를 아는 회사 사람들은 많아진다. 내가 결혼 계획을 직접 알린 건 우리 팀에 같이 일을 하는 극소수의 사람들이었는데. 워낙 즐거운 에피소드가 없어 "뭐 재밌는 일 없어?"를 입에 달고 다니는, 삶의 대부분을 업무에 갇혀 무미건조한 삶을 사는 로펌 변호사들 사이에서, 제법 오랫동안 결혼하지 않던 여자 파트너가 '드디어' 결혼한다는 소식은 부담 없이 나누기에 더없이 좋은 토픽이었을 것이다. 내가 직접 말하지도 않은 다른 층, 다른 팀 변호사들조차 내 소식을 알고 있었고, 결혼식 때가 되었는데 본인간 청첩장을 못 받은 거냐고 서운해하시는 분들이 너무 많았다.

'청첩장을 골라본 적도 없고, 찍지도 않았는데….'

간호조무사 2명 외에는 같이 일하는 사람이 없는 오본휘와는 달리 나는 1,000명이 넘는 사람이 소속된 조직에 몸담고 있었다. 사내에 직접 같이 일해본 사람만 해도 수백 명이었으니 결혼하려고 했다 헤어졌을 때 감당해야 할 사회적 부담감의 크기는 다를 수밖에. 진심으로 나를 아껴주는 사람들이 많았지만, 그다지 친하지 않은 사람들 중에서는 헤어진 사유만을 궁금해하는 이들도 적지 않았다. 결혼 소식을 들었을 땐 직접 축하 한마디 없다가 헤어진 사유가 궁금해서 내 친한 동료에게 연락해서 이유를 물어보았던 사람들도 있었다. 내 결혼 소식이 그저 뉴스였다면 어떤 이들에게 파혼 소식은 더 자극적인 가십이었을 테니.

"기쁨아, 박 변호사님이 너 왜 헤어졌는지 물어보시는데, 뭐라고 할까?"

"아…. 궁금해하시면 알려주세요. 그냥 안 하기로 했다고."

나의 기쁘지 않은 사생활이 의도치 않게 알려지며 그 많은 사람이 일하고 있는 회사를 다니는 것은 예상했던 것보다 훨씬 힘들었다. 체면과 레퓨테이션이 너무 중요한 조직이었고, 보이는 것에 더 힘을 주는 사람들이 대부분인 곳이다. 죄를 지은 것도 아니고, 현명한 선택을 했다고 생각했지만, 타인의 시선은 부담스러웠다.

긴 시간을 대변하듯 최근에 만난 이가 아니고서야, 오래된 측근들은 모두가 그의 존재를 알았다. 나의 베프와 소울메이트라 부를 수 있는 극소수의 절친들에게만 재결합 소식을 알렸음에도, 그들 모두 재결합을 달가워하지 않았다. 한국에 들어와서 오본휘를 다시 만난다고 하자 베프였던 재희는 눈물까지 그렁그렁하며 내게 말했었다.

"기쁨아 잘 생각해 봐. 내가 결혼해 살아보니 결혼식 때까지 아무것도 걸리지 않고 좋았던 사람도 살다 보면 힘든 일투성이야. 어떻게든 진짜 괜찮은 남자 소개팅 잡아 올 테니 오본휘는 아니야. 너랑 관계가 안 좋아질 수 있다는 각오를 하고서라도 말리는 거야."

그날 밤 오빠와 재희 이야기를 했었다.

"오빠, 재희가 나 걱정해. 고생하는 거 아니냐고."

"재희 말 듣지 마. 걔가 뭘 알아. 걔 애 낳고 잘 사는데 너랑 살아줄 것도 아니잖아." 그는 함부로 말했다.

"왜 내 베픈데 그렇게 말해, 밤피장도 다들 걱정해. 걔네가 다 오빠 그 여자랑 결혼한다고 했을 때 바로 열 일 제쳐두고 집결했던 친구들이야. 오빠 이젠 애들 다 한번 만나자. 나는 오빠 친구들 자주 봤지만, 오빠는 내 친구들이랑 제대로 밥 한 끼 한 적 없잖아. 애들 결혼할 땐 다들 남편이 와서 인사하고 그랬어."
"밤피장 딱 샤덴프로이데네, 딱 샤덴프로이데."
"내 친구들이 내 불행을 기뻐하기라도 했다는 거야? 그렇게밖에 말 못 해? 그 슬픔 누가 준 건데. 오빠 때문에 힘들어할 때 손잡아 준 내 친구들한테 샤덴프로이데가 뭐냐?"
"알았어."
"왜 내 주변 사람들에 대해서 그렇게 다 안 좋은 식으로 말해? 내 친구들이 오빠 친구들처럼 음주운전 해서 사람 쳐서 죽이고, 오빠 돈 빌려 가서 돈 떼어먹고 그런 것도 아니잖아?"

사실 친구뿐만 아니라 부모님도, 동생도, 모두 내심 내켜 하지 않아 근심 가득이었던 지난달이 파노라마처럼 지나갔다. 내 지인들에게 그를 다시 만난다고 말하는 것 자체가 너무 조심스럽고 부담스러웠다. 그래서 서로 매번 생일까지 챙기는 친한 그룹임에도 그에 대한 언급 자체를 안 한 그룹도 상당수 있었다. 그와 깨지고 나서 뒤처리를 할 힘이 남아 있지 않았다. 갑자기 내가 말이 없자 친구들은 요새 너무 바쁜 거냐며 연락을 해왔지만, 나는 어느 누구에게도 대답을 할 자신이 없었다. 그저 피하고픈 마음에 그 많은 카톡방 알림을 눌러보지도 못하고 그냥 앱을 지웠다. 당장 숨이라도 쉬어야겠기에 아무것도 생각하지 않고, 010으로 전환된 후 10년 넘게 계속 쓰던 핸드폰 번호를 바꿨다.

나도 안다. 아주머니께 그런 연락은 하지 않는 편이 좋았다는 것을. 관계를 끝내는 것은 차치하더라도, 우선 내 의사를 전달하고자 했으면 불편한 말이 두세 번쯤 반복되었을 때 그 앞에서 바로, 아니면 그 후에라도 조용히 차근차근 불필요한 오해가 쌓이지 않도록 욱한 마음을 가라앉히고 처리했어야 한다는 것을. 참고, 참고, 참다 보니 굉음을 내며 너무 크게 터져버렸다. 그렇게 되기 전에 받아들이기 쉽지 않았던 것은 그때그때 단계에서 표현했어야 했다. 상대방이 함부로 행동해도 마치 나는 반격을 못 하는 사람인 양 아무렇지 않은 척 가만히 계속 흡수하다 갑자기 폭발해 버리면 그간 인고의 시간이 헛되이 됨은 물론 결국 미친 사람이 되는 건 나다. 계속 고분고분하다가 한번 터지면 돌아이가 되지만, 평소에 야무지게 굴다 한번 상냥한 모습을 보여주면 그 사람은 성격도 좋은 친절한 사람으로 인식된다. 몰랐던 것이 아닌데. 가족이 될 분이니 잘해보고 싶어서, 나만 참으면 될 것 같아서 꾸역꾸역 쌓아오다, "배려가 부족했다."라는 말 한마디가 한 끗을 넘겨 모든 것을 날려버렸다.

모든 변화를 감당하기 어려웠다. 끝내는 것은 그럴 수 있다 해도 그와 별개로 그의 집에선 내가 천하의 드세고 나쁜 년이 되어 있었다. 동시에 내 선택의 결과로 받아들이기에는 지난 며칠 간의 기억과 주변의 소음, 나뿐만 아니라 내 주변인이 겪어야 할 그 모든 데미지의 총량이 너무 컸다. 나이가 들면 한 번도 안 간 것보다 차라리 한 번이라도 갔다 오는 게 낫다며, 그냥 결혼을 하고, 아니면 돌아오라고 말하는 사람들이 있다. 그게 가능한 사람이 있을 수 있겠지만, 나는 그 길은 갈 수 없을 것 같다. 그저 잠깐의 준비와 파혼조차도 이렇게 힘든데, 내 깜냥은 겨우 이 정도다.

그동안 다이어트를 하려고 해도 한 번도 성공해 본 적이 없었다. 심각하게 결심해 본격적으로 다이어트에 돌입해 본 적도 없었다지만, 회사생활을 하며 사회초년생일 때보단 살이 찌고 있었는데, 그와 정리하고 그 암흑 같은 시간 동안 무려 6킬로가 빠졌다. 2주 만에 이가 흔들리고 잇몸에서 피가 멈추지 않아 양치를 할 수 없었다. 밤새 잠을 이루지 못해 뒤척이다 새벽 3시쯤 불을 켜고 앉아 멍 때리고, 새벽 6시쯤 되어 정신은 말똥말똥한 채 눈만 잠시 감고 있다가 출근을 하기도 했고. 사흘 연속으로 한 시간도 자지 못해 수면제 용량을 늘려놓으면, 그다음 날 내내 정신을 차리지 못해 몽롱한 채로 하루를 버티는 날이 늘어갔다. 일하는데 머리는 맑아야 하니 수면제 먹지 말자, 하고 시도하는 날에는 어김없이 한숨도 자지 못해 뒤척이다 그 괴로움에 미칠 것 같았다.

왜 잠이 오지 않는 건지. 어느 날은 잠시 눈을 감으니 눈앞으로 유성이 마구 떨어지는 것 같다가, 어떤 날은 잠깐 잠이 든 것 같았는데 어떤 젊은 여자의 비명소리가 들렸다. 무서워서 왠지 뒤돌아보면 안 될 것 같아 계속 앞으로 가려는데 그 여자가 소리를 지르다 말고 갑자기 외쳤다.

"멈춰. 나야 나. 나 하기쁨이라고. 나라고, 나."

비명을 지르는 꿈속의 그 여자가 나구나. 그 순간 눈을 떴다. 온몸은 식은땀 범벅이 된 채로. 그렇게 밤새 울다 눈을 감았다 떴다만 반복하다 동이 트는 걸 충혈된 눈으로 지켜봐야 했다.

무너졌다. 무너지지 않고 정신줄을 잡아야 했는데 나는 그대로 무너져 내리고 있었다.

결혼 사전 부검

매일 밤 죽기 위해 노력했다.

오늘의 내가 죽어야 내일 새로운 내가 일어날 텐데. 어제의 그제의, 그리고 그끄저께의 나는 죽지도 않고 눈을 감지도 못한 채 매일 밤을 버텼다. 가만히 누워 나의 부고를 상상했다. 오늘의 나를 지우고 한 꺼풀 벗겨내야 다시 살아갈 수 있을 텐데. 그날의 나는 어제의 먼지와 그제의 검댕이와 그끄저께의 쓰라림을 그대로 간직한 채 누워 있었다. 살아보려 아등바등할수록 더 깊게 가라앉는 걸 보니, 차라리 죽으려고 해야만 겨우 내가 살아날 구멍을 볼 수 있을 것인지 눈을 감고 생각했다.

정확한 사망원인을 확인하고자 할 때 부검을 진행한다. 그러나 꼭 생을 마감하고 나야만 부검을 할 수 있는 것은 아니다. 죽기 전에, 무엇인가 잘못되기 전에 우리는 사전 부검을 시행해 볼 수 있다. 잘못된 결과를 가정하고, 무엇이 실패를 야기했는지 분석하는 것이다. 리서드 탈러와 캐스 선스타인이 말했듯, "관련된 이익이나 손해가 클수록 우리에게 연습할 기회란 더욱 적게 주어진다." 결혼도 마찬가지다. 그동안 했던 어떤 결정보다 더 큰 영향을 가져올 이 결혼을 연습해 보기란 쉽지 않다.

연습을 해볼 수 없으니, 분석이라도 해야 한다. 아직 죽지 않았지만, 그렇기에 더더욱 사전 부검이 필요하다. 내 인생에 무엇인가 잘못된다면, 그 원인은 잘못된 결혼일 것이다. 35년간의 내 삶을 바탕으로 판단해 보건대, 지금까지 멀쩡했던 그리고 크게 잘못될 일 없는 이 커리어, 원 가족, 혹은 친구 무엇도 내 삶에 이렇게 부정적 영향을 준 적이 없었다. 나를 흔들어 놓았던 것은 남자. 이성을 보는 눈이 없었다. 늦은 감이 없지 않지만, 그의 어머니에게 문자를 보내기 전 그와의 결혼에 대해 시뮬레이션을 스무 번쯤 돌려보았다. 감정적으로 결혼 결정 자체를 내리기 전에 사전 부검을 진행했어야 했는데, 여러 경고 사인을 접하고 나서야 뒤늦게 생각하기 시작했다. 그와의 결혼이 실패로 끝난다면, 유별난 어머니, 어른이 되지 못한 그, 그리고 그 점을 받아넘길 수 없는 나의 조합이 그 원인이 되리라는 것이 명백했다.

생각의 생각을 거듭하다 그렇게 또 하룻밤이 지나갔다. 이제는 동굴에서 나와야 할 것 같아 재희 그리고 정아를 보기로 했다.

"혜정이는 오늘 영어유치원 설명회 간 거지?"

"어, 원래 다니던 영유 말고, 청담에 넣으려던 데가 있었는데 자리가 하나 났나 봐. 무슨 OT인가 있다고 거기 갔어."

"진짜 열심이다. 이제 세 살? 지난겨울엔 하와이 스피킹 코스 다녀오더니. 걔 붙박이 이모님은 중국인이시잖아. 애가 중국어도 조금씩 쓰던데? 꼬마가 벌써 3개 국어를 해."

"요새는 그렇게 해야 해. 조리원 동기 엄마들 보면 영유는 필수지. 한 달에 그래도 500씩은 써야 애가 뒤처지지 않아. 다 그렇게 하는데 뭐. 우리 이서 과학학원 하나 더 시작했는데 미술학원이랑 시간 겹쳐서 라이더 할 생각에 머리 아파."

"역시 2주에 2,000만 원씩 쓰는 그 동네 조리원 언니들은 달라. 근데 우리 이서 아직 애기잖아?"

"내년에 학교 가잖아. 지금 해야 안 늦지. 근데 하기쁨, 너 얼굴이 왜 그래."

"난 요새 잠을 못 자."

"뭐야 너네 시엄마 아직도 아침밥 타령이야?" 오빠네 인사드리고 왔던 날 정말 친한 친구들에게만 마음을 털어놓았던 적이 있었다.

"…아니 뭐…."

"기쁨아, 나 결혼하고 일 그만뒀잖아. 전업주부 하면서도 신혼 때 잠깐 빼면, 남편 새벽에 병원 나가는데도 아침 챙겨준 적 단 한 번도 없었어. 요새 누가 아침 챙겨주고 사니. 우리 남편 출근하면서, 나 잠깐 눈 뜨면 깨워서 미안하다고 하고 나가. 회진 돌고 나서야 오빠가 모닝콜 해주고. 그런데 무슨 아침이야. 시엄마 무시해 버려."

"맞아, 지금은 무시해. 우리 시어머니도 결혼식에서는 눈물 바람 하고, 하객 인사 돌면서 의사 아들이라고 자랑하고, 어렸을 때부터 영재였다나 뭐라나. 여튼 시엄마 신혼 초에는 나 뭐라도 시키고 싶어서 장난 아니었거든? 괜히 같이 장 보러 가자고 하고. 근데 중간에 남편이 나 쉬게 두라고 확실하게 말했어. 그러고 나니 명절에도 나랑 오빠는 데이트하고 어머님이 시누이랑 음식 하고 그래. 처음에만 군기 잡으려고 아들 사랑이 심해지는 것뿐이야. 다 지나갈 거야. 본휘 오빠 성질 정도면 중간에서 잘하겠지."

"나 결혼 깼어."

"왜?"

"시어머니 도저히 못 참을 정도야? 오본휘 성격은 구려도 개처럼 잘생기고 키 큰 의사는 대한민국에 드물긴 한데."

"그게…. 상견례를 하긴 했거든? 뭐 대충… 근데 그 자리에서 '우리 아들은 남편보다 더 남편 같은 아들'이라고 하더라고."

"그 여자 제정신이야? 아, 내가 처음부터 그 아줌마 너무 걸린다고 했잖아. 그 아줌마 예전에도 그러더니 결국."

"그 아줌마 뭐야? 왜 교양이 없어? 어디서 못 배운 티를. 거기서 깨지 그랬어?"

"모르겠어. 오본휘가 더 최악이더라고. 그래서 정리했어."

"기쁨아, 원래 엄마가 폭주하면 아들이 끊어야 하는데, 효자면 초반에는 그게 힘들지. 아들은 엄마의 행동이 뭐가 잘못되었는지 모르거든. 결혼하고 몇 년 동안 지켜보면서 본인이 '우리 엄마 심한데?' 이걸 느끼고 나서야 겨우 변할까 말까라서."

"몰라. 이제 사람 못 만날 것 같아. 그동안 오본휘 한 명이어서 다른 사람은 어떻게 만나는지도 잘 모르겠어. 자신이 없어."

"몬 소리야, 그게 할 말이야? 쁘미야 아직도 늘 여전히 우리의 쁘미는 너무 예쁘고 매력 있어. 왜 못 만나. 진짜 멋진 사람 만날 거야."

"재희야, 노산이라고 오본휘가 계속 재촉하던 거 생각나. 그다음 만나는 남자랑은 누구든 무조건 결혼해야 할까. 상황을 바로잡아야 해. 이제 두 가지만 볼 거야. '시어머니가 없어야 하고, 자기 밥은 챙겨 먹을 수 있는 남자'. 좋은 시어머니를 만나는 건 어려우니 딱 저 두 가지만." 생각 회로가 고장 난 것이 분명했다.

"애들아, 나 왜 이러니. 뒤죽박죽이야. 뭐가 맞는지도 모르겠어."

"그게 무슨 소리야. 네가 왜 다른 조건을 안 봐. 하기쁨 그런 이야기 하는 거 자체가, 그동안 너 구 남친들 집안이 다 좋아서 그래. 네가 안 겪어봐서 하는 말이야. 오본휘가 네 구 남친 중에선 제일 조건 구리긴 했지만 그래도 보통은 됐으니까. 그래서 그 중요함을 모르는 거야. 가정교육이랑 어떻게 컸는지, 그게 젤 중요해."

"뭐 중요하겠지. 근데 시부모님이 뭘 하시더라도 사고방식이나 인성만 괜찮으심 된 거지. 집안이야 뭐 부모님 파워에 기댈 나이는 지났고, 부모님 재산은 부모님 것이고, 자식은 제 능력껏 사는 건데."

"기쁨아, 부모님이 능력 되셔서 주신다고 하면 다 받는 게 좋긴 해. 얼마나 애들한테 돈이 많이 드는데. 학교 좀 좋은 데 보내고 주변에 한다는 거 조금 따라 하면 초등학교부터 년에 수천은 금방이야."

"모르겠다. 아직 안 겪어봐서. 난 받는 건 기대도 안 했고, 오히려 오빠네 매달 생활비 몇백씩 드리는 것도 상관없다고 했었는데…."

"말도 안 돼. 난 우리 오빠가 병원에서 벌어 오는 거 어머님 한 달에 100만 원씩이라도 보내드린다고 하면, 가만 안 있을 건데? 그거 괜찮은 여자가 어디있냐? 하기쁨 아직 뭘 몰라도 한참 모르네."

"다른 데서 도박하는 것도 아니고, 부모님 드린다는데?"

"애 키워봐, 달라져. 나는 시부모님이 삼성동 집 해주셔서 감사하긴 한데, 혹시 생활비 드려야 한다고 하면, 그게 어려워. 자식에 돈이 끝없이 드는데, 위로 베풀긴 힘드니까. 여튼 매달 생활비라니, 너 안 해봐서 감이 없는 건데. 실제 그런다고 하면 상상 이상이야. 우리 기쁨이 험한 세상 살아가려면 갈 길이 멀었네."

"몰라. 딴 거 모르겠고, 당장 만회해야 해. 이제 만날 사람은 제대로 된 어른이면 좋겠는데 그건 너무 찾기 어렵잖아. 시어머니 이슈만 없는 사람이면 누구든 최대한 빨리 결혼해야겠어. 사람들 시선이 신경 쓰여서 괴로워. 너네 결혼할 때 일찍 정신 차릴걸."

"기쁨아. 결핍 없는 좋은 사람 나타날 거야. 네가 왜 시부모가 없는 집에 시집을 가. 그건 기댈 언덕이 없는 건데, 이상한 생각 마. 개네들은 결핍이 있어서 또 다른 단점이 있을 수 있어. 너 지금 잠깐 힘든 시기라 그래. 외부 시선 때문이라니 너답지 않게 왜 그래. 결혼해 보니 서두를 필요가 없어."

"정아 말이 맞아. 쁘미야 원래 걸리는 게 아무것도 없어도 결혼하고 나면 싫은 구석이 나타난다고 내가 말했잖아. 근데 처음부터 이 정도로 나오는 거면 지금 멈추는 게 맞아. 결혼해 보니까 정말 다시 돌아가면 굳이 결혼할 필요 없었다 싶을 때가 너무 많아."

"응…."

"잘 생각해 봐. 우리 동기들만 해도 벌써 이혼한 커플이 한둘이 아니잖아. 굳이 똥인지 된장인지 찍어서 먹어봐야 아니? 너 본휘 인성이랑 그 엄마 투머치인 거 예전부터 찝찝해했잖아. 잘했어. 용기 낸 거 기특해."

입 밖으로 오본휘와의 사건을 뱉고 나니, 모든 기억이 생생해져 다시 마음이 무거웠다.

멘털이 정상이 아닐 때, 내가 흔들릴 때 인생의 중요한 결정을 내려서 안 된다. 나는 락다운의 끝자락에서 느낀 고립감과 우울감에 제대로 된 판단력이 없을 때, 인생에서 가장 중요한 결혼을 결심했고, 스스로를 엉망진창으로 만들었다. 그걸 알면서도, 또다시 나는 나를 잘못된 틀에 가두고 판단 스위치를 꺼둔 채 나를 볶아대고 있었다.

'누구든 빨리 만나야 한다, 누구라도 만나서 어서 이 구렁텅이 같은 상황을 벗어나야 해.

아무나 빠르게 만나 오본휘보다 먼저 결혼식을 올리자. 보란 듯이 잘 살아야지. 저번처럼 그가 먼저 결혼하는 꼴은 안 봐야 한다. 오본휘의 가장 큰 결함만 보완되면 나머지는 아무래도 좋다. 사고방식은 빠르게 확인할 수 없으니. 그래, 시어머니가 아주 좋은 분이거나, 멀리 떨어져 살거나, 부모가 없는 사람이면, 누구든 내가 좋아하지 않는 사람이어도 괜찮아.'

미쳐버린 자의 기이한 틀에 갇혀 있었다. 그날의 만남은 내가 이상한 생각의 흐름에 빠져 있다는 것만 확인하는 계기가 되었다. 친구들 앞에서 내가 뱉었던 말이 나를 더 부끄럽게 했다. 정상적인 사고가 불가능하니 나는 아직 바깥세상으로 나가 외부인과 소통할 수 없는 상태였고, 돌아오는 길에는 다시 더 진한 어두움이 나를 따라왔다.

많은 이들이 사랑으로 그 순간 가장 사랑하는 사람과 결혼하겠지만, 또 그만큼 많은 이들이 적당히 휴리스틱 접근법을 통해 상대를 찾는다. 두 교집합의 영역에서 결혼한다면 그나마 다행이겠지만, 적당히 이 정도면 나쁘지 않다는 생각만으로 뜨거운 감정 없이 결혼을 결정하는 후자도 적지 않다. 스스로 꾸리는 첫 번째 가족인 배우자를 찾기 위해, 우리는 전 세계에서 숨 쉬고 있는 모든 이들 중 가장 나와 잘 맞는 1인을 찾고자 하지 않는다. 그렇게 뒤져볼 수도 없음은 물론이다. 내 손이 닿는 범주 내에서 가장 좋아하는, 동시에 나를 가장 좋아해 주는 잘 맞을법한 누군가를 맞이하고, 그 선택이 최선이려니 하는 마음으로 살기를 택한다.

　결혼도 두 사람 간의, 그리고 한국 사회에서는 집안과 집안의 결합이니, 어찌 보면 M&A와 별반 다르지 않다. 성공한 M&A가 되려면, 하나가 온전히 사라져 흡수되거나, 둘이 서로 변모하여 새로운 하나를 만들어야 한다. 실패한 합병이 되지 않으려면, 적어도 둘의 완전한 결합을 막는 둘 중 하나의 모난 인격은 소멸되어야 한다. 각자의 주장만 고집하지 않고 상대를 위해 나를 내려놓고 기꺼이 맞출 수 있어야 서로의 결합으로 시너지를 낼 수 있다. 그것이 가능한 조합인지 판단했어야 했다.

　하자 없는 매물은 없다. 꽤 오랜 시간 이 업계에서 일하며 수백 개의 회사를 실사했다. 아무리 준법경영을 주창하고, 법무실이 탄탄한 회사라 할지라도, 몇 개월 혹은 몇 주간의 실사를 통해 샅샅이 뒤지면 문제점이 전혀 없는 회사는 없다. 결국 흠이 없는 완벽한 매물은 없다는 것인데, 그럼에도 불구하고, 거래를 파기할 정도의 하자인지 아니면 수용이나 치유가 가능한 정도인지 파악을 하고 결정을 내리는 것이다. 그나마 결정을 할 수 있는 자유도 잔금을 치르기 전에 주어지는 것이지, 거래를 완료하고 나면 모두가 내 책임이다. 물론 감정적으로 너무 사고 싶은 매물이라면, 명백한 경고 사인이 있음에도, 상대적으로 그 리스크를 낮게 평가해 딜을 진행하기도 한다. 그 책임을 모두 떠안은 채.

나도 부족한 것이 많은 사람이다. 그러니 나의 결함을 알고도 수용해 줄 수 있고, 내가 수용할 수 있는 하자를 가진 사람과의 결합 정도가 내가 찾을 수 있는 범주 내에서 최선일 텐데 그것이 무엇인지 나는 아직도 모른다. 오늘과 같은 이성적인 생각을 단 한 번도 해보지 못하고, 그저 감정만을 좇아 사람을 만나며 젊은 날을 보냈으니, 그 결과는 오늘이다. 밤새 끝없는 생각의 고리와 씨름해서인지 입이 깔깔해 밥을 넘길 수가 없었다. 내 얼굴의 수심을 읽은 엄마는 내가 밖으로 나가 하루라도 빠르게 회복하길 기다리고 있었다.

"딸, 우리 연습장 갔다 올까?"

공을 때릴 컨디션도 기분도 아니었지만, 엄마가 내 눈치를 보는 게 느껴져 군말 없이 따라나섰다. 내 컨디션에 운전대를 잡아서는 안 될 것 같아, 조수석에 앉아 있는데 전화가 울렸다.

"도경아, 나 윤희야." 엄마 대학 동창이었고, 어렸을 때부터 봐왔던 이모였다.

"어 윤희야."
"요새 우리 모임에 결혼식이 뜸했는데 우리 기쁨이 드디어 간다며, 결혼식이 언제야? 우리 모임에 공지 올려야지."

엄마는 당황했는지 다급한 손으로 블루투스를 끊으려다 버튼을 찾지 못하고 급히 소리를 줄였다.

"윤희야, 나 지금 운전 중이라 나중에 다시 전화할게."

엄마에게 미안했다. 그리고 그만큼 또 한없이 작아져 나는 점으로 수렴하고 있었다.

고시생 때를 떠올려 본다. 다들 시간을 쪼개가며 정말 열심히 노력하는데, 합격하지 못하면 그간의 그 엄청난 노력은 다 아무것도 아닌 것이 된다. 나도 이번에 뭔가 열심히 했는데, 잘해보려고 했는데, 이렇게 되니 결국 물거품이었다. 단순히 허무함이라고 표현하기에는 부족한 무언가가 나를 또 괴롭혔다.

30년을 넘게 살다 보면 경험칙상 알게 된다. 어떤 순간에 간절히 원했던 그 무엇이 이루어진다고 해서 그것이 꼭 내 인생에 꼭 좋은 길로 이어지는 것은 아니며, 오히려 당시에 조금 쓰라리게 이루어지지 않는 편이 장기적으로는 훨씬 좋은 일로 귀결될 수도 있다는 것을. 너무 들어가고 싶던 회사에 취직을 하였으나, 그 회사에서 불미스러운 일을 겪고 씻을 수 없는 상처를 남길 수도 있는 것이고. 정말 모든 것을 다 쏟았던 시험에 떨어져 차선책으로 찾은 사업이 대박이나 그 시험에 붙었더라면 결코 상상도 못 했을 행복한 삶을 살고 있을 수도 있다. 그러니 삶은 일희일비할 것이 아니다. 그러나, 당장 실패와 좌절의 순간에 서 있는 사람에게 인생사 새옹지마라는 것은 큰 위로가 되지 못한다. 불합격의 고배를 마시고 있는 자에게는 어떠한 위로를 건넨다 한들 합격의 기쁨에는 미치지 못하는 것이니. 시간이 해결해 줄 수 있도록 다가올 시간을 최대한 현명하게 다스리며 견뎌내는 수밖에는 없다.

한 번 헤어졌다가 다시 만나 잘 살고 있다는 커플의 이야기를 종종 듣는다. 동시에 첫사랑, 그리고 과거의 사랑은 다시 만나는 게 아니니 과거에 묻어두는 게 맞다는 경험담도 그에 못지않게 들려온다. 사람 간의 관계에서 정답은 없다. 여행 중 우연히 만난 작은 도시에서의 기억이 너무 좋아서 다시 그곳을 찾았을 때, "역시 잘 왔어."라며 그 좋은 이미지가 굳혀질 수도 있지만, 동시에 내가 이 동네를 왜 좋아했는지조차 의문이 들 만큼 실망할 수도 있는 거니까.

이미 그와 한번 끝났지만, 상황이 변했으니 변화할 여지가 있다면 시도는 해볼 수 있으리라 생각했다. 그래서 다시 시작했던 나의 도전은 파국을 맞았다. 그에 대해 완전히 마음을 접었던 시간이 있었기에 마음을 활짝 열지는 않았으나, 그래도 또다시 이 정도의 결과를 맞게 될 거라고는 생각지 못했고 나는 무방비 상태로 이 시간을 마주해야 했다. 얼굴을 보고 겨우 3주 남짓이었는데, 11년간의 모든 기억의 무게가 하나도 빠지지 않고 모두 더해져 더 무겁게, 결혼 준비를 서둘렀던 만큼 더 높은 가속도로 나를 들이받았다. 이미 몇 차례 겪었던 그와의 이별이었지만, 이처럼 고통스러웠던 적은 없었다. 그와의 결혼을 미리 부검하며, 실패한다면 그 원인이 무엇일지 적나라하게 찢어내고 벌려 그 안에 썩고 곪아서 터진 부분이 무엇일지 답을 찾아냈고, 그걸로 끝이라고 생각했다. 그러나 그날 이후 나는 매일, 나를, 나의 실패를 그대로 마주하며 양손에 내 피를 흥건히 묻힌 채 나를 산 채로 부검하고 있었다.

인생의 키

대한민국은 행복하지 않다. 대한민국은 수년째 OECD 국가 중 자살률 1위라는 오명을 씻지 못하고 있다. 2020년 기준 하루평균 36명이 자살을 선택하고, 30대 미만 청년층의 자살률은 계속 높아져 전년 대비 20대는 12.8%, 10대는 9.4% 증가하였다. 2022년 발표된 세계 행복보고서에 따르면 대한민국의 주관적 행복 순위는 146개국 중 59위였다. 일견 그렇게 나빠 보이진 않지만, 흥미로운 사실이 눈에 띈다. 경제적인 여건을 고려하면 국민들의 낙천성은 더욱 하위권이었고, 범죄피해경험률은 매우 낮음에도 국민들의 불안만큼은 치안이 매우 안 좋은 국가에 버금갈 만큼 상당히 높은 수치를 보여주었다. 낮은 행복과 높은 불안율, 왜일까?

정신질환이 곧 자살을 의미하는 것은 아니나 자살이 정신질환과 어느 정도 연관성이 있음을 부인할 수는 없다. 정신질환은 결코 유달리 특이한 소수의 사람들에게만 발현되는 것이 아니다. 유전적 요소가 기여하는 부분이 크다고 하나 그것은 우리가 컨트롤할 수 없으니 차치하고, 사회적 상황 즉 외부적인 경험에서 발생하는 스트레스 혹은 충격 또한 질환에 연관성을 갖는다는 점을 부인하기는 어렵다. 이는 범인(凡人) 누구나 질환에 노출될 수 있음을 시사한다. 355만 명, 2021년 기준 정신질환자 추산치이다. 그 진단율이 매우 낮다는 것을 감안하면 경중의 차이가 있을 뿐 정신질환을 겪고 있는 대한민국 사람은 더 많을 것이다. 실제로 통계상 성인 4명 중 한 명은 평생 한 번 이상은 정신질환을 겪는 것으로 나타나는데, 더 놀라운 것은 한국인의 대처 방식이다. 안타깝게도 진단을 받은 사람 중 7%만 정신과를 찾았고, 기타 병원 외 심리상담을 받은 인구는 0.1%에 불과하다.

전체 국토면적 0.6%를 차지하는 서울에 전체 인구 20%가 밀집되어 있다. 이는 전 세계 5대 도시인 런던, 도쿄, 파리, 뉴욕, 베이징에 비해 압도적으로 높은 수치이다. 서울 근교 수도권에만 대한민국 전체인구 50% 이상이 거주하고 있음을 고려하면 비정상적으로 높은 인구 밀집도, 그리고 그 안에서 살아남기 위한 끝없는 경쟁과 줄 세우기, 높은 집단 내의 상호작용, 그에 비례해 높아지는 Peer Pressure와 사회적 비교, 평판과 남의 시선을 중시하는 문화, 그리고 매우 높은 IT 보급률로 인해 더 가속화되는 정보교류. 그 모든 것들에 기해 불안과 스트레스에서 자유롭기 힘든 대한민국에 살면서, 또다시 사회적 시선을 고려해 치료까지 받지 않은 채 질환을 방치하니 높은 자살률은 어쩌면 당연한 결과인지도 모르겠다.

사람은 살면서 어떠한 형태이건 상처를 입기 마련이다. 그 상처가 아물기까지 부기가 빠지고, 딱지가 앉고, 흉터 없이 새살이 돋아 딱지가 떨어지기까지 오랜 시간이 소요된다. 그렇지만 같은 자리를 더 깊게 찔러 더 깊은 상처를 만드는 데에는 그저 찰나이면 충분하다. 8년간 알았던 한 사람으로부터 멀어져 새살이 겨우 차오르기 시작하는 데에 필요한 시간은 1년 반이었지만, 같은 사람에게 휩쓸려 걷지 못하게 되는 데엔 고작 3주였다. 사고, 범죄, 전쟁이나, 전염병 그 무엇 하나 쉬운 것은 없을 테다. 그러나 전쟁 등이 낮은 확률로 일어나는 불행이라고 한다면 더 잦은 빈도로 쉽고도(심지어는 가해자가 인지하지 못한 채 무심결에도) 잔인하게 상처를 남기는 것은 인간관계이다. 그 관계의 이름은 다를지 몰라도 인간관계 특히 그간의 말은 아린 상처를 남긴다. 전혀 상관없는 행인이 이상한 소리를 지껄이는 것처럼, 아예 모르는 남이라면 순간 기분이 나쁠지언정 상처는 되지 않는다. 가까운 사이라야 뾰족하게 독이 밴다. 믿음을 주었던 관계에서 받은 상처는 마음을 주었던 만큼 더 아프고 더 쓰리다.

내가 넣었던 계약금을 유장일로부터 돌려받는 데에는 헤어지고 50일이 더 걸렸고, 내가 퇴사 후 바로 사업을 시작할 수 있게 회사 위약금 절반을 내주겠다던 오본휘는 지금 각서까지 써놓고도 1원도 대신 배상해 주지 않았다.

"결혼식장 위약금도 다 내가 냈고, 다시 생각해 보니 네 회사 위약금 내가 내줄 필요 없는 것 같아." 그는 당당하게 말했다.

작년에 파혼한 그 여자와의 식장 비용 또한 다 자기가 냈다더니. 올해 또 내기엔 아까웠던지 생색이었다. 나도 업체에 걸어두었던 계약금 등을 몰취당해야 했지만 그걸 그와의 대화에 올린 적은 없었다. 오본휘가 웬일로 일말의 양심이라도 있어서 내가 가려던 길 꺾었다는 책임감에, 또 잠깐이나마 자기 옆에 있겠다는 결정을 해줬다는 고마움에 내가 질 부담의 절반이라도 함께해 주는 건가 싶었다. 위약금을 절반으로 나누니 몇천 되지도 않는 돈이었는데, 매번 몰려다니면서 게임하던 그의 고등학교 친구 박정호에게 그가 뜯기고도 그저 줬다 치고 면제해 주었던 그 금액, 그리고 그가 전에 페이닥터 하던 그 병원 원장님 한 달 수입도 되지 않는 금액이었는데. 그걸 가지고 인생 전체의 1/3에 가까운 시간 동안 자기만 봐오던 사람에게, 마지막으로 한 약속마저 "다시 생각해 보니 줄 필요 없는 것 같다."라며 번복하는 저 지질함에 소름이 돋았다. "서명"과 처분문서의 힘을 모르나 본데, 소송을 해서라도 받아? 받아서 다 기부하더라도 끝까지 받아내야 후련할까 싶다가도, 그와 1초라도 더 얽히고 싶지 않은 마음이 뒤섞여 맺혔다. 저 이가 내 인생에 남자로 기억되는 유일한 사람이라는 것이 쓰다 못해 떫고 매웠다.

"하기쁨 너 참 예전의 나 같아졌다. 너 예전엔 내가 화내면 눈물 뚝뚝 흘리던 엄청 순하고 착한 애였는데. 무서워졌네."

"어, 나도 느껴. 많이 오빠화된 거." 안타깝게도 그 오랜 시간 동안 나는 그와 비슷한 인간이 되어가고 있었는지도 모른다.

"난 기쁨이 너 만나면서 예전보다는 많이 유해지고 이제 좀 사람 되었는데, 네가 내가 되어버린 느낌이야."

오본휘에게 배울 점이 없었다. 아마 무엇 하나는 있을 법도 한데 정말 하나를 찾지 못했다. 그게 아쉬운 점이었거늘, 슬프게도 그와 함께하는 동안 그에게는 고치라고 잔소리하면서 나도 모르게 그의 나쁜 점, 못된 점, 상대방의 약점을 잡아 후벼 파는 점, 조금이라도 자존심이 상한다 치면 사정없이 들이받는 삐뚤어진 반항심, 그걸 내가 그대로 흡수했는지도 모르겠다. 아무짝에도 쓸데없는 얼굴, 넓은 어깨, 보조개 그딴 외양에 끌려 내 소중한 시간을, 빛 좋은 개살구와 보냈다니. 고작 남은 건 전염병처럼 그를 닮아 더러워진 인성이었다.

왜 그걸 과거에 묻고 잊고 지냈을까. 또다시 한번 더러운 꼴을 보고 나서야만 다시 생생하게 떠올리는 나의 답답한 기억력과 판단력에 냉수를 한 바가지 부어주고 싶었다. 사람 안 변한다. 처음부터 존경할 수 있는, 닮고 싶은 사람을 만나자. 나와 가장 가까운 사람이 되어 함께 살아갈 배우자의 태도, 인성, 가치관, 그 모든 것들은 무엇보다 더 강하게 나에게 영향을 미칠 수밖에 없다. 인격이 형성되는 10대 미만의 청소년이라면 모를까. 30대가 넘어 이미 머리가 클 대로 큰 어른의 근본이 변하는 일은 없다. 그저 목적달성을 의해 잠시 가면을 쓸 뿐.

"돈 받고 남 대신 싸워주는 일을 10년이나 했어. 나도 이제 할 말은 해야지. 이럴 거면 왜 돌아왔니? 차라리 그대로 연락 끊은 채로 살았으면 서로 상처 줄 일도 주변에 폐 끼칠 일도 없었을 텐데."
"너 소개팅 나가면 여자들이 얼마나 적극적으로 달려드는 줄 알아? 계속 먼저 연락하고 줄을 서. 미스코리아 이런 애들도 나 좋다고 난리야. 그런 애들 보면서, 아 기쁨이도 서른다섯 넘어 소개팅 시장에서 저러고 있는 건 아닐까. 그런 거면 내가 구해줘야지, 그런 생각으로 너 생각해서 온 거야. 근데 네가 이렇게 판을 다 엎을 줄은."

이거였다. 널 다시 만나고 나서 계속 날 따라다니던 알 수 없는 불안함, 그리고 계속 뭔지 모를 싸아한 느낌의 원인. 한번 헤어졌던 데는 다 이유가 있다. 5년 전에 "I deserve better."를 외치면서 돌아섰던 그가 이번엔 나의 시장가치를 들먹이며 나를 밟고 입으로 똥물을 뱉고 있었다. 피폐해진 정신상태로 그와 다투고 있자니 날카로운 말들에 숨이 막혔다. 그것이 진짜 오본휘의 진심이라면, 여기서 끝나게 된 게 다행이었다. 다시 누군가를 만나지 못하고 혼자 살게 된다 하더라도 내 심장에 비수를 꽂는 사람과 여생을 보낼 수는 없으니.

"…뭐? 뭐라고 했어? 구해줘? 나 아니면 안 된다고 울고불고하던 게 얼마 지나지도 않았는데, 다 깨졌다고 이렇게 돌변하는 거야? 내가 계속 사람 안 만나고 있으니, 너에게 그렇게 만만해 보였나 보네. 이게 진심이었어?"

"넌 내가 돌아왔으면 좀 참았어야지. 넌 너무 하아…."

"…허."

콧방귀가 절로 나오고 숨이 턱 막혔다. 그와 떨어져 있던 그 시간이 그의 단점을 잊게 하고 기억을 미화시켰을 뿐. 드디어 떠올랐다. 왜 그가 내 짝이 아니었는지. 왜 그는 안 되는지. 갑자기, 그 언젠가 싸우다 말문이 막히니 "좆같은 년아 꺼져."라고 외치던 매우 젊은 날의 그가, 그리고 그 모욕적인 언사에 얼굴이 벌겋게 달아올라 그 길로 바로 뒤도 안 보고 차에서 내렸던 20대의 내가 떠올랐다.

"너 내가 다른 여자 만나서 상처받았었다며, 그래서 내가 돌아왔으면 감사하고 잘 지냈어야지. 이렇게 다 판을 깨냐고. 두 번이나 파혼했다고 하면 주변에서 나를 하자 있는 사람으로 볼 거 아니야."

"그게 할 말이야? 지금 그게 중요해? 오본휘 하자 상품 맞잖아."

"돌아오지 말았어야 했어. 생각해 보니 다른 사람 만날 때와는 다르게 너한테는 한 번도 헤어지자고 해본 적이 없더라. 그래서 우리가 이렇게 계속 온 거 같아. 우리는 어차피 안 돼, 결혼해도 이혼할 거야. 이번엔, 그래 하기쁨 네가 원하는 대로 해줄게. 정확히 말할게. 그만

하자."

"말은 똑바로 해. 네가 무슨 결정권자라 네가 단호하지 않아서 우리가 이어졌던 게 아니라 네가 여기저기 돌아다니는 동안 내가 계속 그 자리에 서 있었기 때문에 우리가 또 이렇게…. …하아…. 오빠 더 이상 이야기 안 해도 될 것 같아."

"…."

"오본휘 잘 가."

"…평생 넌 잊지 않을게. …마지막인데 악수라도 한번 하자." 뻘겋게 충혈된 눈으로 그가 손을 내밀었다.

"…됐어, 갈게."

아름다운 이별은 없다지만, 정말 마지막의 그는 그가 그 긴 시간 동안 보여준 모습 중 최악이었다. 이번에는 정말 끝이다. 그와 숱하게 싸워왔지만, 한 공간에 이렇게 다른 공기가 흐른 적은 없었다.

분명히 어딘가에는 그의 어머니가 "우리 아들, 내겐 남편보다 더 남편 같은 아들이니 잘 챙겨라." 신신당부해도 괜찮을 여자가 있을 것이고, 그가 어머니를 아내보다 우선시한대도 그저 오본휘 옆에 있는 것만으로 만족해할 여자가 있을 것이다. 아니면 그가 어머니를 포함한 세상 모든 사람으로부터 지켜주고 싶은 마음이 드는 그런 여자를 만날 수도 있고. 그러나 나는 어느 쪽도 아니었다. 내가 꿈꾸었던 미래는 우리가 서로의 버팀목이 되어 같이 걸어가는 모습이었는데, 존중받지 못하면서는 더 나아갈 수 없다.

남자에게 온전히 기대어 그가 살던 삶의 배경에 그저 조연으로 살아가도 괜찮은 여자, 혹은 오본휘가 모든 것을 기꺼이 내려놓을 수 있을 정도로 그의 판단력과 모든 정체성을 흔들 수 있을 여자가 아니라면, 파혼할 수밖에 없는 조건을 가진 남자. 그런 파혼 경력자 오본휘를 다시 만나, 3주라는 그 짧은 시간 안에 나까지 이런 아픔을 겪게 되었다.

지난 3주. 필요한 시간이었을 것이다. 그가 내 옆에 없던 그 기간 동안 이상하게도 내가 그에게 못 해준 것, 그리고 그가 나에게 잘해주었던 것들만 기억 속에 생생해져 나를 괴롭혔었다. 회식자리에서 과음했다고 하면 어떻게든 집에 데려다주겠다며 회식장소 근처에 와 있었고, 야근하는 날엔 차 끊기면 위험하다며 회사 앞에서 나를 기다리다 차 속에서 잠들어 있던 그였다. 모처럼 수영장에서 놀러 가서는 오본휘 혼자 놀라고 던져놓은 채, 파라솔 아래서 노트북만 들여다봐야 했던 나를 재촉 한번 안 하고 물 안에서 혼자 애교 부리고, 커피를 사다가 옆에 놓아주던 사람. 뭔가 의젓하고 듬직한 모습만 엄청나게 커져 있었다. 슬프게도 그가 다른 여자 옆에 서겠다고 했을 땐 그가 미웠지만, 그렇다고 그가 싫었던 순간은 없었다. 나쁜 기억은 아무것도 떠오르지 않았다. 다만 다른 여자와 함께하겠다고 알려왔던 그날 이후, 그가 그의 선택을 후회하길, 나를 그리워하길, 그래서 그가 행복하지 않길 바랐고, 그걸 바랐던 나도 행복하지 않았다.

  그가 돌아오지 않았다면, 아련히 과거에 좋아했던 그저 좋은 사람으로 남아, 살다가 한 번쯤 비가 오는 날에는 그가 잘 지내고 있을지 궁금해했을 것이다. 그와의 관계가 지쳐 그와 헤어지고 나서는 더는 감정소모를 하고 싶지 않았고, 새 사람을 만나 비슷한 경험을 하게 될까 두려웠다. 감정소모에 써버린 내 시간이 너무 아까워, 그렇게 가까운 관계를 다시는 만들지 않고 조금 더 가치 있는 일에 몰두하고 싶었다. 적어도 일은 노력한 만큼은 그대로 결과를 보여주니까. 그래서 더 병적으로 밤낮없이 일에만 몰두했는지도 모른다. 아이러니하게도 내 옆자리를 비워놓는 그 긴 시간 동안 그에 대한 선택적 기억으로 그의 자리가 공고히 되어 그가 기준점이 되어버렸지만. 이유야 어쨌든 다른 사람에게는 그 자리를 내어주고 싶지 않았다. 멍청이같이. 그만하고 싶은데 과거의 모든 내 선택과 행동이 그리고 지금 이 결과가 내 탓인 것 같아 자책을 멈출 수가 없었다.

  그와 평생 갈 수는 없다는 느낌은 사귀기 초반부터 있었다. 시험이 코앞이었는데도, 그의 서프라이즈 방문을 모른 채 강의 끝나고 친구와 집에 가버렸다는 이유로, 그는 갑자기 묵언수행에 들어갔다. 날 너무 답답하게 해, 공부에 집중을 못 하게 만들던 그를 보며, 그를 계속 만나면 내가 화병으로 단명하게 될지도 모른다는 생각을 했던 날이 분명히 있었다. 머리로는 아닌 걸 알면서, 만나면 허우대가 멋있어 보이는 미친 루프에 빠져, 인생에서 중요한 시기에 내 모든 것보다 그를 최우선으로 두는 우를 범하고야 말았으니 누굴 탓하랴.

그와 행복했던 순간이 분명히 있었기에, 이제는 더 이상 후회는 하지 않을 것이다. 후회한다고 달라지는 것도 없는데, 그와의 이별 후에 과거의 나를 탓하는 데에 너무 많은 시간을 할애하고 또 충분히 괴로워하고 또 괴로워했다. 이제는 버려야 한다. 버려야 할 물건을 고이 쟁여두면서 새 물건을 들이지 못하는 건, 불필요한 쓰레기를 안고 사느라 현재를 즐기지 못하는 것 그 이상도 이하도 아니다.

신기하게도, 아니 감사하게도 지난 3주간의 시간은, 과거의 그와의 모든 시간 그리고 그가 없이 그를 그리워했던 그 시간마저 모두 잿빛으로 변화시켰다. 좋았던 순간은 모두 사라지고 나쁜 기억은 커지다 못해 뻥 하고 터져버려 그와 관련된 시간은 모두 접근이 불가능한 회색 기억의 잔재로 변모시켰다. 이제는 지나가다 그를 마주쳐도 그는 그저 행인 한 사람 그 이상도 이하도 아닐 테니, 스쳐 지나치면서도 그를 스쳤다는 것조차 모른 채 그날을 보낼 것이다.

사람이 한 번 실수는 할 수 있고, 두 번도 습관을 고치기 힘들어서라면 그럴 수 있다. 그런데 나는 같은 실수를 수없이 반복했고 몇 년이 지나도 개선되지 않은 채 마지막에 가장 큰 실수를 했다. "결혼은 너랑 하겠다. 너 없이는 안 된다." 그딴 말들에 이미 한 번 속아 눈물 깨나 쏟았으면, 사람이 정신을 차렸어야 했는데, 나는 그에게 또 기회를 주었다. 그에게 기회를 주느라 정작 나는 기회를 잃었고.

그를 다시 만나 3년 만에 처음으로 코앞까지 온 투자 받을 기회를 차버렸다. 인생의 방향을 바꾸고 싶고, 새로운 일을 해보고 싶어 그렇게 많은 날들을 지새워 가며 겨우 만든 기회였는데. 그 순간에 그가 나타나 이번엔 일이 아니라 사람을 택했다. 아주 오래전 어느 날 일하느라 그를 2순위에 놓아두고, 그와의 길이 아닌 내 커리어를 택했던 순간들이 있었다. 그리고 과거에 우리가 헤어졌던 그 어느 날 오본휘가 던졌던 그 말, 일 때문에 자기를 등한시하지 않고 남자 오본휘의 가치를 더 인정해 줄 사람을 만나고 싶다던 그의 그 말을 오래도록 내 가슴속 어딘가에 오래 담아두고 살았다. 그랬기에 이번엔, 이번만큼은 새로운 기회를 버리고, 힘겹게 그를 택했다.

사업, 그래 다시 시작해 볼 수도 있겠지만 마켓 레퓨테이션이라는 것이 있다. "열심히 키워보겠다. 믿어달라."며 프레젠테이션을 했던 파운더가 고작 결혼이라는 이유로 계약서 초안까지 전달받은 상태에서 투자 기회를 차버렸다. 어떤 투자자가 또다시 그 파운더를 믿고 투자금을 내어줄 수 있을까? 또 다른 외부 자극이 온다면 아이템을 팽개칠지도 모르는 사람으로 보이지 않을까? 사실 사업의 꿈을 완전히 내려놓았던 것도 아니었는데, 외부에선 모를 것이다. "우선 결혼만 하면 나중에 하고 싶은 것을 다 지원해 주겠다." 설득했던 오본휘가 뒤에 있었음을.

이렇게 너무도 쉽게 어머니 뒤에서 서서 나를 비난하며 내게 손가락질할 거라곤 꿈에도 상상하지 못했다. 내 가치를 한없이 밟아 짓이기고, 손바닥 뒤집듯 포지션 전환을 할 줄 모르고, 나는 또 멍청한 선택을 했다. 그의 손을 잡았다가 이렇게 놓게 되면, 그저 결혼을 하려다가 만 것에 그치지 않고, 내 커리어와 인생의 방향까지 좌지우지되었다는 걸 알면서도, 그렇게 쉽게 말하는 그가, 그리고 그런 그를 또 한 번 믿었던 멍청한 내가 쉽게 용서되지 않았다.

자책을 멈추고 상황에서 한 걸음 물러나 멀리서 보아야 한다. 내 인생 최고의 빌런이라 생각되었던 그녀가 아니었더라면 그의 이런 모습을 볼 수 없었을 테니. 오래지 않아 결국 그녀가 진정한 귀인이었음을 깨닫고 다시 한번 감사해 본다. 한 발자국만 더 내디뎌, 식장에 들어갔다면 그와의 결혼이라는 낭떠러지로 그대로 떨어지고야 말았을 텐데. 그녀 덕분에 나는 멈출 수 있었다. 지하 주차장의 쌍욕녀, 장일 오빠 등 그와의 결혼으로 가는 길에 많은 이들이 브레이크를 걸어주었다지만, 이러한 상황에서 그가 어떻게 대응할지, 어떤 태도를 보일지 숨겨진 모습을 꺼내준 사람은 그의 어머니였다. 그분 덕분에, 나는 바보 같은 결정을 뒤집고 또 무엇이 진짜인지 무엇을 잘못했는지 한 번 더 깨닫게 되었으니 이처럼 감사한 일이 또 있을까.

내 인생의 키를 제3자가 쥐게 해서는 안 된다. 중요한 결정권을 남에게 맡겨두고 권한 없이 그저 따르다, 그 배가 난파되면 원망할 새도 없이 그저 가라앉아 죽는 것밖에는 남은 옵션이 없다. 내 인생은 온전히 내 것이다. 그럼에도 무엇인가 잘못되었을 때 내가 아니라 남 탓을 하는 것만큼 초라한 것은 없다. 다시는 제 인생에 대한 중대한 결정조차 남을 따르고 "너 때문에."라고 부르짖는 비참한 순간이 오게 해서는 안 된다. 모든 중요한 결정은 내가 내려야 하고 한시라도 판단을 게을리해서는 안 된다.

아둔하게도 내 인생의 결정권을 내어주고 내게 내려온 건 썩은 동아줄이었다. 그와 함께하는 길에는 지금 다니는 회사에 그대로 몸담는 게 포함되어 있었다. 주어진 일만 열심히 하면 될 뿐, 커리어 면에서 굳이 더 변화하지 않아도 되고, 익숙한 일이기에 새로운 시작을 하는 것보다는 적은 노력으로 살아갈 수 있는 길이라 생각했다. 내 삶에서 편안한 공간을 벗어나 새롭게 성장하는 대신, 그의 결정을 따라 그가 하자는 대로 결혼을 통해 사생활에 변화를 주어 인생의 단계를 쉽게 전환시키려 했다. 조금 더 솔직해지자. 나는 새로운 도전에 따라올 험난한 가시밭길이 두려웠고, 비겁하게도 그의 뒤에 숨고 싶었는지도 모른다. 나는 결혼을 통해 그저 더 편안한 길을 가고 싶었던 것이다. 적당히 그럴듯한 구실을 더할 수 있는 기제를 마련했으니 스스로와 타협하고, 사회적인 나는 그대로 내려놓고 싶었는지도 모른다. 조금 더 쉽고 안락해 보이던 길은 곧 내가 녹아내리는 길이었다. 내가 내 힘으로 얻지 않은 것은 내 것이 아니다. 인생에 공짜는 없고 쉽게 주어지는 건 결국 가치가 없는 것들뿐이다.

헤어짐에도 예의가 있다고 생각했다. 마지막은 아름답지는 못할지언정 한 사람에게 내가 나쁜 기억으로 남지는 않았으면 하는 마음이 있었다. 그래서 지금까지는 헤어지는 순간을 더 신경 썼다. 한때 사랑했던 모든 사람들과의 끝에는 내가 해준 게 없다고 생각할수록 더 따뜻하게 보내주려고 했고, 그 사람에게 필요했던 것을 떠올려 좋은 시간을 만들어 주었음에 고마웠다는 마음을 함께 건넸다. 그래서인지 아니면 오본휘를 제외하고는 모두 괜찮은 됨됨이의 사람들이었던 것인지 과거의 나는 캠퍼스 커플을 끝내고도 그들과의 인연에서 자유로울 수 있었다.

그랬기에 어느 누구와도 마지막의 순간에서 밑바닥을 보는 일도, 보이는 일도 없었는데, 오본휘와의 부정적 경험이 축적되어서인지 이제는 어쩌면 그게 잘못된 행동이었는지도 모르겠다는 정반대의 생각이 든다. 끝은 처절하게 짓밟고 다 까발려야 다시 그 불씨가 살아나 한번 아닌 사람을 다시 만나게 되는 불상사가 생기지 않는다. 헤어졌다는 것은 분명 무엇인가 문제가 있었다는 것인데 한번 아니었던 사람을 다시 만나서는 안 된다. 쓸데없이 너무 정이 많아서 마음 약하게 돌아온 이를 받아주곤 하는 것, 그것은 나를, 가장 화창하고 향기로웠던 날의 나를 끊임없이 좀먹었다. 진짜 아니라는 생각이 들어서 이 사람과 엮이고 싶지 않다면, 사람을 딱 쳐낼 만큼의 단호함이 없는 사람이 나라는 걸 파악했다면, 다시 저쪽에서 내가 조금도 생각나지 않게 끝을 내야 한다. 나 같은 경우엔 차라리 내가 이상한 사람으로 기억될 만큼 일부러 진상짓을 해서라도, 끝난 관계를 다시 이어 붙일 싹을 남겨두어서는 안 된다. 절대 무슨 일이 있어도 한번 나를 아프게 했던 사람을 다시 만나는 건 안 된다.

맞는 길이었다면 그가 내 옆자리에 서는 순간 모든 것이 편안하고 행복했을 텐데, 그가 돌아오고 나서 마음이 계속 불편했다. 그렇다. 머리는 속일 수 있어도, 오장육부 그 깊은 곳에서 올라오는 본능은 안다. 뭔가 잘못되어 가고 있다는 것을. 아주머니를 뵙고 온 그날부터는 더욱 불안했다. 그럼에도 내 선택에 책임을 지고자 했다. 내가 내린 결정이니 틀리지 않았다는 것을 증명하고 싶었다. 그래서 끝까지 참으며 손바닥이 까지고, 힘줄이 끊어지고, 속살이 찢어져 뼈가 드러날 때까지 피를 뚝뚝 흘리면서도 움켜쥐어 보려고 했었다. 그러나, 더 이상은 버틸 힘이 없어 그를 놓는다.

〈단지 몇 번을 찔렸을 뿐〉을 그렸던 프리다 칼로는, 그녀의 여동생과도 불륜을 저질렀던 남편 디에고를 두고, "내가 살아오는 동안 두 번의 큰 사고를 당했는데, 첫 번째 사고는 경전철과 충돌한 것이고, 두 번째 사고는 디에고와 만난 것이다."라고 하였다. 소아마비로 태어나 경전철과 충돌하는 사고를 겪고 붓을 들었던 그녀는, 남편 디에고를 만난 뒤 그녀의 모든 것을 뒤로하고 내조에만 힘썼지만, 결국 바람둥이 남편은 그녀를 나락으로 밀었다.

적지 않은 나이라 그간 나도 적지 않은 사건 사고를 겪었다. 그랬음에도 인생의 큰 사고 두 개를 꼽으라면 다른 하나는 잘 모르겠으나, 오본휘를 만난 건 내 인생의 사고였다. 그것만은 틀림없다. 돌이켜 보면 그와의 모든 것, 만나고 헤어지는 그 모든 것들이 컨트롤되지 않는 교통사고와 같았다. 그도 그와 잘 맞는 누군가 옆에선 좋은 사람, 또는 멋진 남자일 수 있었을 텐데. 아마 그도 삐걱댔던 그 많은 순간들이 주었던 숱한 사인을 무시하고, 맞지 않는 나와 같이 시간을 보내느라 힘들었을 테다. 부디 다음번엔 합이 맞는 사람을 만나 세 번째 결혼은 성공하길.

오본휘를 나보다 더 아꼈던 과거의 나, 그리고 그를 미워하면서 그런 나를 더 미워하고 스스로를 탓하던 나에게도 작별을 고해본다.

잘 가라 오본휘.
잘 가라, 나의 11년.

에필로그

중심

10시간이 넘는 비행이 끝나고, 기체에서 가장 먼저 내렸다. 러시아 전쟁으로 서유럽 비행시간은 평소보다 더 길었다. 긴 비행을 위해 처방까지 받아야 했기에, 조금이라도 빨리 답답한 공간에서 탈출해야 했다. 평생 기내에서 패닉이 온 적은 없었지만, 요 몇 달 나는 예전 같지 않았다. 그 폐쇄된 공간에서 벗어나자마자 무빙워크에도 오르지 않은 채 성큼성큼 입국장으로 걸어 들어갔다.

Q패스를 다운받는데, 먹통이었다. 한참을 버벅대는데 국내 백신 접종 이력이 있으면 그 패스는 없어도 된다는 것을 뒤늦게 알았다. 다시 나가려고 보니 흰 종이와 노란 종이를 또 채워 오란다. 그렇게 두 번째 거절을 당했고 세 번째로 담당자에게 갔을 땐 PCR 테스트 결과지를 출력해 오라는 요청을 받았다. 결국 입국장에 놓인 데스크톱에서 결과지를 뽑으려고 하니 출력이 잘 되질 않았다.

짐 찾는 곳으로 내려가니, 대부분의 승객이 가방을 찾아가고, 내 짐만 유실물처럼 멈춰 선 컨베이어 벨트 옆에 덩그러니 남아 있었다. 캐리어를 끌고 나가려는데, 세관에서 프랑스발 여행객은 가방검사도 한 번 더 하고 있다며 붙잡는다. 이번 해외 체류 기간 동안 쇼핑할 시간도 없었고, 언젠가부터 해외여정의 기본값이 되어버린 그를 위한 담배 한 보루조차 이제는 없는데. 평소에는 검사하란 일도 없더니 오늘 왜 이러는 건지. 입국장을 통과하는 데만 한 시간이 넘게 걸렸다. 그저 일진일 뿐인데, 가열하게 전진하며 살아오다 버퍼링을 겪고 있는 지금 내 모습과 오늘이 너무도 닮아 있는 것 같았다.

서울 시내로 들어오는 택시 안에서 한 사릍이 떠올랐다.

뉴욕발 비행기가 연착되어 많이 기다렸다며 짜증을 내던 그가, 방콕 출장 후엔 떨어져 지내는 게 힘드니 빨리 결혼해야겠다고 심각한 척 말하던 그가, 스위스 출장길에 사다 주었던 가방을 받고 너무 좋아하던, 인천공항에서의 숱한 그가….

그리고, 그리 좋아하는 모습을 보며 선물을 캐리어에 넣느라 가방을 쌌다 풀었다 했던 시간도 보람 있었다 생각했던 내가, 심각한 표정으로 말하던 그가 귀여워 우쭈쭈해 주던 내가, 배고파서 짜증 내는 게 분명하니 대게를 사주겠다며 달래던 행복했던 그 순간의 내가 함께 오버랩되었다.

사실 생각보다 빠르게 그가 머릿속에서 지워졌음에 안도했다. 잊고 지낸 지가 꽤 되었기에 그런 줄로만 알았는데, 고작 출장지에서 받은 메일 하나가 촉매제가 되어 오늘 이렇게 그 사람이 되살아나고 있었다.

올해 그의 생일쯤에는 바쁜 일들이 몰려 생일 같은 건 까맣게 잊어버리고 있었다. 그를 알고 나서 처음으로 떠오르지 않았던 그의 생일의 숫자 세 자리였는데, 퍽이나 고맙게도 꼭 기억해 달라는 듯, 호텔에서 조식을 먹는데 메일이 도착했다. 구 남친이 커플 앱의 연결을 끊었으니 앱에 업로드된 사진을 저장하고 싶으면 돈을 더 내라는 너무도 친절한 메일이. 그게 사흘 전 딱 그의 생일날이었다. 그 메일에 찍힌 날짜만 아니었다면 잊은 채 지나갔을 텐데.

그리 여러 번 헤어지는 동안 단 한 번도 그 앱을 해지하지는 않더니 갑자기 무슨 바람인지. 연결을 유지해 두고 싶다기보다 나도 그 앱이 삭제된 상태이니 잊어버리고 있었던 것을, 다 지워진다고 하면 그 안에 있는 옛날의 나의 단독 샷이라도 구해 와야 하는 건지. 그러려면 앱을 다시 깔아야 할 텐데, 내가 그 기록을 다시 봐도 괜찮은 상태인지 생각이 많아졌다. 아주 오래전 다른 누군가와 커플 SNS를 하다 무심코 탈퇴했더니, 그 시절 나의 기록이 모두 없어져 아쉬웠던 기억이 뒤섞이며 고민이 됐다. 이런 걸 신경 쓸 때가 아닌데. 헤어진 진지가 언제인데 이제야 이걸 끊어서 메일이 오게 하는 건 무엇이며, 새 사람과 그 앱을 쓰기 위해서라면 깔끔하게 다른 메일로 가입하면 되었을 텐데. 하필 몇 개월간 준비해 오던 대형 프로젝트의 가장 중요한 발표 날 이렇게 속 시끄럽게.

*

서울로 향하던 그 택시 안에서 결심했다. 머리에 가득 찬 생각의 무게를 덜어내고, 글 속에 나의 시간을 태워버려 다시는 현실에서 피어나지 못하도록. 시간과 관계에 관한 글을 써야겠다고.

펜을 들어야 했던 그 계절은 늦장마와 더불어 유난히 비가 많이 오던 여름이었다. 장마 기간에 처음 만났기에, 친해지던 어느 날 그가 말한 적이 있었다. 멀리 있어 매일 보지는 못하지만, 비가 오면 내리는 비만큼 그가 날 생각하고 있는 거라고. 당연히 그럴 리 없다는 걸 알면서도, 그렇게 말해주는 그 마음이 고와서 그 흐론 비가 올 때마다 그가 떠올랐다. 그 순간 나를 아끼는 한 사람이 내리는 비만큼 나를 생각해 주고 있는 것 같은 기분에, 그 후론 비 오는 날을 좋아하게 되었는데, 유달리 그해 여름의 비 오는 날만큼은 견디기 힘들었다.

매 이별 끝엔 꼭 깨닫게 되는 것들이 있었다. 분명히 그 순간엔 각인시켜야지 싶었던 깨달음을 나는 곧 잊어버리고, 같은 실수를 반복하고 나서야 후회해 왔던 건 아닌지. 인간의 수명을 고려할 때 이렇게 긴 시간을 들여 깨달아 왔던 것들을, 아무것도 남기지 못한 채 그냥 흘려버릴 수는 없다.

  많은 이들이 재회를 꿈꾼다. 그 지푸라기라도 잡는 심정을 누군가는 잘 알아서인지 재회 컨설팅이라 이름붙인 서비스가 기승을 부리고, 재회를 부르는 미신이 만연하기도 한다. 타로/사주를 찾는 젊은이들의 고민 또한 연애와 재회가 압도적 1위라고 하니, 그 간절함은 짐작하고도 남음이다. 그러나 그들은 알까? 재회의 민낯을. 감정에 압도된 상태라 보이지 않겠지만, 재회 후의 현실이 어떠할지. 되도록 날 것 그대로의 모습을 여과 없이 그려보고자 했다.

  진한 감정선을 녹이다 보니, 길어야 몇 달이면 다 쓸 수 있겠지 싶어 시작했던 이 이야기를 마무리하기까지 계절이 열두 번도 더 변했다. 부족한 글이지만 기쁨과 같이 전에 없던 격변의 시기를 살아내야 하는 오늘의 누군가에게 위로가 될 수 있기를 바라며, 이 글의 끝에서 다시 시작해 본다.

  모든 이들이 서로를 용서하고, 치유받으며, 중심을 잡아 앞으로 나아갈 수 있게 되기를.

24년 어느 날
이아소 올림

결혼사전부검

초판 1쇄 발행 2025. 1. 20.

지은이 아아소
펴낸이 김병호
펴낸곳 주식회사 바른북스

편집진행 황금주
디자인 양헌경

등록 2019년 4월 3일 제2019-000040호
주소 서울시 성동구 연무장5길 9-16, 301호 (성수동2가, 블루스톤타워)
대표전화 070-7857-9719 | **경영지원** 02-3409-9719 | **팩스** 070-7610-9820

•바른북스는 여러분의 다양한 아이디어와 원고 투고를 설레는 마음으로 기다리고 있습니다.
이메일 barunbooks21@naver.com | **원고투고** barunbooks21@naver.com
홈페이지 www.barunbooks.com | **공식 블로그** blog.naver.com/barunbooks7
공식 포스트 post.naver.com/barunbooks7 | **페이스북** facebook.com/barunbooks7

ⓒ 아아소, 2025
ISBN 979-11-7263-928-0 03810

•파본이나 잘못된 책은 구입하신 곳에서 교환해드립니다.
•이 책은 저작권법에 따라 보호를 받는 저작물이므로 무단전재 및 복제를 금지하며,
이 책 내용의 전부 및 일부를 이용하려면 반드시 저작권자와 도서출판 바른북스의 서면동의를 받아야 합니다.